Avec 40 best-sellers publiés en F............ .... millions
d'exemplaires vendus dans 47 pays et traduits en 28 langues,
Danielle Steel est l'auteur contemporain le plus lu et le plus
populaire au monde.

Depuis 1981, ses romans figurent systématiquement en tête
des meilleures ventes du *New York Times*. Elle est restée sur les
listes des best-sellers pendant 390 semaines consécutives, ce
qui lui vaut d'être citée dans « Le Livre Guinness des
Records ».

Mais Danielle Steel ne se contente pas d'être écrivain. Très
active sur le plan social, elle est présidente de l'American
Library Association (Association américaine des biblio-
thèques) et porte-parole du Comité national de prévention
contre l'enfance maltraitée.

Danielle Steel a longtemps vécu en Europe et a séjourné en
France durant plusieurs années (elle parle parfaitement le
français) avant de retourner à New York achever ses études.

Elle a débuté dans la publicité et les relations publiques, puis
s'est mise à écrire et a immédiatement conquis un immense
public, de tous âges et de tous milieux, très fidèle et en
constante augmentation. Lorsqu'elle écrit (sur sa vieille Olym-
pia mécanique de 1946), Danielle Steel peut travailler vingt
heures par jour. Son exceptionnelle puissance de travail lui
permet de mener trois romans de front, construisant la trame
du premier, rédigeant le second et peaufinant le troisième, et
de s'occuper des adaptations télévisées de ses romans. Toutes
ces activités n'empêchent pas Danielle Steel de donner la priorité absolue à sa vie personnelle. Avec ses huit enfants, elle
forme une famille heureuse et unie, sa plus belle réussite et sa
plus grande fierté.

En France, Danielle Steel est le seul auteur à avoir un fan-
club.

DANIELLE STEEL

Traversées

TRADUIT DE L'ANGLAIS PAR CAROLINE PASQUIER

PRESSES DE LA CITÉ

Titre original :

CROSSINGS

A John,
Au-delà des mots,
Au-delà de l'amour,
Au-delà de tout...

D.S.

« Les âmes fortes ignorent la défaite... »

I

Le bâtiment du 2129 Wyoming Avenue brillait de toute sa splendeur, avec sa façade sculptée en pierre grise, richement ornée, qu'embellissait encore un large faîtage doré. Le drapeau français se balançait doucement dans une brise qui s'était levée en cours d'après-midi. Peut-être serait-ce la dernière brise avant plusieurs mois, à Washington, car l'été s'annonçait : on était déjà en juin. Juin 1939. Et les cinq dernières années avaient passé trop vite au gré d'Armand de Villiers, ambassadeur de France.

Il prit place à son bureau, dominant l'élégant jardin, jeta un coup d'œil distrait à la fontaine, puis ramena son attention sur la montagne de papiers qui l'attendait. Les effluves de lilas qui flottaient dans l'air n'y pouvaient rien : il y avait du travail à faire, trop de travail. Surtout maintenant. Il savait déjà qu'il resterait très tard à son bureau, comme c'était le cas depuis deux mois, à préparer son retour en France. Le diplomate avait eu beau s'y attendre, lorsque son ordre de retour lui était parvenu, en avril, quelque chose au fond de lui avait violemment souffert. Même encore maintenant, il éprouvait des sentiments mêlés à l'idée de rentrer chez lui. Il avait ressenti la même chose en quittant Vienne, Londres, San Francisco et d'autres postes auparavant, mais cette fois les liens étaient plus puissants. Armand se créait des racines, nouait des amitiés, tombait amoureux des endroits où le conduisait sa carrière, ce qui rendait les séparations pénibles. Et pourtant, il s'agissait aujourd'hui d'autre chose : Armand retournait chez lui.

Chez lui. Il y avait vécu si longtemps auparavant... On avait tellement besoin de lui, là-bas... La tension grandissait dans toute l'Europe, les choses changeaient partout. Il avait souvent la sensation de vivre en fonction des rapports quotidiens en provenance de Paris, qui seuls lui donnaient une idée de ce qui se passait. Washington semblait à des années-lumière des drames qui menaçaient l'Europe et des craintes qui agitaient le cœur de la France : ici, de ce côté de l'Atlantique, tellement à l'abri, il n'y avait rien à redouter. Mais en Europe plus personne ne se sentait en sécurité.

A peine un an plus tôt, tout le monde en France était persuadé de l'imminence de la guerre, tandis qu'à présent, d'après ce qu'Armand entendait dire, beaucoup avaient refoulé leurs appréhensions. Il en avait parlé à Liane. A la fin de la guerre d'Espagne, il était devenu évident que les Allemands approchaient : leur base aérienne juste au sud d'Irún les avait amenés à quelques kilomètres de la France et ils avaient réoccupé la Rhénanie. Mais Armand se rendait compte que, même devant une preuve flagrante, on refusait souvent de voir la réalité. Ces six derniers mois, l'atmosphère de Paris s'était considérablement détendue, en surface tout au moins. Il s'en était aperçu de lui-même à Pâques, en regagnant Paris pour des réunions secrètes avec le Bureau Central, où on lui avait signifié que sa mission à Washington touchait à sa fin.

On l'avait invité à une série ininterrompue de brillantes réceptions qui contrastaient violemment avec la période de tension qui avait précédé les accords de Munich avec Hitler, en 1938. Cette angoisse avait disparu, soudainement, pour laisser place à une animation frénétique. Paris était au mieux de sa forme. On organisait des soirées, des bals, des spectacles, des galas, comme si les Français pensaient échapper à la guerre grâce à cette frivolité, à ces danses, à ces éclats de rire. Armand s'était irrité de cette gaieté, à Pâques, tout en devinant que c'était pour ses amis une manière d'oublier leurs craintes. A son retour aux Etats-Unis, Liane et lui en avaient discuté.

— Ils ont tellement peur qu'ils veulent à tout prix continuer à s'étourdir, parce que sinon, ce serait la panique... Alors ils mourraient d'envie de fuir, d'aller se cacher.

Mais ce rire n'aurait su conjurer la guerre, ni la patiente progression de Hitler à travers l'Europe. Armand se disait parfois que rien ne pourrait arrêter cet homme. Il voyait en Hitler un démon terrifiant et, bien que certains en haut lieu fussent de son avis, d'autres estimaient qu'Armand était devenu d'une anxiété exagérée, après toutes ces années au service de son pays : il virait au vieillard impressionnable, selon eux.

— C'est ça, le résultat de tes séjours aux Etats-Unis, mon vieux ?

Cette taquinerie émanait de son meilleur ami à Paris. Originaire de Bordeaux, où Armand et lui avaient grandi ensemble, il dirigeait l'une des trois plus importantes banques françaises.

— Ne sois pas ridicule, Armand. Hitler ne nous fera rien.

— Les Anglais ne sont pas d'accord avec toi, Bernard.

— Ce sont des vieilles dames peureuses et, du reste, ils s'amusent comme des fous avec leurs petits jeux de guerre. Ça les excite de se retrouver dans l'arène face à Hitler. Ils n'ont rien d'autre comme passe-temps.

— Quelle ânerie !

Armand avait dû conserver son calme, mais Bernard n'était pas le seul à tourner les Anglais en dérision. Lorsque le diplomate avait quitté Paris, au bout de quinze jours, il était dans un état proche de la fureur. Il s'attendait bien à ce que les Américains se montrent aveugles devant la menace qui pesait sur l'Europe, mais il espérait un autre son de cloche dans son propre pays ; et il était déçu. A ses yeux, la menace était très grave, Hitler représentait un danger inéluctable et le désastre s'abattrait sur eux très rapidement. Ou peut-être, avait-il songé sur le chemin du retour, peut-être Bernard et les autres avaient-ils raison. En un sens, rentrer chez lui serait sans doute une bonne chose : il sentirait battre le pouls de son pays.

Liane avait bien accueilli l'annonce de leur départ : elle avait l'habitude de plier bagages. Et elle avait écouté avec attention ses descriptions de l'état d'esprit des Parisiens. C'était une femme intelligente, avisée, qui avait beaucoup appris de lui, au fil des ans, dans le domaine de la politique internationale ; en fait, il lui avait exposé ses vues dès le début de leur mariage. Elle était jeune, elle avait soif de tout savoir de sa carrière, des pays où il était en poste et des implications politiques des affaires qu'il traitait. Il eut un sourire en revoyant ces dix dernières années. Liane avait été avide d'absorber la moindre information. Et, oui, elle avait bien appris.

Elle avait ses propres opinions, à présent, et souvent contestait son avis, ou bien elle se montrait plus intransigeante que lui lorsqu'ils étaient d'accord sur le fond. Leur discussion la plus virulente avait eu lieu quelques semaines plus tôt, en mai, au sujet du *Saint Louis*, un bateau qui avait embarqué neuf cent trente-sept juifs à Hambourg avec la bénédiction de Goebbels. Le bateau avait été bloqué à La Havane, où l'on avait refusé aux réfugiés l'autorisation de débarquer : selon toute probabilité, ils allaient rester là, mourir de faim... S'engagèrent des manœuvres désespérées pour leur trouver une terre d'accueil afin d'empêcher qu'on les reconduise à Hambourg, avec le sort qui les attendrait là-bas. Liane avait personnellement parlé au Président, puisqu'elle le connaissait, mais sans résultat. Les Etats-Unis avaient refusé d'offrir un asile aux réfugiés.

Liane éclata en sanglots lorsqu'elle comprit l'inutilité de ses efforts et l'échec de tous ceux qui avaient intercédé comme elle. Des messages en provenance du navire promettaient un suicide collectif plutôt que de retourner au port d'origine. Enfin, la

France, l'Angleterre, les Pays-Bas et la Belgique avaient accepté de recevoir les réfugiés. Mais la dispute de Liane et d'Armand continua. Pour la première fois de sa vie, elle était déçue par son propre pays. Sa colère était sans limites. Et, bien qu'Armand fût de tout cœur avec elle, il souligna que Roosevelt avait eu ses raisons pour refuser, ce qui mit le comble à la fureur de Liane. Elle se sentait trahie par ses compatriotes. L'Amérique était le pays des gens comblés, la patrie des êtres courageux, la terre des hommes libres. Comment Armand pouvait-il excuser cette dérobade ? Ce n'était pas une question de raisonnement, essaya-t-il de lui expliquer : il fallait se résigner quand les gouvernements prenaient des décisions pénibles. L'important était que les réfugiés fussent sains et saufs. Liane avait mis plusieurs jours à se faire une raison, mais, même alors, elle avait engagé une âpre discussion avec la Première Dame des Etats-Unis au cours d'un déjeuner. Mme Roosevelt comprenait la colère de Liane ; elle-même avait tremblé pour les passagers du *Saint Louis*, mais sans pouvoir convaincre son mari. Les Etats-Unis devaient respecter leurs quotas d'immigration ; avec les neuf cent trente-sept réfugiés juifs allemands le quota annuel était dépassé. Liane avait alors mesuré ce qui se passait en Europe, loin des aimables dîners diplomatiques de Washington, et se sentait d'autant plus impatiente de retourner en France avec Armand.

— Ça ne t'ennuie pas de quitter ton pays une fois de plus, ma chérie ?

Il l'avait regardée tendrement, lors d'un dîner tranquille à la maison, une fois enterré l'incident du *Saint Louis*.

— Je veux savoir où on en est en Europe, Armand. Ici, je me sens si loin de tout !

Elle lui avait souri ; elle l'aimait plus que jamais. Ils avaient partagé dix ans d'une vie incroyablement heureuse.

— Tu penses vraiment que la guerre va éclater ? avait ajouté Liane.

— Pas dans ton pays, ma chérie.

Armand lui rappelait constamment qu'elle était américaine. Il avait toujours estimé important qu'elle conserve le sens de sa propre allégeance, afin de ne pas être entièrement influencée par ses vues ni par ses attaches à la France.

Après tout, Liane avait le droit de posséder ses opinions et ses racines, et jusqu'à présent il n'y avait pas eu d'interférence. De temps en temps éclatait une querelle, un désaccord entre eux, mais cela assainissait leurs relations. Armand ne s'en formalisait pas. Il écoutait les avis de la jeune femme, il admirait l'énergie avec laquelle elle se battait pour ses propres convictions. C'était une femme de tête. Il l'avait toujours respectée, depuis leur première rencontre, à San Francisco, quand elle avait tout juste quinze ans. On devinait quelque chose de magique chez cette adolescente d'une beauté pâle, presque éthérée. Après toutes les années qu'elle avait passées seule avec son père, Harrison Crockett, cette beauté était assortie d'une maturité et d'une expérience inhabituelles chez quelqu'un d'aussi jeune.

Armand se rappelait encore la première fois où il l'avait vue, vêtue d'une robe de toile, avec un grand chapeau de paille, faisant les cent pas dans le jardin du consulat à San Francisco, silencieuse, écoutant les « grandes personnes » et se tournant vers lui avec un sourire timide pour dire quelque chose à propos des roses, dans un français irréprochable. Son père était si fier d'elle...

Armand sourit à ce lointain souvenir. Harrison Crockett était un homme peu commun. Austère et en même temps affable, aristocratique, difficile, beau, jaloux de son intimité et couvant sa fille unique. Une brillante carrière d'armateur. Un homme qui avait su diriger sa propre vie.

Il l'avait rencontré peu après son arrivée à San Francisco, lors d'un mortel petit dîner organisé par le précédent consul, qui partait en poste pour Beyrouth. Armand savait qu'on avait invité Harrison Crockett, mais il était presque certain que celui-ci ne viendrait pas. La plupart du temps, l'armateur se retranchait derrière les murs de sa forteresse de brique, à contempler la baie. Son frère, George, était beaucoup plus enclin à sortir ; c'était l'un des célibataires les plus en vue de San Francisco, moins apprécié pour son charme que pour ses relations.

Or, à la surprise générale, Harrison s'était rendu au dîner. Il avait peu parlé et pris congé assez tôt, mais il s'était montré extrêmement aimable avec Odile, la femme d'Armand, à tel point qu'elle l'avait invité, ainsi que sa fille, à venir prendre le thé. Harrison avait parlé de sa fille à Odile, très fier de sa parfaite maîtrise du français et, avec un sourire satisfait, il l'avait dépeinte comme « une jeune fille tout à fait remarquable », commentaire qui les avait amusés lorsque Odile l'avait rapporté à Armand.

— Au moins, il a un point faible. Autrement, il a l'air aussi peu amène qu'on le dit.

— Je ne suis pas d'accord, avait objecté Odile. Je crois qu'il est très seul. Et il est en extase devant sa fille.

Elle n'était pas loin de la vérité. Peu après, ils apprirent les circonstances de la mort de sa femme, une ravissante jeune femme de dix-neuf ans qu'il adorait. Auparavant, il s'était totalement consacré à son empire maritime.

Arabella Dillingham Crockett était aussi brillante que belle. Elle et Harrison avaient donné quelques-uns des bals les plus prestigieux de la ville. Elle régnait sur la villa qu'il lui avait fait construire, comme une princesse de conte de fées. D'Orient il lui rapportait des rubis, il lui offrait des diamants gigantesques et, sur ses boucles dorées, elle portait des tiares créées pour elle par Cartier. La venue de leur premier enfant fut annoncée comme celle du Messie, mais, malgré l'obstétricien que Harrison était allé chercher en Angleterre, ainsi que les deux sages-femmes, Arabella mourut pendant l'accouchement, le laissant seul avec un enfant, une petite fille à son image, qu'il adora comme il avait adoré sa mère. Les dix premières années qui suivirent la mort d'Arabella, il resta emmuré chez lui, sauf pour se rendre à ses bureaux. La compagnie Crockett était l'une des principales sociétés de transport maritime des Etats-Unis, comprenant des navires de fret qui sillonnaient les mers d'Orient, ainsi que deux luxueux paquebots qui amenaient les passagers aussi bien à Hawaii qu'au Japon. En outre, Harrison possédait des lignes de transport de passagers en Amérique du Sud, et d'autres qui assuraient une navette rentable du haut en bas de la côte Ouest des Etats-Unis.

Tout ce qui intéressait Harrison, c'étaient ses bateaux et sa fille. Il rencontrait souvent son frère, puisqu'ils dirigeaient ensemble cet empire, mais pendant une décennie Harrison ne revit pratiquement aucun de ses amis. Un jour, enfin, il emmena Liane en Europe afin de lui montrer les merveilles de Paris, de Berlin, de Rome, de Venise... Quand ils revinrent, à la fin de l'été, il renoua avec ses amis. Finie l'époque des grandes soirées à la villa ; mais il en était venu à comprendre combien sa fille était seule et combien lui manquait la compagnie d'autres enfants, d'autres gens. Alors il rouvrit les portes de sa demeure. Les sorties qui s'ensuivirent étaient centrées exclusivement sur sa fille : spectacles de marionnettes, matinées théâtrales, excursions au lac Tahoe, où il fit l'acquisition d'une maison de vacances. Harrison Crockett ne vivait que pour distraire, protéger, chérir Liane Alexandra Arabella.

Elle devait ces prénoms à ses deux grand-mères, qui étaient mortes, ainsi qu'à sa mère : trois beautés disparues. D'une certaine façon, elle conjuguait le charme exquis de ces trois femmes. Liane faisait l'admiration de ceux qui la rencontraient ; qu'elle menât une vie de rêve ne l'avait nullement marquée. Elle était simple, directe, équilibrée, et plus adulte que les filles de son âge, après toutes ces années à dîner en tête à tête avec son père et parfois son oncle, à les écouter parler affaires, expliquer en quoi consistait le travail d'un armateur, analyser la politique des pays où leurs bateaux faisaient escale. En fait, elle se sentait plus à l'aise avec son père qu'avec des enfants de son âge. Plus tard, il prit l'habitude de l'emmener partout avec lui, et c'est ainsi qu'un jour de printemps, en 1922, elle alla prendre le thé au consulat de France.

Armand et Odile de Villiers eurent tout de suite le coup de foudre. Il en résulta une amitié qui ne fit que se renforcer au cours des trois années qui suivirent. Souvent, ils partaient en voyage tous les quatre. Armand et Odile passèrent des vacances dans la propriété du lac Tahoe, ils firent une croisière à Hawaii avec Liane, sur l'un des bateaux de Harrison, Odile emmena Liane en France. Odile était devenue pour la jeune fille une seconde mère, et c'était une joie pour Harrison de voir Liane si heureuse et si intelligemment choyée par une femme pour qui il éprouvait respect et affection. Liane avait alors près de dix-huit ans.

L'automne suivant, quand Liane entra à Mills College, Odile commença à se plaindre de douleurs constantes dans le dos. Elle perdait l'appétit, était en proie à des fièvres fréquentes et souffrit bientôt d'une toux effrayante qui, après plusieurs mois, n'avait toujours pas disparu. Au début, les médecins répétèrent qu'ils ne trouvaient rien ; on indiqua tranquillement à Armand que sa femme avait simplement le mal du pays et on lui conseilla de la ramener en France. Mais, cette sorte de malaise ne ressemblant pas à Odile, il continua à l'emmener consulter des médecins un peu partout. Il souhaitait qu'elle aille à New York voir quelqu'un que Harrison leur avait recommandé. Or, avant même son départ, il devint évident qu'elle était hors d'état de supporter ce voyage. Ce fut alors qu'on découvrit, au cours d'une brève et pénible opération, qu'Odile de Villiers était rongée par un cancer. Armand se confia le lendemain à Harrison, le visage ravagé par les larmes.

— Je ne peux pas vivre sans elle, Harry... Je ne peux pas...

Harrison acquiesça lentement, les yeux embués. Il ne se rappelait que trop bien sa propre souffrance, dix-huit ans plus tôt. Et, ironie du sort, Armand avait exactement le même âge que lui à la mort d'Arabella : quarante-trois ans.

Armand et Odile avaient connu vingt ans de mariage, et continuer à vivre sans Odile était, pour Armand, au-dessus de ses forces. A la différence de Harrison, ils n'avaient pas d'enfants. Ils en voulaient deux ou trois au départ, mais Odile était stérile. Ils s'étaient résignés depuis longtemps à l'absence d'enfant dans leur vie. En réalité, comme Armand l'avait un jour avoué à Odile, c'était mieux ainsi ; il n'aurait pas de rivaux dans le cœur de sa femme. Un climat de lune de miel avait illuminé ces vingt années. Et voilà que soudain le monde s'écroulait autour d'eux...

Bien que, les premiers temps, Odile eût ignoré son état et qu'Armand fît tout son possible pour le lui cacher, elle devina très vite et comprit que la fin approchait. Elle mourut en mars dans les bras d'Armand.

Liane était venue la voir dans l'après-midi avec un bouquet de roses jaunes. Elle s'était tenue des heures à son chevet, plus pour le réconfort qu'Odile lui apportait que pour l'inverse. Odile irradiait d'une résignation qui touchait à la sainteté, déterminée qu'elle était à quitter Liane avec tout son amour, dans un dernier mouvement de tendresse. Liane était près de défaillir, dans l'embrasure de la porte, refoulant ses sanglots. Odile l'avait regardée avec, un instant, une étonnante énergie dans les yeux.

— Veille sur Armand quand je serai partie, Liane. Tu as su veiller sur ton père.

Odile avait fini par bien le connaître ; elle savait à quel point Liane l'avait empêché de s'aigrir.

— Armand t'aime infiniment, avait-elle ajouté en souriant, et il aura besoin de toi et de ton père quand je ne serai plus là.

Elle évoquait sa propre mort comme un voyage. Liane avait bien essayé de se dissimuler la vérité mais une telle attitude était impossible en présence d'Odile, qui voulait que son mari d'abord, Liane ensuite y soient préparés. Armand s'efforçait d'éluder la vérité en lui parlant d'excursions au bord de la mer, à Biarritz, qu'ils avaient tellement aimé du temps de leur jeunesse, en projetant une croisière à bord d'un yacht le long des côtes françaises, l'été prochain peut-être, un voyage à Hawaii sur un paquebot de Harrison... Mais, obstinément, elle les obligeait à affronter ce qui allait arriver, ce qui arriva finalement le soir qui suivit la dernière visite de Liane.

Odile avait exprimé le vœu d'être enterrée là où elle était, et non d'être renvoyée en France. Elle ne voulait pas qu'Armand fasse seul cet affreux voyage. Ses parents étaient morts, ceux d'Armand également. Elle partit sans regret – sauf un : elle ne laissait pas d'enfant pour veiller sur Armand.

Les premiers mois furent un cauchemar pour Armand. Il s'arrangeait pour continuer son travail, sans plus, mais, en dépit de son deuil, il lui fallait organiser des dîners de diplomates pour les dignitaires de passage à San Francisco. Liane se chargeait de tout à sa place, comme elle l'avait fait si longtemps pour son père, et assumait donc une double responsabilité malgré la compétence du personnel consulaire. C'était Liane qui supervisait tout pour Armand. Cet été-là, son père la vit à peine à Tahoe ; elle refusa un voyage en France. Elle avait une mission à remplir, une promesse à tenir – responsabilité écrasante pour une fille de dix-neuf ans.

Un moment, Harrison se demanda s'il y avait quelque chose d'autre, dans tous les efforts qu'elle déployait, puis, l'ayant observée, il eut la certitude que non. En un sens, il se rendait compte que ce qu'elle faisait pour Armand l'aidait à supporter sa propre douleur. La mort d'Odile l'avait profondément atteinte. N'ayant jamais connu sa mère, elle avait toujours ressenti le besoin de trouver une femme sur qui elle puisse s'appuyer, à qui elle puisse parler autrement qu'à son père, à son oncle ou à ses amis. Enfant, elle avait connu des gouvernantes, des cuisinières, des bonnes, mais peu d'amies, et les femmes qui traversaient çà et là la vie de Harrison n'avaient pas accès à sa demeure et ne croisaient jamais sa fille. Odile avait comblé ce vide, puis elle l'avait laissé béant, souffrance que rien ne pouvait apaiser, sauf ce dévouement pour Armand, qui était presque une manière de retrouver Odile.

Armand et Liane restèrent sous le choc jusqu'à la fin de l'été. Odile était morte depuis six mois, quand un après-midi de septembre, regardant les roses en évoquant Odile, ils s'aperçurent en même temps qu'ils ne pleuraient plus en parlant d'elle. Armand raconta même une anecdote amusante aux dépens d'Odile et Liane se mit à rire. Ils avaient franchi le cap. Ils survivraient, l'un grâce à l'autre. Armand avait pris dans sa main les longs doigts délicats de Liane et les larmes lui montèrent aux yeux.

— Merci, Liane.

— Merci pour quoi ? C'est absurde.

— Non. Je te suis tellement reconnaissant...

— Nous avons eu besoin l'un de l'autre, ces six derniers mois. La vie va être si différente, sans elle...

Elle l'était déjà pour eux. Il hocha la tête, apaisé, pensant à ce qu'il avait traversé durant ces six mois.

— Elle est différente.

Liane passa deux semaines à Tahoe avant de retourner au collège. Son père fut soulagé de la voir. Il s'inquiétait beaucoup, notamment de sa présence constante auprès d'Armand, qui ne lui rappelait que trop son constant dévouement envers lui. Il y avait longtemps qu'Odile de Villiers l'avait convaincu que Liane avait besoin d'autres distractions que de s'occuper d'un homme seul : elle était jeune, elle pouvait accomplir tant de choses... L'année précédente, Liane aurait dû effectuer ses débuts dans le monde, mais, à cause de la maladie d'Odile, elle avait refusé.

Harrison souleva cette question à Tahoe en lui expliquant que cette période de deuil avait assez duré et que les bals de débutantes lui feraient du bien. Elle répliqua que ces soirées lui paraissaient idiotes : du gaspillage, dépenser une telle fortune pour des robes, des réceptions, des danses... Il la dévisagea, stupéfait. C'était l'une des plus riches jeunes filles de la Californie, l'héritière de la Compagnie maritime Crockett, et il semblait ahurissant que l'idée de gaspillage, de luxe exagéré, ait pu lui traverser l'esprit.

En octobre, après son retour à Mills College, elle eut moins de temps à consacrer aux dîners d'Armand, mais le diplomate avait repris pied et s'organisait lui-même, bien que l'absence d'Odile lui pesât douloureusement, ainsi qu'il s'en ouvrit à Harrison lorsqu'ils déjeunèrent ensemble à son club.

— Armand, je ne veux pas vous mentir, commença Harrison en le scrutant par-dessus son verre de haut-brion 1927. Vous ressentirez cela encore longtemps. A jamais. Mais pas comme au début. Vous le ressentirez l'espace d'un instant... un mot qui revient en mémoire... un vêtement qu'elle portait... un parfum... Mais vous ne vous réveillerez plus chaque matin avec l'impression que tout le poids du monde vous écrase la poitrine. Parce que c'est ça, au début.

Trop précis étaient encore ces souvenirs, tandis qu'il finissait son vin et qu'on lui servait un second verre.

— Grâce au ciel, Armand, vous n'éprouverez plus cette chose abominable.

— Sans votre fille, je ne sais pas ce que j'aurais fait.

Armand sourit. Un sourire plein de douceur. Impossible de s'acquitter de ce qu'il devait à Liane, impossible d'exprimer à quel point elle l'avait secouru, ni combien elle lui était chère.

— Elle vous aimait tous deux, Armand, tendrement. Et cela l'a aidée à surmonter son propre chagrin.

En homme intelligent, Harrison pressentit alors quelque chose avant Armand lui-même, mais il garda le silence. Il crut percevoir que ni Liane ni Armand ne savaient combien ils tenaient l'un à l'autre, avec ou sans Odile. Un lien puissant s'était tissé entre eux, au cours de ces six mois, comme s'ils étaient sur la même longueur d'onde, comme s'ils allaient l'un et l'autre au-devant de leurs désirs, mutuellement. Il s'en était rendu compte lorsque Armand était venu à Tahoe pour le week-end, mais n'en avait rien dit. Cela les aurait effrayés, surtout Armand, qui aurait eu peur de trahir Odile.

— Liane est-elle enthousiasmée par ces soirées ? demanda Armand.

C'était en fait l'enthousiasme de Harrison qui l'amusait : il savait pertinemment que Liane ne se souciait guère de ces réceptions. Elle effectuait ses débuts essentiellement pour obéir à son père, soucieuse de répondre à ce qu'on attendait d'elle : le devoir avant tout. Il aimait cela en elle : elle avait le sens du devoir, non pas d'une manière aveugle, stupide, mais par égard pour les autres. Faire ce qu'il convenait de faire, à cause des autres. Elle aurait préféré s'abstenir mais avait accepté afin de ne pas décevoir son père.

— A dire vrai, soupira Harrison en se calant sur son siège, je ne l'admettrais jamais devant elle, mais il me semble qu'elle a passé l'âge.

Liane paraissait plus que ses dix-neuf ans. L'année qui venait de s'écouler l'avait mûrie. Elle avait dû agir et penser en adulte depuis si longtemps qu'on avait peine à l'imaginer partageant les fous rires d'adolescentes se rendant à leur premier grand bal.

Quand vint ce moment, les paroles de son père trouvèrent leur confirmation. Les autres rougissaient, nerveuses, prises de trac, excitées jusqu'à frôler l'hystérie. Au contraire, quand Liane fit lentement son entrée, au bras de son père, elle était royale dans sa robe de satin blanc, ses cheveux d'un blond étincelant ramassés en chignon dans un filet de perles fines : l'allure d'une jeune reine au bras du prince consort. Ses yeux bleus brillaient d'un éclat incomparable pendant qu'Armand la contemplait, le cœur serré.

La soirée que Harrison donna en l'honneur de Liane fut la plus fastueuse de toutes. Elle eut lieu au *Palace* de Market Street ; les chauffeurs garaient les limousines directement dans la cour intérieure. Deux orchestres avaient été engagés pour jouer toute la nuit et le champagne venait de France. Liane portait une robe de velours blanc, garnie d'une hermine blanche qui soulignait délicatement l'ourlet. Comme le champagne, la robe avait été commandée en France.

— Ce soir, ma jeune amie, tu as l'air d'une reine !

Liane et Armand valsaient lentement tout autour de la salle. Le diplomate était là en tant qu'invité de Harrison. Liane était accompagnée par le fils d'un vieil ami de son père qu'elle trouvait bête et ennuyeux. Aussi était-elle enchantée de ce répit.

— Je me sens un peu cloche dans cette robe, dit-elle avec une grimace.

Un instant, elle retrouva ses quinze ans, et soudain, avec une douleur fulgurante, Armand regretta amèrement l'absence d'Odile. Il aurait voulu qu'elle voie Liane, elle aussi, qu'elle partage ce moment, qu'elle boive ce champagne... Mais le moment passa et le diplomate reporta son attention sur Liane.

— C'est une soirée magnifique, quand même, non ? Papa s'est donné tellement de mal, dit-elle en songeant aux sommes qu'il avait dépensées.

Elle se sentait toujours un peu coupable, mais, comme Harrison faisait également des dons à des causes plus dignes d'intérêt, si cette réception lui faisait plaisir, au fond, pourquoi pas ?

— Ce bal vous plaît, Armand ?

— Oui, surtout en ce moment.

Il sourit, plus courtois que jamais, et cette galanterie amusa Liane. D'ordinaire, il la traitait comme une enfant, du moins comme une sœur cadette ou une nièce préférée.

— Cette réflexion ne vous ressemble pas.

— Oh, vraiment ? Qu'entends-tu exactement par là ? Je suis désagréable avec toi, d'habitude ?

— Non, d'habitude vous m'expliquez que je n'ai pas donné au maître d'hôtel ce qu'il fallait comme couvert à poissons, que le Limoges est trop solennel pour un déjeuner ou que...

— Assez ! C'est intolérable. Je te dis des choses pareilles ?

— Pas dernièrement. Quoique, je l'avoue, ça me manque... Est-ce que tout se passe bien, au consulat ?

— Cent fois moins bien. Ils ne savent même pas de quel Limoges je veux parler, tandis que toi...

Il s'interrogea sur ce qu'elle venait de lui dire. Cela avait quelque chose de... conjugal. Mais Armand n'avait pu la traiter de cette manière ! A moins que... Trop habitué au zèle d'Odile, avait-il estimé que Liane n'avait qu'à suivre l'exemple ? Incroyable. Et quel manque de tact ! Mais le plus extraordinaire était que Liane n'avait pas failli à la tâche durant ces longs mois. Il n'en mesura que mieux à quel point elle lui faisait défaut depuis que le collège l'accaparait, moins pour des histoires de service de table que pour le réconfort qu'il trouvait à lui parler après un déjeuner, un dîner, ou le matin au bout du fil.

— Dites-moi à qui vous pensez.

Devant cette légère taquinerie, sa main, sur la taille de Liane, lui parut étrangement pataude.

— Je songeais que tu avais raison. Je me suis montré passablement pénible.

— Mais non, c'est ridicule. Je reviendrai vous aider la semaine prochaine, dès que j'en aurai terminé avec ces machins de débutantes.

— Tu n'as rien de mieux à faire ?

Ravissante comme elle l'était, elle devait avoir une bonne douzaine de soupirants.

— Pas de petit ami ? Pas de grand amour ?

— Je suis vaccinée.

— Voilà une idée qui m'intrigue. Parlez-moi donc de cette fascinante immunité, mademoiselle.

La musique avait changé mais ils étaient restés sur place. Harrison les observait. Sans déplaisir. Puis ils se remirent à danser.

— Je vis seule avec mon père depuis trop longtemps. Je sais à quoi ressemblent les hommes.

— Ciel ! Mais c'est choquant ! dit Armand en éclatant de rire.

— Pas du tout, répliqua Liane, riant à son tour. Je veux dire, simplement, que je sais à quoi ça ressemble de tenir une maison, de servir le café du matin, de marcher sur la pointe des pieds quand Monsieur rentre du bureau de mauvaise humeur. Ça dissuade de prendre au sérieux tous ces braves jeunes gens tellement fleur bleue, bourrés d'idées grotesques. La moitié du temps, ils racontent n'importe quoi, ils n'ont jamais ouvert un journal, ils confondent Haïti et Tahiti, et, dans dix ans, ils rentreront chez eux d'une humeur massacrante, comme papa, ils se feront les nerfs sur leur femme au petit déjeuner, exactement comme papa. C'est difficile d'écouter tout leur méli-mélo romantique sans se mettre à rire. Voilà tout. La suite, je la connais.

Elle lui sourit, prosaïque.

— C'est vrai. Tu en as trop vu.

C'était navrant. Il se rappelait le « méli-mélo » romantique qu'il avait partagé avec Odile, lorsqu'elle avait vingt et un ans et lui vingt-trois. Ils avaient cru en chacun des mots qu'ils avaient prononcés et cela les avait longtemps soutenus au cours de périodes difficiles, dans des pays inhospitaliers, à travers des déceptions, lors d'une guerre... A cause de son père, Liane avait manqué le meilleur de sa jeunesse. Mais, sans nul doute, quelqu'un viendrait en son temps, un homme peut-être moins jeune que les autres, et elle tomberait amoureuse. Alors ses griefs quant au café matinal seraient estompés par ses sentiments. Et elle s'envolerait sur un nuage, elle aussi.

— Et maintenant, qu'avez-vous à ajouter ?

— Qu'un de ces jours tu tomberas amoureuse et que ça changera tout.

— Peut-être.

Elle semblait peu convaincue, peu concernée. La danse s'acheva et Armand la reconduisit auprès de ses amis.

Mais quelque chose d'insolite s'était produit entre eux durant ces semaines où elle avait fait ses débuts. Lorsque Armand la revit, il la considéra différemment. Elle lui parut plus femme, tout à coup. Les autres débutantes étaient si puériles... Liane, elle, était tellement mûre, tellement équilibrée... Il se sentit moins à l'aise avec elle que par le passé. Il avait tenu pour un fait acquis que Liane n'était qu'une charmante adolescente, et voilà que le jour de son vingtième anniversaire elle lui apparut plus adulte que jamais, dans une robe noire mauve qui faisait chatoyer ses cheveux d'or et donnait à ses yeux un éclat violet tandis qu'elle lui souriait.

Son anniversaire eut lieu juste avant l'été. Armand éprouva presque du soulagement à l'idée qu'elle passerait la saison à Tahoe. Elle ne l'aidait plus au consulat, il avait repris les choses en main et il ne souhaitait pas profiter d'elle. Il ne la rencontrait que quand Harrison donnait un dîner, ce qui demeurait rare. De toute la force de sa volonté, Armand s'obligea à rester loin de Tahoe jusqu'à la fin de l'été, jusqu'au moment où Harrison l'invita péremptoirement pour le week-end de la Fête du Travail. Quand Armand se retrouva en face d'elle, il comprit ce que Harrison avait deviné depuis longtemps : il était profondément, passionnément amoureux. Un an et demi s'était écoulé depuis la mort d'Odile et, bien qu'elle lui manquât cruellement, ses pensées étaient maintenant envahies par Liane. Il se surprit à la scruter attentivement durant tout le week-end ; ils dansèrent ensemble, par une chaude soirée d'été, mais il la reconduisit trop vite à la table du dîner, comme s'il ne pouvait supporter d'être si près d'elle sans la serrer davantage dans ses bras. Inconsciente du trouble d'Armand, la jeune fille se promena à son côté sur le sable, croisa ses longues jambes sensuelles sur une chaise de plage. Elle babillait comme à son habitude, racontait des histoires drôles, plus éblouissante que jamais. Mais, à mesure que le week-end touchait à sa fin, elle commença à sentir son regard fixé sur elle et elle devint plus grave, comme si elle tombait lentement sous le même charme.

Quand ils rentrèrent en ville, Liane retourna au collège. Armand lutta contre lui-même durant plusieurs semaines, puis, n'y tenant plus, il lui téléphona en se maudissant intérieurement. Il l'avait appelée pour dire bonjour, demander de ses nouvelles, mais elle lui parut étrangement morose. Immédiatement, il s'inquiéta : que se passait-il ? Rien, lui assura-t-elle d'une voix douce.

La jeune fille était en proie à un sentiment qu'elle ne comprenait pas et ne parvenait pas à dominer. Elle se sentait coupable envers Odile et incapable de confier à son père les émotions chaotiques qui se bousculaient en elle : Liane était en train de tomber amoureuse d'Armand, désespérément, comme il était tombé amoureux d'elle. Il avait quarante-quatre ans et elle même pas vingt et un, il avait été le mari d'une femme qu'elle avait profondément aimée et respectée, et elle se rappelait ses dernières paroles : « Veille sur Armand pour moi... Liane... Il va avoir besoin de toi... » Mais il n'avait plus autant besoin d'elle ; et veiller sur lui, dans l'esprit d'Odile, ne signifiait certainement pas cela.

Il s'ensuivit trois mois abominables. Liane pouvait à peine se concentrer sur ses études et Armand, à son bureau, pensait devenir fou. Ils se retrouvèrent à Noël, lors d'une soirée organisée par Harrison. Aux alentours du Nouvel An, tous deux avaient renoncé au combat. Armand invita la jeune fille à dîner un soir et, déchiré d'émotion, il lui parla. Il eut la stupeur de découvrir que les sentiments de Liane étaient à l'unisson des siens, avec la même force, la même intensité. Alors ils commencèrent à se voir toutes les semaines, le week-end, discrètement afin d'éviter les bavardages en ville. Enfin Liane mit son père au courant, s'attendant à des réticences, voire à de la colère, mais la réaction de Harrison ne témoigna que plaisir et soulagement.

— Je me demandais quand vous finiriez tous les deux par comprendre ce que je sais, moi, depuis le temps...

— Tu savais ? Mais comment ? Je ne... Nous ne...

— C'est que je suis plus malin que vous deux, voilà tout.

Il approuvait la façon dont cela s'était fait. Leurs sentiments s'étaient exprimés avec pudeur, dans le respect du passé. Harrison savait que ni l'un ni l'autre ne prenaient cet amour à la légère et leur différence d'âge ne le tracassait pas outre mesure. Liane était une jeune femme d'un modèle peu courant ; il n'aurait pu l'imaginer heureuse avec un homme de son âge. Et pour elle, cet écart de vingt-quatre ans ne comptait pas, bien qu'Armand eût émis quelques réserves à ce sujet, au début. Plus maintenant. C'était devenu un détail mineur. Il adorait Liane, c'était pour lui une seconde naissance. Il la demanda très vite en mariage et on annonça leurs fiançailles le jour des vingt et un ans de Liane. Son père donna une réception magnifique, la vie avait l'air d'un rêve, lorsque, deux semaines plus tard, on informa Armand que sa mission consulaire à San Francisco était terminée. On l'envoyait à Vienne en tant qu'ambassadeur. Content ou pas, il fallait qu'il parte. Il envisagea avec Liane d'avancer la date du mariage mais Harrison intervint : il souhaitait qu'elle achève sa dernière année d'études, ce qui signifiait une attente d'un an. Effondrée, Liane tint cependant à obéir à son père. Les deux fiancés admirent qu'ils trouveraient le moyen d'affronter cette séparation, en se rendant visite quand ils le pourraient et en s'écrivant tous les jours.

Cette année-là leur fut pénible mais, le 14 juin 1929, Armand de Villiers et Liane Crockett s'unirent dans la vieille église de Sainte-Marie de San Francisco. Armand s'était absenté un mois de Vienne pour le « mariage de l'année », comme disaient les journaux de San Francisco. Ils retournèrent en Europe pour une brève lune de miel à Venise, avant de regagner Vienne, où Liane assuma le rôle de femme de l'ambassadeur de France. Elle s'attela à la tâche avec une aisance extraordinaire. Armand s'efforçait de lui faciliter les choses, mais elle en avait à peine besoin. Après toutes ces années passées auprès de son père et les six mois où elle avait secondé Armand à la mort d'Odile, elle savait ce qu'il fallait faire.

Son père vint deux fois leur rendre visite pendant les six premiers mois. Ses affaires ne l'appelaient pas en Europe mais sa fille lui manquait trop. Lors de sa seconde visite, Liane ne put lui dissimuler la nouvelle plus longtemps, encore qu'elle eût prédit à Armand sa réaction : elle attendait un bébé pour l'été. Harrison trembla de peur, insistant secrètement auprès d'Armand pour que Liane retourne aux Etats-Unis, consulte les meilleurs spécialistes, pour qu'elle reste allongée, pour qu'elle... Le souvenir de sa femme le hantait. Quand il rentra dans son pays, il était presque en larmes. Liane devait lui écrire chaque jour pour lui assurer que tout allait bien. En mai, Harrison arriva six semaines avant la date prévue pour l'accouchement et son angoisse les rendit à moitié fous, mais Liane n'eut pas le cœur de le renvoyer aux Etats-Unis.

Quand commença le travail, ce fut Armand qui se chargea de le calmer, de l'occuper. Par chance, le bébé vint rapidement, une belle petite fille au visage d'ange, avec des boucles blondes, des joues rondes et une petite bouche en bouton de rose, née à six heures moins le quart du soir dans un hôpital de Vienne. Lorsque Harrison entra dans la chambre de Liane, trois heures plus tard, il la trouva en train de dîner, plaisantant, comme si elle avait passé l'après-midi à l'opéra avec des amis. Il n'en crut pas ses yeux, non plus qu'Armand, qui contempla sa femme comme si elle avait accompli à elle seule le miracle de tous les temps. Il l'aimait plus que sa vie et remerciait le ciel pour cette nouvelle existence dont il n'aurait jamais osé rêver.

Quand leur seconde fille vint au monde, deux ans plus tard à Londres, il en fut tout autant bouleversé. Cette fois, ils avaient convaincu Harrison d'attendre à San Francisco ; ils lui enverraient un câble au moment de la naissance. Ce qu'ils firent. Leur fille aînée se nommait Marie-Ange Odile de Villiers, choix qu'ils avaient arrêté avec une grande gravité. C'était ce qu'ils souhaitaient et ils savaient qu'Odile aurait été contente. La cadette fut baptisée Elisabeth Liane Crockett de Villiers, ce qui enchanta Harrison au-delà de toute expression.

Il se rendit à Londres pour le baptême, tellement émerveillé devant le bébé que Liane l'en taquina. Mais elle observa aussi qu'il n'avait pas l'air en forme. L'armateur, âgé de soixante-huit ans, avait toujours joui d'une bonne santé, mais il avait beaucoup vieilli.

Liane n'était pas rassurée lorsqu'il repartit pour l'Amérique. Elle en parla à Armand, mais celui-ci était préoccupé par une négociation délicate avec les Autrichiens et les Anglais ; plus tard, il s'en voulut de ne pas y avoir prêté plus d'attention. Harrison Crockett mourut d'une attaque cardiaque à bord du bateau, sur le chemin du retour.

Liane alla à San Francisco sans les enfants. Tandis qu'elle se tenait à côté du cercueil de son père, elle éprouva une douleur presque insurmontable et elle comprit que la vie ne serait plus jamais pareille sans lui. Son oncle George se préparait déjà à emménager chez Harrison et à lui succéder à la tête de la Compagnie Crockett, lui qui n'était qu'une étoile un peu pâlotte dans l'orbite de l'astre scintillant qu'avait été son frère. Liane se réjouissait de ne plus habiter San Francisco. Elle n'aurait pu supporter de voir son oncle, ce vieux célibataire bourru, s'installer dans la maison de son père et bouleverser les habitudes. Elle quitta San Francisco moins d'une semaine plus tard, en proie à un chagrin qui ne pouvait se comparer qu'à celui qu'elle avait ressenti à la mort d'Odile. Ce qui la soulagea un peu, ce fut de rentrer auprès d'Armand et des enfants, et de reprendre sa vie de femme d'ambassadeur. A partir de ce moment, ses attaches envers les Etats-Unis diminuèrent : le lien, c'était Harrison. Elle hérita sa part de la fortune de son père. Piètre consolation.

Tout ce qui comptait, désormais, c'étaient ses filles, son mari, sa vie à leurs côtés.

Deux ans plus tard, ils quittèrent Londres, Armand était nommé ambassadeur à Washington. En cinq ans, c'était la première fois que Liane retournait vivre aux Etats-Unis. Période enthousiasmante pour eux, avec la perspective d'un poste important pour Armand et, pour Liane, quantité de responsabilités. Seule ombre à leur bonheur, Liane perdit un bébé, un petit garçon, peu après leur arrivée aux Etats-Unis. Ce fut une épreuve terrible qu'elle eut du mal à surmonter.

Les années à Washington furent cependant une époque qu'ils devaient regretter plus tard, illuminées de somptueux dîners à l'ambassade, d'éblouissantes soirées au milieu des plus hauts dignitaires d'Etat, de réceptions à la Maison-Blanche... Grâce à leurs relations avec des hommes politiques éminents, leur existence s'enrichit d'événements et d'amitiés qui les comblèrent. Ces années-là leur manqueraient, elles s'achevaient trop vite. Leurs amis aussi leur manqueraient, à eux comme à leurs filles. Marie-Ange et Elisabeth avaient respectivement neuf et sept ans, à présent, et elles n'avaient connu d'autres écoles que celles de Washington. Armand s'était déjà occupé de les inscrire à Paris – elles parlaient parfaitement le français –, mais ce serait pour elles un grand changement. Et, avec cette guerre qui allait peut-être éclater en Europe, Dieu seul savait ce qu'il adviendrait. Armand et Liane avaient envisagé cette éventualité : s'il arrivait quelque chose, il les renverrait toutes les trois aux Etats-Unis, où Liane pourrait habiter avec son oncle dans la maison de son père, à San Francisco. Au moins Armand les saurait-il en sécurité. Mais on n'en était pas encore là. Présentement, pour autant qu'on pût avoir des certitudes dans ce domaine, Armand savait que la France resterait en paix. Mais jusqu'à quand ?

Pour l'instant, il fallait préparer l'ambassade en vue de son remplacement. Armand reporta son attention sur son bureau ; il était près de dix heures du soir lorsqu'il releva les yeux. Il se leva et s'étira. Ces temps-ci, il s'était senti vieux, en dépit des protestations passionnées de Liane, mais à cinquante-six ans, après tout, il avait déjà une existence bien remplie.

Le diplomate ferma la porte en s'en allant, souhaita bonne nuit aux deux gardes du hall, puis introduisit sa clef dans la serrure de l'ascenseur privé, à l'arrière du bâtiment, qui conduisait à ses appartements. Il esquissa un sourire las ; c'était toujours un bonheur de rentrer auprès de Liane, même après toutes ces années. Liane était une femme dont aurait pu rêver tout homme.

Durant ces dix ans, Liane s'était montrée pleine d'attentions délicates, compréhensive, patiente, pleine de joie de vivre, amoureuse. L'ascenseur s'étant arrêté au quatrième étage, Armand ouvrit et pénétra dans le vestibule de marbre qui donnait sur son bureau personnel, ainsi que sur le grand salon lambrissé et sur la salle à manger ; une senteur délicieuse lui parvint depuis la cuisine. Dans la cage d'escalier en marbre, il jeta un coup d'œil en direction du dernier étage et il l'aperçut, aussi belle que dix ans plus tôt, ses cheveux blonds répandus sur ses épaules, ses yeux bleus sans maquillage et la peau aussi fraîche que lorsqu'il l'avait vue la première fois, dans son jardin, quand elle avait quinze ans. Elle était d'une beauté rare. Armand chérissait chaque moment passé avec elle, encore qu'il en eût moins souvent l'occasion, ces jours-ci, en raison d'un surcroît de travail.

— Bonsoir, mon amour.

Elle se précipita à sa rencontre, joignit les bras autour de son cou et lui caressa la nuque, comme elle le faisait depuis dix ans, en un mouvement qui le réconfortait jusqu'au tréfonds de lui-même.

— Comment s'est passée cette journée ? Ou bien, je ne devrais pas le demander, sans doute ?

Il lui sourit, fier d'elle, fier de ce qu'elle était : une pierre précieuse.

— J'ai presque fini les malles. Tu ne reconnaîtras pas la chambre quand tu monteras.

Les yeux d'Armand pétillèrent, en dépit de cette journée exténuante :

— Tu y seras ?

— Bien entendu.

— Alors, c'est tout ce que j'ai envie de reconnaître. Comment vont les enfants ?

— Tu leur manques.

Elles n'avaient pas vu leur père depuis quatre jours.

— La semaine prochaine, nous rattraperons le temps perdu à bord du bateau, dit-il gaiement. Les réservations ont été confirmées aujourd'hui et... j'ai une petite surprise pour toi, ma chérie. Le passager qui avait réservé l'une des quatre suites de grand luxe a dû annuler, sa femme venant de tomber malade. Ce qui veut dire...

Liane éclata de rire et lui saisit le bras en l'accompagnant dans la salle à manger.

— ... Ce qui veut dire que, par égard envers le vieil ambassadeur qui change de poste, on nous donne l'une des quatre plus belles suites du *Normandie*. Quatre chambres et une salle à manger privée, si besoin est, ce qui ne sera pas le cas. Nous aurons bien mieux à faire en profitant de la grande salle. Mais peut-être les enfants aimeront-elles dîner de leur côté et s'amuser avec le grand piano du salon privé. Nous aurons pour nous seuls un pont promenade, mon amour, où nous pourrons nous asseoir la nuit tombée, à contempler les étoiles...

Sa voix se fit rêveuse tandis qu'il dépeignait cette traversée qu'il attendait avec impatience, car, si depuis des années il entendait des éloges dithyrambiques au sujet du *Normandie*, il n'avait pas encore eu l'occasion de monter à bord. Il pouvait maintenant offrir ce présent à sa femme. Certes, elle aurait pu payer elle-même l'ensemble des quatre suites de grand luxe, mais il ne l'aurait pas permis. Armand était d'un orgueil pointilleux dans ce domaine. Il était heureux de lui faire ce cadeau, et plus heureux encore à la perspective de ces cinq journées ensemble, suspendus entre deux mondes.

Au moins, il échapperait à l'épuisement des derniers jours à l'ambassade, tout en n'étant pas encore absorbé par les tâches qui l'attendaient en France.

— Que penses-tu de cette nouvelle ? questionna-t-il, les yeux brillants.

— J'ai peine à dominer mon impatience ! Dis-moi, puisqu'il y aura un piano dans notre appartement, faut-il que je reprenne un peu d'entraînement avant le départ ? Il y a des années que je n'ai pas joué.

— Quelle enfant ! sourit-il avant de reporter son

attention sur les odeurs qui émanaient de la cuisine...
Ça sent délicieusement bon, on dirait.

— Merci, monsieur. Soupe de poisson pour mon
seigneur et maître, omelette aux fines herbes, salade
de cresson, camembert, brie... et soufflé au chocolat
si la cuisinière ne s'est pas endormie.

— Elle doit avoir des envies de meurtre, avec mes
horaires !

— Aucune importance, mon chéri, rétorqua la
jeune femme tandis que la bonne déposait la soupière
sur la table.

— T'ai-je prévenue que nous dînions demain à la
Maison-Blanche ?

— Non.

Liane avait l'habitude de ces invitations impromp-
tues. Elle-même avait donné des dîners de cent personnes en avertissant deux jours à l'avance.

— Ils ont téléphoné aujourd'hui, enchaîna-t-il.

— C'est un dîner pour quelqu'un d'important ?

La jeune femme savoura ce repas comme l'un de
leurs rares tête-à-tête, tout en se demandant combien
d'occasions leur seraient laissées, en France, de retrouver leur intimité. Peu, sans doute, du moins au début.

— La réception de demain soir concerne des gens
extrêmement importants, répondit-il.

— Qui ?

— Nous. Ce sera juste un petit dîner entre amis...
pour nous, avant notre départ.

La séance d'adieux officiels avait eu lieu trois
semaines auparavant.

— Les filles doivent être tout excitées, avec ce
voyage ? reprit-il.

— Très.

— Eh bien, sûrement pas autant que moi. Tu me
trouves un peu puéril ?

— Non. Je te trouve merveilleux. Et je t'aime.

Il s'approcha d'elle et lui saisit la main.

— Liane... Je suis l'homme le plus heureux qui soit.

II

La longue Citroën noire qu'ils avaient ramenée de Paris l'année précédente les déposa à l'entrée de la Maison-Blanche par Pennsylvania Avenue. Liane en sortit, vêtue d'un ensemble de satin noir aux épaules larges, à la veste cintrée, qui faisait ressortir un corsage d'organdi blanc. Armand lui avait acheté cet ensemble chez Jean Patou lors de son voyage de Pâques ; Patou avait toutes ses mensurations. Avec ces vêtements qui lui allaient à la perfection, elle avait l'allure d'un mannequin de haute couture, impression encore accrue par l'élégance naturelle de sa silhouette. Le diplomate, qui sortit de la voiture après elle, portait quant à lui une tenue de soirée ordinaire. La réception de ce soir serait informelle : pas de cravate blanche.

Deux maîtres d'hôtel et une bonne les accueillirent dans le grand hall afin de débarrasser les dames de leurs manteaux et de conduire les invités jusqu'à la salle à manger privée, au deuxième étage.

Etre convié de la sorte signifiait un honneur exceptionnel, mais auquel Liane avait déjà eu droit, puisqu'elle avait eu plusieurs fois l'occasion de déjeuner en compagnie d'Eleanor Roosevelt et de quelques autres femmes.

Au deuxième, le Président et sa femme les attendaient. Eleanor portait une robe en crêpe de Chine gris de Traina-Norell et un rang de perles. Il émanait d'elle une sorte de constante modestie, d'absence d'affectation, quelle que fût la provenance de ses tenues ou de ses bijoux. Avec son sourire chaleureux, on l'aurait crue vêtue d'une vieille robe et de chaussures sans prétention. C'était un peu la mère chez qui on aurait aimé rentrer le soir, après l'école, assuré de la gentillesse de son accueil.

— Bonsoir, Liane.

Eleanor l'avait aperçue en premier et se dirigeait rapidement vers elle, tandis que le Président était déjà engagé dans une conversation animée avec l'ambassadeur de Grande-Bretagne, sir Ronald Lindsay, autre ami de longue date.

— Je suis si heureuse de vous voir ! ajouta-t-elle pendant qu'Armand lui baisait la main avec empressement.

— Vous nous manquerez plus que tout, madame.

— Vous me manquerez encore plus.

Elle parlait d'une voix haut perchée, ténue, que l'on raillait souvent mais qui avait quelque chose d'apaisant et de familier pour ceux qui la connaissaient bien. C'était l'un des aspects attachants de cette personnalité à qui il était difficile de résister et que Liane avait beaucoup appréciée, durant ces cinq années, en dépit de l'affaire du *Saint Louis*. Armand lui avait bien sûr recommandé de n'y faire aucune allusion, observation que la jeune femme avait écoutée docilement, non sans une pointe d'amusement.

— Parce que, mon chéri, tu crois que je manque de tact ?

— Pas du tout, lui fut-il répondu.

En fait, le diplomate ne pouvait se défendre d'une attitude quelque peu paternelle : lui rappeler les choses, comme à ses deux filles.

— Comment vont les enfants ? questionna Liane.

Les petits-enfants des Roosevelt étaient omniprésents à la Maison-Blanche.

— Insupportables, comme d'habitude. Et vos filles ?

— Surexcitées. Chaque fois que j'effectue une tournée de contrôle, je les surprends défaisant leurs bagages pour récupérer une poupée, semer un nouveau désordre...

Les deux femmes éclatèrent de rire. Ayant donné le jour à cinq enfants, Eleanor Roosevelt n'ignorait rien des manies des tout petits.

— Je ne vous envie pas la corvée de ces préparatifs ! Pour moi, c'est déjà suffisant quand nous allons l'été à Campobello. Je ne crois pas que j'aurais pu veiller jusqu'au bout sur toutes les malles ; sans doute l'un des enfants serait-il passé par-dessus bord pour se rendre intéressant, à la suite de quoi il aurait fallu stopper le paquebot ! Cette seule idée me fait frémir ! Mais Marie-Ange et Elisabeth sont bien plus raisonnables. Vous aurez certainement une traversée de tout repos.

— Nous l'espérons, répondit Armand.

Tous trois se joignirent aux autres : l'ambassadeur de Grande-Bretagne et sa femme, lady Lindsay, les Dupont de Delaware, l'éternel Harry Hopkins, un lointain cousin d'Eleanor qui se trouvait à Washington pour quinze jours, et enfin Russell Thompson et sa femme, Maryse, ménage que les Villiers appréciaient beaucoup et voyaient souvent. Il était avocat, très proche du gouvernement Roosevelt, et elle était originaire de Paris.

On servit des cocktails et, une demi-heure plus tard, un maître d'hôtel vint annoncer que le dîner était servi dans la salle à manger. Comme toujours lorsqu'il s'agissait de dîners organisés par Eleanor, le menu était exquis. La table était mise pour onze personnes, avec un service de porcelaine bleu et or sur une nappe de dentelle ancienne où se détachaient les couverts d'argent. Iris bleus, roses jaunes et lilas blanc jetaient leurs couleurs parmi de longues bougies blanches fichées dans des candélabres d'argent, au milieu de peintures éclatantes, sur les murs, qui représentaient la Révolution américaine. Armand et Liane n'étaient pas près d'oublier cette réception. Le Président dirigeait adroitement la conversation sur des sujets d'intérêt général qu'il ponctuait volontiers d'anecdotes relatives au Congrès ou au Sénat. De tout le dîner, on ne fit aucune allusion à la guerre, mais, au dessert, la question surgit fatalement.

A cet instant tous étaient détendus, après avoir savouré du caviar, du canard rôti, un saumon fumé, une salade d'endives et un riche plateau de fromages français. L'alaska au four était presque superflu, mais sa délicatesse aidait à supporter cette discussion. Comme d'habitude, les propos s'animèrent, Roosevelt répétant qu'il n'y avait rien à craindre en Europe et aux Etats-Unis.

— Vous ne pouvez pas dire cela, rétorqua l'ambassadeur de Grande-Bretagne. Enfin, jusque dans votre pays, vous vous préparez à la guerre ! Regardez les routes que vous avez commencé d'assigner à votre flotte, regardez les industries sur lesquelles vous mettez l'accent, en particulier la sidérurgie.

Le diplomate savait parfaitement que Roosevelt était le contraire d'un naïf et mesurait la gravité de la situation ; mais le Président se refusait à l'admettre devant ses compatriotes, tout comme il le refusait ici, en présence d'amis proches et de membres de l'élite internationale.

— Quel mal y a-t-il à prendre des précautions ? répliqua Roosevelt. C'est sain pour le pays mais cela n'implique pas l'imminence d'une catastrophe.

— Peut-être pas pour vous..., dit l'ambassadeur, soudain amer. Vous savez aussi bien que nous ce qui se passe. Hitler est fou. Et il le sait. Que dit-on à Paris, cette semaine ? demanda-t-il à Armand.

Tous les yeux se tournèrent vers ce dernier, qui sembla peser ses paroles avant de répondre :

— Ce que j'y ai vu en avril était très décevant. Tout le monde feint de croire que l'inévitable ne se produira pas. Mon seul espoir est que cela ne se produira pas trop tôt. Je renverrai Liane aux Etats-Unis si la guerre éclate. Mais, plus important que le reste, une guerre en Europe, dans l'état actuel des choses, serait un désastre pour la France et pour nous tous.

Il regarda tristement son homologue britannique ; les deux hommes étaient du même avis. Un silence tomba sur la table, qu'Eleanor rompit en se levant sans bruit pour indiquer aux femmes qu'il était temps de laisser les hommes avec leur cognac et leurs cigares.

Liane se leva lentement, car elle détestait profondément ce moment-là dans les dîners. Il lui semblait toujours qu'elle manquait les discussions les plus intéressantes, celles où, après le départ de leurs épouses, les hommes s'exprimaient enfin sans tempérer leurs opinions.

Durant le retour, elle ne put s'empêcher d'interroger son mari.

— Non, tu n'as rien perdu, lui répondit-il. C'était le discours qu'on entend partout. Des questions, des protestations, Roosevelt campant sur ses positions, l'Anglais certain de ce qui va arriver... Thompson était d'accord avec nous, du reste. Quand nous sommes sortis de table, il m'a dit tranquillement qu'il était sûr que Roosevelt prendrait part à la guerre avant la fin de l'année, si elle éclatait d'ici là. Ce serait bon pour l'économie américaine. C'est toujours le cas, avec la guerre.

Liane ne s'offusqua pas de cette remarque, sachant trop bien qu'Armand avait raison. Il poursuivit :

— De toute façon, ma chérie, nous pourrons bientôt voir par nous-mêmes la situation sur place.

Il s'absorba dans ses pensées durant la fin du trajet, tandis que la jeune femme se remémorait les adieux chaleureux d'Eleanor Roosevelt.

— Il faudra m'écrire, ma chère Liane...

— Je vous écrirai.

— Que le ciel veille sur vous...

Sa voix s'était brisée ; Eleanor pressentait qu'avant même leurs retrouvailles leurs deux pays seraient exposés aux pires dangers.

— Et sur vous.

Les deux femmes s'étaient embrassées, puis Liane avait pris place dans la Citroën au côté de son mari.

Parvenu devant l'entrée principale, le chauffeur les accompagna à l'intérieur, puis les deux fonctionnaires de service leur souhaitèrent bonne nuit et disparurent dans leurs quartiers. Tout était calme. Les domestiques étaient couchés et les enfants au lit depuis longtemps. Pourtant, alors qu'ils se dirigeaient vers leur chambre, Liane sourit à son mari et le tira par la manche en mettant un doigt sur ses lèvres. Elle avait entendu un bruit de pas et un déclic d'interrupteur.

— Qu'est-ce qu'il y a ? murmura-t-il pendant qu'elle ouvrait à l'improviste la porte de Marie-Ange.

— Bonsoir, mesdemoiselles.

La jeune femme avait parlé d'une voix égale et Armand se demanda ce qui lui arrivait, quand il perçut des fous rires étouffés et une galopade de pas feutrés. Les deux petites filles s'étaient cachées dans le lit de Marie-Ange et maintenant elles accouraient au-devant de leurs parents avec de grands éclats de rire.

— Vous nous avez apporté des gâteaux ?

— Bien sûr que non ! s'exclama Armand, indigné.

Liane connaissait ses filles mieux que personne. Il sourit à son tour.

— Que faites-vous debout ? Et où est Mademoiselle ?

La nurse était censée vérifier qu'elles s'étaient couchées et rester auprès d'elles. Désobéir était une tâche ardue, tout le monde le savait, mais, de temps à autre, les deux fillettes parvenaient à leurs fins, avec un bonheur sans égal.

— Elle dort. Et il faisait tellement chaud...

Elisabeth leva sur lui les mêmes yeux bleus que sa mère et, comme à l'accoutumée, quelque chose fondit en lui ; il saisit la petite fille dans ses bras puissants. Bien qu'il eût largement dépassé la cinquantaine, cet homme de haute stature gardait l'apparence et la vigueur de la jeunesse.

Seuls ses rides et ses cheveux blancs trahissaient son âge, mais les deux enfants ne se rendaient pas compte qu'il était beaucoup plus âgé que leur mère. C'était leur père, elles l'adoraient, et voilà tout.

— C'est très mal de rester debout aussi tard ! Qu'est-ce vous avez bien pu inventer ?

Il savait Marie-Ange fort capable de déclencher une révolution. Elisabeth se contentait de suivre le mouvement. Et il avait raison, une fois de plus : quand Liane éclaira, ils aperçurent des montagnes de jouets sortis de leurs cartons et de leurs coffres. La pièce était remplie de malles de voyage où étaient rangés les manteaux des deux enfants, leurs robes, leurs chapeaux et leurs chaussures ; le tout avait été acheté à Paris.

— Seigneur ! s'écria la jeune femme en s'apercevant que ses filles avaient tout déballé à part leurs vêtements. Quelle mouche vous a piquées, toutes les deux ?

— On cherchait Marianne, expliqua Elisabeth en adressant à sa mère un sourire où manquaient quelques incisives.

Marianne était la poupée préférée de la petite fille.

— Tu sais très bien que je ne l'ai pas mise dans un carton. Elle est sur la table de ta chambre.

— C'est vrai ?

Mais, aussitôt, les deux petites filles pouffèrent de rire : elles s'étaient bien amusées, c'était tout. Armand de Villiers prit une mine sévère mais n'eut pas le cœur de les gronder. Et puis, à quoi bon ? Mademoiselle les élevait d'une poigne de fer et Liane était une mère admirable. Il n'avait pas à jouer les croque-mitaines. Toutefois, il leur fit quelques remontrances, en français, tout en leur rappelant que le départ pour New York aurait lieu dans deux jours.

— Mais nous ne voulons pas du tout aller à New York ! dit Marie-Ange, s'exprimant comme toujours au nom de sa sœur. Nous voulons rester ici.

Liane s'assit en soupirant sur le lit de Marie-Ange, et Elisabeth grimpa sur ses genoux pendant que Marie-Ange continuait à négocier en français avec son père.

— Nous, on se plaît bien ici.

— Mais vous n'avez pas envie de monter sur ce bateau ? Il y a un théâtre de marionnettes, un cinéma et un chenil. Et, à Paris, nous serons très heureux aussi.

— Non. Mademoiselle dit qu'il va y avoir une guerre. On ne veut pas aller à Paris s'il y a une guerre.

— Qu'est-ce que c'est, une guerre ? murmura Elisabeth tout en s'installant sur les genoux de sa mère.

— Ce sont des gens qui se battent, répondit Liane. Mais personne ne fera la guerre à Paris. Ce sera exactement comme ici.

La jeune femme comprit, à l'expression d'Armand, qu'il comptait avoir une sérieuse discussion dès le lendemain avec la gouvernante : il n'appréciait pas que l'on effraie ses enfants avec ces rumeurs.

Soudain, Elisabeth reprit la parole :

— Quand je me bats avec Marie-Ange, c'est une guerre ?

Tous éclatèrent de rire mais Marie-Ange la corrigea avant que ses parents aient pu le faire :

— Mais non, idiote ! Une guerre, c'est quand les gens se battent avec des fusils. N'est-ce pas, papa ?

— Oui, mais il ne s'est pas produit de guerre depuis longtemps, longtemps avant que vous soyez nées, et il ne faut pas s'inquiéter. Tout ce que vous avez à faire, dans l'immédiat, c'est d'aller au lit et, demain, d'aider à remettre en place tout ce que vous avez dérangé. Allez, au lit, mesdemoiselles !

Il avait essayé d'adopter un ton autoritaire, mais s'il était presque parvenu à impressionner ses filles, il ne réussit pas à convaincre Liane : les deux enfants faisaient de leur père ce qu'elles voulaient.

La jeune femme ramena Elisabeth dans sa chambre pendant qu'Armand allait border leur fille aînée dans son lit. Tous deux se retrouvèrent dans leur propre chambre, cinq minutes plus tard, Liane souriant encore des facéties des deux fillettes, tandis qu'Armand, au contraire, s'asseyait sur le lit pour ôter ses souliers vernis.

— Pourquoi cette idiote s'amuse-t-elle à les effrayer en leur parlant de la guerre ? questionna-t-il.

— Elle entend dire les mêmes choses que nous.

Liane déboutonna pensivement sa veste de satin noir en ajoutant :

— Mais je la préviendrai demain matin.

— J'y compte bien.

Les mots étaient durs, mais pas le ton de sa voix, cependant qu'il la regardait se déshabiller. Il y avait toujours quelque chose qui flottait entre eux, une raison mystérieuse, un charme qui le retenait auprès d'elle, même en ce moment, après une journée épuisante et une longue soirée. Il contempla le corps soyeux, velouté, qui se dévoilait à mesure que la jeune femme retirait son corsage d'organdi blanc, puis il se hâta vers sa propre salle de bain, d'où il revint quelques instants plus tard vêtu d'un pyjama de soie blanche et d'une robe de chambre bleu marine, les pieds nus. Elle lui sourit, la dentelle de sa chemise de nuit en soie rose fit un bruissement contre les draps et il éteignit.

Armand se glissa à son côté dans le lit, passa doucement une main le long de son bras, jusqu'au cou satiné, puis descendit vers la poitrine. Dans l'obscurité, les lèvres de Liane cherchèrent les siennes. Leurs bouches se joignirent, se gardèrent, et ils oublièrent les enfants, la gouvernante, le Président, la guerre... Tout ce dont ils eurent conscience, en se débarrassant mutuellement de leurs vêtements, ce fut de cette faim qui ne faisait que croître avec les années. Quand Armand toucha ses cuisses, Liane gémit sourdement et s'apprêta à l'accueillir. Elle goûta son parfum d'eau de Cologne pendant qu'il l'embrassait, puis ils s'unirent, et pour la première fois depuis longtemps elle se surprit à souhaiter un autre enfant. Il la prit avec douceur d'abord, puis avec une passion dévorante et, lorsqu'ils s'embrassèrent avec une ferveur renouvelée, ce fut Armand, cette fois, qui gémit dans la nuit.

III

Le portier du 875 Park Avenue restait stoïquement à son poste, étouffant sous sa lourde veste de lainage, le cou scié par son col empesé, la tête écrasée par son grand chapeau gansé d'or. En cette deuxième semaine de juin, par 30 degrés, le malheureux devait demeurer en faction, le chapeau bien droit, la veste boutonnée, le nœud papillon irréprochable, les gants blancs immaculés, souriant aimablement aux allées et venues des occupants de l'immeuble. Mike était sur la brèche depuis sept heures du matin, et il était déjà six heures du soir. La chaleur de la journée n'avait pas décru. Mike avait encore une heure à tenir avant de rentrer chez lui et de revêtir un pantalon informe, une chemise à manches courtes, de vieilles chaussures confortables : sans nœud papillon et sans chapeau, surtout. Le tout assorti d'une bonne bière bien fraîche. Les deux liftiers lui faisaient presque envie : eux, au moins, ils étaient à l'intérieur.

— Bonsoir, Mike.

Le portier laissa là ses rêveries pour porter la main à son chapeau, avec une précision tout automatique, mais il accompagna ce salut d'un sourire amical. Dans cette maison, certains ne lui auraient jamais arraché un sourire, mais là c'était différent. Il aimait bien Nicholas Burnham. Nick, comme disaient ses amis, il les entendait parfois.

Nicholas Burnham avait toujours un mot gentil pour lui, un moment à passer avec lui en attendant qu'on amène sa voiture. Ils parlaient politique ou base-ball, discutaient des dernières grèves, du prix du pain ou de la canicule qui s'était abattue sur la ville. Nick s'intéressait à Mike et semblait compatir à l'idée que le pauvre homme fût obligé de jouer les plantons toute la journée, hélant les taxis, faisant des grâces aux dames à caniches, tout cela parce qu'il avait sept enfants à nourrir. C'était comme si Nick percevait l'ironie de la situation.

— Pas trop terrible, cette journée ?

— Pas trop, monsieur.

Demi-mensonge, en fait, car ses pieds le martyrisaient. Mais soudain ils lui parurent moins douloureux.

— Et vous ? reprit Mike.

— On meurt de chaud en ville.

Le bureau de Nick Burnham était situé à Wall Street. Mike savait que Nick était un homme de tout premier plan dans le domaine de l'acier ; le plus éminent des jeunes industriels du pays, comme l'avait décrit le *New York Times*. Et il avait à peine trente-huit ans. La différence de leurs situations et de leurs revenus ne tracassait guère le portier ; le principe ne le choquait pas. Et puis, Nick lui donnait des pourboires généreux, plus des cadeaux à Noël. En outre, Nick n'avait pas toujours une vie facile, du moins chez lui. Autant Mike l'aimait bien, autant il ne supportait pas sa femme, Hillary. Une snob, une prétentieuse, cette femme... Jamais un mot aimable, jamais un sourire, parée comme une châsse avec des bijoux et des fourrures qu'elle soutirait à son mari. Quand le ménage sortait le soir, il n'était pas rare que le portier l'entende dire quelque chose de désagréable à son mari au sujet des domestiques ; ou bien il était rentré en retard, ou encore elle critiquait les amis qui les invitaient. Mais elle était jolie, encore que cela ne suffît pas. Comment Nick faisait-il pour rester de bonne humeur, avec une pareille mijaurée ?

— J'ai vu M. John aujourd'hui avec sa nouvelle batte de base-ball, reprit le portier.

— Oh, alors, sourit Nick, un de ces jours vous entendrez un bruit de vitres brisées !

— Ne vous en faites pas. Je récupérerai la balle si elle atterrit par ici.

— Merci, Mike.

Nick lui tapota amicalement le bras et disparut à l'intérieur de l'immeuble tandis que le portier entrevoyait la fin du tunnel : plus que trois quarts d'heure à tirer, et demain peut-être, une température un peu plus humaine... Deux locataires entrèrent et Mike les salua en pensant à John, le fils de Nick. Un beau petit garçon qui ressemblait à son père, mais qui avait les cheveux de jais de sa mère.

— Je suis là ! cria Nick dans l'entrée, comme chaque soir.

Tout en posant son canotier sur un guéridon, il guetta les bruits familiers, par exemple une cavalcade de John, qui accourrait au-devant de lui pour l'embrasser. Mais rien de tel aujourd'hui. Une bonne en uniforme noir et tablier de dentelle blanche sortit de l'office.

— Bonsoir, Joan.

— Bonsoir, monsieur. Madame est en haut.

— Et mon fils ?

— Il est dans sa chambre, je crois.

— Merci.

Il emprunta un long couloir recouvert d'une épaisse moquette. On avait entièrement refait l'appartement l'année précédente, dans des tons blanc, beige et crème. Le tout dégageait une atmosphère apaisante et en même temps opulente. Les travaux lui avaient coûté les yeux de la tête, notamment après le passage des trois décorateurs et des deux architectes que Hillary avait embauchés et renvoyés l'un après l'autre, mais le résultat était vivable. Ce n'était pas précisément le genre d'endroit où on se serait attendu à voir un petit garçon, ce n'était pas un cadre à tolérer des traces de doigts sur les murs ni des parties de ballon, mais enfin, dans la chambre d'enfant, l'avis de Nick avait prévalu.

Tout y était dans les rouges et les bleus, les meubles étaient de vieux chêne ; les dessins d'enfants aux murs semblaient un peu superflus aux yeux de Nick, mais au moins John pouvait s'y faire. La gouvernante avait sa propre chambre, près de la grande chambre de John, suivie d'un petit salon où se trouvait un bureau qui avait appartenu à Nick autrefois, puis d'une grande salle de jeux, remplie de jouets, où le petit garçon pouvait recevoir ses amis.

Nick frappa doucement. En guise de réponse, la porte s'ouvrit à toute volée et il se retrouva en face de son fils, qui l'accueillit avec un sourire radieux. Il se baissa vers lui, le souleva de terre dans ses bras, et un rire enfantin chatouilla ses oreilles, comme tous les soirs.

— Papa, tu m'étouffes !

— Comment va mon petit garçon ?

— Très bien, et ma nouvelle batte est formid'.

— Parfait. Tu as cassé combien de vitres ?

— Aucune ! rétorqua John, faussement offusqué, pendant que son père le déposait à terre en lui ébouriffant les cheveux, des cheveux d'un noir presque bleu.

C'était un curieux mélange de Nick et de Hillary : la peau laiteuse de sa mère, les yeux verts de son père...

Hillary et Nick étaient aussi différents que possible : elle, petite, délicate, très brune, et lui, immense, blond et bâti en force.

— Je pourrai emporter ma batte sur le bateau ?

— Je n'en suis pas sûr, monsieur ! Sauf si tu promets de la laisser dans ta malle.

— Il me la faut, papa ! Ils n'en ont pas en France.

— Probablement.

Ils partaient pour un an, ou six mois si la situation se dégradait. Nick y négociait cette année tant de contrats qu'il avait décidé de diriger lui-même le bureau de Paris et de laisser son bras droit à New York. John irait dans une école américaine à proximité des Champs-Elysées ; Nick avait loué un hôtel particulier avenue Foch. Les propriétaires, des aristocrates français, s'étaient installés en Suisse l'année précédente, durant la période d'affolement qui avait précédé les accords de Munich, et ne comptaient plus quitter Lausanne pour le moment.

— Tu viens dîner avec moi, papa ? demanda le petit garçon, plein d'espoir.

— Il faut que je monte voir ta mère.

— Ah bon.

— Je descendrai après ton dîner et nous pourrons bavarder un peu. Ça te va ?

— Très bien ! répondit John, visiblement soulagé, avant de disparaître avec sa gouvernante.

Nick s'attarda un instant dans la pièce, à contempler le vieux bureau. Son père le lui avait offert quand il avait douze ans, peu avant son départ pour la pension, mais il l'avait donné à John beaucoup plus tôt. Et, si on l'écoutait, John n'irait pas en pension. Lui-même avait trop souffert de ces années-là, exclu, banni de son foyer. Et puis, il aimait trop son fils pour s'en séparer.

Il reprit le long couloir beige jusqu'au grand piano du vestibule central, puis monta lentement les marches.

Alors qu'il approchait du palier, il vit que la porte de leur suite était entrebâillée et il entendit la voix de Hillary, suraiguë, tandis que la bonne sortait de la penderie et rentrait dans la chambre avec toute une cargaison de fourrures.

— Pas celles-là, idiote !

Il n'apercevait sa femme que de dos, ses cheveux noirs balayant comme de la soie les épaules de son déshabillé de satin blanc.

— Imbécile, je t'ai dit les zibelines, la veste de vison et le renard argenté...

Elle fit volte-face et jeta un coup d'œil à son mari. Nick lui avait souvent répété de ne pas insulter le personnel, mais c'était une chose qu'elle avait faite toute sa vie et elle ne semblait pas disposée à changer. Hillary n'avait que vingt-huit ans mais c'était le type même de la « grande dame », avec sa coiffure soignée, son visage maquillé à la perfection, ses ongles manucurés et vernis, son maintien, son style. Même en peignoir, elle incarnait la quintessence du chic.

— Bonsoir, Nick.

Elle resta immobile pendant qu'il la rejoignait, lui tendit une joue, puis reporta son attention sur la bonne.

— Va me chercher les fourrures que je t'ai demandées, dit-elle plus doucement, bien que sa voix demeurât tranchante.

— Tu es très dure avec cette pauvre fille, lui reprocha-t-il sans acrimonie, ce dont elle avait l'habitude.

Hillary n'y prêtait plus attention. Nick se montrait charmant envers tout un chacun, sauf elle, bien sûr. Il avait gâché sa vie, et il récoltait ce qu'il méritait. Elle entendait lui faire payer très cher ces neuf dernières années. S'il n'y avait eu Nick, elle serait restée à Boston, elle aurait peut-être épousé ce comte espagnol qui ne jurait que par elle, l'année où elle était débutante... Comtesse... Cela sonnait si bien...

— Tu as l'air fatiguée, observa-t-il en la regardant au fond des yeux, sans y trouver la moindre trace de chaleur.

— C'est vrai. Qui, à ton avis, s'occupe de préparer ce voyage, dans cette maison ? Tout me retombe sur le dos : tes affaires, celles de John, les nappes, les draps, les couvertures, la vaisselle...

Les bonnes s'en chargeaient, mais il s'abstint de tout commentaire et alla s'asseoir dans une bergère Louis XV.

— Je peux faire mes propres bagages, tu sais. Comme je te l'ai dit, la maison de Paris a tout ce qu'il faut. Tu n'as pas besoin d'emporter le linge de maison et la vaisselle.

— C'est stupide ! Dieu seul sait qui s'en est servi avant nous !

La petite bonne revint timidement avec deux manteaux de zibeline, un vison et la veste de renard argenté que Hillary s'était vu offrir à Noël. Ce n'était pas un cadeau de Nick, à la différence des autres fourrures. Alors de qui ? De Ryan Halloway ?

— Qu'est-ce que tu regardes ? demanda-t-elle alors qu'il examinait pensivement l'objet du litige. Ne recommence pas. D'abord, je ne suis pas obligée d'aller à Paris.

Pas ça, pas maintenant ! Nick était épuisé, accablé par cette canicule.

— Il faut que nous allions à Paris, expliqua-t-il avec lassitude. J'entends y diriger personnellement mon bureau l'an prochain. J'ai des contrats très importants là-bas, tu le sais bien. Et puis, enfin, Paris, ce n'est pas le bagne ! Je ne comprends pas, tu as toujours adoré cette ville...

— Oui, pour de courtes vacances. Pourquoi ne t'arranges-tu pas pour faire des aller et retour ?

— Parce que tu me manquerais, et John aussi. Hillary...

La bonne s'éclipsa discrètement. Elle connaissait d'avance le déroulement de la scène ; il s'emporterait, finirait par crier, et elle lui jetterait quelque chose au visage, cela lui arrivait encore assez souvent.

— Si nous en restions là, Hillary ? Si tu te résignais à ce départ ? Bon sang, le bateau s'en va dans deux jours...

— Vas-y seul, rétorqua-t-elle, glaciale, tout en prenant place sur le lit, les mains enfouies dans la veste de renard.

— Tu serais débarrassée de moi pendant un an, ce qui te permettrait d'aller à Boston voir ce sale petit crétin...

Elle n'était pas précisément farouche, il le savait depuis longtemps, mais il voulait sauver ce mariage. Les parents de Nick avaient divorcé et il lui en restait le souvenir d'une enfance solitaire, malheureuse ; il n'imposerait pas cela à son fils. Pourtant, malgré toute sa bonne volonté, une perfidie lui échappa :

— Tu n'as donc jamais peur de te retrouver enceinte, Hillary ?

— Apparemment, tu n'as jamais entendu parler de l'avortement... si ce que tu sous-entends est vrai. Je veux dire : que je sors avec d'autres. Et c'est faux. Mais les enfants, ce n'est pas mon fort, Nick chéri, tu ne te rappelles pas ?

— Oh, que si !

Il sentit sa mâchoire se contracter. Hillary ne lui avait jamais pardonné ce qui s'était passé neuf ans plus tôt. Elle avait été la plus ravissante des débutantes, à Boston, avec ses cheveux aile de corbeau et ses robes blanches que ses parents lui commandaient à Paris... Quel homme ne l'eût désirée ? Son père avait plus de cinquante ans quand elle était née, et sa mère trente-neuf ; ils avaient renoncé à tout espoir quand le miracle s'était produit. On l'avait outrageusement gâtée dès le début ; son père l'adorait, sa mère, ses grands-parents, sa gouvernante la couvaient, la dorlotaient... Et puis la jeune fille avait rencontré Nick le soir même de ses débuts dans le monde. Il était très beau, immense, très blond ; l'une des plus jolies filles de la ville l'accompagnait ; on se retournait sur son passage. Nick Burnham, murmurait-on... Un empire dans la sidérurgie... Héritier unique... Vingt-neuf ans, l'un des plus beaux partis de Wall Street... Hillary avait tout mis en œuvre pour le conquérir. Et elle avait réussi sans grande peine. Nick s'était rendu à Boston, puis à Newport l'été suivant. C'est là que la chose était arrivée. Elle voulait qu'il la désire plus qu'aucune femme ; elle s'était donnée à lui, parce qu'elle croyait l'aimer – et parce qu'elle voulait cet homme.

Ce qu'elle n'avait pas prévu, c'était l'enfant. Si Nick reçut un choc, Hillary, elle, s'affola. Elle ne voulait pas d'enfant, elle avait peur de grossir... Sa réaction était si puérile qu'il s'en amusa tout d'abord. Elle sanglota, parla d'avorter, ce qu'il refusa. Nick alla voir le père de la jeune fille, sans lui parler de l'enfant, et la demanda en mariage. Cette femme-enfant l'enchantait, et qu'elle lui donne un bébé ne lui plaisait pas moins. Ils se marièrent avant la fin de l'été à Newport ; la jeune femme rayonnait comme une princesse de conte de fées, dans sa robe de dentelle blanche... Mais ses sourires dissimulaient son désespoir. Elle endura comme un martyre les premiers temps de leur vie conjugale, en dépit des constantes attentions de Nick, parce que, pensait-elle, il l'avait épousée à cause du bébé ; et elle refusait d'être en compétition avec cet enfant.

Quand le terme approcha, il fit tout son possible pour la rassurer, lui offrit des cadeaux extravagants, l'aida à installer la nursery, promit de lui tenir la main, mais, le neuvième mois, Hillary sombra dans la dépression, ce qui, de l'avis du médecin, contribua à transformer l'accouchement en cauchemar. La jeune femme faillit y laisser la vie, ainsi que le bébé.

Elle ne pardonna jamais à son mari. La dépression continua six mois. Longtemps, Nick songea qu'il était le seul à pouvoir aimer le petit John, mais enfin Hillary surmonta l'épreuve.

Du moins le pensait-il. Car, l'hiver suivant, elle retourna à Boston pour Noël, sans leur fils, et revit des amis. Elle semblait soudain très désireuse de revenir chez ses parents, loin de son mari. Bientôt, Nick apprit qu'aux soirées où elle se rendait, chez ses amis d'autrefois, Hillary jouait les débutantes, prétendait qu'elle n'était pas mariée... Un mois après l'arrivée de la jeune femme à Boston, Nick vint la chercher. Elle supplia son père de la garder auprès de lui ; elle refusait ce mariage, elle refusait de vivre à New York, elle refusait de s'occuper d'un bébé. Son père se montra ferme, pour une fois.

Hillary regagna New York avec une mine de condamnée. Elle se sentait trahie, rejetée, elle haïssait son mari par-dessus tout, parce qu'il représentait tout ce qu'elle détestait. Le père de la jeune femme s'était entretenu avec Nick ; il se reprochait la conduite de sa fille, s'accusait de l'avoir trop gâtée et s'inquiétait de la voir fuir toute responsabilité, aux dépens de son mari et de son enfant. Mais Nick lui assura qu'avec du temps et de la patience tout s'arrangerait.

Cependant, rien ne s'arrangea. Hillary continua à se désintéresser de l'enfant. Durant l'été, elle se rendit à Newport, en emmenant Johnny et la nurse afin d'éviter les commérages. Lorsqu'il vint la voir, à la fin de la saison, Nick comprit brutalement qu'elle avait une liaison.

Elle avait tout juste vingt et un ans. Son amant était le frère de l'une de ses amies, diplômé de Yale, qui se vantait en ville de coucher avec Hillary Burnham. Jusqu'au jour où Nick vint exiger des explications. Le jeune homme retourna à Boston l'oreille basse, après une scène violente avec Nick.

En la ramenant à New York, Nick essaya tant bien que mal de lui faire entendre raison, ce qui n'empêcha pas la jeune femme d'effectuer de constants va-et-vient entre Newport, Boston et New York, ni de se lancer dans toutes sortes d'aventures chaque fois qu'elle se croyait à l'abri des regards. Dont cette passade avec Ryan Halloway.

Elle l'avait rencontré pendant un voyage de Nick à Paris. Halloway ne représentait pas grand-chose pour elle, Nick en avait conscience, mais c'était une manière de répéter qu'elle ne se sentait pas la femme de Nick, qu'elle ne le serait jamais et que jamais il ne la posséderait tout à fait. Elle était libre, libre envers son mari, libre envers son enfant, libre envers son père. Celui-ci était mort trois ans après le mariage. La mère de Hillary, quant à elle, avait renoncé à toute influence sur la jeune femme ; et Nick également, à son tour. Hillary était comme elle était, une femme ravissante, dotée d'une intelligence mal employée et d'un sens de l'humour qui amusait encore Nick les rares fois où ils se parlaient. A une ou deux reprises, il avait envisagé le divorce, mais la crainte de perdre la garde de son fils l'en avait retenu, les juges se prononçant généralement en faveur de la mère.

Son seul espoir, un espoir bien mince, reposait sur ce voyage à Paris : peut-être Hillary s'y plairait-elle, peut-être reviendrait-elle à une attitude plus normale. Sa liaison avec Ryan s'était terminée après Noël, encore qu'une autre fût en cours. Elle se montrait d'une nervosité révélatrice quand une nouvelle aventure s'amorçait, comme un pur-sang au départ de la course. Mais Nick s'y était résigné, pourvu qu'elle se montre discrète. Et puis, elle témoignait un peu plus d'affection à leur fils depuis quelques années.

Johnny avait des gouvernantes dévouées, Nick y veillait. Cet enfant était le centre de son existence, et, si cela impliquait qu'il faille supporter Hillary, ses infidélités et son mauvais caractère, Nick était prêt à payer le prix.

Elle venait de s'asseoir à sa coiffeuse pour peigner ses cheveux soyeux. Elle l'observa dans le miroir, puis, comme pour lui lancer un autre défi, avala une longue rasade du whisky-soda qui se trouvait sur la coiffeuse. Soudain, il s'aperçut que sous son déshabillé de satin blanc la jeune femme portait une robe de soie noire.

— Tu sors, Hillary ?

Elle en trépignait presque d'impatience.

— Mais oui. Il y a une soirée chez les Boynton.

— Curieux, ironisa-t-il. Je n'ai pas vu le carton d'invitation.

— J'ai oublié de te le montrer.

— Ça ne fait rien, répondit-il en se dirigeant vers la porte.

— Tu veux venir, Nick ?

Il retourna sur ses pas. Les Boynton donnaient très probablement une soirée, en effet. Nick s'y rendait rarement. Quand il accompagnait sa femme, elle se réfugiait dans un coin, pour flirter avec une nouvelle connaissance, voire avec un vieil ami.

— Non, merci. J'ai apporté du travail pour ce soir.

— Au moins, tu ne pourras pas dire que je ne te l'ai pas proposé.

— Non. Transmets-leur toute mon amitié et tâche de rentrer tôt. Et..., hésita-t-il.

— Oui ?

— Essaie de ne pas laisser New York en ruine quand tu t'en iras. Quoi que tu fasses, rappelle-toi que nous partons dans deux jours. Et, quoi qu'il advienne, tu viens avec moi.

— Ce qui veut dire... ?

— Ce qui veut dire que tu viens avec moi, même si tu dois abandonner un cœur brisé derrière toi. Tu es ma femme, même si tu t'efforces de l'oublier.

— Ça, je ne risque pas !

Hillary avait mis d'autant plus d'aigreur dans sa réplique qu'elle se sentait coupable envers lui, à cause de la gentillesse dont il l'avait entourée.

— Amuse-toi bien.

Il referma doucement la porte derrière lui et descendit voir son fils. A peine eut-il quitté la chambre que la jeune femme ôta son déshabillé, révélant la robe à dos nu qu'elle avait achetée chez Bergdorf Goodman. Elle mit ses pendants de diamant et scruta le miroir. Philip Markham se rendrait à la soirée. En terminant le fond de son whisky, elle se demanda comment Nick s'arrangeait pour être toujours au courant de tout. Il ne s'était rien passé entre elle et Phil, pour l'instant, mais il devait aller à Paris en août et... qui sait ?

IV

Le sompteux paquebot se trouvait à quai, à
l'appontement 88 sur l'Hudson. En sortant de la
limousine, Armand resta un moment à contempler
les trois élégantes cheminées qui se détachaient sur le
ciel. Le navire jaugeait quatre-vingt mille tonneaux,
ce qui ne l'empêchait pas d'être le plus rapide et le
plus sophistiqué des paquebots au monde. Sa vue
coupait le souffle, provoquait un instant de silence,
d'émotion, d'émerveillement... Plus beau encore
lorsqu'il voguait à pleine vitesse, il resplendissait déjà
en cette minute même, le long de la jetée.

— Papa ! Papa ! Je veux voir !

Elisabeth avait bondi la première hors de la Citroën
et s'accrochait à la main de son père.

— C'est ça, le bateau ?

— Non, sourit Armand. Ce n'est pas « ça », c'est
« lui ». Le beau *Normandie*, mon trésor. Tu ne verras
jamais un paquebot comme celui-ci, petite fille. On en
construira d'autres dans les années à venir, peut-être,
mais il n'y aura jamais de second *Normandie*.

Depuis sept ans qu'on l'avait lancé, le paquebot
avait accueilli les puissants et les riches, les élégants,
les esthètes, les amoureux du luxe et de la mer, et
aucun parmi eux n'eût contredit Armand. Le *Normandie* était extraordinaire, unique, c'était un monde
à part, une île, l'essence même de la beauté.

Le diplomate se tourna vers sa femme : l'espace
d'un instant, il avait perdu la notion de ce qui l'entourait. S'il l'avait osé, il aurait pleuré. Quelque chose,
dans le magnifique navire, le bouleversait, le rendait
encore plus fier d'être français. Quel orgueil que de
sentir tout le travail, tout l'amour qui avait présidé à
sa construction, de la proue à la poupe, de la coque au
pavillon...

— Tu as l'air d'un jeune père tout fier, plaisanta
Liane, devinant son émotion.

— Quelle victoire, acquiesça-t-il, quelle victoire
pour la France...

Marie-Ange avait rejoint sa sœur, et les deux enfants sautillaient avec une même excitation.

— On peut monter à bord, papa ? On peut ? On peut ?

Liane prit chacune de ses deux filles par une main tandis qu'Armand donnait ses ordres au porteur et au chauffeur. Cinq minutes plus tard, ils passèrent sous la gigantesque arcade qui indiquait « Compagnie générale transatlantique » et se retrouvèrent dans un ascenseur qui les amena dans une zone supérieure. Trois entrées discrètement séparées, portant la mention « première classe », « touristes » ou « cabines », offraient l'accès aux mille neuf cent soixante-douze passagers. Huit cent soixante-quatre passagers se rendraient en première, en empruntant l'arcade que franchissaient Armand, Liane et leurs deux filles.

Lorsqu'ils se trouvèrent tous les quatre sur le pont du *Normandie*, il était un peu plus de midi. Ils avaient quitté Washington à cinq heures du matin, par le train, pour atteindre New York une demi-heure avant d'embarquer. Une limousine du consulat de New York était venue les chercher afin de les conduire directement à l'appontement 88.

— Bonjour, monsieur. Madame...

L'officier en uniforme adressa un sourire aux deux enfants, en robe d'organdi bleu pâle, gants blancs, chapeau de paille et vernis noirs.

— Mesdemoiselles, bienvenue à bord.

Le jeune homme aimait son travail ; depuis qu'on l'avait chargé de contrôler l'arrivée des passagers, il avait eu l'occasion de rencontrer Thomas Mann, Stokowski, Giraudoux, Saint-Exupéry, sans oublier des stars comme Douglas Fairbanks, des chefs d'Etat, des étoiles du monde littéraire, des cardinaux et des pécheurs, ou des têtes couronnées qui venaient de pratiquement tous les pays d'Europe. Il adorait le simple fait de les attendre et de prononcer leur nom. Souvent, il les reconnaissait au premier coup d'œil.

— Monsieur... ?

— Armand de Villiers.

— L'ambassadeur ? Ah, bien sûr.

En consultant sa liste, il nota que les Villiers occuperaient l'une des quatre plus belles suites du paquebot. Il ignorait que c'était là une faveur de la « Transat », et la suite Trouville, catégorie grand luxe, l'impressionna.

— Nous vous conduisons tout de suite à vos appartements.

Le jeune officier appela un steward, qui prit immédiatement le petit sac de voyage de Liane. Le reste des bagages avait été expédié quelques jours plus tôt ; ceux qu'ils avaient transportés dans le train les rejoindraient dans leur suite quelques instants après leur arrivée. Telle était la qualité du service à bord.

La suite Trouville se situait sur le pont promenade ; c'était l'une des deux suites de ce secteur, qui comprenait un promenoir privé donnant sur le café-grill à ciel ouvert. Les bancs, les lampes, les escaliers et les bastingages formaient un dessin élégant qu'Armand admira depuis la terrasse privée. A l'intérieur, les Villiers disposaient de quatre grandes chambres, une pour l'ambassadeur et sa femme, une pour chacune des petites filles et une pour la gouvernante. D'autres chambres étaient prévues sur ce pont, destinées à des domestiques. L'une était réservée à Jacques Perrier, le secrétaire d'Armand, qui pourrait ainsi travailler avec lui durant le voyage. Les autres « studios » ne seraient pas utilisés.

Les seuls autres passagers du pont supérieur occuperaient la suite Deauville, identique à la suite Trouville en matière de luxe et de confort, mais dont la décoration différait. Chacune des cabines, en première, avait son style propre et rien ne se répétait d'une suite à l'autre. Jusqu'au moindre détail, tout était unique. Lorsque Armand et Liane visitèrent leurs appartements, ils échangèrent un regard ; la jeune femme se mit à rire. Tout était si riche, si somptueux, si parfait qu'elle ressentait le même enthousiasme que ses filles.

— Alors, ma chérie ? questionna Armand, près du

grand piano, pendant que le steward se retirait. Qu'en penses-tu ?

Ce qu'elle en pensait ? Que c'était un endroit prodigieux pour y passer cinq jours... cinq semaines... cinq mois... cinq années... Elle serait volontiers restée sa vie entière à bord du *Normandie.*

— Je n'arrive pas à y croire, répondit-elle.

Autour d'eux, en chemin, ils avaient remarqué la décoration arts déco, foisonnante, les bois précieux, les sculptures, et, partout, de gigantesques panneaux de verre. C'était, plus qu'un palace flottant, plutôt une cité idéale voguant sur les flots, où tout était en harmonie et réjouissait la vue. La jeune femme s'assit sur un lit de repos couvert de velours vert sombre et eut un petit rire.

— Tu es sûr que je ne suis pas en train de rêver ? Tu ne vas pas me réveiller, je ne vais pas me retrouver à Washington ?

— Non, mon amour, répondit-il en prenant place auprès d'elle. Tout cela est bien réel.

— Mais cette suite, Armand, j'ai le frisson en pensant à ce qu'elle doit coûter !

— Je te l'ai dit, j'avais simplement réservé en catégorie de luxe ; nous avons été promus, en somme, expliqua-t-il triomphalement, heureux de la voir si joyeuse.

Liane éprouvait la même émotion que lui. Du temps qu'elle voyageait avec son père, elle avait été habituée au luxe, mais pas à ce point. A se trouver sur le *Normandie,* ne fût-ce qu'un moment, on avait le sentiment d'entrer dans l'histoire. De toute évidence, on ne construirait plus jamais un paquebot comparable à celui-ci ; on en parlait, on en parlerait des années durant.

— Tu veux boire quelque chose, Liane ?

Il alla ouvrir une porte de bois à double battant, révélant un immense bar abondamment garni.

— Seigneur ! s'écria Liane en le regardant. On pourrait renflouer le bateau entier avec tout cela !

Armand déboucha une bouteille de dom pérignon,

remplit deux flûtes et porta un toast, ses yeux rivés à ceux de sa jeune femme :

— Aux deux plus belles créatures de ce monde... *Le Normandie*... et ma femme.

Liane but une gorgée de champagne, rayonnante, puis s'approcha de son mari. C'était comme une nouvelle lune de miel... et elle s'obligea à penser que les deux petites filles se trouvaient dans la chambre contiguë.

— Si nous allions faire un tour ? suggéra Armand.

— Tu crois qu'on peut laisser les enfants ?

— Ici ? rétorqua-t-il gaiement. Oh oui, je crois qu'elles sont en sécurité !

Et puis, Mademoiselle les aidait déjà à déballer leurs jouets et leurs poupées.

— Je sais exactement ce que j'ai envie de voir.

— Et c'est... ?

Elle passa un peigne dans ses longs cheveux blonds et Armand sentit monter en lui une bouffée de désir. Ces dernières semaines, tant de travail l'avait accaparé qu'il l'avait à peine vue. Sur le paquebot, espérait-il, ils auraient du temps pour eux, flânant d'un pont à l'autre, bavardant comme ils l'aimaient depuis dix ans. Le diplomate s'était juré de ne travailler que de neuf heures à midi avec Jacques Perrier et de s'accorder une totale liberté le reste du temps.

Ce voyage était également inespéré pour le secrétaire. Normalement, le jeune homme aurait dû regagner la France à bord d'un bateau de moindre standing, et en seconde, mais, en récompense de cinq ans d'excellent travail, Armand était intervenu pour lui obtenir un tarif intéressant. Liane appréciait le secrétaire de son mari, tout en espérant ne pas trop avoir affaire à lui, car elle souhaitait se ménager un peu d'intimité avec Armand. Ses deux filles auraient de quoi se distraire de leur côté, avec la piscine, les salles de jeux pour les enfants, les chenils où elles pourraient aller voir les chiens qui étaient du voyage, le théâtre de marionnettes et le cinéma.

Tandis qu'ils sortaient, elle demanda à Armand si Jacques se trouvait déjà à bord.

— Il viendra nous rejoindre après le départ, je pense.

Le jeune secrétaire avait passé deux jours à New York, avec des amis, et donnait sans doute une réception d'adieu dans sa cabine.

— Eh bien, reprit-il, que veux-tu visiter ?

— Tout ! répondit-elle, les yeux brillants, comme une petite fille. Je veux visiter le bar aux parois de peau de porc vernie, le jardin d'hiver, le grand salon... Je veux même visiter le fumoir. Il a l'air extraordinaire dans la brochure.

— Je ne sais pas si tu pourras entrer dans le fumoir, ma chérie.

Il la contempla dans son ensemble de soie rouge ; difficile de croire qu'ils étaient mariés depuis dix ans. Liane paraissait toujours dix-neuf ans et, du point de vue d'Armand, avec ses vingt-quatre ans de plus qu'elle, c'était encore une enfant. Ils descendirent vers le pont des embarcations, à l'avant, d'où ils purent apercevoir New York dans la chaleur de juin. Ils rentrèrent un instant plus tard, se rendirent au pont promenade, où ils passèrent rapidement dans le salon des premières, puis jetèrent un coup d'œil au théâtre. Enfin, Liane évoqua la piscine.

— Il y a une terrasse avec une rampe pour les filles. Elles seront en sécurité.

— Ces deux petits poissons ? plaisanta Armand. Elles le seraient dans n'importe quelle piscine.

— Il n'empêche que je préfère être sûre qu'on a mis une protection. Tu penses que c'est ouvert, maintenant ?

— Je crois que c'est fermé jusqu'au moment du départ.

Le *Normandie* était célèbre pour ses réceptions d'adieu, du reste assez impressionnantes, et sans doute certains en auraient-ils profité pour visiter la piscine en compagnie d'une ou deux bouteilles de champagne. On ne priait jamais les visiteurs de quitter le navire, dans ce cas. Partout, on en voyait qui examinaient les appartements, risquaient un œil dans les salons et les suites.

Après le théâtre, ils allèrent dans la bibliothèque, une belle pièce d'aspect austère, puis Liane découvrit presque aussitôt le jardin d'hiver. Elle sut à peine réprimer un cri de surprise. Ils venaient d'entrer dans une jungle tropicale, éclatante de verdure, aux fontaines de marbre d'où l'eau jaillissait délicatement, parmi de vastes cages de verre où voletaient des oiseaux exotiques. On se serait cru en plein air, illusion due au fait qu'on avait atteint l'avant du paquebot. Liane s'émerveilla ; l'impression d'irréalité persistait.

— C'est encore plus magnifique que dans la brochure !

Même à première vue, on décelait des trésors, des détails qui défiaient la description et que n'aurait su rendre aucune photographie. Le bateau entier était un pays de légende, peuplé de passagers élégants, beaux, attirants, qui évoluaient dans un décor spectaculaire, à l'image de Versailles ou de Fontainebleau.

Tandis qu'ils retournaient à l'arrière du paquebot, vers le solarium, des murmures faisaient écho à leurs sensations : « Extraordinaire... Un miracle... Incroyable... C'est princier... Royal... » Le *Normandie*. Une œuvre d'art unique au monde. Le joyau de la flotte française.

— Nous allons voir si Jacques est ici, Liane ?

Ils longeaient les studios-cabines et, l'espace d'un instant, la jeune femme sentit son cœur s'arrêter. Elle ne voulait pas voir Jacques maintenant ; elle ne voulait pas le voir du tout. Elle voulait Armand pour elle seule et regrettait presque d'avoir emmené les enfants. Cinq jours seule avec son mari...

— Si tu veux, acquiesça-t-elle néanmoins, puisque Armand avait besoin de son secrétaire.

Le devoir par-dessus tout. Ils frappèrent, mais, au grand soulagement de Liane, n'obtinrent pas de réponse. Un steward s'approcha immédiatement.

— Vous cherchez M. Perrier, monsieur l'ambassadeur ?

— Oui.

— Il est au café-grill avec des amis. Voulez-vous que je vous conduise ?

— Non, merci, ce n'est pas la peine. Nous aurons largement le temps après le départ.

Armand était satisfait : il avait voulu s'assurer que son secrétaire se trouvait bien à bord. Ils avaient d'importants rapports à terminer en prévision de l'arrivée d'Armand à Paris.

— Je vous remercie.

— Je vous en prie. Je serai votre chef steward pendant la traversée. Jean-Yves Herrick, ajouta-t-il avec un accent qui disait assez ses origines bretonnes. Je crois qu'un message vous attend dans votre suite, de la part du commandant Thoreux.

— Merci encore.

Le diplomate suivit Liane à l'intérieur. Près d'un immense panier de fleurs sur le piano et de deux paniers de fruits, envoyés par leurs amis de Washington, ils découvrirent en effet une lettre du commandant, qui les invitait à assister au départ depuis la passerelle de commandement, privilège réservé à de rares élus.

— Tu crois que je peux apporter mon appareil photo ? s'enquit Liane.

— Pourquoi pas ? Veux-tu que nous passions voir les enfants ?

Les deux petites filles avaient disparu. Mademoiselle avait laissé une note pour les informer que Marie-Ange et Elisabeth voulaient visiter les chenils et le tennis sur le pont supérieur. Rassurée, Liane suivit son mari. La passerelle de commandement se trouvait sur le solarium, à l'avant, et donnait directement sur le jardin d'hiver.

Aux abords de la timonerie, deux officiers empêchaient les curieux d'entrer. Armand leur tendit le message du commandant et pénétra avec Liane à l'intérieur.

Le commandant Thoreux était un homme d'un aspect assez sec, aux cheveux blancs et aux yeux d'un bleu sombre qu'entouraient de profondes rides. Il baisa la main que lui tendait Liane, salua Armand et souhaita la bienvenue à ses deux visiteurs, qui ne tarirent pas d'éloges.

— Nous sommes tous très fiers du *Normandie*, acquiesça-t-il, radieux.

Le paquebot venait une fois de plus de gagner le Ruban bleu pour ses records de vitesse dans la traversée de l'Atlantique.

— Il est encore plus beau que nous ne le rêvions. Un navire exceptionnel.

Armand regarda alentour, observant l'ordre parfait qui régnait sur la passerelle ; on se serait cru à l'intérieur d'un mécanisme d'horlogerie. Tout y était immaculé, silencieux. Des graphiques étaient dépliés sur une grande table, la vue d'ici était idéale. D'une plate-forme en hauteur, le commandant et son second dirigeaient les mouvements du paquebot. Armand avait entendu dire que c'était le bateau le plus stable au monde. Au début, on avait noté des vibrations désagréables, mais ce problème avait été rapidement résolu. Et, grâce à l'ingénieuse découpe de la coque, le paquebot ne laissait qu'un sillage relativement faible. Au total, il dépassait les espérances de son concepteur et de son constructeur.

D'un coin à l'écart, le diplomate et sa femme virent le paquebot prendre le départ, s'éloigner lentement de l'appontement 88, assisté par des remorqueurs jusqu'à sa sortie du port, puis obliquer vers l'est, pointant son étrave vers la France, jusqu'à ce qu'enfin disparaisse le port de New York. Armand remarqua une fois de plus la rapidité, la précision et la maîtrise de l'équipage.

— Nous vous souhaitons à tous deux une très agréable traversée, dit le commandant à la jeune femme. Et ce serait pour moi un grand honneur que de vous recevoir ce soir à ma table. Nous avons à bord des gens très intéressants. Comme toujours, du reste.

Fier de son navire, il montrait quelque vanité, mais à juste titre. Armand accepta son invitation en espérant que Liane pourrait ainsi se faire des amis et se distraire durant ses heures de travail avec Jacques.

Après avoir remercié le commandant Thoreux, ils regagnèrent la suite Trouville.

Il était près de trois heures de l'après-midi. Armand suggéra de commander des sandwiches et du thé dans la chambre. Leur suite possédait son office propre et une salle à manger.

Quand Liane s'étendit sur le large lit, recouvert de satin bleu, il lui lut le menu, et elle fit une grimace.

— A notre arrivée, tu ne pourras pas me traîner hors du bateau si je mange autant !

— Tu peux bien te permettre de prendre un ou deux kilos.

La jeune femme avait une tendance naturelle à la minceur et Armand devait bien admettre qu'il la préférait ainsi : longiligne et racée. Cette silhouette fine accentuait son air de collégienne, surtout lorsqu'elle jouait avec leurs filles sur la pelouse. Son allure juvénile lui parut plus frappante que jamais, tandis qu'elle retirait son ensemble de soie rouge, révélant de délicates cascades de satin et de dentelle. Sans hâte, il repoussa le menu et s'approcha de Liane... Mais leur sonnette retentit à cet instant. Armand hésita et Liane soupira.

— Je reviens tout de suite, promit-il.

L'intrus était Jacques Perrier, image même de la conscience professionnelle ; un visage anguleux, des lunettes, des complets sombres et un porte-documents toujours bourré à craquer. Liane ne le connaissait que trop bien. Avec l'aide de Jacques Perrier, la lune de miel s'achèverait avant d'avoir commencé. Les deux hommes discutèrent un moment dans le salon, puis Armand réapparut.

— Il est parti ? questionna la jeune femme en s'asseyant sur le lit, ses bas, ses jarretelles et son soutien-gorge encore attachés.

— Non... Excuse-moi... Des dépêches arrivées juste avant notre départ... Il faut que... Rien qu'une minute...

— Je comprends. Tu vas travailler ici ?

— Non, je pensais aller dans sa cabine. Commande une collation. Je suis de retour dans une demi-heure.

Il l'embrassa rapidement sur les lèvres puis sortit. Liane relut le menu mais elle n'avait pas faim ; elle n'avait faim que d'Armand, faim de son temps, d'un peu plus de temps. Elle s'allongea sur le lit, écoutant les bruits amortis du navire, et s'endormit en rêvant de son mari et d'une plage quelque part dans le Midi de la France. La jeune femme essayait de toucher Armand, mais une sentinelle se dressait devant elle, et cette sentinelle avait les traits de Jacques Perrier. Elle dormit deux heures.

Dans la suite Deauville, Hillary Burnham considérait le bar avec irritation. On y trouvait des litres de champagne... mais pas de scotch.

— Cette saleté de bar ! Ces abrutis de Français, ils ne savent penser qu'à leur saloperie de vin !

Elle claqua le battant et dévisagea son mari, les yeux scintillant comme de l'onyx noir, sa chevelure balayant une robe de crêpe de Chine blanc. Elle avait jeté le chapeau assorti sur une chaise quand elle était entrée dans le salon, sans prêter attention à la splendeur du décor. Sa seule réaction fut d'ordonner à la bonne de déballer ses habits et de repasser la robe de satin noir, ainsi que le haut de satin framboise qu'elle comptait mettre à la soirée.

— Hillary, veux-tu que nous allions visiter la suite avant de prendre un verre ?

Nick l'observa pendant qu'elle s'écartait du bar en secouant la tête : elle avait tout d'une enfant capricieuse et aigrie, et il n'en comprenait pas mieux la raison qu'autrefois. Ses propos étaient souvent cruels, et en même temps c'était une femme extrêmement séduisante qui savait le bouleverser, l'attirer irrésistiblement. La réciproque n'était pas vraie et il en souffrait. Il avait espéré, follement, que ce voyage la transformerait, que loin de son milieu habituel elle redeviendrait celle qu'il avait jadis rencontrée, mais il avait vite mesuré son erreur. La veille de leur départ, elle avait passé plusieurs coups de téléphone dans son boudoir, en grand secret, et à onze heures du soir elle était sortie plus de deux heures. Il ne l'avait pas interrogée ; ils allaient s'absenter un an et, en tout état de cause, cette page de la vie de Hillary était tournée.

— Veux-tu du champagne ? proposa-t-il d'un ton aimable mais plus froid.

— Non, merci, je crois que je vais aller au bar.

Elle consulta un plan du paquebot et s'aperçut qu'un bar se trouvait juste en dessous de leur suite. Elle se remit du rouge à lèvres, rapidement, et se dirigea vers la porte. Johnny était avec sa gouvernante sur leur pont privé et regardait New York disparaître à l'horizon. Après une seconde d'hésitation, Nick résolut de suivre sa femme et de ne pas la perdre de vue. La communauté américaine de Paris était restreinte et il entendait qu'elle n'y crée pas de scandale durant l'année qu'ils passeraient en France ; il n'était pas question que Hillary reprenne ses habitudes.

— Où vas-tu ? demanda-t-elle en se retournant.

— Je t'accompagne au bar. Ça t'ennuie ?

— Pas du tout.

La jeune femme descendit au grill, sur le pont des embarcations, où se tenait le buffet jour et nuit ; les murs étaient tendus de cette peau de porc vernie qui avait tant intrigué Liane. C'était une pièce immense qui donnait sur la promenade des premières classes, où nombre de passagers s'étaient rassemblés au moment du départ. Par petits groupes ou en couples, ils pénétraient dans le grill, le visage animé, volubiles et joyeux. Seuls Hillary et Nick s'assirent dans un silence total ; du moins le perçut-il ainsi. Il lui parut étrange de demeurer muet en face de sa propre femme, mais il se dit qu'au fond ils se connaissaient à peine. Tout ce qu'il savait d'elle, c'était qu'elle se rendait constamment à des soirées, s'achetait quantité de vêtements et se précipitait à Newport ou à Boston chaque fois qu'elle en avait l'occasion.

Tandis qu'elle commandait un scotch, il se demanda subitement si elle se sentait prise au piège, ici, avec lui. Mais que lui dire ? Que dire à une femme qui vous a fui durant près de neuf ans ? « Bonjour, comment vas-tu ? Où étais-tu pendant ces dix ans ? »

Il sourit à l'absurdité de ses propres pensées, puis, quand il releva les yeux sur Hillary, il vit qu'elle le dévisageait avec un mélange de curiosité et de méfiance.

— Qu'y a-t-il de si drôle, Nick ?

Sur le point de lui donner une réponse évasive et rassurante, il se ravisa.

— C'est nous qui sommes drôles, Hillary. J'essayais de me rappeler la dernière fois que nous nous sommes assis à une table comme celle-ci, seuls, sans endroit où aller, sans projet particulier. C'est drôle, voilà tout. Je me demandais ce que j'allais te dire.

Il était trop facile de l'exaspérer, ce que Nick ne souhaitait pas. Il en venait presque à espérer retrouver une forme de bonne entente, d'harmonie avec elle ; peut-être cette année à Paris serait-elle salutaire pour eux. Nick posa la main sur ses doigts longs et fins, et frôla le diamant de dix carats qu'il lui avait offert. Il lui avait souvent acheté des bijoux, au début, mais, comme elle en témoignait moins de plaisir qu'il n'en éprouvait lui-même, il avait peu à peu renoncé. Il savait que Hillary recevait des cadeaux d'autres hommes, comme la veste de renard, mais aussi une grande broche d'émeraude qu'elle portait fréquemment, comme pour mieux le défier... Et puis une bague de rubis... Nick chassa ces réflexions de son esprit et scruta les grands yeux noirs.

— Bonjour, Hillary, dit-il en souriant. Je suis content de te voir ici.

— Vraiment ?

La colère de la jeune femme avait fait place à quelque chose de mélancolique.

— Je ne sais franchement pas pourquoi, Nick. Je ne suis guère une épouse pour toi.

— Nous sommes devenus des étrangers, ces dernières années, mais rien ne nous empêche de changer.

— Pourquoi changer ? Je suis adulte, je suis quelqu'un que tu ne connais pas et, pour tout dire, la plupart du temps je n'arrive pas à me rappeler qui tu es. J'ai le lointain souvenir de soirées où nous sommes allés, jadis, je me souviens que tu étais beau et attirant, et je te regarde, et tu sembles comme avant... Mais c'est une illusion, acheva-t-elle, les yeux trop brillants.

— Alors, j'aurais changé ? Suis-je si différent, Hillary ?

Les larmes aux yeux, la jeune femme acquiesça.

— Est-ce une mauvaise chose ?

— Je crois..., hésita-t-elle, butant contre les mots, puis elle se lança. Je crois que oui, pour moi. Je pense que je n'étais pas faite pour me marier, Nick.

Elle s'était exprimée sur le ton de la confession, sans amertume. En cette minute, elle ressemblait à une jeune débutante : cette débutante qu'il avait « séduite », à qui il avait fait un enfant, qu'il avait « enlevée » et « forcée » à l'épouser. Il y avait long-temps que Hillary avait récrit le scénario à sa façon et elle avait fini par y croire, de sorte qu'il était inutile de chercher à rétablir la vérité.

— Ce mariage, poursuivit-elle, c'est un piège... Comme si j'étais un oiseau qui ne peut pas voler, un oiseau qui ne peut que replier ses ailes et boitiller sur le sol, sans aller nulle part, ridicule aux yeux de ses amis. Et je me sens... je me sens laide... et je ne suis plus comme autrefois.

— Tu es plus belle encore.

Il contemplait ce teint laiteux, cette chevelure soyeuse, ces épaules délicates, ces bras pleins de grâce... La laideur de Hillary Burnham n'était pas physique mais morale... Néanmoins, Nick s'abstint de toute remarque.

— Tu es devenue une femme exceptionnellement belle. Mais qui s'en étonnerait ? Tu étais une jeune fille ravissante.

— Je ne suis plus cette jeune fille, Nick. Et je ne suis même pas une femme... Tu n'imagines pas ce que c'est, le mariage, pour une femme. On appartient à quelqu'un, on devient sa chose, plus personne ne vous voit comme un être humain à part entière.

Nick n'avait jamais envisagé le mariage sous cet angle et il en éprouva un malaise ; était-ce contre cela qu'elle se battait depuis toutes ces années ? Était-ce là l'explication de toutes ces liaisons ?

— Je ne t'ai jamais considérée comme ma chose. Je te vois comme ma femme.

— Que veut dire ce mot ? répliqua-t-elle, furieuse, avant de commander un autre scotch à un serveur. Ma femme ! Ça sonne comme « ma chaise, ma table, ma voiture ». Ma femme ! Et alors, quoi ? Qui suis-je quand je suis avec toi ? Je suis Mme Nicholas Burnham. Je n'ai même pas de nom à moi, bon sang ! La mère de Johnny... c'est comme si on était le chien de quelqu'un. Je veux être *moi*. Hillary !

— Seulement Hillary ? demanda-t-il avec un sourire triste.

— Seulement Hillary.

Elle le scruta un moment, adossée à son siège, puis but une gorgée d'alcool.

— Hillary, est-ce là ce que tu es pour tes amis ?

— Pour certains, oui. Au moins, les gens que je fréquente se moquent pas mal de ce que tu es. J'en ai marre qu'on me parle tout le temps de Nick Burnham. Nick Burnham par ici, Nick Burnham par là... Oh, vous êtes sans doute madame Nicholas Burnham... La femme de Nick Burnham... Nick Burnham... Nick Burnham... Nick Burnham !

Elle haussa tellement le ton qu'il lui fit signe de se taire.

— Laisse-moi parler !

Bien qu'il comprît mieux le point de vue de sa femme, Nick s'étonna de ses contradictions, car ce qu'elle lui reprochait était précisément ce que tout d'abord elle avait recherché en lui : sa notoriété, ce qu'il représentait.

— Et je vais te dire une bonne chose, acheva-t-elle : à Boston, tout le monde se contrefiche de Nick Burnham. Là-bas, j'ai mes propres amis. Ils me connaissaient avant mon mariage.

Que ce fût si important pour elle, il ne s'en était pas rendu compte, et il se demanda que faire pour la soulager de cette rancœur qui la torturait. A cet instant, un steward s'approcha :

— Monsieur Burnham ?

Immédiatement, il pensa à son fils ; un accident, une blessure grave...

— Un message de la part du commandant.

Un éclair jaillit dans les yeux de la jeune femme et, là aussi, Nick comprit : Hillary était jalouse de lui.

Le carton indiquait que le commandant Thoreux les invitait à dîner dans la grande salle à manger, à neuf heures. C'était le second service, plus élégant que le premier, à sept heures.

— Qu'est-ce qu'il y a, encore ? Ils sont déjà à te faire de la lèche, Nick ?

La jeune femme avait terminé son second verre de scotch et ses yeux étincelaient, mais elle ne pleurait plus.

— Hillary, arrête !

Il vérifia alentour que personne n'avait entendu. Nick était conscient de la place qu'il occupait, quoiqu'il se montrât parfois trop modeste à cet égard, ce qui rendait d'autant plus absurdes les propos de sa femme.

— Le commandant nous invite pour ce soir, expliqua-t-il.

— Pourquoi ? Il veut te vendre le bateau ? Il paraît que ce rafiot est surnommé « la dette flottante de la France ».

— Si c'est le cas, il en vaut la peine, répondit-il indirectement, pour ne pas la braquer davantage. L'invitation est pour neuf heures. Veux-tu que nous mangions quelque chose en attendant ? Ou bien nous pourrions prendre le thé dans le grand salon.

Il n'était que quatre heures et demie. La jeune femme rétorqua qu'elle n'avait pas faim et tenta de commander un autre scotch, mais son mari éloigna le serveur.

— Ne me traite pas comme une enfant, Nick ! siffla-t-elle.

Attitude qu'elle reprochait à tout son entourage, à l'exception de Ryan Halloway et de Philip Markham, aux yeux de qui, enfin, elle se sentait femme.

— Je suis une grande personne, figure-toi, et si j'ai envie d'un verre, je le boirai.

— Si tu bois trop, tu vas te rendre malade.

Pour une fois, Hillary ne chercha pas à discuter. Elle prit son poudrier Cartier, au fermoir de diamant, pendant qu'il réglait les scotches, et se remit du rouge à lèvres. Avec peu d'efforts, elle était de ces femmes sur qui on se retourne, ce qui ne manqua pas de se produire quand ils sortirent prendre l'air. New York était maintenant loin. Le *Normandie* filait trente nœuds en laissant un sillage à peine visible.

Ils s'accoudèrent silencieusement au bastingage. Peut-être avait-elle raison, pensa-t-il, peut-être n'aurait-elle jamais dû se marier. Enfin, il était trop tard pour qu'ils se séparent, à cause de Johnny. Il se tourna vers elle et, l'espace d'une seconde, il eut envie de passer un bras sur ses épaules, mais il devina d'instinct qu'il ne fallait pas. Il soupira dans la brise, tandis que d'autres couples les dépassaient, et il les envia. Avec Hillary, il avait connu l'attirance, la passion, le plaisir, du moins au commencement, mais jamais cette confiance qui s'épanouit entre deux personnes qui se sentent bien ensemble. D'une certaine façon, ce n'était pas de l'amour qu'ils avaient éprouvé : seulement une satisfaction physique.

— Nick, à quoi es-tu en train de penser ?

— A nous. A ce que nous avons et à ce qui nous manque.

Mots dangereux à prononcer, mais Nick se sentait enclin à oser. Le vent lui fouettait le visage. Bizarrement, il savourait une impression de liberté. Sans doute était-ce lié à cette magie des grands paquebots, à ce sentiment d'être dans un monde à part, loin des règles de la vie quotidienne.

— Et que possédons-nous ? interrogea-t-elle.

— Parfois, je ne sais plus. En tout cas, je sais ce que nous possédions au début, soupira-t-il en s'appuyant au bastingage.

— Le début n'était qu'un rêve.

— Les débuts le sont toujours. Pourtant, je t'aimais, Hillary.

— Et maintenant ?

— Je t'aime encore.

Pourquoi ? se demanda-t-il. Pourquoi ? A cause de leur fils ?

— Malgré tout ce que je t'ai fait ?

— Oui.

— Tu es un type bien.

Elle avait parlé avec honnêteté, à cœur ouvert, mais elle n'avait pas dit qu'elle l'aimait. Le dire, c'était se mettre à nu, admettre qu'elle lui appartenait. Hillary agita ses cheveux dans le vent et contempla l'horizon tandis qu'il quêtait sa réponse. Sans le regarder, elle reprit la parole, comme si elle refusait qu'il puisse lire en elle, ou par crainte de le blesser encore :

— Que faut-il que je porte, ce soir, au dîner ?

— Ce que tu voudras.

La fatigue et la tristesse s'abattirent sur lui. Il ne saurait plus si elle l'aimait. Peut-être cela avait-il perdu tout intérêt. C'était sa femme, après tout, encore que Hillary fût insaisissable.

— Les hommes seront en cravate blanche. Je pense qu'il te faudra quelque chose d'assez habillé.

Tous deux revinrent au pont supérieur. Quand ils entrèrent dans leur suite, Nick jeta un coup d'œil dans la chambre de son fils, qui visitait encore le bateau avec sa gouvernante, et regretta subitement de ne pas l'avoir accompagné lui-même. Lorsqu'il regagna leur appartement, il découvrit Hillary à demi nue, plus belle que jamais, de cette beauté qu'on a envie de prendre brutalement. Quand Hillary avait dix-huit ans, il ne pensait pas à elle de la sorte. Mais maintenant, cela lui arrivait. Souvent.

— Diable ! Si tu te voyais ! railla la jeune femme en éclatant de son rire profond, un peu guttural. Tu as tout l'air d'un voyeur, Nick Burnham !

Elle lui fit face, la bretelle de sa combinaison glissa sur son épaule et il s'aperçut qu'elle ne portait pas de soutien-gorge.

— Ne reste pas comme ça, Hillary, sauf si tu cherches les ennuis.

— Quel genre d'ennuis ?

Nick fut en deux pas auprès d'elle ; il pouvait sentir la chaleur de ce corps. Il écrasa ses lèvres sur celles de sa femme, sans se soucier qu'elle le souhaite ou non. Avec Hillary, on ne savait jamais, cela dépendait de l'importance que son amant du moment avait pour elle. Mais elle n'avait pas d'amant sur ce bateau. Elle enlaça son mari qui la souleva, la porta jusqu'à leur chambre, et la déposa sur le lit en déchirant la combinaison de satin blanc.

Sa peau était aussi de satin, et son corps si doux, si laiteux que Nick y enfouit les lèvres avidement, affamé. La jeune femme se donna avec une passion qui devait moins aux souvenirs du passé qu'à l'expérience des années. Nick ne posa aucune question. Il ne songeait qu'à son propre désir, qui ne connut aucun frein, aucune limite, tandis qu'ils s'unissaient, jusqu'à ce qu'ils se séparent, épuisés. Il la regarda dormir, ensuite, et il comprit qu'elle ne lui appartiendrait jamais. Ni à lui ni à un autre. Hillary était hors d'atteinte. Pendant qu'elle reposait paisiblement entre ses bras, Nick songea avec amertume qu'il avait toujours désiré l'impossible. Hillary était comme un fauve qu'il voulait apprivoiser. Et, là encore, elle avait raison : il avait secrètement envie de la posséder.

V

Celles qui entrèrent lentement dans la grande salle à manger, ce soir-là, en descendant majestueusement l'escalier, s'attirèrent des regards admiratifs. Leur coiffure, leur maquillage relevaient de la perfection ; les femmes de chambre les avaient aidées à se préparer et la plupart des robes venaient de Paris. Les lumières de la salle rivalisaient avec leurs joyaux, aussi étincelants que les onze cent trente-cinq bougies qui se reflétaient avec eux dans l'infini des murs tendus de verre ouvragé, en une enfilade qui dépassait de dix-huit mètres la Galerie des Glaces de Versailles. La salle à manger, d'une hauteur de trois ponts, semblait emplie jusqu'à saturation de taffetas rubis, de velours saphir et de satins émeraude, que tranchait çà et là l'éclat furtif d'une robe brochée d'or.

Liane portait un élégant bustier de taffetas noir de Balenciaga, qui cascadait dans son dos en un océan de volants, mais quand Hillary Burnham fit son entrée, toutes les têtes pivotèrent dans sa direction pour contempler son audacieuse robe à la grecque, du satin mauve le plus pâle, qui la moulait si exactement que les hommes retinrent leur souffle, y compris le commandant Thoreux. Bien qu'elle eût mis un collier de grosses perles baroques, ce n'était pas le bijou qui attirait le regard, mais plutôt ses cheveux aile de corbeau, sa peau veloutée, ses yeux de jais et sa silhouette irréprochable.

La table du commandant était placée devant une immense statue de bronze qui représentait la Paix, la tête dressée au milieu des dîneurs. Hillary la rejoignit en compagnie de Nick, en queue-de-pie et cravate blanche ; son plastron amidonné était garni de boutons de nacre ornés de brillants. C'étaient pourtant les boucles d'oreilles de diamant de la jeune femme qui scintillaient le plus, comme scintillaient ses yeux pendant qu'elle saluait le commandant.

Sa voix était grave, un peu rude ; en dépit de tous leurs efforts, les convives perdirent le fil de leur conversation. Le commandant Thoreux se leva, s'inclina d'une manière quasi militaire, se pencha pour lui baiser la main, puis fit les présentations.

A l'exception de Liane, les invités étaient nettement plus âgés que les Burnham. Les femmes étaient élégamment habillées, presque trop, et couvertes de bijoux, comme si elles cherchaient à compenser leur corpulence excessive par une quantité égale de pierres précieuses. La robe de Hillary ondoyait sur elle comme une vague, révélant un corps que chacun des hommes présents à cette table brûlait de toucher.

— Bonsoir, tout le monde, dit-elle sans faire le moindre effort pour retenir le nom des invités.

Elle gratifia Armand d'un regard plus appuyé ; le diplomate portait ses décorations sur son habit de soirée. Hillary ne tenta pas d'engager la conversation avec Liane, bien que toutes deux fussent assises face à face, et ce fut Nick qui s'efforça de parler à sa place, bavardant avec deux femmes, à ses côtés, et un lord anglais. Liane remarqua que Nick se tournait fréquemment vers sa femme, non pas avec une chaleureuse complicité, comme Armand venait de le faire deux ou trois fois. On aurait plutôt cru qu'il la surveillait... Il n'en était pas à tendre l'oreille pour surprendre les propos de Hillary, mais il semblait sur ses gardes. Entre le plateau de fromages et le soufflé au Grand Marnier, Liane commença à deviner ses raisons. Hillary s'adressait à un prince italien, à sa gauche, et elle venait de lui dire qu'à ses yeux Rome était un endroit sinistre ; comme pour l'étonner davantage, elle lui sourit, enjôleuse, et jeta un coup d'œil à Armand.

— J'ai cru comprendre que vous étiez ambassadeur.

Puis Hillary regarda Liane en se demandant manifestement si elle était sa fille ou sa femme.

— Vous êtes ici avec votre famille ? poursuivit-elle.

— Oui. Avec ma femme et mes filles. Votre mari me disait que vous aviez vous-même un fils. Peut-être pourrions-nous organiser quelque chose, pour qu'ils puissent jouer ensemble.

Hillary acquiesça, visiblement contrariée. Un goûter d'enfants n'était pas ce qu'elle escomptait. Liane songea à un oiseau de proie ; avec un tel physique, Hillary Burnham ne devait guère essuyer de rebuffades... Et la rebuffade d'Armand, très courtoise, du reste, amusa Liane. Elle ne craignait pas les rivales, la seule personne qui pût lui arracher son mari étant Jacques Perrier. Les deux hommes avaient travaillé tout l'après-midi et Armand était revenu juste à temps pour se préparer.

— Tu sais, avait-elle menacé tout en lui faisant

couler un bain, je crois que je vais jeter Jacques par-dessus bord.

Longtemps, elle avait contemplé la mer, sur leur promenoir privé, en évoquant avec nostalgie le temps où il occupait des fonctions moins importantes et où son esprit n'était pas accaparé par une avalanche de mémorandums, de câbles, de dépêches et de rapports.

Liane s'interrogea sur Nick Burnham. Il paraissait d'un abord agréable mais il se livrait très peu. C'était un homme réservé, bien élevé, qui semblait prendre toute chose avec philosophie et adoptait sans doute cette façade pour contrebalancer l'allure tapageuse de sa femme. Celle-ci, estima Liane, adorait provoquer, il suffisait de voir la coupe de sa robe. Une chose était sûre : Hillary Burnham n'était pas du genre timide.

Ce soir, Nicholas observait Hillary d'un œil nouveau. Il ne l'avait pas quittée du regard quand on l'avait présentée comme sa femme. Si elle se rebellait contre ces liens, il n'y avait rien à faire pour l'aider, et Nick le regrettait. Il avait bien essayé de lui adresser un signe, mais elle s'était détournée vers l'ambassadeur de France, agacée.

— Ici, ce n'est pas Boston ni New York, murmura-t-il un peu plus tard, pendant qu'ils se dirigeaient tous vers le grand salon. Si tu te fais remarquer sur ce bateau, je te préviens : je ne te lâcherai pas d'une semelle durant ces cinq jours.

Il ne se rappelait que trop ses tentatives de flirt avec l'ambassadeur, le commandant et deux autres convives.

— Et alors ? Ce n'est qu'une brochette de vieux crabes !

— Ah oui ? J'aurais pourtant juré que l'ambassadeur ne te déplaisait pas. Alors, de grâce, accorde-toi à toi-même une grande faveur tant que nous sommes ici.

— Laquelle ?

— Tiens-toi correctement.

Elle lui fit face avec un sourire mauvais :

— Pourquoi donc ? Parce que je suis ta femme ?

— Ne recommence pas, je t'en prie ! Tu es effectivement ma femme, que tu le veuilles ou non. Il y a à bord près d'un millier de personnes influentes, et, si tu ne te tiens pas un peu mieux, toutes sauront exactement ce que tu es.

— Et qu'est-ce que je suis ?

Il faillit lui répondre : « Une traînée », mais le commandant venait de les rejoindre. Hillary se tourna vers l'officier avec une expression charmeuse.

— On dansera, ce soir ? s'enquit-elle.

— Bien sûr.

Comme les autres officiers à bord du paquebot, le commandant Thoreux avait vu passer des centaines de Hillary Burnham sur le *Normandie*, des plus jeunes, des plus vieilles, séduisantes, gâtées, capricieuses, incapables de trouver un intérêt à leur propre existence ; mais aucune n'était aussi belle que cette jeune femme.

Dans la splendeur du grand salon, au son d'un grand orchestre, elle avait conscience d'attirer tous les regards masculins. Parmi les fontaines incandescentes où brillaient des lumières, les baies de sept mètres de haut, les parois de verre gravé, couvertes de bateaux, Hillary demeurait à elle seule un spectacle, plus effervescente que des flots de champagne.

— Avec votre permission, demanda le commandant à Nick Burnham, je souhaiterais inviter madame pour la première danse.

Nick donna son assentiment et les vit s'éloigner au son d'une valse lente. Hillary dansait avec grâce, habilement dirigée par l'officier, et d'autres couples les imitèrent, parmi lesquels Armand et Liane.

— Eh bien, mon chéri, as-tu été impressionné par la sirène de New York ? demanda Liane tout en valsant.

— Pas du tout. La beauté de la côte Ouest me fascine plus. Tu crois que j'ai mes chances avec elle ? demanda-t-il en lui saisissant les doigts pour les embrasser. Cette soirée te plaît-elle, ma chérie ?

— Oh oui ! C'est assez étonnant, tu ne trouves pas ?

— Le *Normandie* ? Oh, sans aucun doute.

— Mais non, sourit Liane. Je sais que tu détestes les médisances, mais je ne peux pas résister. Je veux parler de cette femme, Mme Burnham. C'est la créature la plus éblouissante que j'aie jamais rencontrée.

— Tout à fait. La Belle et la Bête réunies en une seule personne. Je n'envie pas son mari. Mais je pense qu'il sait exactement à quoi s'en tenir avec elle. Il ne la quitte pas des yeux.

— Et elle le sait, et elle s'en moque.

— Pas si sûr. Je crois qu'elle se conduit ainsi pour le mettre au défi. Les femmes comme elle provoquent des crimes passionnels.

— Il est peut-être follement amoureux, suggéra Liane, toujours romanesque.

— Je ne crois pas. On voit bien, dans ses yeux, qu'il n'est pas heureux. Sais-tu qui il est ?

— Plus ou moins. Il est dans l'acier, c'est cela ?

Armand éclata de rire :

— Il n'est pas dans l'acier, Liane, il *est* l'acier. Son père lui a laissé un empire à diriger, en plus d'une fortune à peine imaginable. Il a admirablement fait ses preuves. Je crois qu'il est ici pour négocier des contrats de sidérurgie avec la France. Aujourd'hui, cet homme est le numéro un de cette industrie.

— Au moins, il est de notre côté.

— Pas tout le temps. Il signe aussi des contrats avec l'Allemagne nazie. C'est ça, un empire à gouverner. Parfois sans faire de sentiment, toujours avec une poigne de fer et l'esprit plus vif que ses partenaires. L'ennui, c'est qu'il n'a pas le même pouvoir sur sa propre femme.

La valse se terminait. La jeune femme restait un peu choquée d'apprendre que Burnham vendait de l'acier à Hitler ; pour elle, c'était trahir toutes les valeurs qu'elle respectait.

— Cela te gêne, Liane, qu'il traite avec les deux ?

— Oui.

— Ainsi va le monde, mon amour.

— Mais toi, Armand, tu n'es pas ainsi, répliqua-t-elle avec une telle fougue qu'il en fut touché.

— La différence, c'est que je ne fabrique pas de l'acier, moi. Je représente à l'étranger l'honneur et la puissance de la France. Cela n'a rien à voir.

— Les principes devraient être partout les mêmes. Ce qui est moral est moral.

— Les choses ne sont pas toujours aussi simples. Et, d'après ce qu'on dit, Nick Burnham est un homme tout à fait bien.

C'était également l'impression de la jeune femme, bien qu'elle se montrât plus sceptique qu'Armand. Etait-ce en raison de ses choix ambigus que sa femme le traitait avec tant de désinvolture ? se demanda Liane. Mais non, réfléchit-elle : cela ne cadrait pas avec le personnage.

— En tout cas, reprit-il, je n'en dirais pas autant de sa femme.

— Certes non !

— Peu d'hommes ont autant de chance que moi, chuchota-t-il à son oreille.

Liane dansa ensuite avec le commandant, le prince italien, puis encore son mari, après quoi ils prirent congé et regagnèrent la suite Trouville.

Elle retira sa robe noire en bâillant et se mit rapidement au lit. Quand il la rejoignit, Armand repensa à ses propres paroles : peu d'hommes avaient sa chance. Et Liane le lui prouva une fois de plus.

Une scène bien différente se déroulait dans la suite Deauville, où Nick avait obligé sa femme à rentrer. La jeune femme avait trouvé un danseur plus intéressant dans un autre groupe de passagers. A la fin, lassé de la voir virevolter indéfiniment, il avait remercié le commandant et entraîné sa femme.

— Mais tu te prends pour qui ? s'était-elle indignée.

— Pour l'être que tu hais le plus au monde, ma chérie. Pour ton mari. Pour l'homme qui te retient avec une chaîne dorée.

Il avait souri afin de refréner sa propre colère, mais elle s'était enfuie dans leur chambre en claquant la porte. Ce soir-là, Nick chercha le réconfort dans une bouteille de scotch. Il se surprit à penser à Armand et à Liane ; ils formaient un ménage harmonieux. Nick admirait la grâce de la jeune femme. Avec son air plein de douceur, elle le fascinait ; son charme subtil ne lui avait pas échappé, même dans l'ombre de Hillary, tellement plus voyante...

Nick était fatigué de ces petits jeux, décida-t-il après son quatrième verre. Plus fatigué qu'elle ne le croyait. A trois heures du matin, il alla se coucher, soulagé que sa femme ait pris un somnifère et soit déjà assoupie.

VI

L'air marin produisait son effet habituel. Le lendemain, tous s'éveillèrent plus tôt qu'à l'accoutumée, après la meilleure nuit de sommeil qu'ils aient passée depuis des années, et avec un appétit qui obligea les stewards à transporter des plateaux abondamment chargés.

Armand se tenait dans la salle à manger privée de la suite Trouville, avec les enfants et la gouvernante, pendant que Liane prenait son bain. Les deux petites filles étaient déjà impatientes de sortir.

— Que comptez-vous faire aujourd'hui ? leur demanda-t-il, attablé devant des harengs fumés et des œufs de lump qui provoquèrent une grimace de Marie-Ange. Tu veux goûter ?

— Non, merci, papa, répondit-elle en secouant la tête avec véhémence. Nous allons à la piscine avec Mademoiselle. Vous nous accompagnez ?

— Il faut que je travaille ce matin avec M. Perrier, mais votre mère viendra peut-être avec vous.

— Où est censée aller votre mère ? lança une voix.

Liane venait d'entrer, dans une robe de cashmere blanc, ses cheveux blonds retenus en un chignon strict, ses pieds chaussés de daim blanc, si fraîche qu'Armand regretta amèrement d'avoir dû se lever si tôt. Elle embrassa ses deux filles, salua la gouvernante et embrassa son mari sur le sommet du crâne.

— Tu es ravissante, mon amour.

— A cette heure-ci ? rétorqua-t-elle, feignant la surprise.

Par chance, il avait promis de finir son travail avant le déjeuner.

— Bon, reprit-elle, où suis-je censée me rendre ?

— A la piscine, avec les enfants. Ça te va ?

— Parfaitement ! J'aurais bien fait quelques achats, ou alors un tour. Mais nous aurons largement le temps d'aller nager, ajouta-t-elle en se versant une tasse de thé. Tu sais, Armand, si je ne prends pas un peu d'exercice, avec tout ce qu'on mange ici, je pèserai cent kilos quand nous arriverons au Havre.

Elle considéra le gigantesque plateau et ne prit qu'un toast.

— Tu ne risques pas grand-chose, répondit Armand en buvant la tasse de thé qu'elle lui avait servie.

Il consulta sa montre et, comme si un signal avait retenti, Jacques Perrier fit son apparition, son éternelle serviette sous le bras ; la gouvernante l'avait introduit dès qu'il avait sonné.

— Bonjour, madame... Monsieur l'ambassadeur... Tout le monde a bien dormi ?

Il s'assit, avec son petit air mélancolique, toujours désireux de se remettre au travail. Armand se leva avec un soupir.

— Madame, mesdemoiselles, le devoir m'appelle !

Le diplomate disparut dans la chambre pour chercher sa serviette et revint un instant plus tard avec son visage officiel.

En chemin, il suggéra à Perrier d'aller au fumoir, sur le pont promenade, deux ponts en dessous. Peu de passagers s'y trouveraient à cette heure matinale, de sorte qu'ils pourraient travailler en paix dans la vaste pièce aux sièges confortables et aux canapés de cuir. Le secrétaire acquiesça. Lui-même, il y avait passé la soirée de la veille, car le bal du grand salon ne l'intéressait guère. Il n'avait cessé de lire ses mémorandums dans le fumoir que pour se rendre au grill, où on lui avait servi un snack et un brandy. Le secrétaire s'était couché dès minuit.

— Avez-vous bien dormi, Perrier ? demanda Armand tandis qu'ils descendaient le grandiose escalier qui menait au fumoir.

Cette pièce était exclusivement réservée aux hommes, afin de rappeler l'atmosphère des clubs, mais c'était là le plus somptueux de tous les clubs, avec ses bas-reliefs dorés figurant des scènes de chasse en Egypte et sa hauteur de plafond, de deux ponts, qui caractérisait la plupart des pièces communes du paquebot. Armand choisit un coin tranquille, avec deux grandes chaises de cuir et un bureau, et mit de côté le journal qu'éditait le *Normandie*. Ils avaient assez à faire.

— J'ai très bien dormi, je vous remercie, monsieur.

Le diplomate jeta un coup d'œil alentour, tout en ouvrant ses dossiers.

— Quel bateau, Perrier !

Le secrétaire approuva. Même lui, peu porté sur la frivolité, était impressionné par ce qu'il avait vu, des boiseries aux verres ciselés.

— Bon, au travail, dit Armand.

Ils se plongèrent dans les dossiers quatre heures durant, Perrier prenant soigneusement des notes et écartant chaque dossier une fois la question résolue. Vers dix heures et demie, leur tâche était déjà bien entamée. Le diplomate remarqua alors l'arrivée de Nick, vêtu d'un blazer et d'un pantalon blanc et portant une cravate qui le désignait comme un ancien de l'université de Yale.

Nick s'installa dans un endroit calme, à l'autre bout du fumoir, s'empara du journal du *Normandie* et commença à lire, mais il consulta sa montre à une ou deux reprises. Armand se demanda s'il avait lui aussi emmené un secrétaire, encore que Nick lui parût plutôt du genre à laisser au bureau son travail en cours, le soir, pour se concentrer sur autre chose.

Un autre homme entra et Nick se leva aussitôt. Le nouveau venu traversa la pièce avec une raideur presque militaire, serra énergiquement la main de Nick, puis tous deux s'assirent. Nick passa une commande à un serveur, après quoi les deux hommes engagèrent la conversation. Des affaires, sans doute, songea Armand. Nick hochait souvent la tête, prenait brièvement quelques notes. Son interlocuteur sembla satisfait, un peu plus tard ; il se cala contre son siège, hochant la tête à son tour et allumant un cigare. L'homme se leva, échangea une poignée de main avec Nick et quitta la pièce par la porte du café-grill. Tout le temps que l'homme avait traversé le fumoir pour s'en aller, Nick ne l'avait pas quitté des yeux, les lèvres serrées ; puis il reprit ses notes et son expression intrigua Armand. Durant tout l'entretien, Nick avait paru attentif mais détendu, et voilà que son visage était devenu très grave.

Burnham était un homme important, et sans doute l'affaire qu'il traitait engageait-elle des sommes considérables, se dit Armand, même si Nick avait pu sembler quelque peu insouciant au début. Cette aisance n'était qu'un masque, une ruse pour mettre ses partenaires en confiance. Il n'y avait plus rien de désinvolte en lui ; Armand croyait presque l'entendre réfléchir à toute vitesse. Il espéra trouver le temps d'avoir une conversation avec lui avant la fin du voyage. Leurs regards se croisèrent au moment où Nick sortait du fumoir. Nick lui sourit aimablement. Il avait apprécié la manière dont Armand avait poliment repoussé les avances de Hillary. Tous deux se jaugèrent, sentirent une estime réciproque, et une sorte de camaraderie silencieuse passa entre eux. Puis Armand retourna à ses dossiers.

Quand Nick Burnham alla faire un tour sur la promenade des premières classes, il aperçut Liane sur la terrasse de la suite Trouville, face au vent. Longtemps, il resta à la contempler. Dans son cashmere blanc, elle ressemblait à une statue d'ivoire... Ses deux filles apparurent alors sur la terrasse et captèrent son attention ; quelques instants plus tard, elle les suivit à l'intérieur, sans avoir remarqué la présence de Nick.

La jeune femme emmena les enfants dans les boutiques, où elles achetèrent des cadeaux pour Armand. Liane choisit une cravate Hermès et Marie-Ange insista vigoureusement pour faire l'acquisition d'une maquette de bronze, sur socle de marbre, représentant le navire. Armand pourrait la placer sur son bureau, à Paris, dirent les deux petites filles, et Liane finit par accepter qu'elles rapportent ce trésor à leur père.

La piscine, où elles se rendirent peu après, offrait un spectacle hors du commun. Les grès émaillés et les mosaïques miroitantes formaient des motifs savamment élaborés. Le bassin lui-même mesurait plus de vingt-deux mètres de long. Les deux petites filles poussèrent des cris d'enthousiasme quand Liane les conduisit au petit bain. Elle avait revêtu un costume de bain bleu marine à ceinture blanche et enfoui ses cheveux dans un bonnet blanc avant de plonger dans le grand bain. Elle nagea à longues et fortes brassées en direction de ses filles, qui pataugeaient dans le petit bain et commençaient à se faire des amis. Parmi les enfants, se trouvait un petit garçon en costume de bain rouge. Elisabeth venait d'apprendre qu'il se nommait John. Lorsque John leva la tête vers Liane, tout souriant, elle fut frappée par ses yeux d'émeraude, qui tranchaient sur sa peau claire et ses cheveux de jais, et il lui sembla l'avoir déjà rencontré.

Tandis qu'elle repartait nager, la jeune femme remarqua que des petits groupes se constituaient peu à peu ; les baigneurs s'appelaient par leur prénom et, comme les enfants, nouaient des amitiés. Mais elle n'en reconnut aucun. Armand avait tant de dossiers à traiter qu'ils n'avaient pu se lier avec personne. Lorsqu'elle se retrouvait seule, Liane n'avait guère envie de quitter leur appartement ; elle préférait prendre l'air sur la promenade privée ou faire tranquillement un tour. Il ne lui serait pas venu à l'esprit d'aller bavarder avec les autres femmes dans les boutiques du bateau ou de se joindre à elles, dans le grand salon, pour prendre le thé.

Elles nagèrent une bonne heure, jusqu'à ce que Liane emmène ses filles se changer pour le déjeuner. La salle à manger des enfants, décorée par Laurent de Brunhoff avec des Babar peints sur les murs, chacun tenant par la trompe la queue de l'éléphant qui le précédait, avait fait le ravissement des deux fillettes, la veille, quand elles y avaient dîné avec leur gouvernante. Quand Liane quitta la pièce, elle croisa le petit garçon de la piscine, en compagnie de sa propre gouvernante ; elle lui sourit et il agita la main en direction de Marie-Ange et d'Elisabeth.

Il lui restait dix minutes pour se préparer en vue du déjeuner. Elle se demanda si Armand serait de retour à temps, mais, tandis qu'elle attendait, vêtue d'un ensemble Chanel de lainage beige, un steward vint lui apporter un billet : Armand et Jacques n'avaient pas terminé. Le diplomate préférait continuer à travailler, afin de se réserver l'après-midi avec elle. Un moment, les yeux fixés sur son griffonnage aisément reconnaissable, la jeune femme sentit son cœur chavirer. Malgré tout, elle adressa un sourire au steward et descendit dans la grande salle à manger pour déjeuner seule.

On la plaça à une table pour huit, où cinq sièges demeuraient vides. Les deux passagers qu'elle y rencontra étaient un ménage originaire de La Nouvelle-Orléans, d'un abord sympathique ; la femme portait un diamant gros comme un sucre et n'avait pas grand-chose à dire. Le mari était « dans le pétrole », expliqua-t-il. Ils avaient vécu des années au Texas, ainsi que dans l'Oklahoma, auparavant, puis, l'âge venant, s'étaient installés à La Nouvelle-Orléans, ville où Armand et Liane étaient allés une fois. La jeune femme maintint la conversation comme elle le put, mais, au dessert, le silence tomba. Ses deux voisins se levèrent avant le café, murmurèrent une excuse et partirent faire la sieste. Restée seule, Liane regarda autour d'elle les tables animées et se sentit encore plus seule. Après avoir grignoté des fruits frais et bu une tasse de thé, elle sortit et se trouva presque aussitôt nez à nez avec Nick Burnham et son fils. Elle comprit alors d'où lui était venue cette impression de déjà vu lorsqu'elle l'avait croisé à la piscine, tant le petit garçon ressemblait à son père.

— Tu as bien déjeuné ? lui demanda-t-elle.

— Oh oui, répondit l'enfant, radieux, en s'accrochant à la main de son père. Et maintenant, on va voir les marionnettes.

— Voulez-vous venir ? proposa Nick à la jeune femme.

Elle réfléchit ; au lieu de rester dans la suite à attendre son mari, elle pourrait emmener les enfants et lui laisser un mot.

— Volontiers. Je vais chercher mes filles et je vous rejoins là-bas.

Tout en se dirigeant vers la suite Trouville, elle se demanda distraitement où se trouvait Hillary Burnham ; celle-ci ne semblait guère consacrer de temps à son fils.

Mademoiselle aurait souhaité que Marie-Ange et Elisabeth fassent une sieste, mais Liane les entraîna, en écrivant à Armand qu'elle lui donnait rendez-vous au théâtre de marionnettes.

Dans la salle de jeux des enfants, sur le même pont, tournait un manège, non loin du théâtre de marionnettes ; le spectacle venait de commencer. Elle distingua Nick et John qui attendaient dans une rangée de sièges vides. Au moment où les lumières s'éteignaient, Liane et ses filles prirent place auprès d'eux. L'heure qui suivit passa vite, entre les facéties de Polichinelle et les applaudissements du jeune public.

— C'était chouette..., commenta Johnny. Maintenant, ajouta-t-il en levant les yeux vers son père, on peut aller au manège ?

On venait de le mettre en marche et les enfants y montaient pendant que des serveuses préparaient de généreuses portions de glace. Le *Normandie* était un pays de conte de fées, aussi bien pour les adultes que pour les plus petits. Elisabeth et Marie-Ange choisirent un cheval de chaque côté de leur nouvel ami et tous trois adressèrent des signes enthousiastes à leurs parents tandis que le manège se mettait à tourner.

— Cet endroit ne me paraît toujours pas réel, observa Nick en souriant. Je crois que j'aime encore mieux les aires de jeu que notre si belle suite...

Liane lui répondit dans un petit rire :

— Moi aussi, je crois.

Ils regardèrent un moment les enfants, bavardant joyeusement sur leurs destriers de bois. La jeune femme reprit :

— Nous avons aperçu votre fils ce matin à la piscine. Il m'a rappelé quelqu'un. A part les cheveux, il vous ressemble beaucoup.

— Et vos deux filles sont tout votre portrait.

En fait, Liane estimait qu'Elisabeth ressemblait davantage à Armand. Mais les deux enfants tenaient d'elle leurs cheveux blonds. Autrefois, Armand était très brun, comme le petit John ; avec le temps, ses cheveux avaient blanchi. Nick, au contraire, avait l'allure d'un Viking, avec sa large carrure, ses yeux verts et ses cheveux blonds.

— Ce voyage s'annonce si amusant pour les enfants... dit-il.

La jeune femme acquiesça, pensive ; ce voyage présentait-il autant d'attrait pour elle-même ou pour Nick ? Elle avait à peine entrevu son mari depuis le départ de New York. Quant à Hillary, elle ne l'avait pas aperçue avec Nick pendant le déjeuner. A quoi une femme comme elle pouvait-elle passer son temps ? Liane avait peine à se l'imaginer assise au bord de la piscine, lisant un livre sur le pont ou disputant une partie de tennis. Comme s'il avait deviné ses pensées, Nick demanda :

— Jouez-vous au tennis ?

— Non. Je ne suis pas très forte.

— Moi non plus, mais si vous avez un moment, quand vous voudrez, j'aimerais beaucoup jouer avec vous. J'ai aperçu votre mari au fumoir, il était très occupé ; et, s'il n'y voit pas d'inconvénient, ma foi, un bon match...

Nulle arrière-pensée ne transparaissait dans sa voix. Liane sentit qu'il était très seul.

— Votre femme joue également ?

Bien que la jeune femme n'y eût mis aucun sous-entendu, il se demanda si cette question ne contenait pas une nuance de reproche.

— Non. Elle a beaucoup joué à Newport quand elle était plus jeune, mais elle détestait ça... A propos, vous êtes de San Francisco, n'est-ce pas ?

Il lut sur son visage qu'elle était surprise qu'il le sache.

— Quelqu'un a mentionné votre nom de jeune fille, hier soir. Crockett, c'est bien cela ? Mon père a travaillé avec le vôtre. Nous avons des bureaux là-bas, c'est une ville magnifique, mais le destin me conduit droit vers l'Est, on dirait...

— Paris n'est pas mal non plus, plaisanta Liane.

— En effet.

Son seul regret était que Hillary ne partage pas cet avis, mais elle avait ses raisons pour s'accrocher à New York.

— Votre mari est-il rappelé définitivement en France ?

— Pour quelque temps, en tout cas. Il y a des années qu'il n'y a pas vécu et l'on souhaite sans doute le replonger un peu dans l'ambiance...

— Où étiez-vous avant ?

— A Londres et, avant, à Vienne.

— C'est une autre de mes villes préférées. J'espère que je pourrai y passer un jour en revenant de Berlin, dit-il d'un ton naturel, en homme qui n'a rien à cacher.

— Vous habitez Berlin ?

— Non. Paris. Mais j'y travaille.

Il la scruta attentivement, déjà certain de sa réaction, puisqu'elle avait sursauté au nom de Berlin.

— Mon travail, madame, consiste à vendre de l'acier. Et pas toujours aux gens que j'aime le mieux.

— Le jour viendra où nous devrons tous choisir notre camp.

— Oui. Et pour longtemps, d'après ce qu'on dit. Mais dans l'intervalle j'ai des contrats à respecter, et pas seulement avec la France.

— Vous traitez aussi avec les Anglais ?

— Plus maintenant. Ils ont d'autres marchés.

— Peut-être désapprouvent-ils vos affaires à Berlin...

A peine avait-elle prononcé ces mots qu'elle rougit, consciente d'être allée trop loin.

— Excusez-moi, balbutia-t-elle, je ne voulais pas dire...

Pour toute réponse, il lui sourit, rassurant ; non seulement elle ne l'avait pas offensé, mais il admirait sa franchise.

— Sans doute avez-vous raison, répondit-il. Ne regrettez pas vos paroles. Et vous aviez raison de dire qu'il faudra choisir son camp. J'essaie simplement de bien séparer mes convictions et mon travail, pour l'instant. Je ne peux pas me permettre d'avoir des états d'âme, j'ai une entreprise à diriger, mais je partage vos opinions.

Cette délicatesse inspira d'autant plus d'embarras à la jeune femme qu'elle percevait en lui une sincérité, une honnêteté et une totale absence de prétention qui allaient de pair avec sa solidité et sa force. Son impression se confirma lorsqu'elle vit avec quelle douceur, quelle gentillesse il s'adressait à son fils, une fois les enfants revenus du manège. C'était un homme sur qui on pouvait compter dans les moments difficiles, un homme vers qui se réfugier dans la tourmente...

A cet instant, elle vit Armand, qui se tenait dans l'embrasure d'une porte, presque aussi fatigué qu'en temps ordinaire.

— Comment était Polichinelle ? demanda-t-il en l'embrassant sur la joue.

Il regarda ses filles, qui refaisaient un tour de manège en compagnie de John, après quoi il remarqua Nick Burnham, avec qui il échangea une poignée de main.

— Avez-vous fini votre travail, monsieur l'ambassadeur ?

— Plus ou moins, en tout cas pour aujourd'hui... Tu étais toute seule au déjeuner, Liane ?

— Oui. Mais M. Burnham a eu la gentillesse de nous inviter ici. Les filles ont fait la connaissance du petit John ce matin, à la piscine, et ils sont devenus les meilleurs amis du monde. Où est Jacques ? Tu l'as jeté par-dessus bord ?

— Même si je le pouvais, sa serviette surnagerait et elle me poursuivrait jusqu'au Havre comme un requin ; et elle me dévorerait dès que je poserais le pied sur la terre ferme...

Liane et Nick sourirent, et ils parlèrent du paquebot quelques minutes. On donnait une pièce dans la soirée, au théâtre. Liane et Armand désiraient s'y rendre, car le spectacle avait remporté l'hiver précédent un grand succès à Paris.

— Mme Burnham se joindra-t-elle à nous ?

— Ma femme ne parle pas français, malheureusement. Mais nous pourrions vous retrouver pour prendre un verre après la représentation.

Liane et Armand approuvèrent, mais le soir, à huit heures, ils ne virent pas les Burnham dans le grand salon. Liane entraîna son mari dans la pièce qu'elle préférait, le jardin d'hiver, où ils restèrent plusieurs heures à boire du champagne en contemplant la nuit, assis parmi les aquariums remplis de poissons rares et les cages où jacassaient des oiseaux des tropiques. Armand avoua que la défection des Burnham le soulageait : supporter Hillary ne l'enchantait guère, malgré toute la sympathie que lui inspirait Nick.

— Il m'a proposé une partie de tennis, pendant que tu travailleras. Tu veux bien ?

— Naturellement. Je me sens déjà assez coupable de te laisser ainsi, à te morfondre...

— Sur ce bateau ? Ce serait un comble si je m'ennuyais !

— Tu es contente, alors ?

— Tout à fait, mon amour. Surtout en ce moment, murmura-t-elle en se penchant vers lui.

— Bien.

Ils retournèrent au café-grill, sortirent sur le pont promenade, puis montèrent jusqu'à leur suite. Il était près de deux heures du matin et Liane tombait de sommeil.

— Tu travailles encore, demain matin ?

— Hélas, oui. Pourquoi n'irais-tu pas jouer au tennis avec Burnham ?

Ils s'installèrent confortablement dans le lit et Armand voulut se rapprocher de sa femme, mais, avant que l'un ou l'autre ait pu préciser ses intentions, Armand ronflait doucement et Liane dormait.

VII

— Où étais-tu passée à une heure pareille ?

Nick buvait une tasse de café dans la salle à manger de la suite Deauville pendant que Johnny jouait sur le pont avec sa gouvernante, quand Hillary fit son apparition, vêtue d'un pantalon blanc et d'une chemise de soie rouge d'une coupe masculine. Elle avait également disparu la veille en expliquant ensuite qu'on lui avait fait un massage à la piscine, puis des soins à l'institut de beauté.

— J'avais envie de faire un tour, rétorqua-t-elle avec une expression glaciale.

— Tu veux manger quelque chose ?

— Non, merci. J'irais bien nager dans un moment. Je déjeunerai après.

— Bien. Je te retrouve où, pour le déjeuner ?

Elle hésita ; elle l'avait accompagné sur ce bateau, après tout, autant faire un effort.

— Au café-grill ? suggéra-t-elle.

— Tu ne préfères pas la grande salle à manger ?

— Les gens de notre table sont des raseurs.

A tel point que, la veille au soir, elle avait pris congé avant le dessert. Nick avait mis deux heures à découvrir que sa femme s'était rendue sur les ponts de la classe touristes. Au retour, elle avait déclaré cet endroit « bien plus marrant ». Il avait exprimé son désaccord : avec les bijoux qu'elle portait, elle prenait des risques, estimait-il, ce qui avait provoqué l'hilarité de la jeune femme :

— Tu as peur que les ploucs m'attaquent ?

Cependant, elle sembla plus accommodante à tout point de vue, sauf quand il évoqua le rendez-vous avec les Villiers. Deux raseurs, eux aussi. Elle avait regagné sa chambre en commandant une nouvelle bouteille de champagne. Hillary buvait beaucoup durant ce voyage. Nick le remarquait, mais, de toute façon, c'était déjà le cas à New York ; les bouteilles du bar privé diminuaient rapidement. Apparemment, elle buvait surtout dans leur chambre.

— Hillary..., commença-t-il alors qu'elle sortait. Veux-tu que je reste avec toi aujourd'hui ?

Peut-être le fallait-il, songea Nick.

— Non, merci. Je vais me faire faire encore un massage avant de déjeuner.

— Ce doit être passionnant !

Aussitôt, il s'en voulut de ses soupçons et il se haït d'avoir de telles pensées...

— Exactement.

— A tout à l'heure, au déjeuner.

Hillary referma derrière elle sans aller dire au revoir à son fils. Celui-ci fit irruption une minute plus tard et inspecta les environs.

— Maman est partie ?

— Oui. Elle est allée se faire faire un massage à la piscine, comme hier.

John considéra son père, visiblement troublé :

— Elle ne sait même pas où est la piscine. J'ai voulu lui montrer, et elle a dit qu'elle avait autre chose à faire.

Nick fit comme s'il n'avait pas entendu ; il en savait déjà trop. Mais où était-elle ? Et avec qui ? Dans la classe touristes ? Dans une cabine ? Avec un marin, sur un autre pont ? On ne pouvait tout de même pas la prendre en filature. Nick résolut de tirer au clair cette affaire lors du déjeuner et se força, dans l'immédiat, à s'occuper de son fils.

— Tu veux que nous allions voir les chiens ?

Ils montèrent au solarium, où l'on promenait une douzaine de caniches, ainsi qu'un saint-bernard, deux petits carlins et un pékinois, que John alla caresser pendant que son père contemplait l'océan, perdu dans ses réflexions. Un instant, il eut envie de fouiller le bateau de fond en comble, mais à quoi bon ? Cette guerre qui durait depuis neuf ans, Nick l'avait perdue, il n'en était que trop conscient. Hillary était la même qu'à Boston ou à New York. Il se tourna vers son fils pour lui sourire ; le petit garçon tenait dans ses bras l'un des carlins, qui reniflait désagréablement.

— Papa, quand on sera à Paris, tu me donneras un chien ?

— Peut-être. Mais voyons d'abord à quoi ressemble la maison.

— C'est promis ? questionna l'enfant, avec tant d'espoir que son père éclata de rire.

— On verra. Tu pourrais poser ce chien par terre, maintenant, et je t'emmènerai dans la salle de jeux retrouver de tout autres amis.

— D'accord. Mais on reviendra ?

Nick acquiesça. En longeant les courts de tennis, il se rappela son invitation. Jouer avec Liane l'aiderait à décharger son trop-plein d'énergie, sans quoi, il le sentait, il finirait par casser quelque chose. Se calmer, à tout prix. Son seul regret était de n'avoir pu trouver de partenaire masculin. Leurs compagnons de table, dans la grande salle à manger, étaient sans intérêt ; Hillary avait raison sur ce point. D'une manière générale, on rencontrait peu de gens relativement jeunes à bord du *Normandie,* sans doute en raison du coût de la traversée. La plupart des passagers de première étaient « arrivés » depuis longtemps, qu'il s'agît de journalistes renommés, d'écrivains, de magistrats, de banquiers, de chefs d'orchestre ou de grands solistes. Nick le déplorait ; en ce moment, il aurait eu besoin d'un ami de son âge.

Dans la salle de jeux, il aperçut les filles d'Armand et de Liane. Après une courte hésitation, il laissa son fils et s'accorda quelques pas à proximité du grill. Liane était assise sur un banc, plongée dans un livre, ses cheveux blonds flottant dans le vent.

Il se décida au bout d'un moment et l'aborda. Surprise dans sa lecture, elle leva les yeux et lui sourit. Elle portait un sweater de cashmere rose et un pantalon gris ; deux rangs de perles ornaient son cou. Cette tenue décontractée convenait à une promenade matinale, car elle n'avait pas d'autres projets.

— Je ne vous dérange pas ?

Il se tenait les mains dans les poches, raidi contre le vent, en blazer et pantalon de flanelle blanche ; un nœud papillon rouge remplaçait sa cravate de la veille.

— Pas du tout, répondit-elle en fermant son livre.

— Votre mari est déjà au travail ?

— Bien sûr ! Son assistant arrive tous les jours à neuf heures, avec l'un de ces harpons qu'on voit dans les romans, et, qu'Armand ait fini ou non son petit déjeuner, Jacques l'entraîne au bout de son filin...

L'image amusa Nick.

— Je l'ai croisé hier. Je dois dire qu'il n'a pas l'air follement drôle.

— Certes. Mais, un de ces jours, il fera un bon ambassadeur. Grâce au ciel, Armand n'a jamais été comme ça !

— Où vous êtes-vous rencontrés ?

Question quelque peu indiscrète, mais les Villiers l'intriguaient. De toute évidence, un lien particulier les unissait, un amour profond, malgré la différence d'âge et le fait qu'Armand consacrait beaucoup de temps à son travail, ce que la jeune femme semblait tolérer avec une grande patience. Nick se demanda comment on pouvait trouver une femme comme elle. Pas en tombant amoureux d'une fille de dix-huit ans, en tout cas, encore que, d'après l'âge de sa fille aînée, Liane se fût mariée aussi jeune que Hillary. Nick lui donnait à peine trente ans, alors qu'elle en avait trente-deux.

— A San Francisco. J'étais très jeune.

— Vous l'êtes toujours.

— Oh, non ! rit-elle. J'avais quinze ans et...

Sur les bateaux, on avoue ce qu'on ne raconterait pas en d'autres circonstances. La jeune femme se lança :

— Armand était marié avec une femme que j'aimais beaucoup. Ma mère est morte à ma naissance, et Odile, la femme d'Armand, a été pour moi une seconde mère. J'avais dix-huit ans quand elle est morte. Armand a eu beaucoup de mal à s'en remettre. Comme nous tous, d'ailleurs.

— Et il est tombé amoureux de vous ?

Nick croyait deviner, mais Liane plongea dans ses souvenirs, le regard lointain, et poursuivit :

— Pas tout de suite. Il nous a fallu un ou deux ans pour comprendre à quel point nous tenions l'un à l'autre. J'avais vingt et un ans à cette époque...

— Et vous vous êtes mariés, et vous avez eu des enfants...

Cette histoire enchantait Nick : les personnages de conte de fées existaient donc... Mais Liane le dérouta encore :

— Non. Juste après nos fiançailles, Armand a été nommé à Vienne. Et mon père a voulu que je termine mes études.

Elle lui parla de la séparation, du mariage, de Vienne, de Londres, de la naissance de ses deux filles, de la mort de son père...

— Cela semble si loin..., observa-t-elle.

— Vous retournez souvent à San Francisco ?

— Non. Ce n'est plus ma patrie, maintenant... Ma place est auprès de mon mari.

— Il a beaucoup de chance.

— Pas toujours, plaisanta-t-elle. Même les contes de fées ont leur mauvais côté. J'ai mes défauts, comme tout le monde. Armand est un homme d'une grande bonté, et aussi d'une grande sagesse. J'ai de la chance de le connaître depuis si longtemps. Mon père estimait qu'il ne me fallait pas un homme trop jeune, et il avait raison, apparemment. J'avais vécu trop longtemps avec lui.

— Votre mari lui ressemble-t-il ?

— Non, absolument pas. Mais mon père m'avait préparée à ce genre d'existence. J'étais la maîtresse de maison.

— Vous êtes fille unique ?

— Oui.

— Ma femme aussi. Mais on lui a confié moins de responsabilités et on l'a moins plongée dans la réalité. Elle a grandi dans l'idée que c'était Noël tous les jours ; très agréablement, sans doute, mais loin de la vraie vie.

— Elle est très belle. Ce serait difficile pour elle de se priver de cela. Souvent, les femmes comme elle attendent de la vie quelque chose qui n'existe pas.

Alors qu'elle parlait, Nick eut envie de lui objecter : « Et vous ? Pourquoi êtes-vous différente d'elle ? » Car Liane aussi était très belle, mais d'une manière plus douce et plus féminine que Hillary. Une autre idée lui traversa l'esprit :

— Vous savez, il est étrange que nos chemins ne se soient pas croisés, puisque nos deux pères ont travaillé ensemble et que nous avons sensiblement le même âge.

Et les gens de leur milieu, d'un bout à l'autre du pays, formaient un cercle restreint. Peut-être, si Liane avait suivi ses études dans l'Est, lui aurait-il été présenté à une soirée.

— Mon père vivait en reclus. Il y a quantité de gens que je n'ai jamais rencontrés parmi ceux qu'il connaissait. C'est un miracle que j'aie rencontré Armand et Odile... Je crois qu'il voulait leur faire admirer la bonne qualité de mon français !

Elle se souvint des commentaires d'Odile à cette occasion et il lui fallut un effort pour reporter son attention sur Nick.

— Où est votre femme, à propos ?

La question n'avait rien d'ironique, mais, quand la

jeune femme vit son expression douloureuse, elle regretta ses propos.

— Elle est allée chez une masseuse. C'est pourquoi je vous cherchais. Je me demandais si vous accepteriez ce match de tennis dont nous avons parlé hier. Cela vous dirait, maintenant ? Il n'y a personne sur les courts, en ce moment. Puis-je vous arracher à votre livre ?

— Je dois retrouver Armand à midi pour le déjeuner. Il a promis de se libérer aujourd'hui.

— Parfait. De mon côté, j'ai rendez-vous à une heure avec Hillary, au grill.

— Alors, allons-y, dit-elle gaiement.

Elle n'avait pas eu d'ami depuis des années – depuis Armand, en fait.

— Je me dépêche, reprit-elle, et je vous retrouve là-bas.

Il consulta sa montre, une Cartier d'or et d'émail noir.

— Dans dix minutes ?

— Entendu.

Dix minutes plus tard, la jeune femme apparut sur le court, vêtue d'une robe plissée qui dénudait à moitié ses cuisses minces tandis que Nick portait un short blanc et un sweater. Ils jouèrent tranquillement, sans hâte. Nick battit Liane aux deux premiers sets, mais elle le prit par surprise à la fin et gagna par 6-2 avec un hourra de triomphe et une poignée de main au-dessus du filet, comme il se doit. Soudain, ils se sentirent heureux et libres. Et jeunes.

— Vous m'avez menti : vous êtes redoutable, accusa-t-elle, encore hors d'haleine.

— Oh, non. Mais vous-même, vous n'êtes pas mauvaise du tout ! Merci. Vous savez, j'avais besoin de ça...

Elle leva les yeux vers lui, qui la dominait de sa haute taille :

— Vous devez être affreusement à l'étroit, ici. Même si ce bateau est immense, c'est quand même un espace confiné. Moi, je suis trop paresseuse pour en souffrir, mais vous...

— Pas vraiment. Simplement, il m'arrive d'avoir les nerfs en pelote. J'ai trop de choses en tête.

Liane se souvint de ses contrats avec Paris et Berlin, mais cela lui importait moins. Il était difficile de ne pas aimer Nick Burnham ; elle était de plus en plus en confiance avec cet homme que l'on devinait profondément intègre.

— Merci encore, répéta-t-il. Vous m'avez rendu un grand service.

— Eh bien, recommençons quand vous voudrez !

— Demain à la même heure ?

— Très bien, répondit-elle tout en consultant sa montre. Maintenant, il faut que je me sauve, sinon je vais manquer le rendez-vous avec Armand.

— Transmettez-lui mon meilleur souvenir, lui cria-t-il alors qu'elle se précipitait hors du court.

— Je n'y manquerai pas. Et bon déjeuner !

Il resta de longues minutes accoudé au bastingage, à repenser à leur conversation. Il aimait l'histoire de la rencontre de Liane et d'Armand ; celui-ci lui semblait en effet le mari idéal pour la jeune femme. Et elle se rendait compte de sa chance, ce qu'il appréciait également.

Ce genre de lucidité n'était pas le fait de Hillary, qui, installée au grill, regarda entrer son mari, à une heure, avec le sentiment d'une catastrophe imminente.

— Le massage t'a fait du bien ? questionna-t-il en appelant un serveur pour commander deux scotches.

— Mais oui.

— Et ta masseuse est où, déjà ?

Il but lentement, ses yeux rivés à ceux de sa femme.

— Tu me surveilles, Nick ?

— Je ne sais pas. Pourquoi ? Je devrais ?

— Que j'aie ou non été chez une masseuse, quelle différence ?

Elle détourna le regard, feignant la lassitude, alors qu'intérieurement elle commençait à s'affoler. De temps à autre, il redevenait ce grand industriel à qui on ne pouvait tenir tête.

— Cela fait une énorme différence, si tu me mens.

Je te l'ai déjà dit, tout ce que tu fais ici deviendra le secret de Polichinelle. Et j'ai l'impression que tu passes beaucoup de temps dans les secondes classes. J'entends que tu cesses.

— Quel snob ! L'âge moyen de notre groupe, ici, est proche de Néanderthal, figure-toi ! Au moins, en bas, il y a des gens plus jeunes, avec qui je peux discuter. Mon cher Nick, tu as tendance à oublier que je suis plus jeune que toi.

— Ou plus ordinaire... Je t'aurai prévenue. Ne me force pas à te boucler dans ta cabine.

— Grotesque ! Il me suffirait de sonner la bonne ! Il ne te reste plus qu'à m'attacher au lit !

— Le lit, c'est ta spécialité, on dirait. Qui vas-tu voir sur ce bateau, Hillary ? Un vieil ami de New York ou un nouveau ?

— Rien de tout cela. Juste un groupe de gens de mon âge, dans un secteur moins luxueux que le nôtre.

— Alors, fais-moi le plaisir de leur dire adieu. Ne te donne pas le ridicule de jouer les pauvres petites filles riches qui visitent la plèbe.

— Ce n'est pas ce qu'ils pensent de moi.

— Ne rêve pas, Hillary. C'est un jeu vieux comme le monde. Moi aussi, j'y ai joué sur les paquebots, autrefois. Tu es mariée et ta place n'est pas en bas, sur le pont A, mais ici. Il y a pire, non ?

— Peut-être pas. J'en ai marre.

— Tant pis. Nous serons à Paris dans deux jours, tu peux bien te tenir tranquille jusque-là.

Pour toute réponse, elle commanda un autre scotch et se contenta d'un demi-sandwich pour déjeuner, après quoi Nick l'emmena faire un tour dans les boutiques afin de la distraire. Mais, lorsqu'il parvint à la piscine pour voir John, Hillary s'éclipsa. Il retourna dans la chambre et attendit. Quand la jeune femme le rejoignit, il perdit son calme et sentit sa main se lever pour la frapper au visage. A cet instant, il aperçut son fils qui les observait depuis la porte de sa chambre, et se maîtrisa instantanément. C'était la première fois que Nick avait ressenti un tel besoin de la gifler.

Il attira la jeune femme au centre de la pièce, en

notant au passage qu'elle paraissait avoir bu. Puis, soudain, ce fut comme si on lui avait asséné une claque : le cou de Hillary portait la marque d'une morsure. Fou de rage, il la traîna devant le miroir.

— Comment oses-tu revenir dans un état pareil, espèce de garce ? Comment oses-tu !...

Johnny les entendait probablement, de l'autre côté de la cloison, mais sur le moment il n'y attacha aucune importance. La jeune femme se dégagea de son emprise.

— Qu'est-ce que tu voulais que je fasse ? Que je reste en bas ?

— Tu le mériterais.

— Je le ferai, alors.

— Bon sang, Hillary, qu'est-ce qui te prend ? Tu n'as donc aucune dignité ? Tu te jettes dans n'importe quel lit ?

Ce fut elle qui le gifla.

— Je te l'ai déjà dit, hurla-t-elle, je fais ce qui me plaît ! Je ne suis pas à toi, espèce de salaud ! Tout ce qui t'intéresse, c'est cette connerie d'aciérie, tes contrats, cette foutue dynastie où Johnny te succédera ! Et moi, dans tout ça ? Qu'est-ce que j'en ai à foutre, de ton empire ? Tu le sais, au moins ? Rien à foutre de ton empire... Ni de toi.

Elle se tut brusquement, consciente d'avoir dépassé les bornes. Quand il se détourna, Nick avait les larmes aux yeux. Il se rendit sur leur pont promenade et elle le regarda longuement, puis elle le suivit. Il se tenait face au large, incliné sur le bastingage, et Hillary avait la voix rauque.

— Pardonne-moi, Nick.

— Laisse-moi.

Il avait l'air d'un petit garçon malheureux, ce qui bouleversa Hillary l'espace d'un moment, mais un moment seulement : pour elle, Nick était l'ennemi. Il se retourna pour lui faire face, les yeux emplis de larmes.

— Tu pleures...

— Oui.

Il n'en manifestait aucune honte, ce qui surprit

encore plus la jeune femme : les hommes ne pleuraient pas, du moins les hommes forts, ceux qu'elle
connaissait. Nick était plus solide qu'eux, et il souffrait profondément, non pas à cause d'elle, mais à
cause de ce mariage, à cause de cette folie qu'avait été
leur mariage.

— C'est fini entre nous, Hillary.

— Tu veux divorcer ? s'enquit-elle.

— Non. Et je ne divorcerai jamais. Si tu veux
renoncer à notre mariage, ce sera seule. Le jour où tu
l'admettras, je divorcerai sur-le-champ. Mais jusque-
là, tu restes ma femme, pour le meilleur et pour le
pire. Ça, ne l'oublie jamais. Et, dorénavant, tu es libre
de faire ce que bon te semblera.

— Tu veux dire que je te laisserai Johnny si nous
divorçons ?

— Exactement.

— Ça, jamais.

— Et pourquoi donc ? Tu te fiches pas mal de lui,
autant que de moi.

— Je ne l'abandonnerai jamais.

Hillary s'énerva ; il passait son temps à lui gâcher la
vie. Il lui avait fait miroiter le divorce, et voilà qu'il lui
imposait cette condition.

— Pourquoi ? reprit-il afin de la pousser à bout.

Il remarqua qu'elle avait eu la décence de se couvrir
le cou avec un foulard. Il éprouva une fois de plus une
furieuse envie de la frapper.

— Que penseraient les gens si je l'abandonnais ?

— Quelle importance ?

— Si, c'est important. On croirait que je suis une
mère dénaturée, une alcoolique, enfin quelque chose
comme ça.

— Tu es pratiquement alcoolique. Et, par-dessus
tout, tu es une traînée.

— Si tu m'insultes, salaud, tu n'auras jamais ton
fils !

— Je serai clair : tu peux partir quand tu veux.
Mais sans lui.

La jeune femme s'apprêta à lui lancer une
méchanceté, mais elle se sentit désarmée. Divorcer

signifiait un procès pour adultère, accusation dont elle ne pourrait jamais réunir les preuves contre son mari. Nick lui était fidèle, elle le devinait à la violence avec laquelle il la prenait, parfois : celle d'un homme malade de solitude et de désir.

Pourquoi lui laisser John ? C'était aussi son fils, après tout, et dans quelques années ce serait agréable de vivre avec lui. Hillary aimait bien la jeunesse. Elle s'entendrait bien avec lui et ses amis. Simplement, elle n'aimait pas les enfants, voilà tout. Alors, elle ne divorcerait pas ; sinon, les gens raconteraient que Nick l'avait chassée. Intolérable. Quand elle s'enfuirait, il faudrait bien qu'on sache que la rupture venait d'elle.

Nick demeura longtemps sur le pont en essayant de recouvrer son calme. Il se savait à un tournant décisif. C'était la première fois qu'il était question de divorce... Peut-être, avec le temps, Hillary finirait-elle par se lasser et partir en renonçant à Johnny. Remarié ou non, Nick se savait capable de le rendre heureux. Cependant, il ne fallait pas y songer tant qu'il restait marié à Hillary, avec toute la souffrance que cela supposait. Il contempla le crépuscule en pensant à sa propre vie et à son fils, et regagna enfin sa chambre.

Ce fut alors, et seulement alors, que, au comble de l'embarras, Liane put se lever de sa chaise longue, sur le pont de la suite Trouville, et rentrer dans sa chambre. Ni l'un ni l'autre ne l'avaient aperçue, au moment où ils étaient sortis sur leur pont et elle n'avait pas osé esquisser le moindre geste. Il ne fallait pas qu'ils sachent qu'elle avait entendu. Surtout lui...

— Seigneur ! Quelqu'un est mort ? demanda Armand en venant l'embrasser.

Liane s'était assise à sa coiffeuse, les yeux baissés vers ses chaussures. Elle sursauta, puis tenta vainement de sourire.

— Qu'y a-t-il, ma chérie ?

Elle le considéra d'un regard affligé :

— Il vient de se produire une scène abominable entre Nick Burnham et sa femme.

— Oh ! Une querelle conjugale ? Comment es-tu au courant ?

— J'étais assise dehors, à lire un livre, et ils n'ont pas remarqué ma présence. J'ai tout entendu. Apparemment, elle a un amant sur ce bateau.

— Rien d'étonnant. Mais c'est un peu sa faute à lui, s'il ne la surveille pas.

— Comment peux-tu dire cela ? Qui est-elle, pour faire une chose pareille ?

— Une sorte de nymphomane, j'imagine. Mais, de toute évidence, il n'a rien tenté pour l'empêcher.

— Quand même, Armand, le pauvre homme... Et il l'a accusée de ne pas s'occuper de leur petit garçon.

Des larmes lui montaient aux yeux. Armand se pencha sur elle.

— Et maintenant, tu veux les adopter tous les deux et les emmener avec nous en France, c'est ça ? Ah, Liane, mon amour, que tu as le cœur tendre... Le monde est plein de gens comme eux, qui mènent une existence sinistre, cauchemardesque.

— Mais c'est un homme bien. Il ne mérite pas ça.

— Non, sans doute. Enfin, ne t'inquiète pas trop pour lui. Il est assez grand pour se défendre et tu as d'autres sujets de préoccupation.

Armand connaissait les femmes ; parfois, un excès de sensibilité pouvait amener des situations regrettables, et il entendait protéger Liane contre elle-même. A plus d'un égard, elle restait encore naïve.

— Que mettras-tu au gala, ce soir ? interrogea-t-il.

— Je ne sais pas... Et... Oh, Armand, comment peux-tu parler de ça maintenant ?

— Que voudrais-tu que je fasse ? Que j'aille tuer sa femme ?

— Mais cet homme... Et cet enfant...

— Il a son fils, et réciproquement, après tout. Et il se peut qu'un jour elle s'en aille avec un autre. Ce sera probablement une bénédiction pour eux. Ne te soucie pas trop des scènes de ménage chez les Burnham ; à l'heure qu'il est, ils sont peut-être en train de faire l'amour. Il l'aime peut-être comme elle est.

— J'en doute.

— Qu'en sais-tu ?

— J'ai joué au tennis avec lui, aujourd'hui. Il m'a interrogée sur nous et, à sa façon de parler, on voit bien qu'il n'est pas heureux avec elle.

— Au moins, ça prouve qu'il est normal. Mais c'est son problème, pas le nôtre. Maintenant, j'aimerais que tu oublies cette histoire. Veux-tu une coupe de champagne ?

Liane hésita avant d'accepter. En lui tendant sa coupe, Armand l'embrassa tendrement sur la joue, puis dans le cou et sur les lèvres, et elle chassa de son esprit Nick Burnham et sa femme. Armand avait raison : il n'y avait rien à faire.

— Alors, reprit-il, dis-moi ce que tu vas porter ce soir.

On les avait placés à la table du commandant pour cette soirée qui était la plus importante de la traversée. Le lendemain verrait leur dernier soir, car ils atteindraient Le Havre le surlendemain.

— Je pense au moiré rouge, peut-être.

— Tu seras éblouissante.

Les yeux d'Armand exprimaient sa sincérité.

— Merci, répondit-elle tout en le regardant dans le miroir pendant qu'il se changeait. Tu as fini, pour ton travail ?

— Plus ou moins, rétorqua-t-il, délibérément vague.

— Ce qui veut dire... ?

— Nous verrons.

— Tu viens au gala, n'est-ce pas, Armand ?

La voyant atterrée, il se rapprocha d'elle et lui embrassa l'épaule, juste à la base du cou.

— Bien sûr, dit-il. Mais je ne resterai sans doute pas très longtemps.

— Tu comptes travailler avec Jacques après la soirée ?

Liane en eut subitement assez de ce voyage, assez de l'absence de son mari, assez des autres passagers. Elle aurait voulu rentrer chez elle ou arriver en France.

— Il se peut que Jacques et moi devions travailler

encore un peu. Nous verrons à quelle heure nous finirons.

— Oh, Armand..., murmura-t-elle, accablée, tandis qu'il s'asseyait sur le lit.

— Je sais, Liane, je sais. C'est comme si je t'avais tout juste entrevue durant ce voyage. Et dire que j'espérais une seconde lune de miel... Mais j'ai une montagne de choses à régler avant l'arrivée. Je te jure que je fais tout mon possible...

— Je sais. Ce n'était pas un reproche. Seulement, je pensais que ce soir...

— Moi aussi.

Le diplomate ne mesurait pas entièrement à quel point elle souffrait de cette situation ; ses rendez-vous avec Jacques lui laissaient à peine le temps de respirer.

— Nous verrons, répéta-t-il. Après tout, je serai peut-être trop ivre après le gala pour retourner travailler.

— J'ai bien envie de monter un complot...

— Tu devrais avoir honte ! plaisanta-t-il.

Dans la suite Deauville, au même instant, Hillary se versait un scotch. Sale journée, pire encore que Nick ne le croyait... Le garçon qu'elle avait rencontré en seconde avait bien failli lui briser la nuque ; il était tellement brutal... Il prétendait ignorer qu'elle était mariée. Quand il eut remarqué l'alliance de la jeune femme, il lui promit un petit « cadeau » à rapporter à son mari. Cette morsure dans le cou était le « cadeau » qui avait provoqué avec Nick la scène qui couvait depuis longtemps. En un sens, c'était un soulagement, encore qu'elle n'eût guère apprécié les paroles de Nick.

Il la scrutait avec une expression glaciale. En un après-midi, il semblait avoir vieilli de dix ans.

— Tu dînes en première, ce soir ? s'enquit-il à seule fin de savoir s'il fallait inventer un prétexte pour le commandant.

— Oui, sans doute.

— Rien ne t'y oblige si tu n'en as pas envie.

— Tu préférerais que je ne vienne pas ?

Cette nouvelle attitude de Nick effraya quelque peu la jeune femme ; mais on ne pouvait revenir sur ce qui avait été dit, ni réparer le mal. Nick ne paraissait plus vulnérable comme lors de cette dispute. Il semblait totalement indifférent.

— Alors, habille-toi. Mais, je t'en prie, si tu dînes à la table du commandant, tâche de te tenir correctement. Si c'est au-dessus de tes forces, eh bien, va dîner ailleurs.

— Dans ma chambre, par exemple ?

Hillary détestait qu'on la traite en gamine mal élevée : Nick ou le crétin d'en bas. Et elle ne souhaitait pas spécialement y redescendre. En première, avec Nick, on était quand même plus en sécurité.

— Va dîner où tu veux, je m'en fiche, conclut-il. Mais, si tu m'accompagnes, tu connais la règle du jeu.

En guise de réponse, elle disparut dans la salle de bain en claquant la porte.

VIII

Le soir, lorsque Hillary descendit dans la grande salle à manger, elle n'arborait plus son sourire ravageur. La mine sombre et le visage renfrogné, elle précédait son mari, en habit et nœud papillon blanc. Mais elle réussit à faire sensation, comme toujours, avec sa robe de satin blanc à manches longues et col montant que rehaussaient des incrustations d'argent et des perles fines. Quand elle traversa la vaste pièce, toutes les têtes se tournèrent vers elle. La robe dénudait son dos presque entièrement, révélant ses formes en une longue et suggestive échancrure qui partait de sa nuque. Apparemment peu sensible à l'attention qu'elle provoquait, Nick prit place en face de Liane, qui nota immédiatement son changement d'attitude : ses yeux semblaient plus froids qu'auparavant, mais aussi plus tristes.

Tandis qu'elle l'observait, elle sentit le regard d'Armand posé sur elle : il lui avait recommandé de ne pas laisser deviner qu'elle avait surpris la scène de ménage des Burnham. Elle avait jugé ce conseil un peu superflu, mais Armand avait insisté :

— Je te connais : tu t'attendris facilement. Et tu plongerais le malheureux dans le pire embarras s'il devinait... Ce qui lui arrive est déjà assez pénible.

De son côté, Armand ne put s'empêcher de dévisager Hillary lorsqu'elle s'assit à leur table. Une femme remarquablement belle... Le col montant de sa robe dissimulait la meurtrissure du cou dont Liane lui avait parlé. Le choix de cette robe n'avait rien de fortuit, songea Liane, qui jeta un coup d'œil à son mari. Tous deux pensaient la même chose.

Liane se tourna vers son voisin de gauche, un Allemand plutôt rébarbatif qui portait un monocle et exhibait quantité de décorations sur la poitrine. Le comte von Farbisch inspira à Liane une antipathie qu'elle s'efforça de combattre. Pour sa part, Armand avait reconnu en lui l'homme qui s'était entretenu avec Nick dans le fumoir, lors du deuxième jour, et il se demanda si les deux hommes montreraient qu'ils s'étaient déjà rencontrés ; l'Allemand s'inclina brièvement devant Nick, qui lui rendit son salut.

A l'exception des Villiers et des Burnham, les invités du capitaine avaient changé depuis le premier jour et Liane songea une fois de plus qu'elle s'était peu liée durant ce voyage.

— N'est-ce pas, madame ?

Le commandant Thoreux venait de lui poser une question. Elle rougit. Ce soir, ses pensées étaient dispersées. Entre la dispute des Burnham et son voisin allemand, qui avait régalé tout le monde d'anecdotes à la gloire de Hitler, ce dîner lui pesait avant même d'avoir commencé. Elle regrettait presque de n'être pas restée dans sa suite avec Armand.

— Excusez-moi, capitaine, je n'ai pas bien entendu...

— J'expliquais que nos courts de tennis sont très agréables. Je crois que vous avez joué avec M. Burnham, ce matin.

— En effet, intervint Nick en souriant à la jeune femme, d'un sourire franc, sans arrière-pensée. Et, qui plus est, Mme de Villiers m'a battu. Par six à deux.

— Seulement après avoir perdu deux sets contre vous, rectifia gaiement Liane.

Mais le cœur n'y était pas. Et cette tristesse s'aggrava quand un éclair passa dans les yeux de Hillary.

— Il vous a vraiment battue ? s'étonna-t-elle, le regard menaçant, étincelant. Bizarre. Il joue très mal.

Les invités sursautèrent légèrement et Liane s'empressa de rompre le silence :

— Votre mari joue beaucoup mieux que moi.

Elle devina les yeux d'Armand fixés sur elle. A cet instant, l'Allemand bavardait avec une Américaine, sur sa gauche, pour exalter une fois de plus les miracles accomplis par le Führer. Liane se demanda si ce dîner finirait jamais. Une tension presque palpable régnait à cette table, que ne surent apaiser ni le château-yquem, ni le château-margaux, ni le champagne, ni la cuisine raffinée, depuis le caviar jusqu'au soufflé.

Ce soir, en un sens, la cuisine et les vins oppressaient les convives, à tel point que tous semblèrent soulagés de quitter la salle à manger pour le grand salon, où se donnait le bal du gala. Tout était supposé évoquer une atmosphère de Nouvel An.

— Tu n'aurais pas dû répondre ainsi à Mme Burnham, dit Armand à sa femme tandis qu'ils dansaient.

— Je le regrette. Mais cette femme est tellement odieuse, Armand ! C'était ça, ou bien jeter mon verre à la figure de cet Allemand. Qui est cet homme ? Un mot de plus à propos de Hitler, et je craquais...

— Il a l'air partisan du Reich. Je l'ai vu parler avec Burnham dans le fumoir.

Liane se troubla ; comment un homme aussi digne d'estime que Nick Burnham pouvait-il fournir des matières premières au Troisième Reich ? S'il leur vendait de l'acier, ils se réarmaient, de toute évidence, et par là même violaient le traité de Versailles. On le savait depuis des années, du reste, mais qu'un Américain puisse les aider lui donnait la nausée. Ce soir, tout l'accablait, sur tous les fronts, si bien qu'elle fut presque reconnaissante à Jacques Perrier d'apparaître discrètement, à onze heures, pour échanger quelques mots avec Armand.

Celui-ci lui expliqua la situation quelques secondes plus tard : le travail les appelait. En prenant congé du capitaine, la jeune femme n'éprouva aucune nostalgie de cette soirée et ôta son moiré rouge avec satisfaction. Elle s'installa au lit avec un livre, après le départ d'Armand. Elle lui avait promis de l'attendre, bien qu'il l'en eût dispensée, mais même le livre ne parvenait pas à retenir son attention.

Ses pensées dérivaient sans cesse vers les Burnham, Nick avec ses étranges relations d'affaires, Hillary avec son air maussade et ses yeux tristes. Durant une demi-heure, Liane tenta de se concentrer sur sa lecture, puis, en désespoir de cause, elle se leva, passa un pantalon et un pull de laine, et sortit sur le pont, où elle s'assit sur la même chaise longue que pendant l'altercation de Nick et de Hillary. Elle entendait faiblement la musique du grand salon. En fermant les paupières, elle imaginait les danseurs. Il eût été trop déprimant de danser avec le commandant, l'Allemand et tous ces gens qu'elle ne connaissait pas.

Liane n'était pas seule à se sentir d'humeur morose. Nick méditait sur la dernière perfidie de sa femme. Hillary s'était vite reprise, dansant avec le capitaine et avec l'Allemand. Ensuite, Nick la vit tourbillonner au bras d'un séduisant Italien qui avait peu avant provoqué un esclandre. Il avait amené à bord une femme qui n'était pas son épouse et tous deux organisaient des parties fines, durant la nuit, en donnant dans des « activités multisexuelles », chuchotait-on. Ils conviaient les amateurs à des orgies « secrètes » dans leur cabine. La même race que Hillary, songea-t-il amèrement, tout en fouettant son champagne à l'aide d'un bâtonnet qu'il utilisait toujours, car les bulles lui causaient d'effroyables migraines le lendemain. C'était l'un de ses amis allemands qui lui avait offert le bâtonnet, quelques années plus tôt.

L'actuelle situation de l'Allemagne le désolait. Peu à peu s'installaient à la tête de ce peuple des incapables comme le comte von Farbisch, pendant que Hitler ruinait le pays. En surface, jamais l'Allemagne ne s'était si bien portée, le chômage avait disparu, l'économie se développait, les usines tournaient à plein rendement, et cependant un poison subtil commençait à couler dans les veines. Nick le remarquait depuis deux ans et s'en alarmait un peu plus chaque fois qu'il visitait Berlin, Munich ou Hanovre. Ce qui l'attendait devait être pire, cette fois-ci. Il rencontrerait Farbisch à Berlin, dans trois semaines, afin de discuter de leurs derniers contrats. Cet homme était son partenaire depuis plus d'un an, bien que Nick eût du mal à le supporter.

Comme Liane, il ne put s'intéresser aux bavardages de ses compagnons. Ayant terminé son champagne, il annonça au commandant que le travail l'attendait dans sa cabine mais qu'il ne voulait pas priver sa femme de cette soirée. Le commandant répondit en riant que ce paquebot n'était plus un lieu de délices mais un gigantesque bureau flottant pour ces passagers si importants – allusion à Armand.

— Je regrette infiniment, monsieur Burnham, que vous deviez travailler ce soir.

— Moi aussi, commandant.

Nick s'esquiva, heureux de prendre de la distance. S'il avait dû continuer à sourire une minute de plus, son visage aurait explosé. Et il ne souhaitait pas voir Hillary avant le lendemain matin.

Dès qu'il atteignit le pont promenade, il convoqua le chef steward, car il avait pris sa décision dans la soirée. L'employé ne manifesta aucune surprise, il avait entendu des requêtes plus extravagantes... Nick avait besoin d'un studio supplémentaire à titre de bureau jusqu'à l'arrivée. On lui assigna deux stewards et, un quart d'heure plus tard, il put se réfugier dans le studio inutilisé qui jouxtait sa suite. Il ne laissa même pas un mot à sa femme, car il estimait ne plus lui devoir d'explications. La pièce était décorée dans le style arts déco, elle était généralement dévolue à des secrétaires, des employés de maison ou de très jeunes enfants, mais elle lui convint. Il se sentit plus à l'aise qu'il ne l'avait été pendant toute la traversée.

Il se rendit sur le pont et risqua un regard vers la suite Trouville, où il distingua Liane sur sa chaise longue, la tête rejetée en arrière, les yeux fermés... Se demandant si elle dormait, il la contempla un moment, puis, comme si elle percevait une présence, elle ouvrit les paupières. Nick ne se trouvait pas au même endroit que durant la dispute avec Hillary et pouvait donc voir Liane tout à son aise.

— Vous n'êtes pas au gala, monsieur Burnham ?

— Apparemment non, lui répondit-il. Je ne voulais pas vous déranger.

— Vous ne me dérangez pas. Je profitais simplement de cette nuit si paisible.

— Moi aussi. Quel repos après toutes ces conversations !

— C'est parfois épuisant, vous ne trouvez pas ?

— Un sourire de plus, et je craquais.

La jeune femme éclata de rire :

— Moi aussi !

— Mais vous devez en faire des quantités, en tant que femme d'ambassadeur. Moi, je n'y résisterais pas !

— Mais je ne résiste pas toujours, dit-elle, heureuse de pouvoir lui parler ouvertement. La plupart du temps, cela me convient parfaitement, et puis mon mari me facilite beaucoup la tâche. Il partage presque tous mes fardeaux.

Nick garda le silence, pensant à Hillary au bras du jeune Italien, et Liane devina à son expression qu'elle avait manqué de tact.

— Pardonnez-moi, je ne voulais pas dire...

Ses excuses ne faisaient qu'aggraver les choses. Pourtant, Nick lui adressa une petite grimace triste, un peu enfantine.

— Ce n'est rien. Je ne crois pas que l'état de mes relations avec ma femme soit un secret. Nous ne partageons rien, sauf notre fils et une méfiance réciproque.

— Ce doit être difficile pour vous, observa-t-elle d'une voix douce dans la nuit tiède.

Il soupira, puis contempla le ciel avant de se retourner vers Liane.

— Oui, sans doute... Je ne sais plus, Liane. C'est tout ce que je peux en dire. Et c'est ainsi depuis longtemps.

C'était la première fois qu'il l'appelait par son prénom, ce dont elle ne se formalisa pas. Il poursuivit :

— Elle prend probablement plus de libertés qu'au début. Mais depuis le début elle se rebelle contre ce mariage. Ma femme captive... Nous sommes à mille lieues de la romance que vous m'avez décrite entre vous et votre mari.

— Le mariage n'est jamais idéal tous les jours. Nous connaissons aussi des moments difficiles, mais nous avons des buts communs, des passions et des intérêts communs.

— Et vous ressemblez si peu à ma femme...

Nick la regarda droit dans les yeux et, brutalement, il comprit qu'elle avait dû entendre la dispute. D'où lui venait cette intuition, il l'ignorait, mais il en avait la certitude. Et Liane devina qu'il savait. Lui eût-il posé la question, elle aurait nié, cependant. Cet homme avait besoin d'un ou d'une amie, d'une conversation à cœur ouvert. Au tréfonds de lui, quelque chose se consumait. Il lui fallait une main où s'agripper.

— Liane, mon mariage est une farce. Et c'est moi la dupe. Elle ne m'a jamais été fidèle, et ce, depuis le premier jour. Elle veut prouver qu'elle n'appartient à personne, surtout pas à moi.

— Et vous, demanda-t-elle doucement, lui êtes-vous fidèle ?

— Je l'ai été. Pourquoi, je ne sais pas. Par bêtise, sans doute.

Il se rappela la marque sur le cou et quelque chose se mit à saigner en lui.

— Je ne devrais pas vous raconter mes problèmes, Liane. J'ai sans aucun doute l'air ridicule, sur ce pont, à me lamenter sur ma femme. Vous savez, le pire, c'est que je ne suis même pas sûr que ça me concerne encore. Ce soir, je l'ai vue danser avec un autre, et je n'ai rien ressenti. Je crois qu'elle a cessé de m'intéresser...

Ses yeux s'attardèrent sur la mer obscure. Il resterait avec Hillary jusqu'à ce que Johnny atteigne l'âge adulte. Mais ensuite...

— J'ai parfois ce sentiment étrange que les beaux jours sont passés : les moments heureux à partager, le bonheur d'être amoureux... Je ne pense pas que je revivrai cela.

Lui aussi parlait doucement, mais tristement. La jeune femme se leva de sa chaise longue et s'installa près de lui.

— Ne dites pas cela, répondit-elle. Vous avez tant d'années devant vous... Comment savoir ce que la vie vous réserve ?

Armand le disait souvent ; l'expérience lui avait appris que c'était vrai.

— Ce que la vie me réserve ? Des affaires, des contrats et des déjeuners avec des gens importants. Ce n'est pas ça qui réchauffe le cœur.

— Vous avez votre fils.

Elle aperçut des larmes dans ses yeux.

— Oui, et j'en rends grâces à Dieu. Sans lui, je mourrais.

Cet amour pour son fils la toucha, mais elle savait également qu'il n'était pas sain pour un homme de son âge de n'avoir que cela.

— J'ai trente-huit ans, reprit-il, et c'est comme s'il ne me restait rien.

Il dévoilait un aspect de sa personnalité qu'elle n'aurait jamais imaginé sans cette conversation, en le voyant si sûr de lui, si confiant en la vie...

— Pourquoi ne pas divorcer en essayant d'obtenir la garde de votre fils ?

Les bateaux, les confidences entre inconnus...

— Croyez-vous vraiment que j'aie une chance ?

— C'est possible.

— Aux Etats-Unis, où l'on vénère la maternité et la tarte aux pommes ? De plus, il faudrait que j'apporte la preuve de ce qu'elle est et le scandale nous détruirait tous. Je ne veux pas que Johnny soit au courant.

— Il finira par savoir.

Sans doute avait-elle raison, mais Nick avait d'autant moins de chances de son côté que Hillary venait d'une famille riche qui la soutiendrait au procès ; il ne connaissait aucun homme qui ait eu gain de cause contre sa femme dans une affaire de garde d'enfant, de toute façon.

— Je crois, Liane, qu'il faut que je fasse avec ce que j'ai. Au moins, pour l'année qui vient, nous aurons un changement de décor. J'aurai de quoi m'occuper.

— Comme nous tous.

La jeune femme scruta la nuit, longuement, puis reporta son attention sur lui.

— Sous ce ciel, comment imaginer que le monde puisse être menacé ?

Que trouverait-elle en France ? Elle avait hâte de vérifier le bien-fondé des prédictions d'Armand sur l'imminence d'un conflit.

— Nick, que ferez-vous s'il y a la guerre ? Vous rentrerez aux Etats-Unis ?

— Probablement. Mais j'aimerais rester quelque temps en Europe pour finir mon travail, si c'est possible. D'ailleurs, à mon avis, il ne faut pas s'attendre à une guerre pour cette année.

Les Allemands se préparaient, Nick s'en rendait compte au volume de ses transactions avec le Reich, mais il savait également qu'ils n'étaient pas prêts.

— Espérons que nous pourrons tous rentrer à temps chez nous, conclut-il. Et l'Amérique ne s'engagera pas dans une guerre en Europe, du moins au dire de Roosevelt.

— Armand affirme que Roosevelt cache la vérité et

qu'il prépare le pays à la guerre depuis plusieurs années.

— A mon avis, il se contente d'assurer les arrières. Et c'est un bienfait pour l'économie. Les gens ont du travail.

Elle rétorqua sans animosité mais franchement :

— Et c'est aussi un bienfait pour vous.

— Et pour vous, répliqua-t-il, car non seulement la sidérurgie se développait, mais encore les chantiers navals de la famille Crockett.

— Cela ne me concerne plus, objecta-t-elle.

Depuis que son oncle George remplaçait son père, la jeune femme avait coupé les liens affectifs.

— Mais vous en faites quand même partie, Liane.

Il se souvint qu'elle était héritière unique et il admira qu'elle le montre si peu, à la différence de Hillary, si fière de ses toilettes coûteuses, de ses fourrures et de ses bijoux. Eût-il ignoré son nom de jeune fille, il ne l'aurait jamais deviné.

— Vous avez une responsabilité, insista-t-il.

— Envers qui ?

— Un jour, s'il y a une guerre, vos bateaux transporteront des troupes. Des troupes qui iront au front, des hommes qui mourront.

— On ne peut rien pour empêcher cela.

Il lui sourit tristement :

— Malheureusement, c'est vrai. Je pense de temps en temps à la manière dont certains utilisent notre acier pour construire des engins de mort. Qu'y puis-je ? Rien.

— Mais vous vendez bien aux Allemands ?

Il n'hésita qu'une fraction de seconde :

— Oui. Dans trois semaines, je serai à Berlin. Mais je travaille également avec l'Italie, la Belgique, l'Angleterre et la France. C'est une industrie vitale, Liane, et les industries ne font pas de sentiment.

— Mais les hommes, si.

— Ce n'est pas si simple.

— C'est ce que me dit toujours Armand.

— Je l'approuve.

Elle ne répondit pas tout de suite. Il avait réveillé

une chose enfouie depuis longtemps : son appartenance à l'empire de son père. Liane plaçait ses dividendes dans une banque, en dépensait les revenus, mais ne se souciait plus des bateaux ni de leurs activités. Elle ne pouvait tout de même pas commencer à interroger son oncle, qui l'aurait mal pris.

— Nick, avez-vous eu l'occasion de rencontrer mon père ?

— Non. Nous avions quelqu'un, sur la côte Ouest, qui traitait avec lui. A l'époque, j'étais à Wall Street.

— C'était un homme très remarquable.

Il la considéra, de l'autre côté de la rambarde, et, sans y penser, s'approcha pour lui prendre la main.

— Vous aussi, Liane, vous êtes quelqu'un qu'on n'oublie pas.

— Oh, non.

La jeune femme laissa sa main dans la sienne ; une main puissante, forte, chaude, qui ne rappelait guère les doigts longs et aristocratiques d'Armand, ridés par le temps.

— Vous n'êtes pas consciente de votre gentillesse, et c'est en partie ce qui est exceptionnel en vous. Et vous n'avez pas conscience de votre force ni de votre intelligence. Ce soir, vous m'avez beaucoup aidé. Je suis fatigué de toute cette histoire, et d'être ici avec vous me redonne courage ; la vie ne me paraît plus aussi sordide.

— Elle ne l'est pas. Et elle vous sourira un jour.

— Pourquoi pensez-vous cela ?

Il ne lui avait pas lâché la main. Liane lui sourit ; il était séduisant, dans tout l'éclat de ses plus belles années, et ces années étaient gâchées par une femme qui ne méritait pas un mari comme lui.

— Je crois à la justice, voilà tout.

— La justice ? s'amusa-t-il.

— Je pense que les épreuves n'existent que pour fortifier le cœur et qu'à la fin les gens de valeur sont récompensés, entourés de gens comme eux, et connaissent le bonheur.

— Vous le croyez vraiment ? s'étonna-t-il.

— Oui.

— Je suis un peu plus cynique. Mais j'aimerais tellement que vous ayez raison... J'espère vous revoir à Paris, si la vie politique ne vous absorbe pas trop, vous et Armand.

— Et si l'acier ne vous accapare pas trop.

Doucement, elle retira sa main.

— On dit que les choses arrivent vite sur les bateaux, poursuivit-elle : l'amitié, l'amour, puis qu'une fois à terre on redevient normal et que ces choses-là s'oublient.

— Je ne vous oublierai pas, Liane. Si vous avez besoin d'un ami, appelez-moi. La Compagnie Burnham est dans l'annuaire.

Elle aimait la perspective de savoir où il se trouverait, bien qu'elle ne pût envisager ce coup de téléphone. Rien ne manquait à son existence avec Armand. C'était Nick qui avait besoin d'eux, et non l'inverse.

Longtemps, ils demeurèrent immobiles, à contempler l'océan nocturne, jusqu'à ce que Liane consulte sa montre en soupirant :

— Mon mari travaille trop tard. Je comptais l'attendre, mais je crois que je vais me coucher. Demain, c'est le dernier jour, et j'ai une foule de bagages à préparer... C'est drôle, chacune de ces journées à bord me paraît plus riche que toute une semaine.

— J'ai la même impression, répondit-il, bien qu'il eût hâte d'arriver. Puis-je vous proposer un autre match de tennis, demain ?

— Très volontiers, sauf si Armand est libre.

Elle espérait sincèrement qu'il le serait.

— Naturellement, dit-il. Je viendrai demain matin et vous me donnerez la réponse.

Elle le remercia, le regardant longuement, puis elle lui toucha doucement le bras :

— Tout se passera bien, vous verrez.

Nick lui sourit pour tout commentaire et, comme elle s'en allait, il lui fit un signe d'adieu. Quelle femme hors du commun... Il aurait aimé la rencontrer dix ou onze ans plus tôt. Mais sans doute eût-il été trop jeune pour elle ; sous l'influence de son père, elle se sentait mieux à l'aise avec des hommes plus âgés. Il ne l'aurait pas intéressée. Et inversement. Dix ans plus tôt, ce qu'il recherchait, c'était la passion, le feu, les femmes éblouissantes, celles qui dansaient jusqu'à l'aube... Liane n'était pas de celles-là. Elle était trop solide, trop posée, trop raisonnable... et pourtant, Nick aurait aimé la voir courir pieds nus dans un jardin, au milieu de la nuit... dans une piscine... ou bien les cheveux libres sur une plage... Elle lui inspirait le sentiment d'une beauté sereine, heureuse. En regagnant son nouveau studio, il s'aperçut que, pour la première fois depuis longtemps, il se sentait en paix.

IX

— Où étais-tu la nuit dernière ?

Hillary le guettait dans une brume de champagne depuis la soirée de la veille. Elle parut modérément contente de le voir entrer dans leur suite, par la porte principale, et se verser une tasse de café.

— Dans ma chambre, rétorqua-t-il.

— C'est où ?

— La porte à côté.

— Très malin... A propos, j'ai remarqué que tu avais déménagé tes affaires.

— Et tu as sangloté toute la nuit ?

Nick jeta un coup d'œil sur le journal du *Normandie* et se beurra un croissant.

— Pourquoi diable es-tu parti ?

— Oh, tu ne t'en doutes pas ?

— C'est un nouveau modus vivendi, les chambres séparées ? Ou bien seulement parce que tu étais fâché, hier soir ?

— Quelle importance, Hillary ?

Il leva les yeux et reposa son journal.

— Je crois que c'est mieux ainsi, reprit-il. Tu semblais bien t'amuser, hier soir. Je m'en voudrais de jouer les rabat-joie et de gâcher ton plaisir...

— Ou ton propre plaisir... Tu retournes au court de tennis, aujourd'hui ?

Bien que sa voix ne fût qu'innocence, on devinait à ses yeux que la suite allait venir.

— Comment va ta petite amie, la femme de l'ambassadeur ? Je parie que tu ne t'occupes pas uniquement de tennis avec elle... Une petite aventure comme on en vit sur les paquebots, peut-être ?

Non seulement Hillary laissait libre cours à sa cruauté, mais elle exprimait involontairement sa mauvaise conscience.

— C'est ton style, Hillary, pas le mien.

— Pas sûr...

— Alors, tu me connais mal. Ou elle. Mais j'imagine que tu appliques tes propres principes au reste du monde. Par chance, dans ce cas précis, ils ne marchent pas.

— Cher Nick, modèle de toutes les vertus ! Ta petite amie est-elle donc un ange de pureté ? demanda-t-elle en éclatant de rire. J'en doute, figure-toi. Elle m'a tout l'air d'une pute.

Nick se dressa, menaçant :

— Sur ce bateau, il n'y a qu'une seule pute, et c'est toi, il me semble ! Alors, ne perds pas ton temps à accuser les autres et réjouis-toi que les gens, ici, ne te traitent pas de putain.

— Ils n'oseraient pas !

— Au train où vont les choses, ça ne va pas tarder.

Elle le scruta, abasourdie de ce qu'elle lut dans ses yeux : Nick n'était pas malheureux, il semblait anesthésié. Sa colère venait uniquement des insinuations de Hillary.

— Je me moque de ce que les gens peuvent dire de toi, poursuivit-il. Moi, je sais la vérité. Alors, le reste...

— As-tu donc oublié que je suis ta femme ? Ce que je fais, tu en subis les conséquences.

— C'est une menace ?

— Non. C'est la vérité.

— Si ça ne t'a pas retenue avant, ça ne te retiendra pas maintenant. A Boston et à New York, il y a des années que plus personne ne se fait d'illusions sur ton compte. La seule différence, c'est que maintenant j'accepte.

— Et tu me laisses faire ce que je veux ?

— Si tu restes discrète. Ce sera une nouveauté, pour toi...

Elle se précipita sur lui en hurlant mais il lui agrippa le bras d'une poigne implacable, et ils se firent face. La jeune femme se mit à pleurer.

— Tu me hais, n'est-ce pas ? questionna-t-elle.

Nick secoua la tête, surpris de sa propre indifférence. A peine quelques jours plus tôt, il avait espéré... Mais, la veille, tout s'était brisé.

— Non, je ne te hais pas.

— Tu t'en fous, c'est ça ? Comme toujours.

— C'est faux, soupira-t-il. Je t'ai beaucoup aimée, Hillary... Mais tu t'es ingéniée à te révolter contre moi, jour après jour. Finalement, tu as gagné. Je veux que tu restes, pour notre fils, mais je ne peux pas te forcer à éprouver quelque chose dont tu es incapable, je ne peux même pas t'empêcher d'aller retrouver d'autres hommes, même sur ce bateau. Le jeu est fini. Tu as écrit la règle, j'ai joué comme tu voulais. Mais n'attends pas de moi que je t'aime comme autrefois. Je ne peux pas. Je ne peux plus. Cela, tu l'as tué.

Il se dirigea calmement vers la porte.

— Où vas-tu ? demanda-t-elle, soudain inquiète.

Hillary avait beau refuser d'être sa femme, avec ce que cela supposait de relations adultes, elle avait encore besoin de lui.

— Dehors, rétorqua-t-il en souriant sans la moindre gaieté. Je ne peux pas aller bien loin. Au moins, tu sauras que je suis quelque part sur ce navire. Je suis sûr que tu auras de quoi te distraire, avec tes amis.

Il ferma la porte derrière lui et regagna sa chambre, soulagé, allégé comme il ne l'avait pas été depuis des années. Une demi-heure plus tard, il se rendit à la piscine, où il nagea dans le grand bain avec son fils, puis il laissa Johnny avec les autres enfants. Il aurait souhaité rejoindre Liane, pour un nouveau match de tennis, afin de lui redire combien elle l'avait aidé, la nuit précédente.

Il l'aperçut au bras d'Armand sur le pont devant la grille, se promenant avec insouciance ; leurs têtes se touchaient presque et elle riait aux paroles de son mari. Ne voulant pas l'importuner, il se rendit au fumoir, par crainte de rencontrer Hillary, et il y passa l'après-midi, après quoi il retourna dans sa chambre.

Quelques secondes à peine s'étaient écoulées, sembla-t-il, lorsque sonna dans la coursive la cloche du dîner. Nick passa son habit et alla dans le salon de sa suite, où il retrouva Hillary, vêtue d'une robe de taffetas noir et arborant son renard argenté. Même cela ne lui importait plus. La marque sur le cou de sa femme, la veille, avait signifié la fin de ses tourments.

— Tu es très belle.

— Merci, répondit-elle, glaciale. Je m'étonne que tu sois revenu.

— Pourquoi ? Nous dînons ensemble tous les soirs.

— Jadis, nous dormions ensemble, aussi.

Nick aurait voulu éviter ce genre de considération, si près de la chambre de Johnny, dont la porte était ouverte.

— J'en déduis, reprit-elle, que, selon la nouvelle règle du jeu, nous nous bornons aux apparitions publiques, à l'exclusion de toute vie privée.

— Exactement.

Froidement, il s'éloigna pour aller embrasser son fils. Le petit garçon lui adressa un large sourire pendant qu'il fourrait le nez dans son cou.

— Tu sens bon, papa.

— Merci, monsieur. Mais toi aussi.

Johnny sentait le savon et le shampooing. Nick aurait aimé s'attarder un peu plus auprès de lui, mais Hillary apparut dans l'embrasure de la porte, pressée d'en finir.

— Tu es prêt ?

— Oui.

Nick la suivit, tandis que Johnny retournait jouer

avec sa gouvernante. Dans la grande salle à manger, il prit place avec Hillary à la table habituelle ; qu'elle en déteste les occupants ne l'intéressait plus. C'était leur dernière soirée à bord.

Une joie douce-amère régnait ce soir, parmi les passagers réunis en petits groupes d'amis dans le grand salon, et les couples qui se promenaient sur le pont. Même la musique paraissait mélancolique. Nick vit Armand et Liane marchant nonchalamment. Il aurait voulu lui parler, mais le moment n'était guère propice.

— Tu es triste de quitter ce bateau ? demanda Armand.

Dans sa robe d'organza bleu pâle, elle était plus jolie que jamais, avec ses boucles d'oreilles d'aigue-marine et de diamant auxquelles était assorti un collier qui lui venait de sa mère.

— T'ai-je dit, ce soir, combien tu étais ravissante ?

— Merci, mon chéri, répondit-elle en l'embrassant sur la joue. Oui, je suis triste d'arriver. Mais heureuse en même temps. C'était un très beau voyage, mais je suis prête à m'installer à la maison.

— Déjà ? la taquina-t-il. Tu ne comptes pas rester à Paris avec moi ?

— Tu sais très bien ce que je veux dire. J'ai hâte d'arriver à Paris et d'organiser la maison.

— Et tu réussiras fort bien, avec tes doigts de fée. Dans une semaine, ce sera comme si nous étions sur place depuis vingt ans. Je ne sais pas comment tu fais, Liane. Les tableaux sont accrochés, les tentures sont mises, la table est préparée, et je reconnais ta signature dans chaque pièce.

— Sans doute suis-je née pour être femme de diplomate. Ou nomade. D'ailleurs, c'est la même chose.

— Je t'en supplie, ne le dis pas au Bureau Central !... J'aurais tant voulu passer plus de temps avec toi... Je regrette presque d'avoir emmené Perrier. Il prend son travail trop à cœur.

Elle lui sourit dans la nuit tiède :

— Toi aussi.

— Tu crois ? Eh bien, peut-être me corrigerai-je une fois en France.

La jeune femme éclata de rire :

— D'où te vient une idée aussi saugrenue ?

— Mais je veux passer plus de temps avec toi !

— Mais moi aussi, soupira-t-elle. Enfin, je comprends.

— Tu comprends, oui, mais ce n'est pas une raison. A Vienne, tout était différent.

A l'époque, ils avaient le temps d'aller se promener longuement après le déjeuner et, quand Armand rentrait de son bureau, ils passaient ensemble de paisibles après-midi.

— Tu n'étais pas un homme aussi important, mon amour.

Elle pensa soudain à sa conversation avec Nick, sur le pont de leurs suites ; elle l'avait vaguement évoquée devant son mari, au petit déjeuner, mais Armand, impatient de s'entretenir avec Jacques, n'y avait pas prêté attention.

Ils se tinrent immobiles sur le pont, à regarder la mer en direction de la France. Liane pria pour que les événements donnent tort au pessimisme d'Armand. Elle n'avait pas envie de le voir s'absorber encore plus dans son travail. C'était là une raison bien égoïste à son pacifisme.

— Chérie, si nous rentrions ?

Ils regagnèrent leur suite, dont ils refermèrent doucement la porte, au moment précis où Nick tournait à l'angle du pont pour se rendre dans son studio. Il s'arrêta un instant, songeant à la conversation de la veille, songeant à cette femme dont il avait tenu la main quelques minutes et qui lui avait dit que sa vie allait changer.

Le plus tôt possible, pensa-t-il.

X

Le *Normandie* entra dans le port du Havre à dix heures du matin, le lendemain, à l'instant où les passagers terminaient leur petit déjeuner. Les bagages étaient faits, les cabines prêtes, les enfants habillés, les gouvernantes s'étaient préparées dans la mélancolie générale ; les flirts qui s'étaient ébauchés à bord semblaient trop poignants, les amitiés trop précieuses, alors que l'activité frénétique qui régnait sur les quais en sonnait le glas. Le commandant se trouvait sur la passerelle de commandement afin de veiller à la bonne exécution des manœuvres ; pour lui, ce n'était qu'une traversée de plus qui s'achevait. Il avait ramené le *Normandie* sans problème.

Dans la suite Trouville, Armand et Liane s'apprêtaient à débarquer, pendant que leurs deux filles trépignaient d'impatience. Ils avaient regardé le paquebot glisser dans la rade, réunis sur leur pont privé en adressant des signes à John, sur le pont de la suite Deauville. Puis le petit garçon avait rejoint ses parents. Il portait un costume d'Eton en lin avec chaussettes longues et chemise blanche ; sa mère assistait à l'arrivée depuis le hublot, vêtue de soie rouge. Nick avait déjà distribué les pourboires au personnel et les malles avaient quitté la suite. Une voiture les attendrait sur le dock. Tous trois descendirent vers la sortie afin de s'en aller avant les autres. Un préposé tamponnerait leurs passeports sur le quai et ce serait l'unique formalité.

— Prête, chérie ?

Liane acquiesça et suivit son mari, ravissante dans son ensemble beige de Chanel, celui qu'il aimait, avec le galon rose, agrémenté d'une blouse de soie rose ; elle avait l'allure d'une femme d'ambassadeur. Elle se retourna vers ses filles, en robe d'organdi à fleurs et chapeau de paille, portant dans leurs bras leurs poupées préférées et accompagnées de Mademoiselle, très officielle avec son uniforme rayé de gris et son bonnet empesé.

On avait demandé à un petit groupe de passagers de se rassembler dans le grand salon pour qu'ils puissent débarquer plus tôt. Les autres devaient être contrôlés dans la salle à manger par les employés des douanes et de l'immigration, puis descendre à quai environ une heure après, juste à temps pour attraper le train à destination de Paris. Tout en attendant au grand salon, Liane remarqua la présence du comte von Farbisch, ainsi que quelques ménages qu'elle ne connaissait pas ; en tout, à peine une douzaine de personnes s'étaient réunies ici, des passagers privilégiés, munis de passeports diplomatiques ou portant un nom connu. Jacques Perrier se joignit à eux, sa serviette pendant à son bras, ses lunettes bien en place, le visage aussi sinistre que de coutume, vivant reproche et voix du devoir qui évoquait constamment quelque tâche inachevée.

Tandis qu'il s'entretenait avec Armand, Nick s'arrangea pour entrer un moment afin de faire ses adieux.

— Je voulais vous dire au revoir hier, mais je n'ai pas osé vous importuner. Vous vous promeniez sur le pont avec votre mari...

Ses yeux parurent toucher le visage de la jeune femme, qui éprouva l'irrésistible envie de lui prendre la main. Mais elle ne se le permit pas.

— Je suis très heureuse de vous voir maintenant, Nick.

En lui disant adieu, elle avait le sentiment d'abandonner tout ce qui lui restait de son pays. La nostalgie la saisit brusquement.

— J'espère que tout ira bien pour vous à Paris, reprit-elle sans regarder Hillary.

Mais Nick comprit et sourit.

— Tout va déjà mieux, maintenant.

Liane se demanda s'il faisait allusion à une réconciliation avec sa femme, sans se douter qu'au contraire il parlait de sa récente liberté vis-à-vis de Hillary.

— J'espère vous revoir.

— Je suis certaine que nous vous reverrons à Paris. En un sens, c'est une petite ville.

Leurs yeux se croisèrent et se captèrent durant des secondes infinies... Pour Liane, ces adieux équivalaient au départ d'un ami, d'un frère, alors qu'elle ne connaissait presque pas cet homme ; la magie du voyage, sans doute, songea-t-elle en souriant.

— Prenez bien soin de vous... et de John...

— Oui... et vous aussi...

— Liane ! On y va !

Armand la pressait, impatient d'abréger. Il salua aimablement Nick Burnham et, un moment plus tard, les Villiers se retrouvaient sur le dock. On mit leurs bagages dans une camionnette pendant qu'ils montaient dans une confortable Citroën ; Mademoiselle et Jacques Perrier s'installèrent sur la banquette avant, à côté du chauffeur. A l'instant où la voiture démarra et où la camionnette se mit en marche, Liane aperçut une énorme Duesenberg noire qui arrivait ; Nick Burnham donna des instructions au chauffeur. La jeune femme se retourna encore et il lui fit un signe d'adieu auquel elle répondit. Puis elle reporta son attention sur son mari.

— Apparemment, expliquait-il, l'ambassade d'Italie donne une réception ce soir. Je dois m'y rendre, mais, si tu veux, tu peux rester à l'hôtel. Tu auras beaucoup à faire, à installer les filles.

Il consulta sa montre. Le voyage jusqu'à Paris allait durer trois heures.

— Est-ce qu'on sait dans combien de temps les meubles vont nous parvenir ?

Liane avait beau essayer de s'absorber dans des questions pratiques, le visage de Nick, au moment des adieux, continuait à la hanter. « Paris est une petite ville », avait-elle affirmé, mais elle ne se sentait plus aussi sûre d'elle.

— Ils prendront six semaines, répondit Armand. Dans l'intervalle, nous descendons au *Ritz*.

L'endroit était inhabituel pour un ambassadeur, mais Liane avait offert ce séjour sur ses propres deniers, geste qu'il lui autorisait de temps en temps ; il était gêné de ne pouvoir lui rendre la pareille, encore que cela ne signifiât rien pour elle. Si grande était la fortune de Liane que cette dépense n'y laisserait aucune trace.

Les deux petites bavardèrent à bâtons rompus pendant la majeure partie du voyage et Liane en fit autant avec Armand, navrée à la perspective de cette réception. La vue de la tour Eiffel lui fut presque pénible ; elle aurait voulu remonter le temps, retrouver l'atmosphère luxueuse et rassurante du bateau.

Trois grooms les escortèrent jusqu'à leur vaste suite, qui comportait une grande chambre pour les enfants, une autre pour la gouvernante, un salon, une chambre principale, un boudoir et un bureau. Armand considéra avec amusement la montagne de malles qui envahissait leur chambre.

— Pas mal, ma chérie.

Tristement, elle s'assit :

— Le bateau me manque. Je voudrais qu'on y retourne. C'est bête, tu ne trouves pas ?

— Non.

D'un geste tendre, il lui effleura le visage et elle se blottit contre lui.

— Tout le monde ressent cela au début, enchaîna-t-il. Les bateaux, c'est spécial, et le *Normandie* est encore plus à part.

Ils échangèrent un long sourire ; puis, à regret, il s'écarta de sa femme :

— Mon amour, j'ai peur que ces messieurs ne me retardent, ce soir, et ensuite il y a cette réception... Que préfères-tu ? Rester ici ou m'accompagner ?

— Honnêtement, j'aimerais mieux rester et tout mettre en ordre.

— Parfait.

Il disparut pour prendre un bain et, une demi-heure plus tard, il revint en habit. Liane avait passé un déshabillé de satin blanc, et les malles gisaient ouvertes dans toute la pièce.

— Et le pire, c'est qu'il faudra tout remballer dans

quelques semaines ! gémit-elle en s'affalant sur le lit. Pourquoi diable ai-je emporté tout ça ?

— Parce que tu es ma très belle et très élégante épouse, répondit-il en l'embrassant rapidement. Si je ne me dépêche pas, ils sont bien capables de m'expédier dans un endroit riant, comme Singapour !

— Il paraît que c'est très bien.

Il leva un index menaçant et alla embrasser ses filles ; le Quai avait déjà téléphoné pour annoncer que la Citroën l'attendait. Armand jaillit du vestibule, les yeux brillants ; il se sentait revivre. Il était chez lui, en France. Plus besoin de guetter des nouvelles de seconde main ; ici, sur place, il serait directement informé.

Quand il quitta l'Elysée, il était encore sous le choc. Ses collègues, d'un calme imperturbable, semblaient certains que la paix allait durer longtemps. Au lieu de la peur, ce qui dominait à Paris était un climat d'insouciance et de prospérité. Ils ne doutaient pas de la menace que représentait Hitler mais n'étaient pas moins sûrs de l'efficacité de la ligne Maginot. Armand aurait souhaité voir son pays prêt à affronter une guerre mondiale. C'était comme s'il était venu en France pour combattre un incendie et que, loin de rejoindre les rangs des sauveteurs en retroussant ses manches, il fût invité à admirer le brasier. Troublé, il prit place dans la Citroën et indiqua la rue de Varenne au chauffeur :

— A l'ambassade d'Italie.

L'optimisme forcené qui régnait dans le sanctuaire de l'Elysée se manifestait encore plus nettement à l'ambassade d'Italie ; le champagne coulait à flots, les femmes étaient ravissantes, on parlait vacances d'été, dîners de diplomates et bals de société, sans que quiconque mentionnât l'éventualité d'une guerre. Au bout de deux heures, las de se mettre en frais pour une foule de relations, Armand regagna le *Ritz,* soulagé de s'asseoir et de partager avec sa femme un potage et une omelette.

— Je ne comprends pas. Tout le monde, ici, paraît

s'amuser, comme au mois d'avril. Sont-ils donc aveugles ?

— Peut-être ont-ils peur de voir.

— Mais comment peuvent-ils se boucher la vue ?

— Et à l'Elysée ? Peux-tu en parler ?

— La même chose. Je m'attendais à des directives précises, au lieu de quoi ils discutent agriculture, économie, totalement confiants dans la ligne Maginot. J'aimerais bien être de leur avis.

— Hitler ne les inquiète pas ?

— Jusqu'à un certain point seulement. Ils estiment qu'on aura finalement une guerre entre Hitler et les Anglais, et ils continuent à espérer un miracle de la Providence.

En soupirant, le diplomate ôta sa jaquette, épuisé, amer, subitement vieilli, tel un guerrier prêt à se battre et recherchant en vain une cause à défendre, désenchantement qui attrista la jeune femme.

— Je ne sais pas, Liane. C'est peut-être moi qui imagine des catastrophes qui n'existent pas. J'ai peut-être quitté la France trop longtemps.

— Ce n'est pas cela. Il est difficile de savoir qui a raison. Il se peut que tu y voies plus clair que tous ces gens, il se peut aussi qu'ils vivent sous la menace de la guerre depuis si longtemps qu'elle ne les effraie plus, et qu'ils croient qu'elle n'aura pas lieu.

— L'avenir nous le dira.

Elle acquiesça, puis remporta la table roulante.

— Et si tu essayais d'oublier, ce soir ? Tu prends tout cela trop à cœur.

Doucement, elle vint lui frictionner le cou ; peu après, il alla se coucher et sombra dans un sommeil agité. Liane s'installa dans le salon, songeant au bateau et regrettant de ne pouvoir sortir sur le pont pour contempler l'océan paisible. Bien qu'elle connût Paris, grâce à ses fréquents séjours avec Armand, elle se sentait de plus en plus en proie au mal du pays. Ils n'habitaient pas encore une maison à eux, Liane n'avait pas d'amis proches à Paris, et ces pensées la ramenèrent à Nick. Elle se surprit à s'interroger sur les Burnham.

Deux jours s'étaient écoulés depuis la conversation sur le pont, mais ces deux jours comptaient comme des années. Nick avait eu beau lui demander de téléphoner, elle savait d'avance qu'elle s'abstiendrait, car, si c'était sans conséquence sur le bateau, ici, en tant que femme d'Armand, elle ne pouvait se lier d'amitié avec un homme.

Dans le silence de la suite, elle retourna à la chambre, où Armand ronflait doucement dans le grand lit. Si la situation à Paris se révélait moins dramatique qu'il ne le craignait, peut-être réussirait-elle à le voir davantage. Des promenades au bois de Boulogne ou aux Tuileries, des courses ensemble dans les boutiques, une excursion en bateau avec leurs filles... Réconfortée par cette perspective, elle éteignit la lumière.

XI

Avenue Foch, Hillary entra dans la maison, le chauffeur sur ses talons, titubant presque sous le poids de sept volumineux cartons à robe de Dior, Madame Grès et Balenciaga, sans compter plusieurs paquets de moindre envergure. La jeune femme venait de passer une excellente journée et entendait que la soirée fût encore plus agréable, car Nick se trouvait encore à Berlin.

— Laissez-les ici.

Elle avait lancé cet ordre par-dessus son épaule, en anglais, et, devant la mine penaude du chauffeur, elle répéta en français, durement, en désignant une chaise :

— Ici.

Il posa les paquets comme il put à l'endroit indiqué, dans le long hall de marbre au gigantesque lustre de cristal. Cette demeure somptueuse avait enchanté Nick, mais non pas Hillary : l'eau n'était jamais assez chaude pour son bain, on n'avait pas installé de douche et les moustiques pullulaient ; la jeune femme aurait préféré un appartement au *Ritz*. Selon elle, les domestiques engagés par le bureau de son mari se montraient arrogants et ne parlaient pratiquement pas l'anglais ; enfin, des jours durant, elle s'était plainte de la chaleur.

Depuis presque un mois qu'ils étaient arrivés à Paris, elle devait admettre que la saison n'était pas entièrement sinistre. Tous disaient que l'été 1939 marquait la première période faste depuis l'été précédent, où les accords de Munich avaient assombri l'humeur générale. A présent, les bals costumés et les dîners se succédaient sans répit, quasiment comme une revanche. Le comte Etienne de Beaumont avait donné un bal costumé quelques semaines plus tôt, où tous les invités s'étaient déguisés en personnages du théâtre de Racine ; Maurice de Rothschild arborait sur son turban les fameux diamants de sa mère, ainsi que des bijoux de Cellini sur son écharpe. A Versailles, lady Mendl avait organisé une garden-party de sept cent cinquante personnes, avec trois éléphants en attraction. Mais la plus spectaculaire de ces réceptions avait été celle de Louise Macy, qui avait loué l'hôtel Salé pour la nuit, apportant du mobilier inestimable, refaisant la plomberie, aménageant une cuisine mobile et illuminant le tout avec des milliers de chandelles. Tous les invités avaient reçu l' « ordre » de porter des diadèmes et des décorations, et, chose extraordinaire, ils avaient obéi. Hillary s'était arrangée pour emprunter une tiare chez Cartier, fabuleux assemblage de dix émeraudes de quatorze carats qu'enchâssaient des bouquets de diamants magnifiques.

Elle s'y était peu amusée. D'autres projets l'occupaient pour le reste de l'été : avec un peu de chance, elle se rendrait dans le Midi avec des amis de Boston avant le retour de Nick. Depuis leur arrivée, il la mettait mal à l'aise en se cantonnant dans l'attitude qu'il avait adoptée sur le bateau : froid, distant, toujours courtois, mais se désintéressant de ce qu'elle faisait. Il ne requérait sa présence que pour les dîners d'affaires ou pour prendre le thé en compagnie de femmes d'industriels.

Cette attitude l'exaspérait plus encore que celle de naguère. Lorsqu'il essayait désespérément de lui être agréable, Hillary se sentait coupable et l'en haïssait ; à présent, elle se savait dépourvue de la moindre importance à ses yeux et s'irritait davantage. Dès leur première semaine à Paris, elle avait décidé de lui montrer de quoi elle était capable : il ne la sortirait pas de son placard comme une paire de vieilles chaussures chaque fois qu'il aurait besoin d'elle pour un dîner de travail, elle n'était pas un ours savant qu'on exhibe devant les invités. Dégoûtée de cette vie à Paris, Hillary avait pris ses résolutions.

Elle entra dans la bibliothèque lambrissée, où une tapisserie d'Aubusson avait le don de la déprimer, et jeta un coup d'œil dans le jardin. John jouait avec sa gouvernante, faisant courir le chiot que Nick lui avait offert, un petit terrier qui aboyait trop fort pour les oreilles de Hillary. Ces aboiements et ces rires l'agressèrent. La chaleur et les magasins lui avaient donné la migraine. Elle jeta son chapeau sur une chaise et retira ses gants tout en se dirigeant vers le bar dissimulé dans les boiseries. Ce fut alors qu'elle crut s'évanouir en entendant derrière elle une voix sans timbre :

— Bonsoir.

Pivotant sur elle-même, la jeune femme aperçut Nick, tranquillement assis au grand bureau Louis XV, dans le coin. Elle n'avait pas regardé cet endroit en entrant dans la pièce.

— Tu as passé une bonne journée ? s'informa-t-il.

— Qu'est-ce que tu fabriques ici ?

Bien qu'elle ne parût rien moins qu'heureuse, elle s'arrêta sur le chemin du bar.

— J'habite ici, rétorqua-t-il. Du moins, à ce qu'on dit.

Il s'était réservé une chambre à part, comme sur le bateau. Outre l'insulte que cela signifiait, ce qui exaspérait Hillary était que, durant des années, elle l'avait tenu à sa merci, en ayant toute latitude de le repousser ou de l'accepter dans son lit, tandis qu'à présent c'était lui qui avait décidé pour elle. Du reste, elle en prenait son parti sans trop de regrets.

Il l'observait depuis son bureau, tel un chat guettant une souris : elle l'aurait giflé.

— Tu comptais boire un verre ? Surtout, que je ne vienne pas perturber tes petites habitudes...

Elle alla se verser un double scotch et s'enquit :

— Comment était Berlin ?

— Ça t'intéresse ?

— Pas vraiment.

Une telle franchise devenait presque un soulagement.

— Comment va Johnny ? demanda-t-il.

— Bien. Je l'emmène à Cannes dans quelques jours.

— Puis-je savoir avec qui ?

— J'ai rencontré des amis de Boston pendant ton voyage et je pars ce week-end.

Par-dessus son verre, elle l'affronta du regard. S'il voulait une vie loin d'elle, il l'aurait.

— Puis-je aussi savoir combien de temps tu as l'intention de rester là-bas ?

— Je ne sais pas. Il fait trop chaud à Paris. Je ne me sens pas bien ici.

— Cette nouvelle me navre. Mais je voudrais savoir combien de temps durera ton absence.

Hillary avait du mal à reconnaître l'intonation de sa voix ; ces dernières semaines, il avait pris de l'assurance, à tel point qu'elle l'aurait soupçonné d'avoir une liaison si elle l'en avait cru capable. Pendant qu'elle tapait du pied sur le sol, il la scruta, dans l'attente d'une réponse.

— Un mois, dit-elle enfin. Peut-être plus. Je reviendrai en septembre, décida-t-elle au moment même où elle le formula.

— Amuse-toi bien, sourit-il froidement. Mais n'espère pas emmener Johnny.

— Et pourquoi ?

— Parce que je veux le voir un peu et que je n'ai pas

envie de faire le voyage toutes les semaines jusque là-bas.

— Enfin une bonne nouvelle ! Mais tu ne peux pas le laisser à Paris.

— Je l'emmènerai moi-même.

Hillary hésita, prête à lui assener une réplique acérée, et il croyait l'entendre penser ; soudain, il comprit qu'elle ne souhaitait pas spécialement se charger de Johnny.

— Bon, fit-elle. Il restera avec toi.

Nick entendait quitter Paris quelque temps durant l'été ; ce serait un excellent prétexte. Malgré ce qu'il avait vu à Berlin, il ne croyait pas à l'imminence de la guerre ; il emmènerait son fils quelque part en France.

— Quand pars-tu, déjà ? interrogea-t-il en se levant du bureau.

Elle le fixa, les yeux pleins de haine. Leur mariage était devenu si pénible, si amer qu'ils en sentaient l'arrière-goût de fiel.

— Dans deux jours. Est-ce assez tôt ?

— Je me le demandais... Tu dînes avec moi, ce soir ?

— Je suis prise.

Il sortit dans le jardin. Johnny poussa des cris de joie dès qu'il l'aperçut et se jeta dans ses bras, tandis que Hillary les observait depuis la fenêtre, avant de monter l'escalier.

Elle s'en alla deux jours plus tard que prévu, bien que Nick la vît à peine ; il travaillait le soir à son bureau. Quand il dîna avec des relations de Chicago, elle refusa de l'accompagner et il n'insista pas.

Le matin du départ, une limousine arriva pour la conduire à la gare. Nick résolut de ne plus lui demander avec qui elle passerait ces vacances à Cannes. Elle lui avait soutiré deux mille dollars pour ce séjour, la veille, en le remerciant à peine.

— Au mois de septembre ! cria-t-elle joyeusement, en quittant la maison dans un flamboiement de soie rouge.

— Appelle ton fils de temps en temps.

Elle acquiesça. C'était la première fois depuis long-temps que Nick la voyait heureuse. Si ce mariage leur réussissait si mal, à l'un comme à l'autre, ils méritaient mieux, songea-t-il en allant passer sa veste. Il se surprit alors à penser à Liane ; il n'avait pas revu les Villiers aux dîners où il s'était rendu. Sans doute se cantonnaient-ils à des réceptions de diplomates, milieu qu'il ne fréquentait pas.

Il savait néanmoins que l'ambassade de Pologne projetait un dîner officiel dans quelques semaines, auquel ils iraient probablement. Mais lui-même ne pouvait se permettre de les imiter, car nul ne devait savoir ce qu'il venait de faire en faveur de la Pologne. Les Polonais étaient en train de s'armer, eux aussi, et il était essentiel qu'on l'ignorât. Les intermédiaires qu'il avait contactés pour offrir ses services avaient été ébahis des sommes dérisoires qu'il demandait ; c'était le seul moyen de les aider à la onzième heure.

Les Allemands venaient d'augmenter la quantité de leurs contrats, ce qui accroissait son désir d'en finir avec eux, quelque profit qu'il en tirât. Liane avait raison : le moment de choisir son camp arrivait. En fait, il était déjà arrivé.

Avant de se rendre à son bureau, Nick alla embrasser son fils, qui ne semblait pas trop affecté par le départ de Hillary. Il lui avait promis un voyage à Deauville, où ils monteraient à cheval sur la plage, le 1er août. Ils passeraient au moins quinze jours ensemble.

— Bonne journée, petit fauve. A ce soir.

Johnny jouait avec une batte et une balle, matériel qu'il avait précieusement emporté dans l'une des malles. Pendant que la limousine tournait à l'angle de l'avenue Foch, Nick vit que la balle venait de traverser l'une des fenêtres du salon. Il rit tout seul au souvenir de ce qu'il avait prédit au portier de l'immeuble de New York. Intrigué, le chauffeur se retourna :

— Oui, monsieur ?

— Je disais : c'est ça, le base-ball.

Le chauffeur approuva machinalement, totalement désorienté.

XII

Le 21 juillet, les affaires de Liane et d'Armand leur parvinrent de Washington. Dans le courant de la semaine, ils emménagèrent dans la maison qu'Armand avait trouvée en avril, sur l'élégante place du Palais-Bourbon. Dix jours durant, la jeune femme peina et s'éreinta à tout mettre en place et à ouvrir les caisses. Elle se chargeait elle-même de presque toutes les tâches, sachant l'emplacement exact de chaque objet et ne laissant aux domestiques que le soin de laver la vaisselle et de dépoussiérer les tables. Faute de mieux, ces activités lui donnaient une occupation, à présent qu'elle voyait rarement son mari. Les rêves de promenades au bois de Boulogne et aux Tuileries s'étaient envolés en fumée. Avec ou sans guerre, le Bureau Central s'était emparé d'Armand. Il déjeunait avec ses collègues ou chez divers ambassadeurs étrangers et ne rentrait pas avant huit heures du soir, et encore, s'il n'était pas accaparé par un dîner officiel.

Cette existence ne ressemblait pas à la vie qu'ils menaient à Washington, lorsque, en tant que femme d'ambassadeur, Liane était partie intégrante de sa vie sociale, recevait, donnait des bals et des dîners en cravate noire. Ici, le plus souvent, il sortait seul. L'existence entière de la jeune femme, à Paris, était centrée autour de ses filles ; quand elle finissait par apercevoir son mari, le soir, il était trop fatigué pour lui parler. Il dînait rapidement et allait se coucher, pour sombrer invariablement dans le sommeil sitôt que sa tête se posait sur l'oreiller.

Elle regrettait amèrement l'époque de Washington, de Londres ou de Vienne et, malgré ses efforts pour faire bonne figure, son mari le percevait. Liane évoquait une fleur dépérissant dans un jardin mal entretenu, ce qui aggravait les remords d'Armand.

Les événements, cependant, se précisaient. La France prenait graduellement conscience du danger que représentait le Reich et, bien qu'on persistât à se croire en sécurité, les préparatifs s'accéléraient. Armand se sentait revivre lorsqu'il participait à des réunions interminables ; heureuse période pour lui, lugubre pour sa femme. Il n'avait même pas le temps de l'emmener dîner dehors.

— Tu me manques, tu sais.

Elle lui sourit tout en accrochant un tableau, pendant qu'il regagnait leur appartement après une journée de travail. Comme de coutume, elle avait créé l'ambiance d'une maison qu'ils auraient habitée depuis des années. Reconnaissant, il vint l'embrasser en l'aidant à descendre de son perchoir ; il la retint quelques moments dans ses bras.

— Tu me manques, ma chérie. J'espère que tu t'en rends compte.

— Quelquefois, oui, soupira-t-elle en posant son marteau sur le bureau, avant de le considérer avec un sourire triste. Et parfois je pense que tu oublies que je suis toujours en vie.

— Tu sais bien que ce n'est pas possible. Simplement, je suis débordé.

— Est-ce qu'un jour nous pourrons vivre comme avant ?

— Bientôt, je le souhaite. Mais il y a une telle tension... Il faut attendre... Se préparer...

Les yeux d'Armand brillaient de telle manière qu'elle sentit son cœur se briser. C'était comme s'il l'avait quittée pour la France, rivale plus dangereuse que toutes les maîtresses, parce que Liane ne pouvait lutter contre elle.

— Que se passera-t-il si la guerre éclate, Armand ?

— Nous aviserons.

Toujours le diplomate aux paroles prudentes, encore qu'elle ne le questionnât pas sur son pays mais sur elle-même.

— Alors, je ne te verrai plus...

Ce soir, elle n'avait plus envie d'adopter sa façade de femme courageuse et enjouée.

— Nous vivons une époque troublée, Liane, tu le comprends certainement.

Le contraire l'aurait déçu. Armand portait un lourd fardeau et la jeune femme devait consentir les mêmes sacrifices que lui, même si parfois c'était trop demander ; elle ne connaissait plus les soirées en tête à tête, les conversations, les nuits où il n'était pas trop épuisé pour l'aimer...

— Bon. Tu veux manger quelque chose ?

— J'ai déjà dîné.

Elle ne lui dit pas qu'elle l'avait attendu. Il reprit :

— Comment vont les filles ?

— Bien. Je leur ai promis de les emmener pique-niquer à Neuilly la semaine prochaine, quand j'aurai fini la maison.

Les deux enfants se sentaient seules, elles aussi, entre leur mère et leur gouvernante ; une fois à l'école, elles se feraient des amies.

— Tu es la seule femme qui puisse aménager une maison en une semaine, sourit-il en s'asseyant sur une chaise du salon, presque inquiet à l'idée de lui dire qu'il ne souhaitait qu'une chose : aller dormir.

— Je suis contente que nous ayons quitté l'hôtel.

— Moi aussi.

Il jeta un coup d'œil circulaire sur leurs meubles familiers, heureux de se retrouver enfin chez lui. Mais il n'avait pas remarqué grand-chose durant ce premier mois. Il était si préoccupé qu'il aurait pu rentrer tous les soirs dans une hutte ou une tente sans s'apercevoir de la différence.

— Tu veux une tasse de camomille ?

Armand lui baisa la main avant d'aller s'asseoir sur le lit.

— Tu es trop gentille, ma chérie.

— C'est que je t'aime.

Elle se rendit à la cuisine pour faire chauffer la tisane, mais, lorsqu'elle revint avec un plateau de porcelaine et une tasse de Limoges qu'elle avait déballée dans l'après-midi, elle vit qu'Armand dormait déjà, sans le secours de la camomille.

XIII

— Eh bien, petit fauve, qu'est-ce que tu en penses ?

Nick et John avaient galopé le long de la plage, dans les deux sens, et venaient de s'arrêter quelques instants après que le soleil eut disparu dans la mer. Ils avaient passé une semaine merveilleuse à Deauville.

— Tu te sens de taille à manger quelque chose ? reprit Nick.

— Ouais.

Toute l'heure précédente, le petit garçon avait prétendu être un cow-boy sur un ranch, enchanté qu'il était de son cheval, un grand hongre blanc très doux. Son père montait une jolie jument baie.

— Je voudrais des hamburgers pour ce soir, comme dans un ranch.

— Moi aussi, dit gaiement Nick.

Un hamburger et un milk-shake l'auraient tenté, mais ils étaient à quelques milliers de kilomètres...

— Un bon steak bien saignant, ça t'irait ?

Le steak au poivre était ce qui ressemblait le plus aux délices convoitées.

— Okay, fit Johnny.

A la demande du petit garçon, ils avaient téléphoné à Hillary dans la journée. Cannes lui plaisait et leur appel l'avait surprise. Nick n'avait pas avoué à son fils qu'il avait dû s'y reprendre à quatre fois avant de la joindre. Les rumeurs commençaient à se répandre jusqu'à lui. Les « quelques amis » qu'elle accompagnait s'étaient vu rejoindre par un certain Philip Markham, que Nick connaissait à New York, un playboy de la pire espèce, plusieurs fois marié et dont le nom était maintenant associé à celui de Hillary

Burnham. La discrétion était manifestement au-dessus de ses forces. Ils jouaient tous les soirs à Monte-Carlo, dansaient jusqu'à l'aube, et avaient organisé au *Carlton* une soirée qui avait défrayé la chronique, y compris à Paris. Nick avait bien pensé lui dire de cesser, mais il était trop tard : il ne la contrôlait plus.

— C'était sympa de parler avec maman, aujourd'hui.

Le petit garçon semblait lire dans ses pensées ; Nick le scruta pendant qu'ils dirigeaient leurs chevaux vers l'écurie.

— Elle te manque beaucoup, John ?

— De temps en temps. Mais je m'amuse tellement avec toi !

— Moi aussi.

— Elle rentrera bientôt, tu crois ?

Malgré le peu d'intérêt de Hillary à son égard, Johnny aimait profondément ses deux parents. Elle lui avait envoyé des cadeaux par deux fois mais ne téléphonait que rarement.

— Je ne sais pas, répondit Nick. Sans doute dans quelques semaines.

Johnny acquiesça en silence.

Comme convenu, ils commandèrent un steak au poivre au dîner, puis, quand ils se retrouvèrent dans leur chambre, Nick fit à son fils une lecture de son livre préféré, comme tous les soirs. Il n'avait pas emmené la gouvernante, car il voulait Johnny tout à lui.

Le dernier jour, ils s'offrirent un galop dans un crépuscule éblouissant. Ils avaient joué au tennis et pique-niqué sur la plage. Tout en regardant le soleil décroître, Nick adressa à son fils un sourire chaleureux.

— Nous nous en souviendrons très, très longtemps, toi et moi...

Jamais ils n'avaient été aussi heureux ensemble. Nick saisit la main du petit garçon et ils restèrent ainsi de longues minutes, main dans la main, sans que Johnny puisse apercevoir les larmes de son père.

140

Le lendemain de leur retour, Nick dut se rendre quelques jours à Lyon, pour voir le propriétaire d'une filature. Quatre jours après qu'il eut regagné Paris, il partit pour ce qu'il espérait être son dernier séjour à Berlin. Quand Johnny lui demanda s'il pouvait l'accompagner, Nick répondit qu'il reviendrait dans un ou deux jours.

À Berlin, il perçut quelque chose d'inhabituel, une sorte d'exaltation unanime : c'était le 23 août et le Reich venait de signer avec l'Union soviétique un pacte de non-agression réciproque. On avait conduit en grand secret les négociations, pour aboutir à ce coup de théâtre qui immobilisait le plus grand ennemi potentiel de Hitler. Nick devina sur-le-champ, comme tout le monde, que cet accord menaçait gravement la France et le reste de l'Europe, et il désira revenir à Paris au plus vite. Si la réaction se produisait trop rapidement, il serait bloqué à Berlin.

Après une réunion dans l'après-midi, il prit le premier train pour Paris. Lorsqu'il distingua la tour Eiffel, il soupira de soulagement. Il se précipita chez lui, avenue Foch.

Johnny, installé à la table du petit déjeuner, se jeta dans ses bras.

— Tu es vite rentré, papa !

— Tu m'as manqué.

— Toi aussi.

La bonne lui apporta une tasse de café et il bavarda avec son fils tout en parcourant les journaux, impatient de voir comment Paris riposterait. Il s'en doutait : ce fut la mobilisation générale. On envoyait aux frontières toutes les troupes disponibles pour défendre la ligne Maginot.

— Qu'est-ce qu'il y a, papa ? interrogea Johnny, qui lisait par-dessus son épaule.

Nick lui expliqua l'alliance des Allemands et des Soviétiques, ce qui lui fit ouvrir de grands yeux :

— Tu veux dire qu'on va avoir une guerre ?

Le petit garçon ne semblait pas entièrement mécontent : il était encore en âge de trouver cela palpitant et d'adorer tout ce qui avait trait aux armes à feu.

Quand Johnny sortit jouer, Nick entra dans la bibliothèque, le visage soucieux. Il demanda le *Carlton à* l'opératrice, car il était temps que Hillary revienne, consentante ou non.

On la chercha à la piscine, puis on suggéra qu'il rappelle plus tard. Il insista. Finalement, on la découvrit ; dans la chambre d'un homme, soupçonna-t-il. Mais, quelle que fût la vie de Hillary, elle était avant tout la mère de son fils et Nick entendait qu'elle regagne Paris, au cas où le malheur s'abattrait sur la France.

— Navré de t'importuner, Hillary.

— Que se passe-t-il ?

Aussitôt, elle pensa qu'il était arrivé quelque chose à Johnny ; tandis qu'elle traversait nue la chambre de Philip Markham, le combiné à la main, elle s'agita nerveusement.

— As-tu lu les journaux d'hier ou ceux d'aujourd'hui ?

— Tu veux parler de ce truc entre les Allemands et les Russes ?

— Oui, exactement.

— Oh, Nick, bon sang, j'ai cru que Johnny avait eu un accident !

Soulagée, elle s'assit sur une chaise, où Philip Markham la rejoignit pour lui caresser la jambe.

— Il va bien, dit Nick. Mais je veux que tu rentres.

— Maintenant ?

— Oui.

— Mais pourquoi ? De toutes façons, je rentre la semaine prochaine.

— Ce sera peut-être trop tard.

— Trop tard pour quoi ?

Quel idiot, songea-t-elle... Elle rit aux grimaces que lui adressait Philip, assorties de gestes obscènes, avant de retourner dans le lit aux draps froissés.

— Je pense que la guerre va éclater. On mobilise, et tout peut exploser d'un moment à l'autre.

— Ça n'arrivera pas aussi vite.

— Hillary, je n'ai pas l'intention de discuter avec toi. Je te dis de rentrer. Maintenant.

Nick martela son bureau, tout en essayant de contrôler sa voix. Il avait peur, peur pour elle aussi bien que pour leur fils. Quelle naïveté d'avoir cru que la guerre n'éclaterait pas avant un an... En venant en Europe, il avait mis sa famille en danger.

— Hillary, je t'en supplie... J'arrive de Berlin. Je sais ce que je dis. Fais-moi confiance, pour une fois. Je veux que tu sois ici, à Paris, s'il arrive quelque chose.

— Ne sois pas si inquiet, c'est grotesque. Je rentre la semaine prochaine, répéta-t-elle en s'emparant de la coupe de champagne que lui tendait Philip.

— Faut-il que je vienne te chercher moi-même ?

— Tu ferais ça ? s'écria-t-elle.

Il acquiesça, tout en regardant Johnny jouer dans le jardin.

— Oui, dit-il, je le ferais.

— Très bien. Je vais voir. Je donne un dîner ce soir pour quelques amis et...

— Laisse tomber. Je te le répète, bon Dieu, saute dans le premier train pour Paris !

— Je te dis que je donne un dîner...

Il la coupa encore :

— Bon, si tu refuses de m'écouter, dis à cet abruti de Markham de te ramener ici. Rentre à la maison avec lui, si tu y tiens. Tu as un enfant ici, et le pays va déclarer la guerre !

— Qu'est-ce que tu veux dire, au juste ? demanda-t-elle d'une voix tremblante.

C'était la première fois que Nick mentionnait Philip ; donc il savait, et depuis longtemps. L'embarras ne fit qu'attiser sa colère.

— Hillary, je t'ai expliqué la raison de mon appel. Je n'ai rien à ajouter.

— Je veux que tu précises ce que tu viens de dire.

Elle avait posé sa coupe de champagne et se tenait assise sur le lit, très droite, à côté de Philip.

— Je n'ai rien à préciser. Tu m'as entendu. J'entends te voir à la maison dans les deux jours.

Il raccrocha sur ces mots. Hillary considéra avec stupeur le téléphone silencieux.

— Qu'est-ce qui s'est passé ? questionna Philip, puis il comprit. Il est au courant, pour nous ?

— Apparemment, fit-elle en le dévisageant.

— Il était furieux ?

— Pas du tout, enfin pas trop. Mais il exige que je rentre immédiatement. Il est persuadé que la guerre va éclater dans les jours qui viennent.

Hillary but une gorgée de champagne et regarda l'homme qui était son amant depuis deux mois. Philip lui plaisait ; il lui ressemblait, aussi décadent, aussi enfant gâté, aussi insouciant qu'elle-même.

— Il a peut-être raison, tu sais. Hier soir, on ne parlait que de ça sur la Croisette.

— Les Français sont des trouillards. De toute manière, en cas de guerre, je rentre. Mais pas à Paris. A Boston ou à New York.

— Si tu le peux. Il veut retourner aux Etats-Unis dès maintenant ?

— Je l'ignore. Il ne l'a pas dit. Il veut simplement que je revienne à Paris, auprès de notre fils.

— Ici, à Cannes, tu es sans doute plus en sécurité. Si les Allemands se mettent à bombarder, ils commenceront par la capitale.

— Voilà qui est rassurant...

Pensive, la jeune femme lui tendit sa coupe vide et reprit :

— Tu penses qu'il faut que je rentre ?

Philip se pencha vers elle pour embrasser le creux délicat entre ses seins.

— Pas encore, ma belle.

De ses lèvres, il dévora doucement un mamelon et elle s'étendit sur le lit en oubliant les propos de son mari. Ce fut seulement plus tard, tandis qu'elle paraissait sur la plage de l'hôtel, qu'un obscur instinct l'avertit qu'il valait mieux lui obéir.

Tout en s'habillant pour le dîner qu'ils organisaient, elle se confia à Philip, qui haussa les épaules d'un air dégagé :

— Je te ramène chez toi dans quelques jours, ma chérie. Ne t'en fais pas.

— Et ensuite ? demanda-t-elle en se peignant les cheveux, question qu'elle formulait pour la première fois.

— Faut-il donc s'en soucier ?

— Je ne me fais pas de souci, je pose une question. Comptes-tu rester à Paris avec moi ?

Sa voix s'était adoucie. Il la contempla avec un large sourire :

— Nick Burnham adorerait cela !

— Pas à la maison, idiot ! Tu t'installerais au *Ritz* ou au *George V.* Tu n'es pas obligé de rentrer chez toi tout de suite.

Philip vivait des subsides que lui versait sa mère et il n'en faisait pas mystère, de même qu'il ne cachait pas son allergie aux liens trop permanents. Quatre ex-femmes lui avaient coûté une fortune et il n'en recherchait pas une cinquième. Dans ces conditions, Hillary lui convenait à la perfection, puisqu'elle était mariée de son côté et qu'elle lui avait avoué son peu de dispositions envers le mariage. La détresse qu'il lut dans ses yeux ne l'en surprit que plus.

— Tu n'es quand même pas tombée amoureuse de moi ?

Ce qu'elle aimait en lui, c'était cette nonchalance, cette indépendance vis-à-vis d'elle ; il la dominait, lui faisait désirer ce qu'elle attendait de lui, et elle aimait cela aussi. Philip était le premier homme qui l'eût ouvertement et amoureusement traitée de « putain ».

— Je suis un homme dangereux à aimer, ma jolie. Tu n'as qu'à demander aux femmes. Ou aux hommes, ajouta-t-il en riant de sa plaisanterie.

Il avait séduit la plupart des femmes de ses camarades.

— Pas besoin. Je te connais. Et tu es aussi corrompu que moi.

— Bon.

Il l'attrapa délicatement par les cheveux, lui embrassa la bouche, puis lui mordit les lèvres. Bien qu'il lui déplût de l'admettre, il tenait à Hillary plus qu'il ne l'avait prévu au début, à New York, quand il ne voyait en elle qu'une ravissante maîtresse pour les mois d'été.

— Nous nous méritons mutuellement, reprit-il. Je resterai peut-être un peu à Paris.

L'idée de passer un mois au *George V* n'était pas pour l'indisposer ; et puis, la guerre était le cadet de ses soucis.

— Je te ramènerai en voiture au début de la semaine prochaine. Ça ira, ou bien tu crois que Nick va débarquer ici avant ?

— Ça, je ne pense pas, sourit-elle. Il a trop à faire avec Johnny, et puis il a son travail.

— Bien. Alors nous partirons quand nous serons prêts. Demain, j'appelle le *George V* pour vérifier si ma suite est libre.

La jeune femme le laissa finir de s'habiller. Lorsqu'elle fut de retour dans la chambre, il émit un sifflement d'admiration ; Hillary portait une robe d'organza rouge dont le décolleté plongeait quasiment jusqu'au nombril.

L'ensemble enchanta tellement Philip qu'avec un regard malicieux, suivi d'une œillade, il lui arracha le vêtement, le déchira, puis le jeta sur le lit, pesant de tout son poids sur elle, la prenant avec une telle violence qu'il la laissa pantelante, hors d'haleine, sans le moindre égard pour les mille dollars qu'avait coûté la robe de Dior qui, près de Hillary, gisait en lambeaux.

XIV

Le week-end du 26 août, Nick et John se rendirent gare de l'Est pour voir des milliers de soldats monter dans le train, appelés pour la plupart sur la frontière Nord. Après avoir hésité, Nick avait décidé que l'Histoire allait s'écrire sous ses yeux et qu'il était bon que

Johnny y assiste également. Depuis son coup de fil à Cannes, il n'avait pas reçu de nouvelles de sa femme, mais il s'attendait à la trouver chez lui d'un moment à l'autre. Nick n'avait aucune raison de la rappeler.

Le même dimanche après-midi, place du Palais-Bourbon, Liane et ses filles guettaient le retour d'Armand, qui était devenu bizarrement moins préoccupé. Au-dehors, on redoublait d'activité ; partout dans les rues, des affiches portaient les mots « appel immédiat » pour enrôler les soldats. En revenant de leur promenade, les deux enfants avaient aperçu tous ces signes avant-coureurs et Liane avait essayé de leur expliquer la situation, puisque leur père n'en avait pas le temps. Trop jeune pour comprendre, Elisabeth était terrorisée par les armes, alors que Marie-Ange s'intéressait beaucoup aux événements. D'autres affiches étaient placardées dans les rues, qu'elle lisait à sa gouvernante et à sa sœur, pour donner des instructions en cas d'attaque aux gaz, et rappeler aux civils les consignes du couvre-feu pour les phares des véhicules et les lampes domestiques. La nuit précédente, Paris n'avait été que partiellement éclairé.

Liane leur avait dit que, s'il y avait tant de voitures dans les rues, c'était que les gens quittaient la capitale. Ils emportaient de curieux assemblages d'objets hétéroclites, y compris parfois des chaises et des tables entassées jusqu'au capot, des landaus, des brocs, des poêles à frire... L'exode commençait ; on avait demandé à la population de ne pas stocker des denrées alimentaires, et, dans la mesure du possible, de ne pas céder à la panique. Quand Liane emmena ses filles au Louvre, dans l'après-midi, le musée était fermé. Un gardien les informa que bon nombre des collections avaient déjà été expédiées en province, afin qu'on les mette en lieu sûr. Dans les rues, parmi les gens qui discutaient du pacte germano-soviétique, on entendait souvent la phrase : « Nous sommes cocus. »

A la table du petit déjeuner, quelques jours après le début de la crise, Marie-Ange demanda doucement :

— Maman, vous croyez que les Allemands vont nous attaquer demain ?

— Je ne pense pas, ma chérie, répondit tristement la jeune femme. J'espère qu'ils n'attaqueront jamais.

— Mais j'ai entendu papa dire que...

— Tu n'as pas à écouter les conversations des adultes.

Et pourquoi, au fait ? s'interrogea Liane. Tout le monde écoutait son voisin, dans l'espoir de glaner une information.

— Les soldats vont aux frontières pour nous protéger, poursuivit-elle.

Si Marie-Ange avait le droit de savoir, Liane ne voulait pas l'inquiéter pour autant. Mais tous avaient peur, profondément, tout en arborant une tranquillité de façade, si bien que, lorsque la sirène retentit ce jour-là, comme tous les jeudis, on ne la fit sonner que quelques instants, de crainte que la population ne croie à une attaque. Il y eut quelques secondes de flottement quand la sirène commença à résonner ; la ville entière cessa de respirer, puis poussa un soupir de soulagement quand le bruit s'arrêta.

Le 1er septembre, la tension remonta quand on apprit que l'Allemagne venait d'envahir la Pologne. La même chose s'était produite un an plus tôt avec la Tchécoslovaquie ; puis, après les accords de Munich, le monde avait repris confiance. La Tchécoslovaquie avait été l'agneau du sacrifice. A présent, grâce au pacte germano-soviétique, Hitler n'avait plus rien à craindre du reste de l'Europe.

Armand rentra déjeuner en leur annonçant la nouvelle ; Liane s'assit sans bruit.

— Les pauvres gens ! Que peut-on faire pour les aider ?

— Rien, Liane, nous sommes trop loin de la Pologne. Et les Britanniques aussi. Plus tard, peut-être... Mais pour le moment...

Le même après-midi, Nick se tenait dans sa bibliothèque, avenue Foch, à regarder par la fenêtre. Il venait de téléphoner à Cannes, pour s'entendre répondre que Hillary avait quitté le *Carlton*. Une semaine s'était écoulée depuis qu'il l'avait sommée de rentrer. A l'hôtel, on ignorait comment elle comptait se rendre à Paris. Il espéra qu'elle prendrait le train, en regrettant de plus en plus d'avoir emmené sa famille en Europe.

Le lendemain, l'angoisse s'aggrava, car on attendait des nouvelles de ce qui se passait en Pologne. Armand transmit à Liane ce qu'il avait pu apprendre de source diplomatique : Varsovie était en flammes et la boucherie avait commencé, mais les Polonais avaient décidé de résister jusqu'au dernier, déterminés à mourir dans l'honneur, les armes à la main.

Ce soir-là, ils éteignirent les lumières, respectant le couvre-feu, ce qui créa une atmosphère insolite dans les pièces où ils s'installèrent parmi les ombres mouvantes. Ils ne purent trouver le sommeil. Liane était obsédée par le sort des Polonais face aux Allemands. Elle pensait à des femmes qui lui ressemblaient, chez elles, avec deux petites filles... Ou bien les femmes et les enfants devaient-ils eux aussi se battre contre l'envahisseur ?

Le 3 septembre, Armand ne rentra pas pour la tenir au courant ; elle ne le vit que tard dans la soirée. Mais elle avait entendu les informations à la radio : le navire britannique *Athenia* avait été coulé par un sous-marin allemand à l'ouest des Hébrides. La réaction fut immédiate : la Grande-Bretagne déclara la guerre à l'Allemagne, suivie par la France, conformément à son engagement envers la Pologne. Les années de conjectures et d'hypothèses s'achevaient. La guerre allait ravager l'Europe.

Liane s'assit au salon, fixant le ciel de Paris, les larmes aux yeux, puis alla annoncer la nouvelle à ses filles, dans leur chambre. Les deux enfants fondirent en larmes, tout comme Mademoiselle, et toutes quatre demeurèrent longtemps ainsi, à pleurer. Enfin, Liane ordonna à ses filles d'aller se laver le visage et se rendit dans la cuisine pour préparer le repas. Il lui paraissait important de garder son calme. Pleurer ne servait à rien, leur expliqua-t-elle.

— Et nous devrons faire tout notre possible pour aider papa.

— Il va devenir soldat, maintenant ? questionna Elisabeth en considérant sa mère de ses grands yeux bleus.

La petite fille avait failli s'étouffer en mangeant, à force de réprimer ses sanglots. Liane lui caressa la joue :

— Non, ma chérie. Papa sert la France, mais autrement.

— D'abord, commenta Marie-Ange, il est trop vieux.

La remarque étonna Liane, qui n'aurait jamais imaginé que sa fille puisse se rendre compte de l'âge d'Armand, dont elle-même n'avait guère conscience. Elisabeth vola au secours de son père :

— Papa n'est pas vieux !

— Mais si !

Avant que la jeune femme ait pu les en empêcher, les deux enfants commencèrent à se bagarrer, tant et si bien que Liane faillit les gifler toutes les deux ; les nerfs de tous étaient soumis à rude épreuve. Après le repas, elle les envoya avec Mademoiselle jouer sagement dans leur chambre. Liane ne voulait pas qu'elles restent dehors : qu'allait-il arriver, à présent ? On pouvait tout redouter, depuis un raid aérien jusqu'à un bombardement aux gaz. Elle aurait souhaité parler à son mari mais craignait de le déranger.

— Papa, il faut retourner à New York ?

Nick venait d'apprendre la nouvelle à son fils, que l'idée d'une guerre fascinait. D'un autre côté, Nick arborait une mine si sombre que Johnny se demanda si, après tout, la guerre, c'était tellement drôle.

— Je n'ai pas envie de rentrer maintenant, poursuivit-il.

Johnny se plaisait en France. Et, soudain, la panique :

— Si on rentre, je pourrai emmener mon petit chien ?

— Bien sûr.

Nick songeait à la mère de Johnny, qui avait quitté

Cannes deux jours plus tôt et n'était toujours pas là. Il laissa son fils dans sa chambre et se demanda s'il valait mieux regagner son bureau ; il était revenu chez lui dès qu'il avait su la nouvelle, pour rassurer Johnny. Enfin, il téléphona pour dire qu'on le rappelle si on avait besoin de lui.

Après la déclaration de guerre, Paris semblait bizarrement calme. L'exode continuait vers la province, mais dans l'ensemble la population ne cédait pas à l'affolement.

Tard dans l'après-midi du 3 septembre, Nick l'entendit : la sonnette de l'entrée retentit, il y eut un brouhaha de voix dans le hall, et un instant plus tard la porte de la bibliothèque s'ouvrit à toute volée. C'était Hillary, bronzée, les cheveux libres, les yeux brillants comme de l'onyx, et, pendant à son bras, un chapeau de paille assorti à sa robe de coton beige.

— Bon sang, Hillary...

Il eut la même réaction qu'en retrouvant un fils prodigue, quand on hésite entre le gifler et le serrer dans ses bras.

— Bonjour, Nick.

Elle semblait très maîtresse d'elle-même et peu disposée aux effusions. Nick remarqua aussitôt un énorme bracelet de diamants à son poignet, en totale discordance avec ses vêtements. Il la dévisagea avec l'impression de se mouvoir dans une eau sans fond.

— Te rends-tu compte que la France et l'Angleterre ont déclaré aujourd'hui la guerre à l'Allemagne ?

— Oui, il paraît.

La jeune femme prit place sur le canapé et croisa les jambes.

— Où étais-tu passée ?

Leur conversation semblait hors de propos, surréaliste.

— A Cannes.

— Je parle de ces deux jours. J'ai appelé et on m'a dit que tu étais partie.

— Je suis revenue avec des amis.

— Philip Markham ?

— Tu ne vas pas recommencer ! Je croyais que c'était fini !

— Là n'est pas le problème. Ce n'était pas le moment de batifoler sur les routes de France, bon Dieu !

— Tu m'as ordonné de rentrer, alors j'ai obéi.

Elle le toisa, ouvertement hostile, sans demander de nouvelles de leur fils. A cet instant, Nick comprit qu'il commençait à la haïr.

— Tu reviens exactement dix jours après mon appel.

— J'avais d'autres projets, je ne pouvais pas me décommander.

— Tu as un fils, et il y a la guerre.

— Eh bien, je suis là !

Nick prit une profonde inspiration. Il avait réfléchi toute la journée, il devait en parler maintenant :

— Johnny et toi, je vous renvoie à la maison, s'il n'y a pas de risque.

— Excellente idée.

Pour la première fois depuis son arrivée, Hillary eut un sourire. Philip et elle en avaient discuté avant qu'il descende de la voiture, au *George V.* Philip voulait la ramener à New York, que Nick fût d'accord ou non.

— Quand partons-nous ?

— Je vais voir avec le bureau. Ça ne va plus être si facile, à présent.

— Tu n'avais qu'à y penser en juin.

Elle se leva nerveusement et parcourut la pièce, puis elle lui lança un coup d'œil de biais :

— Tu étais trop obnubilé par tes affaires pour mesurer le danger où tu nous mettais. Tu comprends bien, n'est-ce pas, que tu es partiellement responsable de tout cela ? Partiellement responsable de cette guerre. Qui sait ce que les Allemands font de l'acier que tu leur vends ?

Cette idée torturait Nick depuis des semaines. Sa seule consolation était d'avoir résilié le reste de ses contrats avec l'Allemagne, deux jours plus tôt, même si sa compagnie y perdait des sommes considérables. Son unique regret était d'avoir tardé. Les paroles de

Liane le poursuivaient : « le temps de choisir son camp va venir »... Il avait choisi, mais trop tard, il vivait avec le remords de ce qu'il avait fait : aider les Allemands indirectement. Piètre réconfort que d'avoir également aidé la Grande-Bretagne, la France et la Pologne. Mais ce qui le blessait par-dessus tout, c'était que Hillary enfonce un peu plus le couteau dans la plaie.

— Pourquoi me hais-tu à ce point, Hillary ?

Elle parut méditer un instant, puis haussa les épaules :

— Je ne sais pas... Peut-être parce que tu m'as toujours rappelé ce que je ne suis pas. Tu voulais quelque chose que je ne pouvais pas t'offrir... Et tu m'as trop donné. Tu m'as étouffée depuis le premier jour. Tu aurais dû épouser une brave petite institutrice qui t'aurait pondu huit enfants.

— Ce n'était pas ce que je désirais. Je t'aimais.

— Mais tu ne m'aimes plus, n'est-ce pas ?

Il fallait poser la question : Hillary voulait savoir. C'était la dernière formalité à remplir avant la liberté.

— Non, je ne t'aime plus. Et ça vaut mieux pour nous deux.

— En effet, répondit-elle avant de se diriger vers la porte. Je vais voir Johnny. Quand pourrons-nous partir ?

— Dès que possible. Je m'en occupe.

— Tu viendras avec nous ?

— Impossible pour l'instant. Mais dès que je le pourrai.

Pendant qu'elle sortait de la pièce, il s'approcha lentement de la fenêtre et contempla le jardin.

Le 6 septembre, Armand et Liane partagèrent un dîner léger que la jeune femme avait fait chauffer à minuit pour son mari. Tout ce qu'Armand désirait, c'était un peu de potage et un morceau de pain, trop épuisé qu'il était pour avaler davantage après une interminable journée de réunions harassantes. Bien que Varsovie ne se fût pas encore rendue, les nouvelles de Pologne se révélaient catastrophiques ; les Polonais étaient massacrés.

Liane lut la douleur sur le visage de son mari, et le poids des années et l'inquiétude.

— Liane... Je voudrais te dire quelque chose.

Elle se demanda de quelle mauvaise nouvelle il s'agissait encore ; on n'entendait plus que cela, semblait-il.

— Oui ?

— L'*Aquitania,* un bateau anglais, a mouillé dans la rade de Southampton hier soir. Il effectuera un dernier voyage vers les Etats-Unis, où on l'affectera au transport des troupes. Et quand il prendra la mer...

Il buta sur les mots.

— Je veux, enchaîna-t-il, je veux que toi et les enfants vous soyez à bord.

Elle l'écouta en silence, sans manifester une quelconque réaction, puis elle secoua la tête.

— Non, dit-elle en se levant. Armand, nous ne partons pas.

Un instant, ce fut lui qui garda le silence.

— Tu plaisantes ? reprit-il. La France est en guerre. Il faut que tu rentres. Je veux que tu sois en sécurité avec les enfants.

— Sur un bateau anglais, au milieu de l'Atlantique probablement infesté de sous-marins allemands ? Ils ont torpillé l'*Athenia,* alors pourquoi pas celui-ci ?

— Il n'y a pas à discuter, Liane, rétorqua-t-il, trop fatigué pour ajouter quoi que ce fût.

Liane lui opposa une résistance totalement imprévue :

— Nous ne partons pas. Les enfants et moi, nous restons avec toi. Nous en avons discuté lors de la déclaration de guerre. Il y a d'autres femmes et d'autres enfants, ici. Pourquoi devrions-nous partir ?

— Parce que vous serez plus en sécurité aux Etats-Unis. Roosevelt a répété qu'il ne participerait pas à cette guerre.

— Tu ne fais donc pas confiance à ton pays ? La France ne tombera pas comme la Tchécoslovaquie et la Pologne.

— Et s'ils nous bombardent, tu comptes rester ici avec les filles, Liane ?

— D'autres ont survécu à la dernière guerre.

A bout de forces, Armand se sentit incapable de poursuivre la discussion ; il s'écroulait de sommeil.

Le lendemain matin, la jeune femme se montra encore plus déterminée et resta sourde à ses arguments. A sept heures trente, tandis qu'il s'apprêtait à se rendre à son bureau, elle le considéra avec son sourire plein de douceur :

— Je t'aime, Armand. Ma place est ici, auprès de toi. N'insiste pas. Je ne partirai pas.

Il la regarda longuement dans les yeux :

— Tu es une femme exceptionnelle, Liane, et je le sais depuis longtemps. Tu as encore le choix. Tu devrais retourner aux Etats-Unis pendant qu'il est encore temps.

— Rien ne m'attend là-bas. Mon foyer est ici, avec toi.

Il avait les larmes aux yeux en se penchant pour l'embrasser. Jamais elle ne l'avait autant bouleversé.

— Je t'aime, Liane.

— Je t'aime, moi aussi, répondit-elle dans un murmure.

Elle l'embrassa à son tour et il disparut. La jeune femme savait qu'il ne reviendrait pas avant minuit, titubant de fatigue. Le pays était en guerre. Et elle restait. Elle ne le quitterait jamais.

XVI

— Tu es prêt ?

Johnny acquiesça avec de grands yeux tristes, son petit chien dans les bras ; sa gouvernante se tenait derrière lui.

— Tu as mis ta batte de base-ball dans ta malle ?

L'enfant acquiesça encore, les joues ruisselantes de larmes. Nick l'attira contre lui.

— Je sais, mon petit garçon... Je sais... Toi aussi, tu vas me manquer... Mais ça ne va pas durer trop longtemps, cette séparation.

Nick serra les dents en priant pour que ce fût vrai.

— Je ne veux pas m'en aller sans toi, papa.

— Ça ne va pas durer... je te le promets...

Nick regarda Hillary, qui affichait un calme étrange. Les bagages attendaient dans le hall ; il n'y aurait pas d'autre convoi de malles, car le bateau était rempli à ras bord. Ce ne serait pas une croisière de luxe, bien que les noms des passagers fussent parfois impressionnants. Des centaines de riches touristes américains bloqués à l'étranger avaient assiégé leurs ambassades en désespoir de cause. On avait annulé toutes les lignes britanniques et françaises prévues pour septembre. Le *Normandie* était arrivé à New York le 28 août et ses propriétaires avaient ordonné qu'il y reste, pour raisons de sécurité. Les paquebots américains avaient également annulé. A Londres, l'ambassadeur Kennedy croyait devenir fou, envoyant câble sur câble pour demander qu'on mette des navires à la disposition des ressortissants américains. Le *Washington*, le *Manhattan* et le *President Roosevelt* étaient en route, mais on ignorait la date de leur arrivée, et seul l'*Aquitania* avait fait connaître des dates précises. Ce serait son dernier voyage avant qu'on l'affecte à l'armée.

Tous se doutaient des dangers de ce voyage ; on entendait des histoires terrifiantes à propos des sous-marins allemands en haute mer, mais, grâce à sa structure, le bateau anglais était moins vulnérable que la plupart des autres. Il avait effectué sa dernière traversée en zigzaguant dans l'Atlantique à pleine vitesse et tous feux éteints.

Avenue Foch, la grande Duesenberg noire attendait. Hillary, Nick, Johnny et la gouvernante y montèrent, le visage sombre. Ils se rendaient à Calais, où Nick avait loué un yacht qui les conduirait à Douvres ; de là, une voiture les emmènerait à Southampton.

Lorsqu'ils arrivèrent sur le quai, le jour du départ, Hillary se sentit au bord des larmes, à sa grande surprise. Elle s'agrippa à son mari d'une manière qui ne lui ressemblait pas quand on entendit l'avertissement destiné aux passagers : ils faisaient ce voyage à leurs risques et périls, « sur un navire appartenant à un pays belligérant et de ce fait exposé à couler sans préavis »... Nick serra sa femme et son fils dans ses bras avant de les conduire à bord. Il n'avait pu leur trouver qu'une petite cabine mal aérée avec trois lits, un lit correct pour Hillary et une double couchette pour Johnny et la gouvernante. Au moins, remarqua-t-il, ils avaient leur propre salle de bain.

Il demeura avec eux jusqu'au signal, puis il étreignit son fils un long moment.

— Sois un grand garçon, mon chéri, et prends soin de ta maman pour moi. Et fais tout ce qu'elle te dira sur le bateau. C'est très important.

— Oh, papa...

Sa voix tremblait autant que celle de Nick.

— Papa, tu crois qu'on va couler ?

— Bien sûr que non. Et je penserai très fort à toi tous les jours. Dès que vous serez à la maison, maman m'enverra un câble.

— Et mon petit chien ?

Celui-ci s'était réfugié sous le lit. Johnny l'avait dissimulé pour le faire monter à bord, car les animaux étaient interdits. Mais, connaissant la tendresse des Anglais pour les chiens, il savait que rien ne se produirait quand on le découvrirait.

— Qu'est-ce que je ferai de lui si on coule ?

— Le bateau ne coulera pas. Garde ton chien près

de toi et installe-le dans ton gilet de sauvetage, répondit Nick en pressant la main de son fils, avant de regarder sa femme. Prends soin de toi, Hillary... Et de John...

Il tourna les yeux vers l'enfant, qui pleurait à chaudes larmes.

— Oui, Nick. Et prends soin de toi, ici...

Avec un sanglot, la jeune femme étreignit son mari.

— Viens vite nous rejoindre, murmura-t-elle.

En ces derniers instants, toute haine semblait abolie, car tous trois songeaient que, peut-être, ils ne se reverraient plus. La gouvernante était au bord de la crise de nerfs en prenant place sur sa couchette.

Nick agita la main en direction du bateau jusqu'à ce que celui-ci eût disparu de sa vue. Lorsqu'ils furent trop loin pour que son fils puisse l'apercevoir, il enfouit son visage dans ses mains et éclata en sanglots. En passant près de lui, un docker toussa discrètement, puis s'arrêta en posant la main sur son épaule :

— T'en fais pas, mon vieux... C'est un bon bateau, tu sais... Je l'ai pris pour venir de New York... Il file comme le vent, pour sûr... Les Boches pourront pas lui faire de mal...

Nick hocha la tête, reconnaissant mais incapable de répondre. C'était comme si sa vie et son âme lui avaient été arrachées. Il rentra dans la salle d'attente pour boire un verre d'eau et vit la liste épinglée sur le mur. Comme pour ramener son fils auprès de lui, il lut la liste et y chercha leurs noms. « Burnham, Mme Nicholas... Burnham, John... » Celui de la gouvernante figurait plus bas.

Son cœur se glaça lorsqu'il lut, plus bas encore :

« Markham, M. Philip... »

XVII

Le nombre habituel des passagers de l'*Aquitania* était de trois mille deux cent trente pour un équipage de neuf cent soixante-douze hommes, mais, pour ce dernier voyage, on avait enlevé le maximum de mobilier et ajouté des lits, car on transportait quatre cents passagers supplémentaires. Ils y étaient logés plus qu'à l'étroit et plusieurs familles étaient installées comme Hillary et Johnny, resserrées dans une seule pièce, alors qu'en temps normal on leur aurait attribué trois cabines ou une suite. On servait le dîner à quatre et cinq heures de l'après-midi, afin de respecter le black-out dès la tombée du jour. Les passagers devaient alors regagner leurs cabines pour éviter tout accident dans les coursives. Tous les hublots étaient peints en noir et les passagers étaient supposés ne pas allumer dans les salles de bain, consigne à laquelle tous semblaient accoutumés. De nombreux Américains se trouvaient à bord, ainsi que des Anglais, qui, dotés d'un flegme exceptionnel, paraissaient chaque soir en smoking au dîner, comme si tout allait pour le mieux dans le meilleur des mondes. Et ils discutaient de la guerre.

Ce qui restait intact gardait son parfum d'élégance victorienne, climat feutré qui contrastait avec les instructions affichées aux murs pour informer des dispositions à prendre en cas d'attaque par un sous-marin allemand.

Le deuxième jour, Johnny avait recouvré un certain sang-froid, ce qui donna à Hillary l'idée de le présenter à Philip Markham. Un vieil ami de New York, expliqua-t-elle à son fils, qui le regarda néanmoins avec une suspicion non dissimulée. Le lendemain matin, quand Johnny les aperçut ensemble sur l'un des ponts promenades, il avoua à sa gouvernante :

— Je hais cet homme.

Elle le réprimanda vertement, ce qui ne l'impressionna pas. Le soir, il tint le même langage à sa mère, qui le gifla sans ménagements. Il la considéra, les yeux secs :

— Je m'en fiche pas mal. Quand je serai grand, je vivrai avec mon papa.

— Ah bon ? Pas avec moi ?

Les mains tremblantes, elle s'efforçait de maîtriser sa voix, se demandant si l'enfant l'avait vue embrasser Philip. Elle restait toutes les nuits dans son propre lit, non par choix mais parce que trois autres hommes occupaient la cabine de son amant.

— Non, parce que tu ne vivras plus avec mon père, mais avec *lui*.

Il se refusait à prononcer ce nom.

— C'est idiot, répliqua-t-elle.

Mais elle venait précisément d'envisager cette hypothèse avec Philip. Si elle pouvait convaincre Nick de divorcer lorsqu'il la rejoindrait, si elle pouvait le traîner devant les tribunaux, elle épouserait son amant.

— Je t'interdis de dire une chose pareille, prévint-elle.

Dès lors, Johnny lui adressa la parole le moins possible et demeura auprès de sa gouvernante, passant la majeure partie de son temps à jouer avec le chiot dans la cabine. Ce fut un long, un pénible voyage pour tous, à naviguer tous feux éteints en suivant des lignes brisées, ce qui retarda d'autant l'arrivée à New York.

Hillary pria pour ne plus jamais revoir de bateau... Elle n'avait jamais été aussi heureuse de retrouver New York. Cependant, elle en partit quelques jours plus tard, afin d'emmener Johnny chez sa mère, à Boston.

— Pourquoi tu me laisses ici ? On ne rentre pas à la maison ? questionna le petit garçon alors que sa mère repartait pour New York.

— Moi, je rentre. Je vais préparer l'appartement.

Celui-ci était resté fermé quatre mois, ce qui autorisa Hillary à se prétendre débordée par le réaménagement. Deux semaines plus tard, la mère de Hillary inscrivit Johnny dans une école de Boston, en affirmant que c'était une solution provisoire pour qu'il ne manque pas trop de cours. Elle ignorait en fait à quelle date Hillary comptait reprendre son fils. Bien qu'il en connût la raison, Johnny garda le silence. Il avait failli écrire à son père, mais son instinct l'avertit que Nick en souffrirait. Aussi décida-t-il d'attendre son arrivée pour lui en parler. Dans sa dernière lettre, Nick lui promettait de venir dès que possible, sans doute juste après Noël, ce qui sembla une éternité à Johnny ; mais Noël n'était que dans deux mois, comme le lui rappela Nick.

Ce fut une vie monotone pour Johnny, auprès de sa grand-mère, une personne âgée et irritable. Sa seule consolation était d'avoir pu emmener son petit chien.

Une semaine après cette lettre à son fils, Nick rencontra Armand et Liane à un petit dîner chez le consul américain. C'était la première fois depuis des mois que les Villiers sortaient ; tous deux lui parurent fatigués, au terme de cet été. Liane, élégante mais lasse, elle aussi, portait une robe longue de satin noir. L'anxiété n'épargnait personne, même si tout demeurait calme en surface ; on était encore sous le choc de la chute de Varsovie, le mois précédent. Comme prévu, les Polonais s'étaient défendus héroïquement. De concert avec les Allemands, les Soviétiques les avaient attaqués par l'est le 18 septembre ; le 26, tout était accompli. La ville-sœur s'était effondrée sous l'offensive nazie.

— Comment allez-vous, depuis tous ces mois ?

Au dîner, Nick s'était trouvé placé à côté de Liane, tandis qu'Armand était à l'autre bout de la table. Nick le jugea vieilli de dix ans par rapport au mois de juin. Le diplomate, qui venait d'atteindre cinquante-sept ans, travaillait de quinze à dix-huit heures par jour et en portait les stigmates.

— Bien, merci, répondit doucement Liane. Armand s'est éreinté à la tâche.

Pendant qu'il la laissait seule avec leurs filles, la plupart du temps, elle travaillait pour la Croix-Rouge. Ce volontariat, s'il ne représentait pas grand-chose, servait au moins à sauver quelques vies humaines. La

Croix-Rouge aidait quantité de juifs allemands et ashkenazes à fuir en direction de l'Amérique du Sud, des Etats-Unis, du Canada et de l'Australie.

— Et comment va mon jeune ami John ? interrogea-t-elle, souriante.

— Très bien. Je ne sais pas exactement où il est.

— Il n'est pas ici avec vous ? s'étonna-t-elle.

— Il est parti sur l'*Aquitania* en septembre. En fait, je voulais dire que je le croyais à New York mais que, apparemment, il vit à Boston chez ma belle-mère.

L'*Aquitania* : le bateau dont lui avait parlé Armand.

— Vous l'avez fait voyager tout seul ?

— Non, sa mère l'accompagnait. Je préférais les savoir en sécurité chez nous.

La jeune femme approuva : elle soupçonna néanmoins que Hillary Burnham n'était que trop heureuse de s'en aller. Les rumeurs au sujet de Philip Markham étaient parvenues jusqu'à elle, puisque la communauté internationale de Paris était des plus réduites. Nick lui parut fatigué, lui aussi, mais moins qu'Armand. Elle se souvint de leur conversation sur le paquebot ; des années-lumière l'en séparaient, alors que quatre mois seulement s'étaient écoulés.

— Et comment vivez-vous, depuis ? reprit-elle.

— Oh, pas trop mal, dit-il en baissant la voix. J'assume le poids de mes erreurs.

Elle comprit immédiatement à quoi il faisait allusion.

— Vous n'êtes pas le seul à avoir fait confiance aux Allemands. Pensez à ce qu'on dit aux Etats-Unis. Roosevelt va essayer de se faire réélire l'an prochain en promettant que le pays ne s'engagera pas dans la guerre. C'est de la pure folie.

— Willkie promet la même chose. Ils sont à mettre dans le même sac.

— Qui gagnera les élections, à votre avis ? demanda-t-elle.

Etrange sensation que d'évoquer les élections américaines au moment où l'Europe, autour d'eux, était en flammes...

— Roosevelt, bien entendu, répondit-il.

— Pour un troisième mandat ?

— Cela vous surprend ?

— Non, sourit-elle, pas vraiment.

Aborder le sujet avec Nick apportait à la jeune femme un sentiment d'apaisement, de vie quotidienne, au milieu du cauchemar.

Le dîner se termina tôt. Armand raccompagna sa femme, bâillant tout au long du trajet sur la banquette arrière de la Citroën.

— J'ai remarqué, dit-il en tapotant la main de Liane, que Burnham était là ce soir, mais je n'ai pas eu l'occasion de bavarder avec lui. Comment va-t-il ?

— Bien.

Leur conversation n'avait plus rien de cette intimité qu'ils avaient redécouverte sur le *Normandie*.

— Je m'étonne qu'il soit resté, enchaîna-t-il.

— Il rentrera après Noël. Son fils et sa femme sont partis sur l'*Aquitania*.

— Sans doute avec Philip Markham.

— Tu es au courant ?

Liane esquissa un demi-sourire, car son mari n'en avait jamais parlé devant elle.

— Armand, existe-t-il quelque chose que tu ne saches pas ?

— J'espère bien que non ! L'information, c'est mon métier.

Le diplomate connaissait également les tractations secrètes de Burnham avec la Pologne, mais il n'en fit pas mention. Il jeta un coup d'œil au chauffeur de l'ambassade. On pouvait se fier à lui : il avait l'accord des services de haute sécurité.

— Ah bon ? questionna Liane, médusée.

Il éluda prestement :

— C'était si beau de te voir si bien habillée ce soir, ma chérie... Comme naguère, quand nous vivions dans un monde en paix...

La jeune femme acquiesça distraitement, pensive, mais sans l'interroger plus avant, car elle avait surpris son coup d'œil en direction du chauffeur. Armand ne lui parlait jamais de ses réunions au bureau et ne lui apprenait que des nouvelles qu'elle pouvait lire tous les jours dans la presse. Il se montrait plus discret qu'autrefois. Et se fatiguait davantage. Ils ne s'étaient pas aimés depuis août. Et elle pressentit que ce soir ne ferait pas exception. Armand tombait déjà de sommeil dans la voiture avant qu'ils atteignent la place du Palais-Bourbon. Elle le réveilla et, un moment plus tard, tandis qu'elle se déshabillait dans la salle de bain, il s'écroula sur le lit le plus proche et s'endormit aussitôt.

XVIII

Le 30 novembre, deux jours après que toutes les familles américaines eurent découpé la dinde traditionnelle, les troupes et l'aviation soviétiques attaquèrent la Finlande. Comme toujours, Liane ne put apercevoir son mari un moment, et elle commença à songer que son mariage s'effondrait, lui aussi, dans l'Europe en ruine. Durant des mois, elle avait cru servir la France en servant son mari, mais il la maintenait de plus en plus à distance. Distrait, taciturne, s'intéressant peu à ses filles, observant une réserve absolue sur son travail, Armand ne lui offrait qu'une vie conjugale au point mort. Elle ne l'interrogeait plus sur son travail. Ce fut par pur égard envers lui qu'elle prit sa défense lorsque ses deux filles se plaignirent de son absence.

— Papa est très occupé. Vous le savez. Nous sommes en guerre.

Mais elle se demanda s'il y avait autre chose. Il se rendait constamment à des réunions confidentielles, à toute heure du jour ou de la nuit, et à une ou deux reprises il avait disparu un week-end entier, sans lui dire où ni avec qui. Une maîtresse ? Improbable.

Leurs existences suivaient des voies parallèles ; celle d'Armand ne la prenait plus en compte. Pour le peu qu'elle le voyait, Liane aurait pu aussi bien rentrer aux Etats-Unis. Elle se surprenait de temps en temps à penser à Nick Burnham et à se demander comment il tenait sans son fils, seul dans l'immense hôtel particulier de l'avenue Foch.

Il était encore plus seul que la jeune femme, qui au moins avait ses filles. Nick n'avait reçu aucune nouvelle de Hillary depuis qu'il l'avait quittée sur l'*Aquitania* ; seul Johnny lui écrivait, ainsi qu'une fois sa belle-mère. Elle lui disait que Hillary était débordée à New York, et que, pour quelque raison mal élucidée, Johnny allait continuer de vivre chez elle.

Nick savait. C'était Philip Markham ou un autre, mais en tout cas elle entendait que son fils ne la dérange pas. Nick souffrait d'imaginer le petit garçon seul avec sa grand-mère à Boston. Il avait espéré revenir après Noël, mais des engagements financiers envers la France l'obligeaient à rester plus longtemps à Paris. Avec de la chance, il regagnerait New York vers le mois d'avril, ce qu'il n'avoua pas à Johnny dans sa lettre, pour ne pas décevoir l'enfant avant d'être sûr. Il lui dit « bientôt », sans plus. Puis il câbla à son bureau de New York pour qu'on achète une multitude de cadeaux et qu'on les livre à Boston. Ces cadeaux ne remplaçaient pas un père ou une mère, mais c'était mieux que rien ; et Nick ne pouvait faire plus pour l'instant. Et c'était plus que ce qu'il eut, lui, à Paris, en guise de Noël.

Il se tint dans la bibliothèque lambrissée, d'où naguère il regardait son fils dans le jardin... A présent, les feuilles étaient tombées des arbres, la pelouse avait perdu ses couleurs, aucun bruit ne s'entendait dans l'immense demeure... Pas de sapin de Noël... Pas de cantiques... Pas de visage joyeux, pas de mains fébriles pour ouvrir des souliers bourrés de cadeaux... Nick ne percevait que le bruit de ses propres pas pendant qu'il montait à sa chambre, emportant la dernière des bouteilles de cognac qu'il avait achetées avant la guerre, priant pour connaître enfin un moment d'oubli total, pour ne plus ressentir l'absence de son enfant comme une torture. Mais le cognac ne lui fut d'aucun secours et Nick s'arrêta au troisième verre. L'alcool ne réussissait qu'à l'engourdir. Il s'assit pour écrire à Johnny et lui dire à quel point il lui manquait, en promettant que le prochain Noël serait bien plus gai... Nick Burnham éprouva un grand soulagement quand la journée s'acheva enfin. Il tira les rideaux, éteignit et s'endormit.

XIX

Les quatre ou cinq mois suivants correspondirent à une période de limbes, celle de la « drôle de guerre », où rien ne semblait se produire. Les soldats français demeuraient opiniâtrement sur la ligne Maginot, prêts à défendre le pays. Mais on ne leur en donna pas l'ordre. A Paris, la vie continuait comme par le passé, sans grands changements après le choc initial, alors qu'à Londres on rationnait durement, les sirènes mugissaient, les alertes aériennes se succédaient presque toutes les nuits.

Ce climat créait une sorte de tension larvée qui allait de pair avec une illusion de sécurité. Armand se rendait toujours à ses réunions secrètes que Liane supportait de moins en moins. Cette situation commençait à la contrarier sérieusement. Son mari n'avait-il donc plus confiance en elle ? Parfois, il disparaissait plusieurs jours d'affilée et elle recevait un appel de son bureau, l'informant seulement que Monsieur avait quitté la capitale.

Le sommeil de Paris incita Nick à poursuivre sa tâche ; il semblait que rien ne dût changer pendant un bon moment. Nick faillit partir en avril, comme prévu, puis il décida de rester encore un mois afin d'organiser lui-même le travail de son bureau. Et ce fut ce mois-là que tout se joua. Le cancer qui rongeait sournoisement explosa brusquement. Le 10 mai,

Hitler attaqua la Belgique, les Pays-Bas et le Luxembourg ; le 15 mai, les Hollandais capitulèrent, après quoi les troupes allemandes pénétrèrent dans le nord de la France. Soudain, on s'affola ; commença la terreur. Hitler n'avait fait qu'attendre le moment propice pour envahir l'Europe occidentale. Une fois de plus, les Britanniques avaient vu juste. Quand Liane essaya d'en parler avec son mari, il ne lui en dit pas plus.

Amiens et Arras tombèrent le 21 mai et la Belgique capitula officiellement le 28 mai, après une résistance acharnée. On avait commencé d'évacuer Dunkerque le 24 mai et l'opération continua durant onze jours de cauchemar. Le 4 juin, quand elle se termina, Churchill prononça son célèbre discours devant la Chambre des communes en jurant de poursuivre la lutte en France, en Grande-Bretagne ou sur les mers, quel qu'en fût le prix. «... Nous nous battrons sur les plages, nous nous battrons sur les terrains d'atterrissage, nous nous battrons dans les champs et dans les rues, nous nous battrons dans les collines ; nous ne nous rendrons jamais ! »... « We shall never surrender ! »

Six jours plus tard, l'Italie entra en guerre. Et, le 12 juin, Paris fut déclaré ville ouverte. Le 14, lors du onzième anniversaire de mariage d'Armand et de Liane, les Allemands marchèrent sur la capitale ; au bout de quelques heures, la croix gammée flottait sur chaque bâtiment officiel.

Depuis la place du Palais-Bourbon, Liane considérait les affreux drapeaux rouges à croix gammée se balançant dans la brise, et des larmes coulaient sur son visage. Elle n'avait pas vu son mari depuis la veille et s'inquiétait ; mais, plus encore, elle pleurait sur la France. La France qui avait appelé au secours la patrie de Liane et qu'on n'avait pas voulu entendre...

Armand repassa chez lui dans l'après-midi, en empruntant des petites rues, pour s'assurer que sa femme et ses filles ne couraient aucun danger. Il leur dit de tirer les rideaux et de fermer les portes. Les soldats nazis ne feraient de mal à personne, mais mieux valait ne pas attirer leur attention. Voyant Liane en larmes, il la prit dans ses bras. Cependant, il devait retourner à son bureau au plus vite ; la veille, on avait détruit des documents par camions entiers, mais il restait beaucoup à faire avant de livrer officiellement la ville aux Allemands. Armand apprit à Liane que le Conseil des ministres, présidé par Paul Reynaud, devait démissionner le surlendemain ; les membres du cabinet s'enfuiraient ensuite à Bordeaux.

Liane le dévisagea, en proie à la panique :

— Et tu vas avec eux ?

— Bien sûr que non. Crois-tu que je te laisserais seule ? répliqua-t-il d'un ton amer.

— Mais tu n'es pas obligé... Armand...

— Nous en reparlerons plus tard. Pour le moment, fais ce que je te dis et ne va pas dehors. Empêche les enfants de sortir. Et aussi les bonnes...

Il lui donna encore quantité de recommandations et s'en fut dans les rues silencieuses. Paris offrait quasiment l'image d'une ville déserte pendant que les Allemands commençaient à défiler. On ne trouvait pas un café qui n'eût fermé. On ne trouvait rien. Ni passants, ni boutiques ouvertes ni soldats français.

Ceux qui avaient opté pour la fuite étaient partis plusieurs jours plus tôt et ceux qui avaient choisi de rester se cachaient. Mais, dans la soirée, quelques-uns s'aventurèrent sur leurs balcons en agitant de petits drapeaux allemands, ignominie qui donna la nausée à Liane ; bien qu'elle eût envie de hurler, elle se contenta de tirer ses rideaux et de guetter le retour de son mari. La jeune femme ne savait que faire, car elle n'avait jamais pensé que Paris pût être pris. Et on ne l'avait même pas pris. Paris s'était offert.

Armand ne revint qu'à l'aube, deux jours plus tard, arborant un calme mystérieux. Sans explication, il se laissa choir sur le lit, encore habillé. Il ne dormait pas, il ne parlait pas, il resta étendu. Au bout de deux heures, il se leva, prit un bain et se changea. A l'évidence, il comptait sortir, mais pour aller où ? Il n'avait plus de bureau ; les Allemands s'y étaient installés.

— Où vas-tu ?

— C'est le jour de la démission de Paul Reynaud. Il faut que j'y sois.

— Tu dois partir ?

Il fit signe que non.

— Alors ? reprit-elle.

Il la contempla tristement, résolu à lui parler enfin. Pendant des mois, il avait appartenu à la France, mais non à son épouse, déchiré entre elles comme entre deux femmes, incapable de satisfaire les deux.

— Reynaud s'en va aujourd'hui à Bordeaux, Liane. Avant son départ, il y aura une capitulation officielle.

— Et nous serons gouvernés par les nazis !

— Indirectement. Le maréchal Pétain deviendra chef de l'Etat, avec l'accord des Allemands. Il est secondé par Pierre Laval et l'amiral Darlan.

— Armand, mais qu'est-ce que tu racontes ? Que le maréchal va coopérer avec les Allemands ?

— Pour le plus grand bien de la France.

Elle le fixa, incrédule. Que faisait-il, dans tout cela ? Suivait-il Reynaud ou bien Pétain ?

— Et toi ? questionna-t-elle.

Mais ne lui avait-il pas déjà répondu ? Armand l'avait déjà informée qu'il ne suivrait pas les autres à Bordeaux. Mal à l'aise, elle s'assit au bord du lit en ouvrant des yeux immenses.

— Armand, dis-le-moi.

Tout d'abord, il se tut, puis, lentement, il vint s'asseoir près d'elle, hésitant à lui en dire plus qu'il ne l'avait prévu. Jusque-là, il lui avait semblé préférable de ne pas la mêler à cela.

— Armand ?

Les larmes coulaient sur le visage de la jeune femme.

— Je reste avec le maréchal.

Les mots étaient tombés un à un ; il se déchargeait de son fardeau. Liane pleura encore, secouant la tête, puis elle le scruta, le cœur brisé.

— Je ne te crois pas.

— Il faut que je reste.

— Mais pourquoi ?

C'était une accusation. Elle sanglotait sans se dominer. Alors il répondit dans un murmure :

— De cette façon, je servirai mieux la France.

— De cette façon ? Tu es fou ! Mais que veux-tu dire ? poursuivit-elle à voix basse.

Il s'empara de ses mains :

— Ma Liane... Quelle femme merveilleuse tu as été... si courageuse, si forte, durant tout cet hiver... plus forte que moi, quelquefois... Le maréchal me fait confiance. Il me connaît depuis l'époque de Verdun. Je me suis bien battu sous ses ordres et il pense que je vais continuer.

— Qu'es-tu en train de me dire, Armand ? s'écria-t-elle, presque certaine qu'il allait enfin lui révéler ce qu'il lui cachait depuis longtemps.

— Que je demeure à Paris et que je travaillerai pour lui.

— Et avec les Allemands ?

Ce n'était plus une accusation mais une question.

— C'est ce qu'on croira.

— Et en réalité ?

— Je travaillerai pour les autres, dans la mesure du possible. La résistance sera puissante. Il se peut que le gouvernement s'installe en Afrique du Nord. Je garderai le contact avec le président Reynaud et les autres.

— Mais, si on le découvre, on te tuera !

— Je suis trop vieux pour reprendre les armes. Et ce n'est pas mon métier. Je suis un diplomate de carrière. Je connais le moyen de les aider. Je parle allemand...

Il n'acheva pas. Soudain, elle se rapprocha de lui et le serra dans ses bras.

— Il va arriver un malheur, Armand... Et je ne pourrai pas le supporter...

— Mais non. Je serai prudent. Je ne risque rien, ici... Mais je veux que toi et les enfants, vous partiez maintenant pour les Etats-Unis, dès que vous pourrez sortir du territoire français.

— Je ne te quitterai pas.

— Tu n'as pas le choix. Je n'aurais pas dû te permettre de rester en septembre. Mais j'avais besoin de toi...

Sa voix faiblit, puis il enchaîna :

— Tu compromettrais ma mission si tu restais, Liane... Et les filles... ce serait trop dangereux pour elles, avec les Allemands dans Paris...

La jeune femme tremblait de le laisser en France, jouant les agents doubles. Pourtant, en dépit de ses craintes, elle se sentit allégée d'un poids considérable ; elle retrouvait ce sentiment de respect et d'affection qu'il lui avait toujours inspiré. Il s'était confié à elle, il avait confiance en elle, et elle avait foi en lui comme aux premiers temps. Son mariage renaissait de ses cendres.

Le même jour, Pétain prit officiellement la tête du gouvernement. Paul Reynaud était parti pour Bordeaux et le général de brigade Charles de Gaulle s'était envolé pour Londres, afin de discuter d'un envoi de troupes en Afrique du Nord ; Churchill s'engageait à aider la Résistance au maximum. De Gaulle lança sur les ondes son appel du 18 juin pour enjoindre à tous les Français dignes de ce nom de continuer la lutte. Liane l'écouta avidement sur un poste de radio dissimulé dans son boudoir, en cas de perquisition par les occupants ; on ne savait jamais.

Le soir même, elle rapporta ce discours à Armand, qui lui parla du bateau qu'il recherchait pour elle et les deux enfants. Il ne fallait pas tarder, car on eût risqué d'éveiller les soupçons. Si Liane partait immédiatement après la capitulation, Armand se chargerait d'expliquer qu'en tant qu'Américaine la jeune femme désapprouvait son choix et préférait regagner son pays.

Quatre jours plus tard, Armand se rendit dans la forêt de Compiègne pour voir Hitler, Goering et Keitel, le commandant suprême, lire les conditions qu'ils mettaient à la reddition de la France. Quand l'orchestre entonna *Deutschland, Deutschland über alles*, il crut défaillir, mais il réussit à tenir, souriant vaillamment, priant secrètement pour que cette occupation cesse au plus vite. Il aurait volontiers offert sa vie pour arracher son pays aux griffes des nazis.

Quand Armand rentra auprès de Liane, le soir, il lui parut plus las que jamais. Pour la première fois depuis longtemps, il se tourna vers elle, dans le lit, et l'aima avec une douceur et une passion qui remontaient à leurs premières années. Ils demeurèrent ensuite allongés côte à côte, chacun perdu dans ses pensées. Armand cherchait à évacuer de son esprit la scène qu'il venait de vivre dans la journée. Il avait assisté au viol de sa patrie, son premier amour. Liane s'appuya sur un coude et l'observa tandis que des larmes jaillissaient sans bruit de ses yeux.

— Ne pleure pas, mon amour, murmura-t-elle en l'étreignant. Le cauchemar finira bientôt...

Mais elle eût préféré le savoir à Bordeaux avec Paul Reynaud plutôt qu'à Paris, dansant sur la corde raide. Il prit une profonde inspiration :

— Liane, j'ai quelque chose à te dire... J'ai trouvé un bateau. Un cargo. Il est au large de Toulon. Je ne crois pas que les autorités soient au courant de sa position, et puis ce n'est pas un bateau assez important pour qu'on fasse attention... Il est à bonne distance de la côte. Un bateau de pêche l'a croisé la semaine dernière et a prévenu le commandant des derniers événements. Et maintenant, le cargo attend. Il devait poursuivre sa route vers l'Afrique du Nord, pour se mettre à la disposition du gouvernement, mais il y a encore des gens bloqués en métropole, comme toi, et c'est peut-être la dernière chance... Je t'emmènerai moi-même à Toulon. Des pêcheurs nous prendront. C'est risqué, mais ce serait encore plus risqué de rester.

— Ce sera encore plus dangereux pour toi, Armand.

Liane s'assit sans hâte sur le lit et contempla tristement le seul homme qu'elle eût aimé.

— Pourquoi ne vas-tu pas en Afrique du Nord te mettre au service du gouvernement ?

— C'est impossible. Ils ont leur mission à accomplir là-bas. Et moi, j'ai la mienne ici. Et toi aussi, tu as ta mission. Tu dois partir en emportant mon secret, avec nos enfants, et tu dois veiller sur elles au milieu de toute cette folie, jusqu'au bout. Alors seulement, tu pourras me rejoindre... Alors, je pourrai même prendre ma retraite, soupira-t-il avec un sourire doux-amer.

— Prends ta retraite dès maintenant.

— Je ne suis pas si vieux...

— Tu leur as assez donné.

— C'est maintenant que je vais donner le meilleur de moi-même.

— Ne peux-tu faire quelque chose de moins dangereux pour aider la France ?

— Liane...

Il la saisit dans ses bras. La jeune femme savait qu'il était bien trop tard pour le faire changer d'avis ; et il allait risquer sa vie... Son seul réconfort était qu'il lui eût avoué la vérité avant qu'elle parte. Elle n'aurait pas supporté de le croire allié aux nazis.

Il lui fallut de longues minutes pour rassembler tout son courage afin de lui demander ce qu'elle redoutait de savoir :

— Quand partons-nous ?

Il mit un moment à répondre, en la serrant de toutes ses forces entre ses bras :

— Demain soir.

A ces mots, la jeune femme poussa un cri et, malgré tous ses efforts, fondit en larmes.

— Chut... mon ange... ça n'en vaut pas la peine... très vite, nous allons nous retrouver, très vite...

Mais qui savait à quelle date ? Ils demeurèrent étendus l'un à côté de l'autre, sans dormir. Liane pria, tandis que le soleil montait, pour que la nuit ne finisse pas.

Ils gagnèrent Toulon par des routes départe-
mentales, dans une voiture de location aux phares
éteints, munis des nouveaux papiers officiels
d'Armand. Liane portait une robe noire et un foulard
également noir ; elle avait vêtu ses filles de pantalons,
de chemises simples et de chaussures confortables.
Chacune n'emportait qu'un petit sac pour tout
bagage. Le reste, il fallait l'abandonner.

Ils ne parlaient guère. Les deux enfants dormaient
et Liane regardait fréquemment son mari, comme
pour conserver en elle les dernières heures où elle le
voyait. Elle avait peine à croire que, dans quelques
heures, elle aurait quitté la France.

— Ça va être pire que ma dernière année de
collège, plaisanta-t-elle à voix basse, pour ne pas
réveiller ses filles.

Elle et Armand se rappelèrent l'année de leurs
fiançailles, lui à Vienne, elle finissant ses études.
Mais, cette fois, nul ne pouvait prédire combien de
temps allait durer leur séparation. Armand ferait tout
son possible, elle le savait, pour que la situation
s'améliore en France. Il y avait nombre de gens aussi
courageux que lui. Même la gouvernante des enfants
l'avait stupéfiée. Liane lui ayant expliqué qu'à son
grand regret elle devait ramener ses filles aux Etats-
Unis, sans pouvoir l'emmener avec elles, Mademoiselle avait brutalement rétorqué qu'elle ne voulait
plus travailler chez des partisans du régime de Pétain.
Puis la gouvernante avait annoncé que, de toute
façon, elle avait l'intention de les quitter pour s'engager aux côtés des résistants qui se regroupaient dans
les régions du centre – aveu imprudent s'il en fut,
mais Mademoiselle gardait néanmoins toute sa
confiance à Liane. Le même jour, quand Mademoiselle s'en alla, les deux petites filles pleurèrent à leur
tour.

De cette longue journée d'adieux mélancoliques, le
moment le plus pénible fut la séparation définitive,

sur un dock vétuste du port de Toulon, lorsque Armand hissa ses filles dans les bras des robustes marins du bateau de pêche ; accrochés les uns aux autres, les parents et les enfants sanglotaient sans retenue. Liane étreignit son mari une dernière fois, les yeux suppliants, la voix altérée.

— Armand, viens avec nous... Mon amour, je t'en conjure...

Il se contenta de secouer la tête, tout son corps raidi, en la serrant dans ses bras puissants.

— Une mission m'attend ici, Liane.

Il contempla ses filles encore une fois avant de se tourner vers sa femme :

— Rappelle-toi ce que je t'ai dit. Je te ferai parvenir des lettres, peut-être censurées, par tous les moyens. Et même si tu ne reçois pas de nouvelles, il faudra que tu saches que je vais bien... Aie confiance, ma chérie... Sois courageuse...

Sa voix se brisa, mais il la considéra en souriant :

— Liane, je t'aime de tout mon cœur, de toute mon âme...

Etouffant de sanglots, la jeune femme l'embrassa sur les lèvres, puis il la poussa doucement en direction des hommes d'équipage.

— A la grâce de Dieu, ma chérie... Au revoir, mes filles...

Sans plus attendre, le bateau de pêche s'écarta du quai, tandis qu'Armand agitait la main dans la nuit, immobile dans son costume rayé, sa crinière de cheveux blancs flottant dans la brise d'été.

— Au revoir...

L'obscurité ambiante engloutissait le bateau de pêche.

— Au revoir, murmura-t-il encore, priant que ce ne fût pas un adieu.

Il leur fallut deux jours au lieu d'un pour aborder le cargo, le *Deauville*. Bien que le cargo se fût éloigné quelques jours plus tôt pour éviter d'être repéré, le bateau de pêche connaissait sa position exacte. Les pêcheurs avaient refait le même parcours durant la semaine entière, en revenant chaque fois chargés de poissons pour justifier leur absence en cas de contrôle.

Précaution inutile, en ces jours où les troupes allemandes découvraient la France, avant que la Résistance batte son plein. Les cafés, les jolies filles, les boulevards animés captivaient leur attention. Pendant ce temps, le *Deauville* accueillait à son bord les passagers qui arrivaient jour après jour. Il s'était déchargé de sa cargaison en Afrique du Nord pour faire de la place à soixante passagers, répartis dans quinze cabines : des Américains pour la plupart, ainsi que deux juifs français, une douzaine d'Anglais qui vivaient dans le Midi et quelques Canadiens.

Tous s'entassaient sur le pont dans la journée et s'installaient le soir avec l'équipage dans la salle à manger surpeuplée, en attendant le départ vers le large. Le capitaine les avait prévenus qu'on lèverait l'ancre dans la nuit, une fois arrivées les trois dernières passagères : la famille d'un diplomate français.

Quand Liane et ses filles montèrent dans le bateau, elles s'aperçurent qu'à part elles-mêmes on ne trouvait que des hommes à bord, mais la jeune femme était trop épuisée pour s'en formaliser. Les deux petites filles avaient pleuré deux jours durant, appelant leur père. Le voyage sur le bateau de pêche les avait éprouvées, avec l'écœurante odeur du poisson. Elisabeth avait été malade tout le temps de la traversée. Le retour aux Etats-Unis s'annonçait cauchemardesque, mais il était trop tard pour reculer. Liane devait à Armand de veiller sur leurs enfants jusqu'à leurs retrouvailles. Chaque fois qu'elle y pensait, la jeune femme refoulait un sanglot.

Elle s'écroula quasiment dans les bras des marins du *Deauville*, qui durent presque la porter, ainsi que ses filles, jusqu'à leur chambre. Les deux enfants, glacées jusqu'aux os mais le visage brûlé par le soleil, et Liane, éreintée, pouvaient à peine mettre un pied devant l'autre. Elles refermèrent la porte et se jetèrent sur leurs couchettes. Liane ne s'éveilla que plus tard dans la nuit, en sentant le léger tangage du bateau. Regardant par le hublot, elle vit que le bateau voguait vers le large et songea aux sous-marins allemands. Trop tard pour faire marche arrière, se répéta-t-elle. Après être allée border ses filles, elle regagna sa couchette et se rendormit jusqu'à l'aube.

A son réveil, elle prit une douche dans la salle de bain qu'elles partageaient avec une quinzaine d'hommes. On ne trouvait que quatre salles de bain pour les quinze cabines, et les files d'attente étaient longues, mais ce n'était pas encore le cas à cette heure matinale. Quand elle rentra dans sa cabine, Liane se sentit plus fraîche et elle eut faim pour la première fois depuis trois jours.

— Madame ?

On venait de frapper doucement à la porte. En ouvrant, la jeune femme fit face à un employé de la marine marchande, le teint hâlé, qui lui tendit une tasse de café fumant.

— Merci.

Elle but précautionneusement une gorgée du liquide brûlant, touchée de cette attention : il est vrai qu'elle était la seule femme à bord. Et puis, ils étaient tous embarqués sur le même bateau, pensa-t-elle en souriant à ce mauvais jeu de mots.

La jeune femme se promit de faire tout son possible pour aider les hommes d'équipage, mais, dès son entrée dans la salle à manger, en compagnie de ses filles, elle constata que tout était bien organisé. On servait le petit déjeuner par roulement ; les passagers finissaient vite et laissaient leur place aux suivants. Il régnait une atmosphère de camaraderie et de solidarité. Beaucoup vinrent parler aux petites filles avec gentillesse. La plupart étaient des Américains qui, pour une raison ou pour une autre, n'avaient pu rentrer chez eux depuis la déclaration de guerre ; une douzaine d'entre eux étaient des journalistes, deux Canadiens étaient médecins et les autres étaient en majorité des hommes d'affaires.

On parlait abondamment de Hitler, de l'effondrement de la France, de la facilité avec laquelle Paris avait ouvert ses portes... On évoquait le discours de De Gaulle... Churchill... Les conversations s'enflammaient, on tâchait d'interpréter les nouvelles, Liane captait quelques bavardages, et soudain elle distingua une silhouette familière... Elle ne put en croire ses yeux.

Il portait un vêtement de marin qui ne lui allait pas, les emmanchures distendues par sa forte carrure, le pantalon nettement trop court. Quand il pivota pour se servir du café, leurs yeux se croisèrent, comme s'il avait senti le regard de Liane, et il la fixa, incrédule. Enfin, il lui adressa un large sourire et abandonna sa chaise pour venir lui serrer la main et embrasser les deux enfants.

— Qu'est-ce que vous faites ici ?

Nick Burnham continua de la fixer, puis son regard tomba sur son pantalon :

— Mes bagages sont passés par-dessus bord quand je suis monté. Comme c'est bon de vous revoir ! Où est Armand ?

— Il est resté à Paris, répondit-elle d'une voix rauque.

— Il ira en Afrique du Nord ? questionna-t-il plus bas.

Elle se contenta de secouer la tête, car elle n'avait pas le cœur à lui dire que son mari travaillerait pour le maréchal Pétain.

— Nick, c'est ahurissant... Il y a un an, nous étions tous sur le *Normandie*. Et maintenant, regardez...

La jeune femme désigna son pantalon, et tous deux jetèrent un coup d'œil circulaire dans la salle à manger.

— La France est sous la botte allemande, reprit-elle... Nous fuyons pour sauver notre vie... Qui aurait pu imaginer... Je vous croyais parti depuis longtemps.

— Je n'ai pas été assez malin pour ça. Tout allait bien, j'ai décidé de rester un mois de plus. Et puis, trop tard pour s'en aller ! J'aurais pu rentrer en mars, sur le *Queen Mary*. Mais au lieu de ça... Bon, au moins, nous allons rentrer. Pas avec autant d'élégance que l'an dernier, peut-être, mais qu'importe...

— Vous avez des nouvelles de John ?

— Il va bien. Je vais le chercher. Il est chez sa grand-mère depuis son arrivée aux Etats-Unis.

Une expression désenchantée se peignit sur le visage de Nick. Il désigna trois sièges vacants :

— Si vous alliez prendre votre petit déjeuner avec les enfants ? Je vous rejoindrais après et nous pourrions bavarder.

— Pas de match de tennis, cette fois ? sourit-elle.

Soudain, cette fuite, cette guerre se réduisaient à une aventure absurde. La jeune femme lut cette pensée dans les yeux de Nick.

— C'est fou, dit-il. Et encore plus fou de vous voir ici.

Depuis qu'il était monté à bord, il avait été fasciné par les récits des autres voyageurs, par la façon dont ils avaient entendu parler de ce cargo. On y rencontrait un assortiment des plus hétéroclites : la compagnie d'armateurs Crockett, les aciéries Burnham, deux professeurs de Harvard qui avaient donné une série de conférences à Cambridge le mois passé...

Il retourna à sa table prendre sa tasse de café et revint vers la jeune femme pour discuter un moment.

Ils ignoraient combien de temps durerait le voyage jusqu'à New York ; cela dépendait de leur itinéraire en zigzag. Le capitaine était doté d'un instinct très sûr, disait-on. Nick en parla à Liane un peu plus tard, sur le pont supérieur.

— Alors, Nick, comment allez-vous, depuis le temps ?

Les deux petites filles jouaient à la poupée et Liane

se tenait appuyée contre une échelle, tandis que Nick était penché sur le bastingage.

— Il semble que nous nous retrouvions toujours dans les endroits les plus inattendus, poursuivit-elle.

Il contempla la mer, puis reporta son attention sur la jeune femme :

— Vous vous rendez compte que ma suite sur le *Normandie* s'appelait Deauville ? C'était prémonitoire...

— Et vous vous souvenez comme nous parlions de la guerre : une chose qui n'arriverait pas ? ...

— Armand pensait le contraire, répondit-il. C'est moi qui me trompais. Et vous m'avez dit qu'un jour ou l'autre il faudrait que je choisisse, pour mes contrats... Vous aviez raison.

— Vous avez fait le bon choix, finalement.

Elle songea brusquement à Armand. Comment expliquer qu'il avait opté pour Pétain ?

— Tout cela semble tellement irréel ! soupira-t-il. C'est comme si je vivais sur une autre planète depuis l'an dernier...

Elle acquiesça :

— Nous avons tous été pris dans le tourbillon des événements.

— Ce sera très bizarre de rentrer, vous savez. Ils ne vont pas avoir envie d'entendre ce que nous avons à leur dire, ce que nous savons, ce que nous avons vu...

— Vous croyez ?

La guerre était tellement présente, tellement obsédante en Europe... Comment les Américains pouvaient-ils se voiler la face ?

— Liane, où comptez-vous habiter avec vos filles ?

Question dont elle avait débattu avec Armand en se rendant à Toulon. Il souhaitait qu'elle aille à San Francisco, chez son oncle George, mais elle refusait de transiger sur ce point. Sa patrie, c'était Washington.

— Nous rentrons à Washington. Nous y avons des amis. Les filles retrouveront leur ancienne école.

Elle pensait louer une chambre à l'hôtel *Shoreham*, tout d'abord, puis essayer de trouver un meublé à

Georgetown. Peut-être ne dirait-elle pas tout de suite à son oncle qu'elle était revenue ; mais il la trouverait sans doute par la banque ; donc, il fallait le prévenir. En tout cas, elle ne voulait pas qu'il insiste pour qu'elle s'installe chez lui.

La jeune femme scruta Nick en songeant aux questions qu'elle s'était posées.

— Vous retournez à New York, comme avant ?

C'était la seule manière de l'interroger indirectement sur sa femme.

— Je vais ramener Johnny de Boston, dit-il en la regardant droit dans les yeux. En fait, je ne sais pas du tout ce que Hillary a fabriqué depuis tout ce temps. Je lui ai écrit, je lui ai envoyé des câbles, je ne sais combien de fois. Mais depuis son câble de septembre, où elle m'informait de son arrivée à New York, je n'ai plus rien reçu. J'ai l'impression qu'elle se fiche pas mal de Johnny.

Un éclair passa dans ses yeux verts ; il n'avait avoué à personne qu'il avait lu le nom de Philip Markham sur la liste des passagers de l'*Aquitania*.

— John va bien, d'après ses lettres ?

— Oui, apparemment. Mais il a l'air très seul.

— Vous devez beaucoup lui manquer.

Elle se souvenait de la gentillesse qu'il témoignait à son fils.

— Il me manque aussi, répondit-il d'un ton plus doux. Je l'ai emmené à Deauville, avant que la guerre éclate, et c'était si bien...

Le silence pesa sur eux. C'était si lointain, à des milliers d'années... Liane songea à Armand, aux risques qu'il prenait. Elle tremblait de peur mais elle ne pouvait se confier à personne. Pas même à Nick.

Il lui effleura le bras pendant qu'elle regardait la mer.

— Ne vous inquiétez pas pour Armand, Liane. C'est un homme intelligent.

Elle ne répondit pas. La question était de savoir s'il était assez intelligent pour abuser les Allemands.

— Quand j'ai conduit Johnny sur ce bateau, l'an dernier, j'ai cru que j'allais me jeter à l'eau, en pensant à tous ces sous-marins... Mais ils sont arrivés à bon port, et Dieu sait que l'océan était dangereux à l'époque... Même entouré de nazis, Armand s'en sortira. Il a été diplomate toute sa vie. Ça va lui être utile, maintenant, n'importe comment...

N'importe comment... s'il avait su... Elle le dévisagea, les larmes aux yeux :

— Je voulais rester auprès de lui.

— Evidemment. Mais il valait mieux partir.

— Je n'ai pas eu le choix. Armand a insisté. Il a dit que je ne pouvais pas mettre la vie de mes filles en danger...

Sa voix se brisa. Elle se détourna pour qu'il ne la voie pas pleurer, mais, soudain, elle sentit qu'il la serrait dans ses bras, amicalement, fraternellement.

Ce spectacle n'avait rien d'insolite, même parmi les passagers ; ils avaient tous connu le deuil, la séparation. Il n'y avait rien d'anormal à pleurer dans les bras de Nick, cet homme qui avait croisé sa route ici et là, toujours dans des circonstances inhabituelles qui leur permettaient à l'un comme à l'autre, de parler en toute franchise. Elle demeura ainsi, heureuse de cette chaleur humaine et de cette compréhension. Il la laissa donner libre cours à ses larmes, puis il lui tapota doucement le dos :

— Allons, retournons à l'intérieur, on prendra une tasse de café.

Une cafetière se trouvait en permanence dans la salle à manger, à la disposition des passagers. A bord, il n'y avait pas grand-chose à faire ; on pourrait bavarder, se promener sur les ponts, se réfugier dans sa cabine pendant que les autres dormaient ou se racontaient leur vie. Les quelques livres qu'on avait embarqués s'étaient évanouis dans la nature dès l'arrivée des premiers voyageurs. L'itinéraire du bateau n'offrait rien de palpitant et il était difficile de s'abstraire de ses propres pensées, dans la monotonie de l'horizon perpétuellement vide. On se renfermait dans le passé proche, dans les événements du dernier mois, on évoquait ceux qu'on avait laissés en Europe...

Dans la salle à manger, Liane prit place à une table vide en essayant de dominer son émotion. Tout en se mouchant avec un mouchoir de dentelle que les enfants lui avaient offert pour son anniversaire, elle regarda Nick en esquissant un pauvre sourire :

— Excusez-moi.

— Vous excuser de quoi ? D'avoir des sentiments humains ? Voyons, Liane... Quand j'ai mis mon fils sur l'*Aquitania,* j'ai pleuré comme un enfant.

Il se rappelait encore le docker qui l'avait réconforté. Mais cette gentillesse ne lui avait été d'aucun secours. Jamais Nick ne s'était senti aussi malheureux, aussi seul.

— Vous me disiez que Hillary était partie avec lui...

— Oui. Et avec Philip Markham. Vous le connaissez ?

Ses yeux se durcirent ; il avait prononcé ce nom à voix basse, la main tremblant légèrement sur sa tasse de café.

— J'en ai entendu parler, répondit Liane.

Et tout Paris également. A cause de Hillary.

— C'est une figure internationale, enchaîna-t-elle.

— Un play-boy international, pour être tout à fait exact, corrigea-t-il avec un sourire amer. Ma femme a un goût infaillible. Ils ont passé l'été ensemble dans le Midi.

— Vous saviez qu'ils prendraient le bateau ensemble ?

— J'ai vu le nom de Markham sur la liste des passagers, le jour même.

Elle ne put s'empêcher de lui demander :

— Est-ce que cela vous fait encore souffrir, Nick ?

Il la regarda, elle, si douce...

— Ce qui m'ennuie, ce n'est pas qu'il s'agisse de ma femme : j'ai dépassé ça. Je n'ai pas eu l'occasion de vous le dire, mais, après notre conversation sur le *Normandie,* cette nuit-là, je n'ai plus été le même, je crois... Elle est allée trop loin. Et, à Paris, je l'ai laissée libre de faire ce qu'elle voulait. Ce qui me tracasse, c'est Johnny. Si elle continue comme ça, un de ces jours elle rencontrera quelqu'un qui lui plaira et elle aura envie de s'en aller avec lui. Et d'emmener mon fils. Jusqu'ici, elle a été bien contente de vivre avec moi en gardant sa liberté. Et moi, j'ai atteint le stade où je m'en accommode... Mais j'ai peur... J'ai affreusement peur de perdre Johnny.

— C'est impossible.

— Oh, que non ! Hillary est sa mère. Elle aura gain de cause en cas de divorce. Elle pourra s'en aller à Tombouctou si ça lui chante. Et alors... que se passera-t-il ? Je le verrai pendant les grandes vacances ?

Au silence de Hillary, il comprenait que les choses avaient changé durant ces six mois. Jadis, au moins, elle lui donnait signe de vie.

— Je n'ai pas l'impression qu'elle s'intéresse tellement à Johnny, observa tristement la jeune femme.

— A lui, non. Mais au qu'en-dira-t-on, si, beaucoup. Si elle l'abandonnait, on dirait d'elle pis que pendre. Elle préférera le garder avec elle, quitte à l'envoyer je ne sais où avec sa gouvernante, pour avoir le champ libre. C'est à peine si elle lui a téléphoné une fois ou deux cet été, pendant qu'elle était à Cannes avec Markham.

— Que comptez-vous faire, Nick ?

Il prit une profonde inspiration et finit son café, puis il posa sa tasse sur la table.

— Je compte bien rentrer chez moi, répondit-il, et lui tenir la bride un peu plus serrée. Je lui rappellerai qu'elle est ma femme et qu'elle n'y changera rien. Elle m'en voudra à mort, mais tant pis. C'est la seule manière de garder mon fils.

Liane eut envie de lui dire le fond de sa pensée. Une fois de plus, ils se trouvaient sur un bateau, suspendus entre deux mondes ; tout était permis.

— Nick, vous méritez mieux qu'une femme comme elle. Je ne vous connais pas très bien, mais cela, je le sais. Vous êtes un homme de valeur et vous avez beaucoup à donner. Et elle n'a rien à vous offrir en échange, sauf la souffrance.

D'un signe de tête, il approuva. La souffrance, au

moins s'en était-il libéré. Seul son fils lui importait, désormais.

— Merci, Liane. Vous êtes très gentille de m'avoir dit cela.

Ils se sourirent par-dessus leurs tasses vides, pendant qu'un groupe de journalistes s'approchaient en suggérant une tournée générale de café. L'un d'eux avait apporté une demi-bouteille de whisky pour agrémenter le breuvage. Mais sa proposition fut rejetée.

Nick méditait les propos de Liane.

— Le problème, c'est que, pour vivre avec une autre femme, il faudra que je renonce à mon fils, ou du moins à le garder auprès de moi. Et ça, jamais.

— C'est un prix élevé à payer.

— C'est l'un ou l'autre. Dans dix ans, il aura grandi et les choses seront différentes.

— Quel âge aurez-vous ?

— Quarante-neuf ans.

— Ça fait longtemps à attendre, pour être heureux.

— Quel âge avait Armand quand vous l'avez épousé ?

La question l'amusa.

— Quarante-six ans, répondit-elle.

— J'aurai trois ans de plus. Et peut-être, avec beaucoup de chance, rencontrerai-je une femme comme vous.

En rougissant, elle se détourna, mais il lui saisit la main.

— Ne le prenez pas mal. C'est la vérité. Vous êtes une femme merveilleuse, Liane. Je vous ai dit, la première fois, qu'Armand avait bien de la chance. Et je parlais sincèrement.

Elle tourna vers lui des yeux tristes :

— Je ne lui ai pas facilité la vie, à Paris, cette année. Je n'ai pas compris les soucis qui l'accablaient. Nous pouvions si peu nous voir et..., balbutia-t-elle, les larmes aux yeux.

Si elle avait su... Mais comment aurait-elle pu savoir ?

— Tous les deux, vous avez été pris dans la tourmente.

— C'est vrai. Et les enfants aussi. Mais surtout Armand. Et maintenant, il est seul, sans appui... S'il lui arrivait quelque chose...

— Il n'arrivera rien. Armand saura se montrer prudent. Tenez bon.

Nick sentait qu'elle tiendrait. Elle était de taille.

Ils sortirent sur le pont, puis la jeune femme rejoignit ses filles, qui semblaient se plaire sur ce cargo ; elles n'avaient pas encore découvert l'ennui.

Elles ne revirent Nick que dans la soirée, quand il vint jouer aux devinetttes avec les deux enfants, sur le pont, dans un coin à l'abri du vent. La plupart des passagers étaient restés dans la salle à manger pour bavarder en buvant un verre, et aucun n'avait perdu le contrôle de ses actes. Liane préférait ne pas courir de risque et demeurait à l'écart. Bien qu'on n'y fît jamais allusion, la tension augmentait dangereusement à bord ; on pensait aux sous-marins et l'unique moyen d'oublier cette peur obsédante était encore l'alcool. Les passagers ne s'en privaient pas.

Liane s'était assise près de ses filles et de Nick, en tâchant d'entretenir leur moral.

— Toc, toc, toc, qui est là ?

Plaisanteries, histoires et charades se succédaient. Tous quatre s'amusaient, assis sur les marches. Liane emmena enfin les enfants se coucher, puis elle ressortit sans trop s'éloigner. L'atmosphère de la cabine trop exiguë devenait irrespirable. Le *Deauville* était équipé pour n'accueillir que vingt passagers, répartis dans cinq chambres doubles et dix chambres individuelles, et voilà qu'il transportait, outre vingt et un membres d'équipage, soixante hommes, une femme et deux enfants : quatre-vingt-quatre personnes dont la promiscuité se traduisait par le brouhaha qui provenait de la salle à manger. Liane ferma les paupières, le visage au vent. Elle avait un peu froid, mais qu'importait...

— Je pensais que vous étiez allée vous coucher.

La jeune femme se retourna au son de la voix

familière et sourit à Nick. Leurs yeux s'accoutumaient à l'obscurité.

— Les enfants, oui, mais pas moi. Je n'avais pas sommeil.

— Il fait chaud dans votre cabine ?

— Etouffant.

— La mienne, c'est un four, sourit-il, et il y a six personnes...

— Six ?

— J'ai la suite de luxe, comme on dit sur le *Deauville*. Alors ils ont ajouté cinq lits. Des couchettes, en fait. Mais personne ne s'en plaint. Enfin, pour tout vous dire, ce n'est pas là que je dors.

Liane se souvint du studio sur le *Normandie* après sa scène avec Hillary :

— C'est une habitude, chez vous ?

— Uniquement sur les transatlantiques ! Bref, cette fois, le capitaine m'a déniché un coin idéal. Il y a une zone à l'écart sous la passerelle ; on y a installé un hamac pour moi. Personne ne me dérange et c'est un endroit protégé du vent. En regardant bien, je peux distinguer les étoiles... Le paradis !

Malgré son immense fortune, un hamac sous les étoiles et des vêtements d'emprunt suffisaient à le ravir, en quoi il ressemblait beaucoup à Liane. Rien n'aurait permis de deviner qu'ils possédaient chacun l'une des plus belles fortunes des Etats-Unis. Liane portait un pantalon de flanelle grise et un vieux chandail ; pas de bijou, sauf une discrète alliance. Cette simplicité qui les caractérisait l'un comme l'autre faisait partie de leur élégance morale.

Au bout d'un moment, Nick considéra la jeune femme :

— Voulez-vous que j'aille vous chercher un autre café, ou un verre ?

— Non, merci. Je vais me coucher. Les enfants vont passer la nuit à bavarder comme des pies si je n'y retourne pas. Il fait si chaud qu'elles ne peuvent pas dormir.

— Désirez-vous qu'on suspende un autre hamac pour elles, dans mon petit repaire ? On n'a pas la place d'en ajouter deux, mais elles pourraient tenir dans un seul. Vous seriez plus au calme dans votre cabine.

— Alors, c'est vous qui ne pourriez pas dormir ! Elles vous obligeraient à veiller toute la nuit, en vous accablant de devinettes, de petites histoires et de questions.

— J'adorerais.

Liane devina qu'il était sincère, mais elle ne voulut pas abuser et lui souhaita bonne nuit.

De retour dans sa cabine, elle s'émerveilla encore du hasard qui venait de les remettre en présence. Avant d'aller au lit, elle se lava les cheveux ; elle les avait déjà lavés trois fois depuis son arrivée, pour se défaire de l'odeur du bateau de pêche. Quelle aventure... En se déshabillant, elle sourit à part soi ; mieux valait en rire qu'en pleurer ; et surtout, voir le côté comique des choses l'empêchait de mourir d'inquiétude pour son mari.

Après s'être lavé les cheveux dans le petit lavabo, elle les sécha avec une serviette sans allumer la lumière. Elle avait interdit à ses filles de continuer leurs conversations. A présent, leur silence indiquait qu'elles dormaient enfin.

A peine avait-elle rabattu le drap sur ses épaules que retentit soudainement un bruit monstrueux, lugubre, terrifiant. Elle bondit dans son lit, essayant de définir la cause du vacarme. Une sirène d'incendie, une alarme, l'annonce d'un naufrage ? Avec une rapidité et une dextérité dont elle ne se serait pas crue capable, elle jaillit du lit, agrippa les gilets de sauvetage et secoua les deux petites filles.

— Vite, les enfants... Vite...

Elle enfila son gilet à Elisabeth, encore à demi endormie en dépit du bruit, puis elle aida Marie-Ange à mettre le sien ; quand ses filles furent prêtes, en robe de chambre sous leur gilet de sauvetage, leurs chaussures nouées, Liane passa fébrilement son propre gilet par-dessus sa robe de chambre. Elle n'eut pas le temps de découvrir ses chaussures dans l'obscurité, mais tant pis. Elle se hâta dans la coursive avec les autres, qui émergeaient de leurs cabines, hébétés.

Dans une cacophonie générale, les questions se bousculaient. Quelqu'un hurla, au bout de la coursive, qu'il ne trouvait pas son gilet de sauvetage. Les passagers s'assemblèrent sur le pont en une masse compacte, et ce fut de là qu'ils distinguèrent au loin la raison de cette agitation. Sur la ligne d'horizon, un navire d'une taille indéterminée ressemblait à une boule de feu...

Des membres de l'équipage circulèrent parmi les passagers en expliquant qu'un bateau militaire en provenance de Halifax avait été touché par un sous-marin allemand deux jours plus tôt. Le *Deauville* venait de capter le message. Dans un canot de sauvetage, l'émetteur qu'utilisaient les rescapés était devenu trop faible pour qu'on puisse entendre à plus grande distance. Le navire brûlait depuis deux jours. Il transportait plus de quatre mille hommes de troupe vers l'Angleterre.

Cette nouvelle, aussi bien que le sinistre spectacle, glacèrent d'horreur les passagers du *Deauville* dans la tranquillité de leur nuit d'été. A la brise avait succédé une atmosphère infernale et tous les regards se rivèrent à la vision d'épouvante.

Le capitaine apparut sur la passerelle de commandement et s'adressa à tous au moyen d'un porte-voix :

— Si certains parmi vous ont une quelconque expérience médicale ou paramédicale, ou même de secourisme, ou même moins, nous avons besoin d'eux... Nous ignorons combien d'hommes du *Queen Victoria* ont survécu à la catastrophe... Si les deux médecins qui se trouvent parmi vous veulent bien s'avancer... Nous allons recueillir autant de rescapés que nous le pourrons.

Il y eut un lourd silence.

— Nous ne pouvons envoyer de message radio aux autres bateaux qui croisent dans les parages, reprit le capitaine, sinon les Allemands localiseraient notre position.

Le silence s'épaissit encore. Rien n'indiquait en

effet que les sous-marins allemands eussent quitté les lieux. Le *Deauville* était peut-être le prochain sur la liste.

— Il nous incombe entièrement de leur venir en aide. Nous avons besoin de toutes les bonnes volontés... Maintenant, que ceux qui ont des connaissances médicales s'avancent, s'il vous plaît...

Une demi-douzaine d'hommes se dirigèrent aussitôt vers le capitaine, qui leur parla à voix basse, avant de reprendre son porte-voix :

— Je vous en prie, que tout le monde conserve son sang-froid. Il va nous falloir des bandages... des serviettes... des draps... tous les vêtements propres que vous pourrez trouver... des médicaments... Notre action est limitée, mais nous devons faire le maximum. Nous allons nous approcher le plus possible du navire.

Déjà, tandis que le *Deauville* continuait d'avancer, ils pouvaient apercevoir un ou deux canots de sauvetage dans le lointain, mais on ne pouvait savoir combien de canots dérivaient là, ni combien de corps flottaient sur les vagues.

— Nous transformerons la salle à manger en infirmerie. Je vous remercie dès maintenant de votre aide. Une longue nuit nous attend... Que Dieu soit avec nous.

Liane se pencha vers ses filles, qui se tenaient près d'elle, les yeux agrandis de terreur. Dans le tohu-bohu qui suivit les paroles de l'officier, elle s'adressa à elles :

— Les enfants, je vous ramène à la cabine, et il faudra que vous n'en sortiez pas. S'il arrivait quelque chose, je viendrais vous chercher immédiatement. Si vous ne me voyez pas, allez dans la coursive, mais pas ailleurs, sauf si l'un des hommes vous accompagne.

Si on les torpillait et qu'elle ne puisse les rejoindre, quelqu'un veillerait sur elles, Liane le savait.

— Mais il faut que vous attendiez très sagement. Vous pouvez laisser la porte ouverte si vous avez peur. Maintenant, je vous ramène.

— Nous voulons rester avec vous, maman, s'affola

190

Marie-Ange, parlant en son nom propre et en celui de sa sœur cadette, qui s'était mise à pleurer.

— C'est impossible. Je vais faire ce que je peux ici.

A Paris, la jeune femme avait pris des cours de secourisme, encore que, au milieu de toute cette panique, elle se demandât ce qui lui en restait. Enfin, deux mains de plus ne feraient pas de mal...

Elle emmena ses filles à leur cabine, où elle arracha les deux draps de son lit, avant de s'emparer des draps de dessus dans les couchettes des enfants. Les couvertures leur suffiraient et, étant donné la chaleur, elles n'en avaient même pas besoin. Mais mieux valait les garder, au cas où il faudrait utiliser les canots de sauvetage. La jeune femme tira sa propre couverture, puis elle ouvrit le petit placard de la cabine pour recenser les vêtements. Elle sacrifia quatre chemises de ses filles afin d'en faire des bandages pour les blessés.

Liane choisit ensuite plusieurs morceaux de savon, de la bande Velpeau et une boîte d'analgésiques que lui avait prescrits son dentiste. Elle n'avait rien d'autre.

Rapidement, elle s'habilla, puis elle embrassa ses enfants en leur recommandant de garder sur elles leur gilet de sauvetage. A l'instant où la jeune femme quittait la cabine, Elisabeth la rappela :

— Où est M. Burnham ?

— Je l'ignore, répondit-elle avant de se précipiter dans la coursive.

Il lui en coûtait de les abandonner, mais elle savait qu'ainsi elles seraient plus en sûreté.

Dans la salle à manger, tous s'étaient rassemblés pour recevoir les instructions de l'officier en chef, un homme vieillissant, à la voix éraillée, qui donnait des ordres brefs et efficaces. On répartissait les volontaires en groupes de trois et, dans la mesure du possible, on incluait dans chaque équipe une personne possédant quelques connaissances en matière de secourisme. Les deux médecins s'occupaient déjà du matériel ; l'un d'entre eux expliqua rapidement comment manipuler les brûlés. Ses descriptions retournèrent plus d'un estomac.

Ce fut alors que Liane aperçut Nick à l'autre bout de la pièce. Ayant confié à d'autres son paquet de linge et de médicaments, elle lui adressa un signe de la main. Il s'approcha, juste à temps pour que l'officier en chef les place dans la même équipe.

Le capitaine réapparut pour lancer une autre annonce :

— Nous estimons que beaucoup sont morts dans l'explosion. Toutefois, nous croyons qu'il y a un nombre important de survivants. On ne distingue que quatre canots de sauvetage, mais aussi des centaines d'hommes à la mer. Veuillez vous mettre en place sur le pont pour qu'on organise les équipes de brancardiers. Les médecins vous diront qui, parmi vous, travaillera ici avec eux. Et je tiens à remercier ceux d'entre vous qui ont cédé leur chambre. Nous ne savons pas encore si nous les utiliserons, mais ce n'est pas impossible.

Il les considéra gravement, les salua et sortit. En attendant que le cargo s'approche assez pour recueillir les rescapés, dans une ou deux heures, les équipes de trois se rendirent sur le pont. Nick apprit à Liane que plus de la moitié des passagers avaient donné leur cabine, de sorte qu'ils dormiraient sur le pont. Déjà, des membres de l'équipage installaient le maximum de hamacs supplémentaires dans les cabines.

Il eut beau ne pas l'avouer directement, elle devina qu'il faisait partie de ceux qui avaient renoncé à leur chambre. Nick avait été dans les premiers volontaires.

Calmement, il lui tendit une tasse de café généreusement arrosée de scotch.

— Ma foi..., hésita-t-elle.

— Si, buvez. Il vous faudra bien ça avant la fin de la nuit.

Il était une heure du matin. La nuit allait être longue.

— Liane, avez-vous déjà senti l'odeur de la chair

brûlée ? Accrochez-vous, alors, parce que ça va être dur.

Nul ne savait combien d'hommes avaient survécu à l'incendie. Les faibles messages radio en provenance de l'un des canots ne leur apportaient guère d'informations. Ils avaient dérivé loin du *Queen Victoria*, disaient-ils, et dans l'eau, autour d'eux, ils distinguaient surtout des cadavres. Le *Deauville* avait envoyé un message radio pour leur signifier qu'il avait capté leur SOS. Pas plus, à cause d'une éventuelle écoute des Allemands. En approchant, le *Deauville* leur adressa une unique phrase en morse, afin de leur indiquer sa position. En retour, il perçut un signal indistinct : « Dieu soit loué. » Nick le traduisit à la jeune femme, pendant qu'ils attendaient, de plus en plus anxieux. Il était interdit de fumer sur le pont et le whisky qu'on avait fait circuler ne réussissait qu'à les énerver un peu plus.

Il sembla que des heures s'étaient écoulées lorsqu'ils atteignirent enfin une gigantesque masse de bois calciné à laquelle se cramponnaient une douzaine d'hommes ; tous avaient littéralement brûlé vifs. D'autres cadavres, plus loin, puis soudain un cri : des marins du *Deauville* installaient précautionneusement deux blessés dans une bâche qu'on hissa lentement à bord, vers la première équipe de secours. Les deux corps étaient carbonisés. On les confia aussitôt aux deux médecins, dans la salle à manger transformée en bloc opératoire, toutes lumières allumées derrière les hublots peints en noir, ce qui violait la règle du black-out.

Liane réprima un haut-le-cœur ; instinctivement, elle avait agrippé le bras de Nick. Il ne prononça aucun mot, mais elle sentit soudain sa main dans la sienne. Une minute plus tard, elle s'était débarrassée de cette répulsion et de cette peur, tandis qu'elle et Nick, avec un journaliste canadien, portaient trois hommes sur le pont, deux affreusement brûlés et le troisième moins grièvement atteint, mais les jambes brisées. Liane lui soutenait la tête pendant que Nick le couchait sur la civière. Une autre équipe s'avança pour se charger des deux autres rescapés.

— C'est pas croyable... Ils ont fendu le bateau de l'avant à l'arr...

Les yeux du jeune soldat étaient égarés, glacés d'effroi ; son visage, un amas de chairs tuméfiées. Liane dut refouler ses larmes pour lui murmurer :

— Tout va bien, maintenant... On va vous soigner...

C'était ce qu'elle aurait dit à ses filles si elles avaient été blessées. Elle lui tint la main avec tendresse pendant que les médecins s'occupaient de lui et assista à l'intervention. Nick était dehors. L'un des médecins lui demanda de rester tandis qu'il appliquait de l'onguent sur les brûlures, pansait les blessures et amputait le soldat d'une main. C'était une nuit que la jeune femme n'oublierait jamais.

A six heures du matin, les médecins firent une courte pause et consultèrent des notes. On comptait deux cent quatre rescapés du *Queen Victoria* à bord du *Deauville,* et nul autre signe de vie. Des centaines de corps calcinés les avaient dépassés, flottant à la surface des vagues. Un canot de survivants était arrivé une demi-heure plus tôt ; ceux-ci pouvaient encore marcher. On les avait acheminés vers l'une des cabines.

Chaque cabine abritait maintenant douze ou quatorze hommes, côte à côte dans les hamacs, sur les lits ou par terre dans des sacs de couchage. La salle à manger ressemblait à une infirmerie. Partout régnait l'âcre odeur de la chair carbonisée, du goudron et de l'essence.

Laver les blessures avait été le pire. Assise à côté des médecins, à présent, Liane savait qu'elle ne pouvait en faire plus. Tout son corps souffrait, son cou, ses bras, sa tête, son dos, et pourtant, si on avait amené un nouveau blessé, elle se serait relevée, comme les autres. Les passagers du *Deauville* erraient maintenant sans but, lentement. Ils avaient fait de leur mieux ; ils avaient accompli des miracles. Beaucoup des rescapés leur devraient la vie.

Pour bon nombre de ces infirmiers de fortune,

c'était le premier contact avec la réalité de la guerre. Pour les médecins, tout n'était pas encore terminé ; déjà, ils avaient rassemblé des volontaires qui se relaieraient pour veiller les blessés jusqu'à l'arrivée à New York. Enfin, le pire était derrière eux.

Sur le pont, ils regardèrent en silence le *Queen Victoria* sombrer à huit heures, dans un formidable éclaboussement de volutes de vapeur s'élevant dans le ciel... Le capitaine et ses hommes scrutèrent la mer pendant encore deux heures. Mais il ne restait pas âme qui vive à la surface des vagues. Rien ne restait que les cadavres.

Neuf des survivants étaient morts, ce qui réduisait le nombre des rescapés à cent quatre-vingt-quinze, tous répartis dans les cabines. Les passagers dormiraient avec l'équipage, dans des hamacs ou des sacs de couchage, en entassant leurs bagages sous les lits ou dans les coursives. Dans ce chaos, la seule exception était Liane, avec ses filles, bien qu'elle eût insisté pour donner elle aussi sa cabine.

A quatre heures du matin, elle était vite descendue avec l'un des marins pour emmener ses filles dans les quartiers de l'officier en second. Celui-ci s'installerait dans la cabine du capitaine pendant le reste de la traversée et les deux enfants se partageraient son lit étroit.

— Et vous, madame ? s'était enquis le marin, inquiet de la voir si fatiguée.

— Je peux parfaitement dormir par terre.

Elle s'était hâtée de retourner auprès des médecins ; les mains à tenir, les blessures à désinfecter... Le bruit des draps réduits en charpie, les gémissements devenaient monotones comme le ressac de la mer, heure après heure. Quand le *Queen Victoria* disparut au milieu des flots, un silence de mort régna sur le pont. Quelques instants plus tard, le capitaine reprit son porte-voix :

— Je vous remercie tous... Cette nuit, vous avez réussi l'impossible... Et, si vous estimez que peu de blessés ont survécu, dites-vous bien que, sans vous, nous aurions deux cents morts de plus.

Cent trente-neuf hommes étaient morts sur le cargo.

Les passagers et l'équipage se relayèrent pour maintenir en vie ceux qu'ils avaient sauvés, en essayant de juguler les infections qui menaient à l'amputation ou au pire. Certains étaient en proie à une fièvre si violente qu'ils déliraient. Mais seuls deux autres rescapés moururent peu après. Les médecins commençaient à contrôler la situation ; ils étaient près de s'écrouler, tout comme Liane. Mais on n'était même pas à mi-chemin. Ils avaient perdu plus d'une journée en se portant au secours du *Queen Victoria*, retard qu'aggravait leur itinéraire en zigzag ; le capitaine se méfiait encore plus des sous-marins allemands qu'avant l'incident.

Ce ne fut que deux jours plus tard que la jeune femme se laissa persuader d'aller dans la cabine de l'officier en second, où elle s'effondra sur le lit. Des marins avaient emmené ailleurs ses deux filles, qui passaient beaucoup de temps sur la passerelle de commandement. Liane sombra dans un gouffre noir, comme si elle n'avait pas dormi depuis des années. Quand elle s'éveilla, le black-out était rentré en vigueur ; tout n'était qu'obscurité. Entendant un bruit discret dans la pièce, elle se redressa sur le lit, en se demandant où elle se trouvait, puis elle reconnut une voix familière.

— Vous allez bien ?

Nick se dirigea vers le lit ; elle distingua ses traits à la lueur des rayons de lune qui filtraient dans la cabine par les bords des hublots.

— Vous avez dormi seize heures, l'informa-t-il.

— Ciel !

Liane secoua la tête pour essayer de se réveiller complètement. Elle portait les mêmes vêtements depuis deux jours, mais Nick avait encore plus piètre allure.

— Comment vont les blessés ? demanda-t-elle.

— Plusieurs vont mieux.

— Encore des pertes ?

— Non. Et espérons que nous n'en aurons plus, et

qu'ils tiendront bon jusqu'à New York. Quelques-uns arrivent à marcher sur les ponts.

Liane l'inquiétait davantage. Elle l'avait étonné dans l'hôpital de fortune, où Nick l'avait vue chaque fois qu'il convoyait un nouveau rescapé.

— Voulez-vous quelque chose à manger ? Je vous ai apporté un sandwich et une bouteille de vin.

La seule idée de la nourriture lui soulevait le cœur. Elle s'assit sur le lit en lui faisant signe de venir à côté d'elle.

— Je ne peux rien avaler... Et vous ? Avez-vous pu dormir un peu ?

— Oui, assez.

— Où sont les enfants ?

— Là-haut, sur le pont. Elles dorment dans mon hamac. L'un des officiers garde un œil sur elles, tout va bien. Je ne voulais pas qu'elles viennent vous déranger... Allons, Liane, je veux que vous mangiez.

On ne leur accordait plus que des rations réduites, avec trois fois plus de voyageurs à bord qu'avant le sauvetage ; le cuisinier accomplissait des miracles. Le café et le whisky surgissaient mystérieusement et l'on ne manquait de rien.

Nick lui tendit le sandwich et déboucha la bouteille à moitié pleine, puis il prit une tasse dans sa poche et la remplit de vin.

— Nick, je ne peux pas... Je recracherais tout.

— Buvez quand même. Mais mangez d'abord le sandwich.

Liane goûta une bouchée, circonspecte, sentit son estomac se contracter, puis, après une nausée, elle dut admettre que ce n'était pas si mauvais, ainsi que sa première gorgée de vin. Elle lui rendit la tasse, où il but à son tour.

— Il faudrait que je me lève, dit-elle, pour voir si je peux aider.

— Jusqu'ici, ils ont réussi à survivre sans vous. Ils peuvent bien continuer pendant une heure !

Elle lui sourit dans la pénombre.

— Que ne donnerais-je pas pour un bon bain bien chaud !

— Et des habits propres, ajouta-t-il gaiement. Les miens marchent tout seuls !

Brusquement, ils se souvinrent du *Normandie* et éclatèrent de rire. Ils rirent aux larmes, ici, dans la cabine de l'officier en second, dans l'obscurité, loin du cauchemar de ce sauvetage, ils rirent de l'absurdité des soirées de gala et des dîners en habit et cravate blanche...

— Vous rappelez-vous le nombre de malles que nous avions emportées ?

Leur hilarité redoubla ; un rire dû à la tension, à la fatigue et au soulagement. Le *Normandie* faisait figure de nef des fous, avec son chenil, ses promenades, ses suites de luxe, son fumoir, son grand salon... Le somptueux paquebot appartenait au passé, pour eux qui partageaient une bouteille de vin sur un lit trop étroit, à la merci d'une torpille allemande...

Enfin, leur rire s'apaisa et la jeune femme contempla les ombres qui jouaient sur le visage de Nick.

— Regardez comme notre vie a changé en un an. C'est extraordinaire, ne trouvez-vous pas ?

— Le monde entier va changer. Ce n'est qu'un début. Simplement, nous avons commencé avant les autres.

Les yeux de Nick plongèrent dans les siens ; même dans la pénombre, il en percevait tout le magnétisme. Sans réfléchir, il osa enfin exprimer ce qu'il éprouvait. Peut-être, dans moins d'une heure, seraient-ils tous morts.

— Vous êtes belle, Liane. Plus belle qu'aucune femme... belle à voir et belle moralement. J'ai été si fier de vous...

— Je crois que, si j'ai pu le faire, c'est parce que vous étiez là. Je vous sentais avec moi.

Et il n'y eut plus d'autre univers que le leur, plus de vie que la leur, seuls dans la pièce confinée. Il avança la main et s'empara de ses doigts ; sans un mot, il attira à lui la jeune femme et ils s'embrassèrent, leurs bouches aussi avides l'une que l'autre.

Longtemps, ils demeurèrent serrés l'un contre l'autre, puis s'embrassèrent encore, avec le désespoir et la passion que leur inspiraient la proximité de la mort et le miracle d'être restés en vie.

— Je vous aime, Liane... Je vous aime...

De ses lèvres, Nick dévora son cou, son visage, sa bouche, et la voix qui lui répondit ne semblait pas être celle de Liane.

— Je vous aime, Nick...

Son murmure était doux et les mots de Nick étaient une caresse pendant que leurs vêtements se défaisaient d'eux-mêmes et qu'ils s'étendaient sur le lit, leurs corps entremêlés, oublieux des autres destins, des autres visages, des autres époques, uniques survivants d'un temps révolu à jamais, et le seul souvenir qui leur appartînt était cette passion fulgurante qui les emportait tandis qu'ils s'aimaient, avant de s'endormir, blottis l'un contre l'autre, jusqu'à l'aurore.

XXII

Nick et Liane s'éveillèrent lentement dans les bras l'un de l'autre tandis que le soleil brillait au travers des vitres peintes. Il la considéra sans remords, guettant sur son visage la même paix intérieure, puis il détailla sa silhouette longiligne, gracieuse, ses grands yeux, ses luxuriants cheveux blonds, et il lui sourit.

— Je pensais ce que je t'ai dit cette nuit. Je t'aime, Liane.

— Je t'aime, Nick.

Comment pouvait-elle prononcer ces mots-là ? Elle aimait Armand. Et pourtant, en un sens, elle aimait cet homme depuis longtemps. Souvent, ces derniers mois, elle avait songé à lui, pendant qu'elle se languissait d'Armand. Dès le début elle avait ressenti pour lui un respect profond, inexplicable. C'était un amour différent, qui ne lui inspirait pas de regrets. Ils avaient traversé ensemble, seuls, une épreuve que nul ne partageait avec eux. Et Liane appartenait à Nick. De tout son cœur, de toute son âme, même si c'était sans lendemain.

— Je ne sais comment te dire ce que je ressens..., hésita-t-elle.

— Ne dis rien. Je sais. Nous avons besoin l'un de l'autre, désormais. Et peut-être depuis longtemps...

— Et quand nous arriverons ?

— Il ne faut pas y penser maintenant. Maintenant, nous sommes vivants, ici. Avec ces gens sur ce bateau. Nous avons tous surmonté l'épreuve. Que nous nous aimions encore plus, c'est un événement qu'il faut fêter. Ne regardons pas plus loin pour le moment.

Liane savait qu'il avait raison. Il l'embrassa tendrement sur les lèvres et elle laissa ses propres mains errer le long de son dos, de ses bras, de tout son corps. Elle avait envie de lui.

La jeune femme ne posa plus de question et ils s'aimèrent encore, puis, à regret, elle se leva pour faire sa toilette dans l'étroit lavabo, comme s'ils étaient amants depuis des années : ni honte ni pudeur entre eux. Il la regardait. Ils avaient ensemble affronté la mort à peine quelques heures plus tôt, et ce qu'ils vivaient maintenant était tellement plus naturel... C'était la vie même.

— Je vais voir où en sont les enfants pendant que tu t'habilles, proposa-t-il.

Nick se sentait heureux comme il ne l'avait pas été depuis bien longtemps. Côte à côte, ils avaient aidé à sauver près de deux cents vies humaines, et à présent ils avaient droit à ceci : en sauver deux de plus.

— Et je vais voir si je trouve un cabinet de toilette libre. Rendez-vous en haut pour une tasse de café, avant de nous remettre au travail.

— Très bien.

Elle l'embrassa encore une fois avant qu'il sorte, se forçant à chasser de son esprit l'image d'Armand. Nick et elle feraient le point, mais pas maintenant. Ils n'étaient même pas à mi-chemin de New York. Il était trop tôt pour ne pas continuer à vivre au jour le jour, heure après heure.

Elle le rejoignit à la cuisine avec ses filles. Les enfants paraissaient aussi dépenaillées que les autres passagers, mais d'humeur joyeuse, surtout grâce à Nick. Elles racontèrent à leur mère qu'elles avaient passé des heures sur la passerelle de commandement et lui expliquèrent comment on lançait des messages radio ; en outre, elles semblaient dans les meilleurs termes avec le cuisinier, qui leur avait apporté la veille un petit gâteau sorti d'on ne savait où. Elles s'étaient remarquablement adaptées à ce nouveau mode de vie. De plus, elles s'enthousiasmaient à l'idée de dormir à la belle étoile. Enfin, les deux enfants retournèrent à la passerelle, pendant que Nick et Liane redescendaient.

Ils avaient partagé une bonne tasse de café brûlant et un toast avant de se rendre auprès des blessés. Au moment d'entrer, la jeune femme toucha la main de Nick et plongea son regard dans les yeux d'un vert profond.

— A ton avis, est-ce que nous sommes tous devenus fous ?

— Mais non. Les gens sont bizarres, Liane. Ils s'habituent à tout. Les âmes fortes ignorent la défaite. Toi et moi, nous sommes forts. Je le sais depuis notre première rencontre, et c'est ce que j'ai aimé en toi.

— Comment peux-tu dire cela ? murmura-t-elle. J'ai toujours eu tout ce que je voulais, j'ai toujours été heureuse, gâtée, aimée. Je ne sais pas du tout si je suis forte.

— Alors, réfléchis à ce que tu as connu cette année : le doute, la peur, la solitude, et puis les premiers mois de la guerre. Même sans t'avoir vue sur le moment, je sais que tu n'as pas faibli une seule fois. Et j'ai mis mon fils sur un bateau sans savoir s'il coulerait ou non ; je l'ai fait parce qu'il serait plus à l'abri aux Etats-Unis, malgré tous les risques ; pendant des années, j'ai supporté la solitude dans mon foyer... Et j'ai survécu, et toi aussi. L'autre nuit, nous avons réussi, alors qu'aucun de nous n'avait rencontré pareille situation... Alors, nous affronterons le reste, mon amour... A présent, nous sommes ensemble, ajouta-t-il doucement.

Ils pénétrèrent dans la pièce et Liane dut quasiment retenir son souffle, tant la puanteur l'incommoda : une odeur de sueur, de vomissures, de sang, de chair calcinée... Néanmoins, ils demeurèrent des heures à la tâche, côte à côte, obéissant aux ordres des médecins, puis ils se joignirent aux autres passagers sur le pont afin de répartir les rations. Une sorte de camaraderie et de solide amitié s'était instaurée parmi eux. Sans les rendre insensibles aux tragédies qu'ils côtoyaient, cet état d'esprit les aidait à dominer leurs soucis personnels ; ainsi, Liane se sentait plus patiente avec ses filles, et son amour pour Nick s'en trouvait enrichi. Jamais elle n'avait autant aimé un homme, jamais elle n'avait éprouvé une telle sensation de jeunesse.

Sa vie avec Armand appartenait à un monde différent ; elle l'aimait, le respectait, l'admirait, tandis qu'avec Nick elle se sentait plus forte par sa seule présence. Cela ressemblait à ce qu'elle vivait avec Armand, et pourtant il y avait plus.

Tous deux montèrent la garde de neuf heures du soir à une heure du matin, après quoi ils revinrent dans la cabine qu'occupait Liane. Les enfants dormaient dans le hamac de Nick. Ils s'abattirent sur le lit et s'aimèrent plus passionnément que jamais, puis ils sombrèrent paisiblement dans le sommeil, enlacés, et ils s'aimèrent encore avant d'aller ensemble prendre une douche. Dehors, tandis que les autres étaient encore assoupis, ils contemplèrent l'aurore.

— Ça va te sembler étrange, sourit-elle, mais je n'ai jamais été aussi heureuse. C'est presque indécent de dire cela avec tous ces malheureux à bord... mais c'est ainsi.

D'un bras, il lui entoura les épaules et la tint serrée contre lui.

— C'est exactement ce que je ressens, dit-il.

C'était comme s'ils étaient nés pour mener cette existence. Liane cessa de songer à l'avenir. Elle ne voulait plus savoir.

Les six jours suivants, ils assurèrent les mêmes tours de garde auprès des blessés, prenant leurs repas avec les enfants et, le soir, s'aimant dans la cabine. Leur vie s'organisait en une agréable routine. Ils reçurent un choc quand le capitaine annonça qu'on atteindrait New York dans deux jours.

Ils s'entre-regardèrent sans un mot, effectuèrent les mêmes gardes que d'habitude, aussi efficacement, puis rentrèrent dans la cabine, le soir. Liane considéra Nick avec de grands yeux tristes ; bien qu'il fût capital que l'on soigne les blessés le plus tôt possible, elle aurait voulu que cette traversée ne s'achève jamais ; et elle lut le même vœu désespéré dans le regard de Nick.

En soupirant, elle s'assit dans la pénombre familière, sans vouloir l'interroger sur ses projets, mais il entendit ses paroles sans qu'elle les prononce.

— J'y ai beaucoup pensé, Liane.

— Moi aussi. Et je ne trouve pas de réponse. En tout cas, pas la réponse que je voudrais.

Elle aurait souhaité le rencontrer plus tôt, avant Armand... Comment oublier Nick ? Elle s'était en quelque sorte engagée envers lui, elle avait besoin de lui, il s'était imprégné dans chaque fibre de son être. Liane se devait à son mari, elle le savait, et pourtant elle ne pouvait se résoudre à renoncer à Nick.

De son côté, il semblait avoir pris sa décision ; il lui parla calmement.

— Je vais divorcer de Hillary. J'aurais dû le faire il y a des années.

— Et John ? Comment pourras-tu supporter de l'abandonner ?

— Je n'ai malheureusement pas le choix.

— Ce n'est pas ce que tu disais au début. Tu voulais aller le chercher chez sa grand-mère. Nick, comment pourrais-tu être heureux en ne le voyant que quelques jours par mois et en sachant que sa mère le néglige ?

— C'est sa vie ou la mienne. La nôtre.

— Peux-tu vraiment choisir cette solution ?

— Que veux-tu dire ?

— Je sais ce que tu éprouves. Si tu divorces pour

rester avec moi, une part de toi-même ne pardonnera jamais. Chaque fois que tu regarderas Elisabeth ou Marie-Ange, tu penseras au petit garçon que tu auras perdu pour être avec moi. Cela, je ne puis te le demander. Et, à dire vrai, je ne suis pas prête à prendre moi-même ce type de résolution. Je ne sais que faire. J'ai toujours été très franche avec Armand. Et là, je ne peux pas... lui dire... ou lui écrire... ou attendre la fin de cette guerre pour lui annoncer... J'ai trop mal et j'ai peur du mal que je lui ferais, à lui et aux enfants... Il a confiance en moi, Nick. Je n'ai jamais trahi cette confiance et je ne peux pas... Et en même temps je ne peux pas te quitter, acheva-t-elle d'une voix rauque.

— Je t'aime, Liane. De tout mon cœur.

— Je t'aime, si c'est ce que tu veux entendre, répondit-elle, les yeux rivés aux siens. Mais j'aime aussi Armand. Je crois aux serments que nous avons prononcés il y a onze ans. Je n'ai jamais imaginé que je pourrais le tromper. Et le plus curieux, c'est que je n'ai pas l'impression de l'avoir trompé. J'ai ouvert une porte et tu étais là, et maintenant je t'aime. Je veux vivre avec toi... et je ne sais pas quoi faire, pour Armand. S'il l'apprenait, cela le tuerait. Il prendrait des risques inutiles, à Paris, lui qui est resté pour essayer de rétablir la paix... De quel droit m'en irais-je ? Ce serait indigne.

— La vie l'est toujours. Et ce que j'aime en toi, c'est cette dignité. Mais une telle situation ne nous permet pas ce luxe. Quoi que nous fassions, quelqu'un souffrira... Johnny, Armand, ou toi et moi.

— C'est un choix impossible. Autant tenir un revolver en décidant qui on va assassiner.

Il lui prit la main et chacun se perdit dans ses propres pensées. Puis ils cessèrent de s'inquiéter des autres et ils s'aimèrent. Ils ne prirent aucune résolution, ni cette nuit ni le lendemain, quand ils allèrent effectuer leurs tours de garde auprès des blessés. Le soir, dans le lit, ils se serrèrent l'un l'autre encore plus étroitement que de coutume. C'était leur dernière nuit à bord du cargo ; plus rien ne serait comme avant.

S'ils choisissaient de vivre ensemble, il leur faudrait surmonter bien des obstacles, à commencer par le mal qu'ils infligeraient aux autres et à eux-mêmes ; et, s'ils se quittaient, la perte serait irréparable. Cette nuit, cette dernière nuit, ils purent encore s'aimer.

Il faisait presque jour lorsqu'ils en reparlèrent. Liane s'assit dans le lit, toucha le visage de Nick, lui embrassa les lèvres et le regarda avec un amour tout maternel. Elle avait différé ce moment depuis des heures, mais on ne pouvait plus attendre, puisque le bateau allait arriver dans quelques heures. La jeune femme avait décidé pour elle-même, mais aussi pour Nick.

— Tu sais où est notre devoir, n'est-ce pas ? dit-elle.

Durant plusieurs secondes, il observa le silence.

— Tu vas retourner auprès de ton fils. Tu ne serais pas heureux avec nous, loin de lui.

— Et si j'essayais d'en obtenir la garde ?

— Tu pourrais gagner ?

— Non, sans doute. Mais je pourrais essayer.

— Et déchirer cet enfant... Tu ne pourrais pas le supporter, pas plus que je ne pourrais supporter de quitter Armand. Nous avons une conscience, nous avons le sens des responsabilités, et il y a en jeu des gens que nous aimons. Nick, ceux qui ne sont pas comme nous arrivent à s'en aller, à faire leurs adieux... Mais pas nous. Si tu n'aimais pas autant ton fils, tu aurais divorcé depuis des années. Et je ne peux te laisser faire une chose pareille, soupira-t-elle. D'ailleurs, ce n'est pas très simple pour moi non plus. J'aime encore Armand, murmura-t-elle, la voix brisée.

— Que comptes-tu faire, Liane ?

Lui saisissant la main, il lui caressa le bras en la fixant intensément. Nick aurait voulu que le cargo retourne à son point de départ, que tout recommence...

— J'attends la fin de la guerre, répondit-elle.

— Seule ?

Il souffrait pour elle. Liane avait besoin d'un homme à qui donner tout l'amour qu'elle portait en elle ; et lui, il avait tant d'amour à lui donner...

— Seule, bien sûr, sourit-elle.

— Penses-tu que...

Une idée lui avait traversé l'esprit, quelques jours plus tôt, mais il ignorait quelle serait la réaction de la jeune femme. A peine eut-il énoncé les premiers mots qu'elle secoua la tête :

— Je ne pourrais pas. Si nous laissions vivre cet amour plus ou moins longtemps, nous ne pourrions plus y renoncer, pour finir. Nous n'avons vécu que deux semaines ensemble, même pas, et déjà j'ai tant de mal à...

Elle sentait sa chair et son âme se déchirer sans lui.

— Dans un an ou deux, reprit-elle, ce serait pire. Ce serait impossible de tolérer cela... Je crois, mon amour, que le temps est venu de nous montrer forts, puisque tu dis que nous le sommes. Nous n'avons pas le choix. Nous avons eu deux semaines à nous. Un miracle... En soi, c'est une vie entière dont je me souviendrai toujours. Nous ne pouvons posséder davantage...

Ses yeux s'emplirent de larmes tandis qu'elle poursuivait :

— Et quand nous descendrons de ce bateau, aujourd'hui même, mon amour, il faudra regarder droit devant nous, et surtout pas en arrière... sauf pour nous rappeler combien nous nous sommes aimés...

Nick s'était mis à pleurer à son tour.

— Pourrai-je t'appeler de temps en temps ? demanda-t-il.

Elle secoua la tête, puis, avec un sanglot, elle se jeta dans ses bras. Durant une heure, il la tint ainsi contre lui, refoulant ses propres larmes, pendant qu'il restait là, immobile. Le lien qu'ils avaient tissé serait tranché net, même si la douleur devait être aussi violente pour eux qu'elle l'avait été, une semaine plus tôt dans la salle à manger, pour l'homme que les médecins avaient amputé d'une main.

XXIII

Ils se quittèrent peu après huit heures du matin, sur un dernier baiser. Nick dit aux enfants de descendre rejoindre la jeune femme, qui les aida à s'habiller. Toutes trois avaient des allures de mendiantes, comme tous les passagers du *Deauville*. Le capitaine annonça qu'on atteindrait New York vers midi. Il avait demandé par radio des secours et des ambulances pour les blessés. Trois autres étaient morts d'infections consécutives à leurs brûlures. Néanmoins, le cargo pouvait s'enorgueillir de ramener à bon port cent quatre-vingt-dix survivants.

Une atmosphère de liesse régnait sur le pont ; tous parlaient avec animation. Les deux petites filles avaient conquis les passagers et l'équipage. Les blessés qui pouvaient marcher se mêlaient aux autres sur le pont pour assister à l'arrivée du bateau. Tout le monde était trop fébrile pour songer à boire ou à manger. A les voir rassemblés côte à côte, accoudés au bastingage, s'appelant par leur prénom, on aurait cru que leur voyage durait depuis plus d'un an. Seuls Nick et Liane se tenaient légèrement à l'écart. Nick avait le regard fixe ; parfois, leurs yeux se rencontraient et ne se lâchaient plus. Quand les enfants descendirent chercher leurs poupées, il s'approcha d'elle un instant et elle mit une main dans la sienne. Comment allaient-ils vivre le reste de leur existence ?

De même que le *Deauville* se dirigeait inexorablement vers son port d'arrivée, de même seraient-ils chassés de leur rêve et rendus à la réalité.

Nick se demanda si un jour, sur un autre bateau, il rencontrerait une fois de plus Armand et Liane. La guerre serait finie, les enfants auraient grandi, et lui-même serait toujours marié à Hillary, pour l'amour de son fils. L'espace d'une seconde, pas plus, il se prit à détester Johnny. Mais ce n'était pas la faute du petit garçon, ni celle d'Armand. Lui et Liane désiraient quelque chose qui leur demeurerait inaccessible, et maintenant ils devaient assumer leur devoir envers eux-mêmes et envers les autres.

Tandis qu'ils apercevaient enfin New York à l'horizon, Nick comprit que jamais, de toute sa vie, il n'avait autant souffert. Il n'arrivait pas à penser à son fils. Et pourtant, Johnny était à présent tout ce qui lui restait.

Des cris de joie s'élevèrent sur le pont lorsque apparut la statue de la Liberté, son flambeau étincelant au soleil de juillet. Peu après, des remorqueurs s'accotèrent au *Deauville* et le halèrent dans le port. Des bateaux de pompiers les suivirent, lançant des jets d'eau, et, quand ils abordèrent le quai, ils trouvèrent toute une file d'ambulances. On annula les formalités d'immigration. Sous les flashes, des journalistes se précipitèrent sur le quai pour tâcher d'interviewer tout un chacun.

Liane paraissait connaître tous les rescapés par leur nom. Un appareil photo crépita à l'instant où elle embrassait un blessé sur la joue. Les passagers semblaient peu pressés de s'en aller ; ils se donnaient l'accolade, s'embrassaient, échangeaient leurs adresses, remerciaient chaleureusement le capitaine et son équipage. Puis enfin, l'un après l'autre, ils prirent leurs bagages et quittèrent le cargo. Nick, Liane et ses filles étaient quasiment les derniers à partir. Lorsqu'ils se retrouvèrent sur le quai, ils s'entre-regardèrent, incrédules.

— Eh bien, nous voici de retour à la maison, dit Nick à la jeune femme.

Aucun n'avait le cœur à se réjouir. Tout ce qu'elle aurait voulu, c'était se rapprocher de lui.

— A la maison..., répéta-t-elle. Pas tout à fait.

Il lui faudrait encore prendre le train pour Washington.

— Mais bientôt, répondit-il avec plus d'assurance qu'il n'en éprouvait réellement.

Il insista pour appeler un taxi et les accompagner à la grande gare centrale. En s'asseyant sur la banquette, Liane se mit à rire et il l'imita.

— Nous devons ressembler à une troupe de vagabonds !

Il considéra ses vêtements de marin. C'était la première fois, en outre, qu'il ne prenait pas une limousine pour quitter un port.

Ils arrivèrent trop vite à la gare. Une fois achetés les billets, ils se hâtèrent vers les quais. Liane avait pensé rester à l'hôtel, à New York, mais trop grande eût été la tentation de revoir Nick.

Il déposa leurs quelques affaires dans le compartiment.

— Au revoir, oncle Nick. Venez vite nous rendre visite, suggéra Elisabeth, approuvée par Marie-Ange.

Elles avaient abandonné le « monsieur Burnham » à bord du cargo.

— C'est promis. Et vous deux, prenez grand soin de votre mère.

Sa voix s'enrouait sous l'effet de l'émotion. Liane lutta contre les larmes, mais en vain. Elle l'étreignit, il la tint serrée et murmura dans ses cheveux :

— Prends soin de toi, mon amour...

Lentement, il recula. Avec un signe de la main, il s'en alla. Essuyant ses larmes d'un revers de la main, avant que les deux enfants puissent l'apercevoir, il se précipita vers le quai, où il demeura souriant, agitant la main, pendant que Liane et ses filles se penchaient par la vitre. Enfin, la jeune femme força les enfants à rentrer dans le compartiment. D'un souffle sur la main, elle lui envoya un baiser et les lèvres de Nick formèrent les mots « je t'aime ». Il se tint immobile aussi longtemps qu'elle put distinguer sa silhouette. Puis, écrasée de douleur, elle s'écarta de la fenêtre.

Liane alla s'asseoir sur la banquette de velours marron ; les deux enfants s'agitaient, excitées par les manettes et les lumières. Elle ferma les yeux, obsédée par le visage de Nick. Si seulement elle avait pu le

toucher encore... rien qu'une fois... rien qu'un instant...

La jeune femme se revit dans la cabine de l'officier
en second, blottie dans les bras de Nick. Incapable de
refouler ses sanglots, elle marmonna quelque chose
et jaillit dans le couloir en fermant derrière elle la
porte du compartiment.

— Je peux vous aider, madame ?

Un contrôleur noir, impeccable dans son uniforme
à col blanc, la considérait. Elle secoua la tête, sans un
mot.

— Madame... ? insista-t-il, étonné par le spectacle
de cette souffrance.

Elle se contenta de secouer la tête encore une fois :

— Ce n'est rien.

Elle s'appuya à la fenêtre, le cœur chaviré.

Dans la grande gare centrale, Nick marcha lentement en direction de la sortie, la tête basse, les
paupières humides, avec l'expression de quelqu'un
qui a perdu un ami proche. Il héla un taxi dans la rue
et rentra chez lui, pour trouver l'appartement vide.
Une bonne qu'il ne connaissait pas l'informa que
Madame séjournait à Cape Cod chez des amis.

Et le train prenait de la vitesse en direction de
Washington.

XXIV

Liane et ses filles se rendirent à l'hôtel *Shoreham* à
huit heures du soir. La jeune femme avait l'impression de n'avoir plus dormi depuis des jours. Toutes
trois se sentaient recrues de fatigue, sales, et les deux
enfants se montraient d'humeur maussade. Elles en
avaient trop vu, ces derniers temps, pour réussir à se
persuader qu'elles étaient revenues aux Etats-Unis.
Ici, tout le monde semblait heureux, insouciant, nor-

mal. On n'y rencontrait pas ces visages sombres du Paris d'avant l'Occupation, ni ces croix gammées sur les bâtiments officiels, ni ces blessés défigurés par un incendie.

Heure après heure, Liane devait se retenir d'appeler Nick à New York et se remémorer les serments qu'ils avaient échangés. Elle aurait voulu être dans ses bras. Et, seul dans son lit à New York, Nick se livrait au même combat intérieur.

Le lendemain matin de son arrivée à Washington, la jeune femme envoya un câble à Armand pour lui dire que le voyage s'était bien terminé. L'histoire du *Deauville* figurait dans tous les quotidiens du matin, accompagnée de la photo de Liane embrassant le jeune soldat canadien sur sa civière. A l'arrière-plan, elle distinguait Nick, qui la fixait tristement tandis que les autres souriaient, bouleversés. L'image l'oppressait d'un poids intolérable, comme sur le moment.

Quand elle se résolut finalement à appeler son oncle George à San Francisco, ses nerfs faillirent la lâcher. Il ne lui épargna aucune remarque désagréable sur la capitulation de la France : les Français avaient littéralement offert Paris aux Allemands sur un plateau d'argent et n'avaient récolté que ce qu'ils méritaient. Liane avait envie de hurler.

— Bon, enfin, Dieu merci, tu es de retour. Depuis combien de temps, au fait ?

— Depuis hier. Nous étions sur un cargo.

— Le *Deauville* ?

Les journaux de San Francisco mentionnaient également cet épisode, mais sans la photo.

— Oui.

— Mais ton mari est complètement fou de t'avoir fait embarquer sur un bateau pareil ! Bon sang, il devait bien y avoir un moyen de sortir de France autrement ! Tu as participé à cette histoire de sauvetage ?

— Oui, répondit-elle d'une voix épuisée, vaincue.

La jeune femme ne souhaitait pas avoir à défendre

Armand. Elle refusait de penser, parce qu'elle ne pouvait penser qu'à Nick.

— Nous avons sauvé cent quatre-vingt-dix hommes, ajouta-t-elle.

— J'ai lu ça, en effet. Il n'y avait qu'une femme à bord, une infirmière avec deux enfants.

Elle sourit :

— Pas tout à fait une infirmière, oncle George : rien que moi et les filles.

— Seigneur...

Comme il lui demandait si elle comptait venir à San Francisco, elle déclina son offre.

— Quoi ? rugit-il.

— Nous sommes arrivées à Washington hier soir. Je vais louer une maison ici.

— Il n'en est pas question.

Après ce qu'elle avait enduré, une dispute avec lui était au-dessus de ses forces.

— Nous y avons vécu cinq ans, nous y avons des amis et les enfants se plaisent dans leur école.

— C'est grotesque ! Pourquoi Armand ne t'a-t-il pas envoyée chez moi ?

— Parce que je lui ai dit que je voulais rester ici.

— Bon, si jamais tu recouvres la raison, tu sais que tu peux venir ici. Une femme seule n'a pas sa place dans une ville étrangère. Tu pourrais habiter à la maison avec moi. C'était ta maison avant Washington. Liane, quelle mouche te pique ? Je m'étonne que tu ne veuilles pas retourner à Londres ou à Vienne !

Peu sensible à son ironie, elle affermit sa voix :

— Je voulais rester à Paris avec Armand.

— Au moins, il n'a pas eu la stupidité de te donner son accord... Il ne va sans doute pas y faire long feu. Cet imbécile de De Gaulle a déjà mis le cap sur l'Afrique du Nord et le gouvernement s'est égaillé comme une nuée de moineaux un peu partout en France, d'après ce qu'on m'a dit. Bizarre qu'Armand soit encore à Paris. Il a pris sa retraite ?

Il était hors de question de lui répondre qu'Armand s'était rallié à Pétain.

— Non, dit-elle simplement.

— Alors, il détalera comme les autres. Tu as bien fait de rentrer avec les enfants. Comment vont-elles ?

Sa voix s'était adoucie. Liane lui donna quelques nouvelles puis laissa ses deux filles parler avec leur grand-oncle ; elle fut soulagée quand la conversation se termina. Elle n'avait pas grand-chose en commun avec son oncle, qui ne ressemblait guère à Harrison, son père. Il avait toujours désapprouvé qu'elle partage l'existence et les soucis de Harrison et soit au courant de leurs affaires : trop moderne, à son goût. Et il n'appréciait pas davantage Armand, qu'il estimait trop âgé pour Liane. Lorsqu'elle était partie pour Vienne, après son mariage, il lui avait souhaité bonne chance en ajoutant qu'elle en aurait bien besoin.

Ils s'étaient peu revus par la suite ; ils se trouvaient en désaccord sur à peu près tout, notamment à propos de la compagnie Crockett. Mais l'empire maritime continuait de prospérer et Liane n'avait pas à se plaindre de la gestion de son oncle. Toutefois, en tant que personne, c'était un homme tyrannique, un esprit rétrograde, aux opinions tranchées et, surtout, sans grand intérêt.

La jeune femme téléphona à un agent immobilier et visita trois maisons meublées à Georgetown. Elle désirait quelque chose de petit, sans prétention, où attendre tranquillement la fin de la guerre avec ses filles et recevoir quelques amis de temps en temps. Le temps de la splendeur à l'ambassade de France était révolu.

Elle loua la deuxième de ces trois maisons et emménagea moins d'une semaine plus tard, après quoi elle engagea une bonne, une vieille dame noire très affable qui faisait la cuisine et adorait les enfants. Liane effectua quelques achats pour ses filles et pour elle-même, ce qui leur permit de retrouver leur apparence de naguère. Elle leur offrit des jouets neufs, puisqu'elles n'en avaient presque pas emporté.

Ces activités la détournaient de Nick, au moins quelques minutes de temps en temps, mais il y avait des moments où elle se sentait dangereusement faiblir. Elle se demandait continuellement ce qu'il faisait, s'il était allé chercher son fils à Boston. Elle en revenait sans cesse à ces quelques jours sur le cargo : treize jours seulement, ce qui semblait incroyable. Constamment, elle devait se rappeler qu'il ne fallait pas penser à Nick, mais à Armand.

La jeune femme écrivit à son mari pour lui donner l'adresse de sa nouvelle maison et, quinze jours après son installation, elle reçut sa première lettre. Le mot était bref ; Armand disait manquer de temps. La moitié avait été supprimée par la censure. Du moins apprit-elle qu'il allait bien et qu'il travaillait beaucoup ; il espérait que Liane et les enfants avaient renoué avec des amis. Il la pria de transmettre ses hommages à Eleanor Roosevelt et Liane comprit qu'Armand pensait aussi au Président.

Ce fut un été interminable et solitaire, car tous leurs amis avaient quitté Washington et se trouvaient à Cape Cod, dans le Maine ou ailleurs. Les Roosevelt étaient comme toujours à Campobello.

Liane crut devenir folle, à s'occuper des enfants tout en essayant de chasser Nick de son esprit. Chaque jour, elle espérait un coup de téléphone ou une lettre, malgré leur vœu de silence. Elle recevait parfois une lettre d'Armand, où il ne lui apprenait pratiquement rien, toujours à cause de la censure. Il lui semblait se mouvoir dans une espèce de vide, avec ses filles, et elle doutait souvent d'avoir le courage de le supporter.

Elle découvrait une autre planète : la guerre faisait rage à des milliers de kilomètres, et ici les gens allaient chez l'épicier, conduisaient leur voiture, sortaient au cinéma, pendant que son mari se trouvait au milieu des nazis dans une Europe ravagée. Sur la première page d'un journal de Washington, on racontait que Tiffany, le bijoutier de New York, s'était installé dans la 57e Rue, après trente-quatre ans dans ses anciens locaux. Le nouveau bâtiment, muni d'un système d'air conditionné, représentait une prouesse technique. Face à cet article en page une, Liane se demanda si c'était le monde ou elle qui avait perdu la raison.

Le 17 août, Hitler organisa le blocus des eaux britanniques. Armand l'avait sous-entendu dans une de ses lettres et la censure avait laissé passer. Mais Liane connaissait déjà la nouvelle. Le 20 août, lut-elle dans les journaux, Churchill prononça à la Chambre des communes un discours historique. Trois jours plus tard, le Blitz commençait : Londres bombardé, pilonné, les maisons, les rues, la population en butte à une sauvagerie jamais atteinte, les Londoniens enfouis dans les abris antiaériens, chaque jour, chaque nuit, le règne de la terreur... Au moment où Marie-Ange et Elisabeth retournaient à l'école, les familles anglaises tentaient désespérément d'arracher leurs enfants au massacre. On avait affrété des navires à destination du Canada afin d'y envoyer des enfants pendant la durée de la guerre.

A la mi-septembre, Eleanor Roosevelt lui téléphona. En entendant cette voix haut perchée, si familière, Liane faillit pleurer de gratitude.

— J'ai été très heureuse de recevoir votre lettre à Campobello. Mais quel abominable voyage vous avez dû faire sur le *Deauville* !

Elles évoquèrent quelques instants cet épisode, ce qui ne fit que raviver l'obsession de Liane : elle ne pouvait penser qu'à Nick. Après avoir raccroché, elle resta longtemps assise dans le jardin, songeant à lui, essayant de l'imaginer. Il lui semblait ne vivre qu'à moitié, tant elle se languissait de lui, et elle se demandait combien de temps cette souffrance allait durer. Il y avait deux mois qu'elle lui avait dit adieu dans la gare de New York, et pourtant, chaque article de journal, chaque idée, chaque lettre, chaque jour la ramenaient invariablement vers lui. C'était une sorte d'enfer personnel et elle savait qu'il devait en aller de même pour lui. Cependant, elle n'osait l'appeler, fidèle à sa promesse. Elle se montrait forte, mais elle pleurait plus que par le passé et les enfants la trouvaient souvent irritable. La bonne qui s'occupait d'elles leur disait que c'était l'absence de leur père qui la rendait si malheureuse.

Liane n'avait aucune vie sociale à Washington. Les

gens qui l'avaient fréquemment invitée autrefois ne lui faisaient plus signe, car c'était une femme seule, ce qui est mal vu aux Etats-Unis. Ils se promettaient de l'appeler mais s'en abstenaient. Cependant, Eleanor Roosevelt la convia finalement à un dîner intime, la dernière semaine de septembre. Liane soupira d'aise en arrivant à la Maison-Blanche et en reconnaissant le péristyle familier. Elle avait besoin de conversations intelligentes et de nouvelles de la guerre.

Après le dîner, Franklin Roosevelt la prit à part et lui parla sans ambages :

— J'ai reçu des nouvelles d'Armand, ma chère Liane. Et je suis atterré.

Son cœur cessa de battre. Qu'avait-on appris qu'elle ignorait ? Livide, elle sentit que le Président lui touchait le bras.

— Maintenant, je comprends pourquoi vous l'avez quitté, poursuivit-il.

— Mais je ne l'ai pas quitté... Enfin, pas quitté au sens où je... Je suis partie parce que les Allemands occupaient Paris et qu'il estimait que c'était plus prudent. Je serais restée, s'il l'avait accepté.

Le visage du Président se durcit :

— Liane, vous rendez-vous compte qu'il travaille pour Pétain, dans la collaboration ?

— Je... Oui... Je savais qu'il resterait à Paris avec...

— Mesurez-vous les conséquences, Liane ? Cela signifie qu'il trahit la France que nous respections.

Il avait prononcé cette phrase comme un arrêt de mort. Comment défendre Armand ? Elle ne pouvait révéler la vérité à personne, pas même à Roosevelt.

— La France est occupée, monsieur le Président. Ce n'est pas une situation... normale, acheva-t-elle d'une voix altérée.

— Ceux qui restent loyaux envers ce pays en sont partis. Quelques-uns se sont rendus en Afrique du Nord. Liane, vous pourriez aussi bien être mariée à un nazi. Pouvez-vous admettre cela ?

— Je suis mariée à l'homme que j'aime et que j'ai épousé il y a onze ans.

— Vous êtes mariée à un traître.

Il était clair, à l'écouter, que Roosevelt la considérait dorénavant comme complice de son mari. Aussi longtemps que le Président l'avait crue séparée de lui, tout allait bien. Mais il la tenait désormais pour aussi coupable que lui.

Eleanor ne rappela pas. En une semaine, la rumeur se répandit à Washington qu'Armand de Villiers avait trahi la France et choisi la collaboration. Et Liane ne sut ce qui la tortura le plus, de ce malentendu à propos d'Armand ou de la tragédie du 2 octobre, quand des sous-marins allemands coulèrent l'*Empress of Britain,* un navire britannique qui emmenait des enfants au Canada.

Dans son cauchemar secret, elle devait à la fois subir le choc des événements et lutter contre sa douleur. Elle vivait au jour le jour, dans l'attente des lettres de son mari, en éludant les questions de son oncle George, qui la harcelait pour qu'elle aille s'installer en Californie. La rumeur au sujet d'Armand n'avait mis que quelques semaines à lui parvenir. Un journal à scandales avait même lancé une attaque voilée contre l'héritière de l'armateur qui avait hissé le drapeau à croix gammée sur le toit de sa maison de Georgetown.

— Je t'ai toujours dit que cet homme était un sale type, grogna George au téléphone.

— Je ne sais pas de quoi tu veux parler.

— Tu ne m'avais pas dit pourquoi il tenait à rester à Paris.

— Il sert son pays.

Il lui semblait répéter des mots vides de sens. Seuls elle et Armand connaissaient la vérité. Elle se demandait si Nick avait eu vent du scandale.

— Tu parles, qu'il sert la France ! C'est un nazi !

— Non. Nous sommes sous la botte allemande, répondit-elle avec lassitude.

— Dieu merci, « nous » ne sommes sous la botte d'aucun ennemi. Ne l'oublie pas, Liane, tu es américaine. Et il était grand temps que tu reviennes dans ton pays. Tu as vécu si longtemps dans un milieu cosmopolite que tu ne sais plus qui tu es.

— Oh, si ! Je suis la femme d'Armand. Et toi, ne l'oublie pas.

— Peut-être, un de ces jours, retrouveras-tu la raison. Tu as lu cette histoire d'enfants massacrés par un torpilleur allemand ? Eh bien, Armand fait partie des gens qui ont coulé ce bateau.

Le corps de Liane se raidit. Elle ne savait que trop à quoi ressemblait un naufrage.

— Comment oses-tu dire ça ! Comment oses-tu !

Tremblante, elle raccrocha. Le cauchemar n'en finirait donc pas. Elle se répétait chaque jour la phrase de Nick : « Les âmes fortes ignorent la défaite. » Mais, toutes ces nuits, pleurant silencieusement dans son lit, elle avait cessé de le croire.

XXV

Après qu'on lui eut dit que Hillary se trouvait à Cape Cod et Johnny toujours à Boston, Nick alla chercher sa voiture au garage où elle était restée un an et se dirigea vers Gloucester, au volant de la Cadillac vert bouteille. Il savait exactement où était sa femme, ou il le devinait, car un certain nombre de coups de fil prudents confirmaient ses soupçons.

Nick ne prit pas le téléphone pour annoncer sa visite. Il arriva, tel un hôte attendu, dans la vaste et vénérable propriété, gravit les marches du perron avec détermination et sonna. C'était un beau soir de juillet, et visiblement une soirée se donnait dans la maison. Une bonne en uniforme noir et tablier de dentelle vint lui ouvrir, surprise par son expression soucieuse. Il demanda aimablement à voir Mme Burnham, qui était invitée ici, et tendit à la bonne une carte de visite.

Elle disparut avec la carte et revint rapidement, encore plus troublée. Elle lui demanda de l'accompagner dans la bibliothèque, où il rencontra Mme

Alexander Markham, la mère de Philip. Nick avait fait la connaissance de cette femme imposante plusieurs années auparavant et il la reconnut aussitôt qu'elle le fixa à l'aide d'un face-à-main, les doigts chargés de diamants et la silhouette élégante, longiligne, mise en valeur par une robe du soir bleu glacier. Ses cheveux blancs avaient la même nuance que sa robe.

— Oui, monsieur, que désirez-vous ?

— Bonsoir, madame. Nous nous sommes rencontrés voici bien longtemps.

Vêtu d'un pantalon de lin blanc et d'un blazer, il s'inclina avec aisance et se présenta dans les formes :

— Nicolas Burnham.

Elle blêmit imperceptiblement sous son fard.

— Je crois que ma femme est ici pour le week-end, reprit-il. C'est très aimable à vous de l'avoir invitée.

Leurs yeux se croisèrent. Tous deux savaient à quoi s'en tenir, mais Nick entendait jouer le jeu pour la vieille dame, sinon pour Hillary.

— Je viens enfin de rentrer d'Europe, un peu plus tôt que prévu. Elle n'est pas au courant et je souhaitais lui faire une petite surprise.

Pour prouver sa bonne foi, il ajouta :

— Je voudrais l'emmener à Boston dès ce soir, afin que nous allions chercher mon fils. Je ne l'ai pas vu depuis que je les ai accompagnés à bord de l'*Aquitania* en septembre.

Un silence pesant s'abattit.

— Je ne pense pas que votre femme soit ici, monsieur.

La vieille dame s'assit avec grâce, tout en gardant un maintien irréprochable, son dos très droit à l'écart du dossier et son face-à-main tenu d'une main ferme.

— Je vois, répondit-il. Alors votre cousine a dû faire erreur. Je l'avais appelée avant de venir.

Les deux femmes étaient très proches, car elles avaient épousé les deux frères.

— Elle m'affirmait avoir aperçu Hillary ici, le week-end dernier. Etant donné qu'elle n'est pas rentrée à la maison, j'en ai déduit qu'elle se trouvait encore chez vous.

— Je ne saisis vraiment pas...

Avant qu'elle pût achever, son fils fit irruption dans la pièce :

— Mère, vous n'êtes pas obligée de...

Philip Markham s'arrêta net, mais trop tard. Il voulait dire à sa mère qu'elle n'avait pas à se soucier de Nick Burnham. Celui-ci se retourna et lui fit face :

— Bonsoir, Markham.

Un silence total plana dans la pièce, et Nick le rompit le premier :

— Je suis venu chercher Hillary.

— Elle n'est pas ici, rétorqua Markham par pure dérision, les yeux étincelants.

— C'est ce que me disait votre mère.

Hillary en personne fit son entrée dans la bibliothèque à cet instant, vêtue d'une robe du soir blanc et or, délicate comme de la gaze, cousue dans un sari indien. C'était une apparition, avec ses cheveux noirs flottant librement et ses diamants scintillant à ses oreilles et sur son collier. Immobile, elle dévisagea son mari :

— Tiens, c'est toi. Je croyais que c'était une mauvaise farce, ajouta-t-elle sans faire un pas dans sa direction.

— Une très mauvaise farce, ma chère Hillary. Apparemment, tu n'es même pas ici.

La jeune femme regarda Philip, puis sa mère, et haussa les épaules :

— Merci quand même. Bon, je suis là. Et alors ? Qu'est-ce que tu fabriques ici ?

— Je te ramène à la maison. Mais, d'abord, nous allons chercher Johnny. Je ne l'ai pas vu depuis six mois, tu as oublié ?

— Mais non, répliqua-t-elle avec rage.

— Et toi, depuis combien de temps ne l'as-tu pas vu, Hillary ? questionna-t-il.

— Je l'ai vu la semaine dernière.

— Impressionnant. Maintenant, va faire tes valises, que nous laissions nos hôtes à leur soirée.

Nick s'exprimait sur un ton neutre, contenu, bien que son regard fût incendiaire.

— Vous ne pouvez pas traîner Hillary hors de cette maison, s'interposa Philip Markham.

— Hillary est ma femme, répliqua Nick froidement.

Mme Markham les considérait sans un mot. Hillary reprit la parole :

— Je refuse de m'en aller.

— Puis-je te rappeler que nous sommes toujours mari et femme ? Ou bien as-tu entamé une procédure de divorce en mon absence ?

Hillary et Philip échangèrent un coup d'œil gêné, car la jeune femme avait en effet eu cette intention. Le retour impromptu de Nick compromettait gravement leurs projets. Ils s'apprêtaient quasiment à annoncer leurs fiançailles, ce qui, d'ailleurs, ne réjouissait guère Mme Markham. Elle connaissait Hillary et ne l'aimait pas. Pas du tout. Et elle l'avait dit à son fils. Cette femme était la plus dangereuse de toutes ses maîtresses et elle lui coûterait une fortune.

— Je t'ai posé une question, Hillary. Tu as entamé une procédure ?

— Non, dit-elle avec sa fougue habituelle, mais je compte bien le faire.

— Passionnant. Et sur quels motifs ?

— Abandon du domicile conjugal. Tu as prétendu que tu rentrerais à Noël, et puis en avril.

— Et durant tout ce temps, pauvre chérie, tu t'es languie de moi. Amusant. Tu n'as jamais répondu à mes lettres ni à mes câbles.

— Je ne... pensais pas que tu pouvais recevoir du courrier, avec cette guerre... tout ça.

— Eh bien, me voilà, alors, c'est sans importance, ironisa-t-il. Va chercher tes affaires. Nous partons. Je suis certain que Mme Markham nous a assez vus.

La vieille dame esquissa un sourire pour la première fois :

— En fait, je trouve cela très plaisant. On dirait un drame anglais. Mais en plus intéressant, parce que c'est réel.

— C'est vrai, sourit Nick avant de se tourner vers sa femme. Hillary, pour ton information, ce qui m'a

221

retenu en France avait trait à la défense nationale. Des contrats très importants qui engagent l'économie de notre pays, et des questions de défense qui nous concernent, face aux Allemands, s'ils devenaient un jour une menace directe pour les Etats-Unis. Tu aurais du mal à convaincre un tribunal que j'ai abandonné le foyer conjugal. Je crois plutôt qu'on aurait de la sympathie pour moi.

— Je pensais que tu leur vendais de l'acier, aux Allemands. C'était le cas l'an dernier.

— J'ai annulé tous mes contrats, ce qui est une perte sèche, mais le Président m'a chaleureusement approuvé.

Il n'évoqua pas sa générosité envers la Pologne, que Roosevelt avait également approuvée.

— Alors, conclut-il, l'abandon ne marchera pas plus que l'adultère.

Il dut chasser de son esprit l'image de Liane, bien que son souvenir ne l'eût pas quitté une seconde durant cette scène.

Ce fut Mme Markham qui prit la décision :

— Ma chère enfant, il vaut mieux aller chercher vos affaires. La fête est finie.

Hillary la regarda, regarda Philip, déçue, frustrée, puis pivota vers son mari :

— Tu ne peux pas faire ça ! Tu ne peux pas t'évaporer pendant près d'un an et me récupérer comme un meuble !

La jeune femme s'apprêtait à le gifler, mais il prévint son geste :

— Pas ici, Hillary. Ce serait... déplacé.

Elle bondit hors de la pièce, Philip sur ses talons, tandis que la vieille dame invitait Nick à s'asseoir pour prendre un verre. Ils burent un double bourbon. Nick la pria de l'excuser de l'enlever à ses invités.

— Mais non, sourit-elle. En fait... je me suis amusée. Et vous me rendez un grand service. Je m'inquiétais beaucoup pour Philip.

Elle appréciait Nick : cet homme-là avait du cran.

— Dites-moi, Nick... Puis-je vous appeler Nick ?

— Bien sûr, madame.

— Comment avez-vous fait pour vous encombrer de ce fardeau ?

— Je suis tombé follement amoureux d'elle quand elle avait dix-neuf ans. Elle était ravissante.

— Elle l'est toujours, mais c'est une femme dangereuse. Non... pas une femme, une enfant. C'est une enfant gâtée. Si elle met le grappin sur mon fils, elle le détruira.

— Elle risque de détruire aussi le mien.

— Ne la laissez pas faire. Et ne la laissez pas vous détruire. Il vous faut un tout autre genre de femme.

C'était la plus étrange demi-heure que Nick eût vécue depuis des années. Il songea à Liane : un « tout autre genre de femme ». Il aurait presque aimé avouer à Mme Markham qu'il l'avait rencontrée, cette femme dont elle lui parlait... et qu'il l'avait perdue...

A cet instant, Hillary revint auprès d'eux, chargée de deux grands sacs et accompagnée de sa femme de chambre et d'un caniche. Philip la suivait. Nick remercia poliment la vieille dame et Hillary lui fit ses adieux, ainsi qu'à son fils, tout en lançant un regard meurtrier à son mari.

— Ne crois pas que tu aies gagné, siffla-t-elle. Simplement, je ne veux pas de scène alors qu'ils donnent une soirée.

— Très délicat, merci.

Nick serra la main de Mme Markham, adressa un signe de tête à Philip et empoigna sa femme par le bras.

Peu après, ils prirent place dans la voiture, qui était une étuve. Nick mit le contact et se dirigea vers Boston.

— Tu ne t'en tireras pas comme ça, tu sais, grinça-t-elle, recroquevillée à l'extrémité de la banquette.

La chaleur l'incommodait. De son côté, le caniche haletait. Ses griffes étaient peintes du même vernis que les ongles de la jeune femme.

— Et toi non plus. Plus vite tu te mettras ça dans le crâne, Hillary, mieux ça vaudra pour tout le monde. Nous sommes mariés, nous avons un enfant et tu le négliges scandaleusement. Mais nous allons rester mariés. Et désormais, tu te conduiras en adulte, sans quoi je n'hésiterai pas à te donner une leçon en public.

— Mais c'est une menace, ma parole !

— Oh, que oui ! Tu as pratiquement abandonné notre fils pendant un an. Et c'est fini, tu m'entends ? Tu resteras à la maison, pour changer, et tu deviendras une mère acceptable. Si toi et Markham vous êtes follement amoureux, alors, dans neuf ans, quand Johnny aura dix-huit ans, tu feras ce que tu voudras. Je t'accorderai le divorce. Et même, je paierai pour ton mariage. Mais dans l'intervalle, ma très chère, contente ou pas, tu seras Mme Nicholas Burnham.

Les mots étaient tombés comme un arrêt de mort. Elle se mit à pleurer.

Lorsqu'ils arrivèrent chez la mère de Hillary, Nick sortit de sa voiture sans un regard, sonna et se précipita à l'intérieur de la maison. Johnny était dans sa chambre, en pyjama, abandonné, délaissé... Dès qu'il aperçut son père, il poussa un hurlement de joie et se jeta dans ses bras.

— Papa ! Papa !... Tu es revenu !... Tu es revenu ! Maman disait que tu ne reviendrais jamais.

— Elle a... quoi ? s'écria Nick, horrifié.

— Elle a dit que tu te plaisais mieux à Paris.

— Et tu l'as cru ?

Il s'assit sur le lit d'enfant. Sa belle-mère les observait depuis le couloir.

— Pas vraiment, répondit doucement le petit garçon. Pas quand je lisais tes lettres.

— J'étais si seul sans toi, petit fauve... J'ai pleuré presque tous les soirs. Je ne peux pas être heureux sans toi. Et je ne te laisserai plus jamais. Plus jamais.

— Tu le jures ?

Johnny avait les larmes aux yeux, comme son père.

— Je le jure.

Solennellement, ils se serrèrent la main. Puis Nick reprit l'enfant dans ses bras.

— Je pourrai bientôt rentrer à la maison ?

— Il te faut combien de temps pour faire tes valises ?

Le visage de Johnny s'illumina :

— Tu veux dire maintenant ? A la maison, à New York ?

— Exactement, répondit Nick, tout en se tournant d'un air confus vers sa belle-mère. Pardonnez-moi de vous faire cela, lui dit-il, mais je ne pourrais vivre un jour de plus sans lui.

— Ni lui sans vous, répondit-elle tristement. Nous avons fait de notre mieux, mais...

La vieille dame se mit à pleurer et Nick vint l'entourer de ses bras :

— Je comprends, je comprends...

Elle lui sourit à travers ses larmes :

— Nick, nous étions si inquiets pour vous... Nous avions peur que vous ne tombiez entre les mains des Allemands. Quand êtes-vous arrivé ? demanda-t-elle en se mouchant.

— Ce matin. Sur le *Deauville*.

— Le cargo qui a effectué ce sauvetage ? Oh, mon Dieu...

Johnny, qui avait surpris une partie de leur dialogue, demanda à son père de lui raconter l'événement. Nick faillit lui dire qu'il avait rencontré les filles d'Armand et de Liane sur le cargo, mais il s'en abstint, de peur que Hillary ne vienne à l'apprendre.

Ils s'en allèrent une demi-heure plus tard, avec promesse d'écrire et de téléphoner. Johnny était tellement radieux de monter dans la voiture avec son chien, maintenant adulte, que les adieux ne furent pas trop pénibles. En revanche, le petit garçon ne fut pas peu surpris d'apercevoir sa mère sur la banquette.

— Qu'est-ce que tu fais là, maman ? Je croyais que tu étais à Gloucester.

— J'y étais. Ton père est passé me prendre.

— Mais tu avais dit que tu resterais trois semaines, remarqua-t-il, troublé. Pourquoi tu n'es pas entrée dire bonjour à Granny ?

— Je ne voulais pas laisser le caniche dans la voiture, et il n'aime pas les maisons qu'il ne connaît pas.

L'explication sembla le satisfaire. Nick observa que la mère et l'enfant ne s'étaient pas embrassés.

Johnny s'endormit longtemps avant leur arrivée à New York, où Nick le porta dans son lit et le borda, sous l'œil étonné d'une bonne.

Ce soir-là, Nick fit une tournée dans la maison, ôtant les housses des meubles, reprenant ses habitudes. Hillary le trouva tranquillement assis dans son cabinet de travail, à contempler le ciel de New York dans la clarté d'une lune d'été, tellement absorbé dans ses pensées qu'il ne l'entendit pas approcher. La jeune femme considéra l'homme qui l'avait littéralement arrachée à Philip Markham et ne se sentit pas le courage de se mettre en colère. Elle demeura immobile et le regarda. C'était un étranger. Il y avait des siècles qu'ils s'étaient aimés, et ils ne feraient plus jamais l'amour, mais elle s'en souciait peu. Elle se rappelait ce qu'il lui avait dit dans la voiture. Neuf ans... neuf... Elle prononça le chiffre à haute voix et il se retourna.

— Qu'est-ce que tu fabriques, debout ?

— Il fait trop chaud, je n'arrive pas à dormir.

Nick n'avait rien à lui dire. Il reprit :

— Johnny s'est réveillé ?

— Non, répondit-elle. Il n'y a que lui qui compte, n'est-ce pas ?

— Oui. Et, en un sens, toi aussi.

Elle prit place sur une chaise, dans la pénombre, et s'enquit :

— Pourquoi veux-tu que je reste ta femme ?

— Pour lui. Il a besoin de nous. Et pour longtemps.

— Neuf ans...

— Ce ne sera pas l'enfer, Hillary. Pourvu que tu sois une bonne mère.

Il aurait voulu lui demander pourquoi elle avait abandonné son fils pendant presque un an.

— Nick, c'est donc tout ce que tu souhaites ? Tu ne veux rien pour toi ?

Il la dévisagea, perplexe, tout comme elle s'interrogeait sur lui.

— Si, Hillary. Je veux quelque chose, rien que pour moi. Mais il n'est pas encore temps.

— Tu n'as sans doute pas rencontré la femme qu'il te fallait.

Nick ne répondit pas. Un instant, Hillary se posa des questions. Mais non. Il lui était fidèle, même si cela ne représentait rien pour elle. En fait, cela l'importunait plutôt.

— Sans doute, admit-il en se levant. Bonne nuit, Hillary.

Il la planta là, seule dans la pièce obscure, et monta dans la chambre d'amis où il s'était installé. Plus jamais ils ne partageraient une chambre conjugale. Cette époque était révolue.

Cet été-là, Nick loua une maison à Marblehead et prit des vacances en août pour être avec son fils. Hillary leur rendit quelques visites. Il savait qu'elle revoyait Philip Markham, mais elle se montrait plus discrète, et, comme il ne s'y opposait plus, elle lui offrit meilleure figure. Bizarrement, Philip Markham lui faisait du bien. Hillary devenait plus raisonnable.

Durant ses longs mois de solitude à Paris, Nick avait constamment rêvé de moments comme ceux qu'il vivait maintenant avec son fils. Et ces journées heureuses à Marblehead lui permettaient de songer à Liane. Il aurait aimé l'emmener faire de longues promenades sur la plage, il se souvenait du voyage et du sauvetage, de leurs conversations, des heures passées ensemble, de leur amour, de cette passion qui se donnait libre cours dans la cabine exiguë...

Cela lui paraissait un rêve lointain, et, chaque fois qu'il regardait son fils, il se disait que Liane avait eu raison de le laisser partir. Souvent, il avait envie de l'appeler, pour prendre des nouvelles, pour lui dire qu'il l'aimait, qu'il ne cesserait jamais de l'aimer, mais il savait que le simple fait de lui parler, ne fût-ce qu'une seconde, aurait été trop douloureux.

A l'automne, il alla jusqu'à se saisir du téléphone, tard, un soir... Hillary était partie depuis quelques jours et Johnny dormait. Nick était resté des heures dans le salon en imaginant Liane, le son de sa voix, le contact de sa peau... Jamais il ne l'oublierait. Mais peut-être l'avait-elle oublié, elle, se dit-il. Alors il reposa doucement le combiné et sortit dans la rue.

C'était un soir de septembre, il faisait frais, le vent soufflait, l'air embaumait, et Nick parcourut des heures durant les rues de New York.

Il était encore éveillé quand Hillary rentra à deux heures du matin. Il l'entendit refermer la porte de l'appartement et se rappela l'époque où ce retour tardif l'aurait mis hors de lui. A présent, ce qui le torturait, c'était l'absence de Liane

XXVI

Au cours de l'année 1940, le gouvernement de Vichy fut formé officiellement, avec le maréchal Pétain comme chef de l'Etat et Armand de Villiers dans ses rangs les plus élevés.

Depuis longtemps, Liane était devenue une pestiférée à Washington. Elle n'attendait plus aucun coup de téléphone, aucune invitation. La plupart du temps, elle s'enfermait chez elle, à guetter le retour de ses enfants, le soir, et à plus d'un égard cette existence lui rappelait Paris, lorsque Armand passait quinze heures par jour à son bureau. Quand pourrait-il la rejoindre, Dieu seul le savait. Souvent, elle se demandait si elle n'avait pas été folle de dire à Nick que rien ne pourrait continuer entre eux. Quel mal cela aurait-il fait ? Qui en eût été blessé ? Qui aurait été au courant ? Elle. Et peut-être ses filles. Et, plus tard, Armand. Elle avait choisi la solution la plus raisonnable, mais ce choix lui laissait de plus en plus un arrière-goût d'amertume. Il y avait maintenant quatre mois qu'elle souffrait, à cause de treize journées à bord d'un cargo...

Les lettres de son mari étaient rares et brèves, sans

signature. Des réseaux de résistants les acheminaient par des voies secrètes, compliquées, via Londres ou quelque port britannique. On les expédiait aux Etats-Unis sur des cargos ou des bateaux militaires, bref sur tout ce qui prenait la mer. De temps en temps, les intervalles entre les lettres augmentaient ; peut-être les messagers avaient-ils été tués ou les navires coulés. Armand était constamment en danger. Il occupait un rang trop important pour que son double jeu ne lui coûtât pas la vie.

... Nous sommes surchargés, mon amour. Nous sauvons des trésors aussi bien que des vies humaines, en subtilisant des œuvres au Louvre pour les dissimuler dans des granges, des hangars ou des greniers un peu partout en France, avant que les Allemands les envoient à Berlin. Il nous faudra peut-être trente ans pour les récupérer, couvertes de paille et de fumier, mais c'est chaque fois une œuvre de plus que nous garderons chez nous... même un seul fragment de notre patrimoine, si nous le sauvons, représente pour nous une immense victoire... cela et les gens que nous avons aidés à s'enfuir... Le fait de savoir que nous avons fait cela, sauvé ne serait-ce qu'une seule vie humaine, me rend cette séparation plus supportable... Cette douleur d'être loin de toi, de ton amour, de ton sourire...

Ces lettres lui brisaient le cœur. La jeune femme se demandait si cela méritait qu'il prenne autant de risques : un tableau, une statue... un seul fragment de ce patrimoine... en échange de sa vie ? Dans ses lettres, on reconnaissait cette passion absolue qu'il avait toujours éprouvée pour sa patrie. La France était son tout premier amour. Il servait son pays, il le protégeait contre ceux qui essayaient de le saigner à blanc.

Liane admirait ces principes et ces actes, et pourtant, plus elle constatait que ses filles étaient évitées par leurs anciens amis, plus elle s'interrogeait sur la décision d'Armand. N'eût-il pas été préférable d'aller en Afrique du Nord ou à Londres avec de Gaulle, de prendre ouvertement parti pour la France libre ?

De même qu'il avait gardé le secret l'année qui avait précédé la capitulation, de même il lui disait peu de chose, afin de ne pas exposer la vie de ceux qui l'aidaient, de sorte que la jeune femme avait peine à imaginer ses angoisses, ses souffrances et les dangers qu'il encourait.

A son bureau, sous la croix gammée déployée contre le mur, Armand contemplait Paris au-dehors en se remémorant sa femme : son visage, la douceur chaleureuse de sa voix, son charme quand elle avait dix-neuf ans, vingt et un ans ; puis il se forçait à la chasser de son esprit et retournait à son labeur. Il avait considérablement maigri depuis le départ de Liane : le surmenage, le manque de sommeil, l'anxiété... Il était maintenant affligé d'un tic nerveux à un œil. Mais, par ailleurs, Armand gardait en apparence un calme imperturbable.

En novembre 1940, il occupait un poste éminent, inspirant confiance aux deux camps. Sa seule crainte était le temps. En deux ans, il avait vieilli de quinze ans et le miroir ne lui mentait pas, alors qu'il approchait de ses cinquante-huit ans. Mais il pouvait bien consacrer ses dernières années à la France. Il mourrait dans l'honneur et il était sûr que Liane le comprenait.

Armand y fit allusion à une ou deux reprises dans ses lettres. *Si je meurs pour ma patrie, mon amour, je meurs en paix.*

Ces mots la faisaient trembler chaque fois. Mais, à d'autres moments, il lui racontait des anecdotes, des mésaventures comiques, des quiproquos mettant en scène ses camarades de la Résistance. Liane s'émerveillait du courage de ces hommes et des histoires qu'Armand osait lui rapporter ; elle s'émerveillait aussi qu'il fût si difficile pour les nazis de mettre la main sur eux. Mais « difficile » ne signifiait malheureusement pas impossible. Ils faisaient l'objet d'une constante surveillance.

En novembre, Armand frôla la catastrophe. Il avait recopié des papiers importants, dont il transportait le double dans la poche intérieure de sa veste quand la police l'interpella à la sortie de Paris. Il expliqua qu'il allait voir un vieil ami et montra rapidement les documents qui le désignaient comme un homme de confiance de Pétain. Les policiers hésitèrent quelques instants, puis le laissèrent passer. Il remit les papiers à son correspondant, puis se rendit le même soir, titubant de fatigue, dans l'appartement où il avait vécu avec sa femme. Il s'assit lourdement sur le lit, conscient d'avoir failli mourir ; la prochaine fois serait peut-être la bonne.

Il considéra la place vide, du côté de Liane, mais ne changea pas d'avis pour autant. Il ne doutait jamais.

— Ça en vaut la peine, Liane, dit-il à voix haute. Ça en vaut bien la peine... pour nous, pour la France.

Liane ne partagea pas ce sentiment quand retentit la sonnette de la porte d'entrée, à Georgetown, ce vendredi-là. Les enfants auraient dû rentrer depuis une demi-heure. Marcie, la bonne, avait essayé en vain de la tranquilliser.

Les deux petites filles revenaient seules, comme souvent, mais, tandis qu'elles se tenaient sur le seuil, les vêtements en loques, les cheveux maculés de peinture rouge, Liane poussa un cri et se mit à trembler nerveusement.

Elisabeth aussi tremblait de la tête aux pieds ; ses sanglots étaient entrecoupés de hoquets. Et, dans les yeux de Marie-Ange, Liane lut de la douleur et de la colère.

— Mon Dieu... Que s'est-il passé ?

Elle les conduisit à la cuisine, où elle s'apprêta à les déshabiller. Elle s'arrêta net en apercevant leur dos. C'était comme si elle avait reçu une gifle en plein visage. Les deux manteaux exhibaient, dans une large saignée de peinture écarlate, une croix gammée. Sans un mot, la jeune femme étreignit ses enfants, refoulant ses sanglots, ses vêtements maculés à leur tour par la peinture encore fraîche. Ce fut dans cet état que les trouva Marcie.

— Oh, mes petites filles, se lamenta la vieille bonne... Qu'est-ce qu'on vous a fait ?

Doucement, elle les enleva à leur mère et leur ôta leur manteau. Les deux enfants pleuraient à chaudes larmes et Liane luttait pour se dominer. Elle pleurait sur ses filles, sur elle-même, sur la France, sur Armand. Et elle se dit qu'il ne fallait plus rester à Washington. Impossible de continuer à exposer ses enfants à une telle humiliation. Il fallait partir. Elles n'avaient plus le choix.

Liane accompagna ses filles à leur salle de bain, où elle leur fit couler un bain bien chaud, et elle les lava l'une après l'autre. Une demi-heure plus tard, plus rien n'y paraissait. Mais les deux enfants avaient subi un traumatisme irréparable.

Elle leur apporta à dîner dans leur chambre, et toutes trois bavardèrent un long moment. Il semblait que toute l'enfance d'Elisabeth se fût évanouie d'un seul coup, en un après-midi. A huit ans, elle en savait plus que des enfants deux fois plus grands : elle venait de découvrir le désespoir et la trahison.

— Elles ont dit que papa était un nazi... Mme Muddock l'a dit à Mme McQueen et elle l'a dit à Annie... Mais papa n'est pas un nazi !

Puis, désemparée, elle interrogea Marie-Ange et Liane :

— C'est quoi, un nazi ?

Liane sourit pour la première fois de l'après-midi :

— Si tu ne sais pas ce que c'est, pourquoi le prends-tu tellement à cœur ?

— Un nazi, ça veut dire un voleur, je crois, enfin quelqu'un de pas bien, c'est ça ?

— Un peu. Les nazis sont de mauvais Allemands. Ils sont dans le mauvais camp, dans la guerre contre la France et l'Angleterre, et ils ont tué beaucoup de gens.

— Mais papa n'est pas allemand... Et M. Schulenberg, à la boucherie, il est allemand. C'est un nazi, lui ?

— Non, c'est différent, soupira la jeune femme. Il est juif.

— Mais non, puisqu'il est allemand.

— Il est juif et allemand. Les Allemands n'aiment pas les juifs.

— Ils leur font du mal ? Et pourquoi ?

— C'est très dur à expliquer. Les nazis sont des gens très dangereux, Elisabeth. Les Allemands qui sont entrés dans Paris étaient des nazis. C'est pour cela que papa voulait que nous partions, parce que ici on est en sûreté.

A présent, cette guerre les concernait également.

— Ils vont tuer papa ? s'affola Elisabeth.

Liane aurait voulu rassurer ses enfants, mais le devait-elle ? Elle ferma les paupières et répondit :

— Non, votre père ne le permettra pas.

Marie-Ange n'avait pas touché à son dîner. Elle comprenait plus de choses que sa sœur cadette. Des larmes roulaient lentement sur ses joues tandis qu'elle s'asseyait sur son lit, encore en état de choc.

— Je ne retournerai pas à l'école... Plus jamais ! Je les déteste !

La jeune femme ne sut que répondre. Ses filles ne pouvaient manquer l'école pendant toute la durée de la guerre.

— Lundi, je parlerai à votre directrice.

— Ça m'est égal. Je n'irai pas.

Liane se mit à haïr ces gens pour le mal qu'ils avaient fait à ses enfants.

— Il faudra que j'y retourne, maman ? s'enquit Elisabeth, terrifiée.

Toutes deux étaient blessées à vif par quelque chose qui les dépassait. Comment Liane aurait-elle pu leur apprendre la vérité sur leur père ? Plus tard, à la fin de la guerre, elle leur dirait... Et ce serait trop tard. C'était maintenant que les deux enfants avaient besoin de savoir, maintenant, alors qu'elle ne pouvait rien leur dire.

— Il faudra que j'y retourne ? répéta Elisabeth.

— Je ne sais pas. On verra.

Elle ne les quitta pas de tout le week-end et les

emmena se promener dans le parc, puis au zoo ; mais aucune d'entre elles ne se sentait à l'aise. C'était comme si on avait battu ces enfants.

Le lundi, les deux petites filles restèrent à la maison. Liane arriva à leur école avant neuf heures du matin, au moment où la directrice, Mme Smith, se rendait à son bureau. Elle lui décrivit l'état dans lequel ses filles étaient revenues et lui demanda :

— Comment avez-vous pu laisser faire une chose pareille ?

— Mais je n'avais pas idée que...

— C'est arrivé ici, dans votre école. Marie-Ange m'a dit que sept de ses camarades de classe s'en sont prises à elle, ainsi qu'à Elisabeth. Elles sont allées chercher des ciseaux et de la peinture, et elles les ont attirées dans une salle de classe... Les enfants se punissent entre eux pour des crimes qu'ils ne comprennent pas, à cause de ce que disent leurs parents.

— Vous n'espérez tout de même pas que nous puissions les surveiller sans cesse ?

La jeune femme éleva la voix :

— J'entends que vous protégiez mes filles !

— Vu de loin, on pourrait penser que vos enfants ont été les victimes de leurs camarades, madame de Villiers, mais le fait est que le vrai responsable, c'est votre mari.

— Que savez-vous de mon mari ? Il est en zone occupée, il risque sa vie tous les jours, et vous osez me dire qu'il est responsable ? Nous avons subi une année de guerre, nous étions là quand les Allemands ont envahi Paris, nous avons passé deux jours sur un abominable bateau de pêche, dans la puanteur, pour rejoindre un cargo ; ensuite, pendant deux semaines, nous avons zigzagué dans l'Atlantique au milieu des sous-marins allemands, nous avons vu mourir près de quatre mille soldats canadiens quand les Allemands ont torpillé leur bateau, alors ne venez pas me parler de la guerre, madame Smith, parce que vous ne savez pas ce que c'est, vous qui êtes ici, à Georgetown, bien à l'abri de tout...

— Vous avez parfaitement raison.

La directrice se leva et Liane n'aima pas l'expression de ses yeux. Sans doute était-elle allée trop loin, mais tant pis. Elles en avaient trop vu, ses filles et elle. Elles auraient mieux fait de ne pas quitter Armand. Si elle l'avait pu, elle aurait pris le premier bateau pour la France.

Mme Smith ne dissimula pas son mépris ni sa colère :

— Vous avez raison. Je ne sais rien de la guerre. Mais je connais bien les enfants et je connais aussi leurs parents. Les parents parlent et les enfants écoutent. Et ce qu'ils disent, c'est que votre mari soutient le gouvernement de Vichy et que c'est un collaborateur. Ce n'est pas un secret. Il y a des mois qu'on le sait, à Washington. J'aimais bien votre mari. Mais ses filles paient maintenant le prix de ses choix politiques, et vous aussi. Ce n'est pas ma faute, ce n'est pas la vôtre, c'est une réalité. Il faudra bien que vos filles s'y fassent. Et si elles en sont incapables, qu'elles retournent à Paris ! Elles iront en classe avec les autres enfants français et allemands... Votre mari est du mauvais côté, c'est aussi simple que cela, et j'imagine que c'est pour cette raison que vous l'avez quitté. Le bruit court que vous allez divorcer. Au moins, ça rendrait service aux enfants.

Liane se leva à son tour, les yeux étincelants :

— Ainsi, c'est ce qu'on raconte ?

— Exactement.

— Eh bien, c'est faux ! J'aime mon mari et je suis avec lui, même en ce moment, surtout en ce moment. La seule raison de mon départ, c'est qu'il voulait nous savoir en sécurité, mes filles et moi.

— Madame de Villiers, je suis navrée de ce qui vous arrive. Mais je déduis de vos paroles que l'ensemble de votre famille a épousé la cause des nazis. Et donc, le prix que vous allez payer pour cela...

Liane la coupa :

— Je hais les Allemands ! Je les hais !

La jeune femme se dirigea vers la porte :

— Et je vous hais, parce que vous avez permis qu'on fasse tout ce mal à mes enfants.

— Ce n'est pas nous qui l'avons permis, madame de Villiers. C'est vous. Et je suis certaine qu'une autre école vous conviendra mieux. Au revoir, madame de Villiers.

Liane claqua derrière elle la porte du bureau et sortit dans la clarté du matin d'automne.

Quand elle rentra chez elle, Marie-Ange descendit précipitamment l'escalier :

— Alors, il faut que j'y retourne ?

— Non ! Et maintenant, va dans ta chambre et laisse-moi tranquille !

La jeune femme alla s'enfermer dans sa propre chambre et se laissa tomber sur son lit, en larmes. Pourquoi tout était-il si compliqué ? Un instant plus tard, ses filles entrèrent, non pour l'interroger mais pour la consoler. Elle s'était calmée mais ses paupières étaient rougies, et elle était furieuse contre Armand et contre tout le monde. Il les avait placées dans une position intenable.

— Maman ? hasarda Elisabeth en venant se suspendre à son cou.

— Oui, mon cœur ?

— Maman, nous vous aimons tellement...

Cette déclaration lui arracha de nouvelles larmes, tandis qu'elle serrait ses deux filles contre elle.

— Et je vous aime, toutes les deux... Marie-Ange, pardonne-moi de m'être mise en colère, tout à l'heure. J'étais à bout de nerfs.

— A cause de nous ? s'inquiéta sa fille aînée.

— Mais non. A cause de Mme Smith. Elle ne comprend pas, pour votre père.

— Vous ne pouviez pas lui expliquer ? s'étonna Elisabeth.

La petite fille aimait bien son école, même si ses camarades avaient cessé de l'inviter.

— Non, ma chérie, je ne pouvais pas lui expliquer. C'est trop difficile.

— Alors, on ne retourne pas à l'école ? s'enquit Marie-Ange.

— Non. Je vais vous en trouver une autre.

— A Washington ?

— Je ne sais pas. Il faut que je réfléchisse.

Il y avait une demi-heure que la jeune femme se posait la question. Thanksgiving tombait le week-end suivant. Mais, dans l'après-midi, un incident fut la goutte d'eau qui fit déborder le vase.

Liane aperçut Elisabeth qui pleurait près du téléphone de l'entrée.

— Qu'y a-t-il, ma chérie ?

— Nancy Adamson vient de m'appeler pour dire que Mme Smith a dit à tout le monde qu'elle nous a renvoyées de l'école.

— Comment ? s'exclama la jeune femme, horrifiée. Mais c'est faux. Je lui ai dit que...

Elle se remémora l'entretien ; Mme Smith avait observé que les enfants seraient mieux dans une autre école... En soupirant, elle s'assit à même le sol, près de sa fille :

— Nous avons dit qu'il valait mieux que vous ne reveniez pas. Personne ne vous a renvoyées.

— Vous êtes sûre ?

— Et comment !

— Ils me détestent, là-bas ?

— Bien sûr que non !

Mais, après ce que l'on avait infligé aux deux enfants, ce n'était pas facile de le prouver.

— Ils détestent papa ?

Liane pesa ses mots :

— Non. Ils ne comprennent pas ce qu'il fait.

— Mais qu'est-ce qu'il fait, justement ?

— Il essaie de sauver son pays, pour que nous puissions rentrer un jour. Toute sa vie, il a représenté la France à l'étranger. Il a toujours servi les intérêts de sa patrie. C'est ce qu'il fait en ce moment, pour que les Allemands ne détruisent pas la France définitivement.

— Alors, pourquoi on dit qu'il aime les Allemands ? C'est vrai, ou pas ?

Ces questions l'épuisaient, mais ce qu'elle répondait maintenant allait marquer ses filles à jamais. Il fallait se montrer prudente, car de ce genre de conversation dépendrait leur vision de leur père et d'elles-mêmes.

— Non. Ton père n'aime pas les Allemands.

— Il les déteste, alors ?

— Je crois qu'il ne déteste personne. Mais il déteste ce qu'ils font subir à l'Europe.

Elisabeth acquiesça lentement. C'était là ce qu'elle voulait entendre.

— Bien.

La petite fille se releva et monta l'escalier pour aller retrouver sa sœur.

Le soir, Liane réfléchit intensément. Une autre école à Washington n'aurait rien résolu. Elle connaissait déjà la réponse, mais elle refusait de l'admettre. Finalement, elle s'accorda un délai supplémentaire de quelques heures. Le lendemain matin, la réponse n'avait pas varié.

La jeune femme téléphona à l'opératrice pour lui demander un numéro en Californie ; elle avait attendu midi à Washington, de sorte qu'il était neuf heures à San Francisco.

Il décrocha aussitôt, bourru, comme d'habitude.

— Liane ? Que se passe-t-il ?

— Rien, oncle George.

— Tu m'as l'air fatiguée, ou souffrante.

C'était on ne peut plus vrai, mais elle ne l'aurait reconnu pour rien au monde. Elle allait rentrer chez elle l'oreille basse, et c'était déjà suffisant.

— Tout va bien, assura-t-elle. Tu es toujours d'accord pour que nous venions ?

— Bien sûr, voyons ! Si je comprends bien, te voilà redevenue raisonnable ?

— Appelle ça comme tu voudras. Je voudrais que les filles changent d'école et, pendant que nous y sommes, autant changer carrément et venir en Californie...

Il devina sur-le-champ qu'elle lui cachait ses véritables raisons ; telle qu'il la connaissait, elle n'aurait pas cédé avant de s'avouer vaincue. Néanmoins, ils prirent toutes les dispositions nécessaires.

— Oncle George... Merci de nous laisser venir chez toi.

— Voyons, Liane, c'est aussi ta maison. Et depuis toujours.

— Merci, répéta-t-elle.

Il lui avait facilité la tâche et s'était abstenu de toute allusion à Armand.

Ensuite, elle alla prévenir ses filles. Marie-Ange lui jeta un regard étrange :

— Nous nous enfuyons, maman, c'est ça ?

C'était plus qu'elle n'en pouvait supporter. Ces questions la harcelaient.

— Non, Marie-Ange. De même que nous ne nous sommes pas enfuies de Paris. Nous faisons ce que nous avons à faire, au bon moment, et du mieux que nous le pouvons. Ce n'est peut-être pas l'idéal, mais c'est la meilleure solution, et c'est pourquoi nous le faisons.

Désireuse de se retrouver seule, Liane envoya ses filles jouer dehors et, accoudée à la fenêtre, elle les observa. En quatre mois, elles avaient changé, et elle-même également, plus que beaucoup de gens durant une vie entière.

XXVII

Liane et ses filles dînèrent tranquillement le soir de Thanksgiving, seules, comme si elles vivaient dans une ville étrangère : nul ne téléphona, nul ne passa les voir, nul ne les invita. Comme des millions de gens dans le pays, elles se rendirent à l'église le matin, puis rentrèrent découper la dinde, mais elles auraient pu se trouver sur une île déserte aussi bien qu'à Washington.

Le week-end suivant, elles mirent en ordre les affaires qu'elles avaient achetées à leur arrivée et Liane apporta le tout dans un train à destination de la côte

Ouest. Le lundi, elles montèrent dans le train. Un bref instant, pendant qu'elles prenaient place dans leur wagon-lit, la jeune femme évoqua l'image de Nick au moment où il lui avait fait ses adieux, dans la gare centrale de New York. C'était à des années-lumière.

Quand le train s'éloigna lentement de la gare, elle éprouva un sentiment de soulagement. Revenir ici avait été une erreur. Armand lui avait dit d'aller à San Francisco, au début, mais elle ignorait encore de quel prix elle et ses filles allaient payer son prétendu engagement dans la collaboration.

Le voyage fut monotone et sans histoire. Les enfants lisaient, jouaient, se distrayaient, se battaient parfois. La jeune femme dormit durant la majeure partie du trajet.

Il lui semblait reprendre ses forces après cinq mois, ou presque, d'insoutenable tension. En fait, rien n'avait plus été normal depuis leur arrivée à Paris, dix-huit mois plus tôt. A présent, elle pouvait enfin se détendre sans penser à rien. Ce n'était qu'aux arrêts, lorsqu'elle apercevait les journaux, qu'elle se souvenait du reste du monde. Ainsi, les Anglais étaient bombardés jour et nuit et les rues étaient apparemment transformées en champs de décombres. On continuait d'évacuer les enfants quand on le pouvait. Churchill avait donné à la RAF l'ordre de bombarder Berlin, ce qui ne faisait qu'accroître la rage de Hitler et ses efforts pour anéantir Londres.

Tout cela était bien loin, pendant qu'elles roulaient parmi les champs enneigés du Nebraska et voyaient apparaître les Rocheuses dans le Colorado. Le jeudi matin, elles se réveillèrent à quelques heures de San Francisco. Le train entra dans la ville par le sud, c'est-à-dire la partie la plus déshéritée. Liane s'étonna que si peu de choses aient changé depuis sa dernière visite, pour l'enterrement de son père, huit ans auparavant.

— C'est ça, San Francisco ? s'inquiéta Marie-Ange.

Les deux enfants ne connaissaient pas la Californie. Leur grand-père était mort, et George était venu les voir dans les différentes villes où elles avaient vécu.

— Oui, sourit la jeune femme. Mais c'est beaucoup plus joli que ça. Ici, ce n'est pas ce qu'il y a de plus beau.

— Sûrement !

George et le chauffeur les attendaient à la gare pour les conduire à la maison, dans la Lincoln Continental qui venait d'arriver de Detroit. Impressionnées par ce luxe, les deux petites filles se réjouissaient soudain d'être là. George leur avait offert une poupée à chacune.

Quand ils parvinrent à la maison, à Broadway, Liane fut touchée de voir tout le mal qu'il s'était donné pour aménager les chambres des enfants. Les deux pièces étaient remplies de jouets et des personnages de Walt Disney couvraient les murs. Et, dans l'ancienne chambre de Liane, l'attendait un gigantesque bouquet de fleurs. Bien qu'on fût le 1er décembre, le temps était doux, les arbres verts, et des fleurs illuminaient le jardin.

— La maison est magnifique, oncle George.

Il y avait introduit quelques modifications depuis la mort de son frère, mais moins qu'elle ne l'avait craint, et tout semblait bien organisé. George s'était assagi sur le tard et il avait bien dirigé la Compagnie Crockett. Après le rejet qu'elle avait subi à Washington, Liane se félicita d'habiter chez lui. Du moins jusqu'au dîner.

Les enfants allèrent se coucher après le repas et Liane joua aux dominos avec son oncle, dans la bibliothèque, comme elle en avait l'habitude avec son père.

— Eh bien, Liane, tu es revenue à la raison ?

— A quel propos ? demanda-t-elle en feignant de s'absorber dans son jeu.

— Tu le sais bien. Je veux parler de l'imbécile que tu as épousé.

Elle leva les yeux vers lui, avec un regard froid et dur qui le surprit.

— Je n'ai pas l'intention d'en discuter avec toi, oncle George. J'espère que c'est clair.

— Change de ton, ma fille. Tu as commis une

erreur et tu le sais. Cet homme est pratiquement un nazi, et quand je dis « pratiquement », je suis trop bon. Comment peux-tu vivre avec un type pareil ? Bon sang, il est à des milliers de kilomètres et ta place est ici. Si tu entamais une procédure de divorce, tu gagnerais. Tu pourrais même aller à Reno pour l'obtenir en six semaines. Et toi et les enfants, vous pourriez commencer une nouvelle vie ici, chez vous.

— Ma place n'est pas ici. Je suis ici parce que je n'ai pas le choix tant que la France est occupée. Notre place est auprès d'Armand, et c'est là que nous serons dès la fin de la guerre.

— Tu es complètement folle !

— Il est inutile de poursuivre cette discussion, mon oncle. Il y a des choses que tu ne sais pas.

— Lesquelles ?

— J'aime mieux ne pas en parler.

Elle avait les mains liées et elle n'en remerciait pas Armand. Mais elle s'accoutumait à garder le silence.

— Tu dis n'importe quoi, reprit-il. Et je sais pas mal de choses. Par exemple, que tes filles ont été renvoyées, que personne ne t'invitait et que tu menais une existence de paria. Au moins, tu as eu le bon réflexe en venant ici, où tu pourras mener une vie normale, décente.

— Pas si tu clames publiquement que mon mari est un nazi, objecta-t-elle avec lassitude. Sinon, la même chose se produira ici. Et moi, je n'ai pas envie de déménager tous les cinq mois.

— Que veux-tu que je raconte alors ? Que c'est un type formidable ?

— Tu n'es pas obligé de dire quoi que ce soit, si tu ne l'aimes pas. Mais si tu t'obstines, écoute-moi bien, tu pleureras comme j'ai pleuré quand les filles sont revenues avec de la peinture dans les cheveux, leurs vêtements déchirés dans le dos, avec une croix gammée.

Il la regarda avec compassion :

— On leur a fait ça ? Mais qui ?

— Des camarades de classe. De gentilles petites filles de bonne famille. Et la directrice a prétendu

242

qu'elle n'y pouvait rien... Elle dit que les parents parlent et que les enfants écoutent, et il se trouve qu'elle a raison. Si tu parles, oncle George, les filles finiront par le payer très cher.

Il approuva, pensif.

— Je comprends, dit-il. Je n'aime pas ça, mais je comprends.

— Alors, c'est parfait.

— Tu sais, je suis content que tu m'aies appelé.

— Moi aussi.

Elle lui sourit. Malgré leur peu d'affinités, il lui offrait un refuge au moment où elle en avait le plus besoin. Ici, la vie semblait si éloignée de la guerre et tellement agréable qu'on aurait pu croire que rien ne se passait ailleurs.

Ils évoquèrent des sujets moins brûlants avant de monter se coucher. Liane s'écroula sur son lit d'autrefois et dormit comme rarement. « Un sommeil de mort », dit-elle à son oncle le lendemain matin.

Après qu'il eut quitté la maison, elle téléphona plusieurs fois, mais pas à d'anciens amis. Elle ne connaissait plus grand monde à San Francisco et son oncle s'était chargé de trouver une école pour les enfants : elles iraient chez Miss Burke à partir du lundi suivant. Liane avait autre chose en tête. A la fin de l'après-midi, elle avait tout arrangé.

— Tu as fait quoi ? demanda George, consterné.

— J'ai décroché un travail. Cela te choque ?

— Un peu, oui. Si tu tiens absolument à te rendre utile, tu devrais aller au Metropolitan Club ou dans un service d'auxiliariat féminin.

— Je vais travailler pour la Croix-Rouge.

— Pour de l'argent ?

— Non.

— Tant mieux... Liane, tu es une drôle de fille. Pourquoi veux-tu donc travailler ? Et tous les jours, en plus ?

— Que veux-tu que je fasse ? Que je reste assise à compter tes bateaux ?

— Je te signale que ce sont aussi les tiens. Et puis, ça ne te ferait pas de mal. Tu as l'air épuisée et tu es trop maigre. Tu devrais te reposer, jouer au golf ou au tennis.

— Ça, c'est bon pour le week-end, avec les filles.

— Tu es une tête de mule et, si tu n'y prends pas garde, tu finiras en Folle de Chaillot !

Secrètement, il était fier d'elle, comme il l'avoua à un ami, le lendemain. Ils jouaient aux dominos au Pacific Union Club, en buvant un whisky-soda.

— C'est une femme épatante, Lou. Intelligente, équilibrée, elle me rappelle un peu mon frère. Sa vie n'a pas été facile en Europe. Elle a bien du courage.

Il lui résuma la situation, mais sans mentionner le mariage de Liane avec un homme qu'il considérait comme un nazi.

— Elle est mariée ? questionna son ami, intéressé.

George y vit une ouverture et accepta : il voulait aider sa nièce.

— Plus ou moins. Elle est séparée. Et je pense qu'elle ira bientôt divorcer à Reno. Elle n'a pas vu son mari depuis dix mois et elle ne sait pas quand elle le reverra... J'aimerais lui présenter ton fils.

— Quel âge a-t-elle ?

— Trente-trois ans. Et elle a deux enfants très mignonnes.

— Lyman également.

Lou gagna la partie et se cala dans son fauteuil, satisfait. Il poursuivit :

— Il a trente-six ans, trente-sept en juin.

Lyman était l'un des avoués les plus en vue de San Francisco, il venait d'une excellente famille et il était beau comme un dieu, du moins aux yeux de George. Le parti idéal. Et, si Lyman ne convenait pas à la jeune femme, on lui en trouverait un autre.

— Je vais voir ce que je peux faire, conclut l'ami de George.

— Je pourrais organiser un petit dîner.

George parla à sa secrétaire et, quelques jours plus tard, il passa un certain nombre de coups de fil. Le soir, Liane revint de la Croix-Rouge. Elle aimait son travail et se sentait d'autant plus heureuse qu'elle avait reçu une lettre d'Armand, qui était d'abord parvenue à Washington le jour de son départ. Il semblait en bonne santé et aucun danger particulier ne planait à l'horizon.

— Tu as passé une bonne journée, oncle George ?

Elle l'embrassa avant de venir boire un verre avec lui. Ici, la vie était si paisible que Liane se sentait presque coupable, surtout quand elle pensait à son mari et au jeu mortel qu'il jouait entre les Allemands et la Résistance.

— Excellente, merci. Et toi, Liane ?

— Intéressante. Nous sommes en train de négocier une location supplémentaire pour les enfants arrivés d'Angleterre.

— C'est bien de faire ça. Et les filles ?

— Elles sont là-haut, elles font leurs devoirs.

Nouvelle réjouissante pour les deux enfants, les vacances de Noël tombaient dans dix jours.

— Tu sais, reprit-il, j'ai eu une idée, aujourd'hui. Ça t'ennuierait de m'aider à mettre sur pied un petit dîner ? Tu te débrouillais très bien, du temps de ton père... J'ai quelques invitations à rattraper.

— Très volontiers, oncle George. Tu souhaites quelque chose de spécial ?

— Non, juste un petit dîner la semaine prochaine.

Il ne lui dit pas que tous les convives avaient déjà accepté.

— Environ dix-huit personnes, précisa-t-il. Et nous pourrions engager quelques musiciens ; on pourrait danser un peu dans la bibliothèque après le dîner.

— Danser ? N'est-ce pas un peu trop pour un « petit » dîner ?

— Tu n'aimes pas danser ?

— Bien sûr que si.

Liane sourit : elle avait oublié qu'il menait joyeuse vie, autrefois. Et il semblait encore plein d'allant pour ses soixante-treize ans. Et puis, peut-être nourrissait-il quelque arrière-pensée : courtiser une douairière, par exemple.

— Je serais très heureuse de te rendre service. Dis-moi simplement ce que tu désires.

— Je me charge des invitations, tu t'occupes du reste. Achète-toi une jolie robe, commande des fleurs. Tu sais comment faire.

Le soir du dîner, la jeune femme descendit vérifier que tout était en ordre. Les dix-huit convives dîneraient à la table Chippendale, où Liane avait disposé trois bouquets de roses jaunes et blanches ; des bougies ivoire brillaient dans le candélabre d'argent et Liane avait choisi une nappe de dentelle qui avait appartenu à sa mère. Les musiciens jouaient doucement dans le grand salon en attendant les invités. La jeune femme décida que tout s'annonçait bien. Soudain, elle aperçut Marie-Ange et Elisabeth, qui l'épiaient par la rampe de l'escalier.

— Qu'est-ce que vous faites là, toutes les deux ?

— On peut regarder ?

— Juste un moment, alors.

Liane portait une robe longue de satin bleu pâle qu'elle venait d'acheter chez Magnin : exactement la nuance de ses yeux. Ses cheveux étaient relevés en chignon. Il y avait longtemps qu'elle ne s'était sentie aussi élégante.

— Maman, vous avez l'air de Cendrillon à son bal ! chuchota Elisabeth.

La jeune femme l'embrassa.

George descendit à son tour, puis les invités commencèrent à arriver. Le dîner se déroula agréablement. George s'était chargé du plan de table, puisqu'il connaissait tout le monde. Liane était placée entre deux hommes sympathiques, un agent de change du nom de Thomas MacKenzie, la quarantaine, divorcé, père de trois garçons, et un avoué, Lyman Lawson, un peu plus jeune, également divorcé et père de deux petites filles.

En surprenant le regard de son oncle, qui l'observait, elle comprit brusquement. Il essayait de lui présenter des partis. Cette découverte la blessa profondément. Et, le lendemain matin, au petit déjeuner, elle résolut d'en avoir le cœur net.

— Eh bien ma chérie, as-tu passé une bonne

soirée, hier ? questionna-t-il, visiblement fort content de lui.

— Oh oui ! C'était merveilleux. Oncle George, merci encore.

— Je t'en prie. J'avais des invitations à rendre, mais, sans femme pour me seconder...

Il s'employa à adopter un air embarrassé, mais en vain, ce qui fit rire la jeune femme :

— Je ne te crois pas ! Dis-moi, oncle George, puis-je me montrer brutale ?

Elle avait décidé de prendre le taureau par les cornes.

— Ça dépend de ce que tu entends par là, répondit-il gaiement.

Il l'appréciait de plus en plus. Surtout, il admirait son cran.

— Est-ce que, par hasard, tu n'essaierais pas de me caser auprès des... hum... euh... hommes seuls que tu connais ?

Il feignit l'innocence

— Tu les préfères mariés ?

De son côté, George avait toujours eu un faible pour les femmes mariées.

— Non, mon oncle. Je préfère mon mari.

Un lourd silence s'abattit sur eux.

— Liane, il n'y a aucun mal à rencontrer quelques amis.

— Cela dépend de ce qu'ils savent de moi. Ils pensent que je suis mariée, ou divorcée ?

— Je... ne me rappelle pas ce que je leur ai dit.

Il toussota et se plongea dans la lecture de son journal, qu'elle lui prit doucement des mains :

— Je voudrais une réponse. C'est très important.

Il la regarda droit dans les yeux :

— Liane, il est temps de choisir. Cet homme se trouve à des milliers de kilomètres, il fait Dieu sait quoi, enfin n'insistons pas là-dessus, et, à mon avis, tu as mieux à faire que de l'attendre.

— Je ne suis pas d'accord.

A cet instant, elle songea à Nick Burnham, mais elle se força aussitôt à enchaîner :

— Je suis une femme mariée, mon oncle. Et j'ai bien l'intention de le rester. J'ai également l'intention de rester fidèle à mon mari.

De nouveau, l'image de Nick s'imposa à son esprit. Mais rêver à lui ne menait nulle part.

— Fidèle ou pas, c'est ton problème. Moi, je pense seulement qu'il est bon que tu fasses la connaissance de quelques-uns de mes amis.

— Et j'en suis heureuse : c'est très gentil. Ce qui l'est moins, c'est d'essayer de briser mon mariage.

— Ce n'est pas un mariage, Liane, rétorqua-t-il avec une violence qui la surprit. Tu gâches ta jeunesse pour un vieux crétin qui ne sait même pas ce qu'il fait.

Elle serra les dents et il poursuivit :

— Si tu ne changes pas, c'est que tu es idiote !

— Merci, dit-elle en se levant.

Liane quitta la pièce, mal à l'aise. Son oncle avait de bonnes intentions mais il ne savait pas ce qu'il faisait. Elle ne trahirait jamais son mari. Et elle s'en voulait d'être entrée dans son jeu.

Elle s'en voulut plus encore lorsque Lyman Lawson l'appela dans l'après-midi à la Croix-Rouge pour l'inviter à dîner, offre qu'elle déclina. De même, l'agent de change lui téléphona, ce qui accrut son malaise : son oncle devait la décrire comme une femme seule. D'un autre côté, rétablir la vérité aurait fait passer celui-ci pour un menteur. Les choses se compliquèrent quand parut un article de journal qui évoquait la nièce de George Crockett, ravissante jeune femme qui arrivait de Washington ; séparée de son mari, elle était revenue vivre à San Francisco. L'article indiquait même qu'elle se rendrait prochainement à Reno afin d'obtenir le divorce.

— Oncle George, comment as-tu pu ?

Le soir, dans la bibliothèque, elle était venue brandir le journal sous ses yeux.

— Mais je ne leur ai rien dit ! protesta-t-il sans la moindre trace d'embarras, sûr d'avoir raison.

— Si, apparemment. Et Lyman Lawson m'a rappelée cet après-midi. Que veux-tu que je leur dise ?

— Que tu serais ravie de dîner avec eux.

— Pas question ! Je suis mariée. Mariée ! M-a-r-i-é-e. Mariée. Tu comprends ? Comment voudrais-tu que j'explique à mes enfants que je puisse tromper mon mari ? Tu espères qu'elles vont oublier l'existence de leur père ? Et moi, tu crois que je le peux ?

— Oui, je l'espère.

La jeune femme eut affaire à forte partie : il ramenait des invités le soir, passait la prendre à la Croix-Rouge pour l'emmener déjeuner avec ses amis. A Noël, elle eut le sentiment d'avoir fait la connaissance de tous les hommes disponibles de San Francisco. Tous ignoraient qu'elle comptait rester mariée et ce malentendu avait quelque chose de comique, bien qu'il la rendît folle. Elle se réfugiait dans son travail et auprès de ses filles, refusant toute invitation en tête à tête.

— Quand as-tu l'intention de sortir de cette maison, Liane ? interrogea-t-il un soir pendant leur habituelle partie de dominos.

— Demain, pour aller travailler, répliqua-t-elle, exaspérée.

— Je voulais dire : le soir.

— Quand la guerre sera finie et que mon mari reviendra. Est-ce assez tôt, ou bien veux-tu que je m'en aille dès maintenant ?

Elle avait hurlé, ce qui la remplit de confusion ; après tout, c'était un homme âgé. Elle enchaîna plus calmement :

— Je t'en prie, oncle George, n'insiste pas. C'est une période difficile pour tout le monde. Ne la rends pas encore plus pénible pour moi. Tu voudrais bien faire, je le sais. Mais je ne sortirai pas avec les fils de tes amis.

— Tu devrais leur être reconnaissante, pourtant.

— Ah oui ? Tout ce que je représente, pour eux, c'est la Compagnie Crockett.

— Mais non ! Ce n'est pas ça qui les intéresse. Tu es très belle, très brillante.

— Bon, bon, là n'est pas la question. Le problème, c'est que je suis mariée.

Ses filles finirent par avoir vent de ces discussions.

— Pourquoi oncle George veut-il que vous alliez avec des hommes ? lui demanda Marie-Ange.

— Parce qu'il est fou ! s'écria Liane tout en s'habillant pour se rendre à son bureau.

— Il est fou ? Vous voulez dire qu'il est gâteux ?

— Mais non, voyons, je veux dire que... Oh, fiche-moi la paix. Par pitié...

Ce qui la tracassait, c'était qu'elle n'avait rien reçu d'Armand depuis deux semaines. L'inquiétude la rongeait.

— Ecoute, c'est trop compliqué. Oncle George croit bien faire, mais... Oublie cette histoire.

— Mais vous irez voir d'autres hommes ?

— Bien sûr que non, idiote ! Je suis mariée avec ton père.

— M. Burnham vous aimait bien, quand on est rentrées sur le cargo. Je l'ai vu quand il vous regardait, de temps en temps. Il avait l'air de vous apprécier.

La vérité sort de la bouche des enfants... Liane s'arrêta net et considéra sa fille :

— C'est un homme charmant, Marie-Ange. Moi aussi, je l'aime bien. Nous sommes amis, c'est tout. D'ailleurs, il est marié.

— Non.

— Mais si : tu as rencontré sa femme sur le *Normandie*, avec leur fils, John.

— Je sais. Mais hier, dans le journal, ils disaient qu'il allait divorcer.

— Dans le journal ? Mais où ?

La jeune femme n'avait lu que la première page pour avoir des nouvelles de la guerre.

— Je ne sais pas. Ils disaient qu'il y aurait un grand procès, qu'il veut garder John et qu'elle ne veut pas.

Abasourdie, Liane finit par retrouver le journal dans l'office. Marie-Ange avait raison. Un article en page 3. Nicholas Burnham allait plaider contre sa femme, qui avait créé un scandale à New York avec l'appui de Philip Markham. Nick les attaquait tous les deux. Et il demandait en outre la garde de son fils.

Quand Liane quitta son bureau de la Croix-Rouge, elle fut tentée de l'appeler. Mais, comme toujours, elle renonça. Même si Nick divorçait, elle ne l'imiterait pas. Rien n'avait changé pour elle, ni ses sentiments pour Nick, ni ses sentiments pour Armand.

XXVIII

Une semaine avant Noël, Nick fit irruption chez son avocat.

— Monsieur, avez-vous rendez-vous avec Me Greer ?

— Non.

— Il est occupé avec un client et ensuite il va au Palais.

— Très bien. J'attendrai.

— Mais je ne peux pas...

Quand elle vit la lueur meurtrière qui dansait dans les yeux de Nick, la secrétaire se reprit :

— Bien. Qui dois-je annoncer ?

— Nicholas Burnham.

Dix minutes plus tard, quand le client prit congé, on introduisit Nick dans le bureau de Ben Greer.

— Bonjour, Nick. Comment allez-vous ?

— Bien, merci. Enfin...

L'avocat comprit à son expression que la situation était tendue. Nick avait les yeux cernés et sa mâchoire se crispait tellement qu'on pouvait littéralement le voir ravaler sa rage.

— Vous voulez boire quelque chose ?

— J'ai donc l'air si mal en point ? demanda Nick en s'asseyant avec un sourire sans joie.

— Que puis-je faire pour vous ?

— Tuez ma femme !

Bien que la phrase ressemblât à une plaisanterie,

Ben Greer demeura perplexe : il avait vu ce regard chez d'autres clients et, au moins une fois dans sa carrière, il avait défendu un homme accusé d'homicide, au lieu de plaider pour son divorce.

Nick prit une profonde inspiration et se passa une main dans les cheveux, puis il tourna tristement les yeux vers son avocat :

— Vous savez, j'ai tout fait pour sauver ce mariage, et pendant dix ans. En juillet, à mon retour d'Europe, je lui ai proposé un mariage de convenance, pour notre fils.

Greer acquiesça. Cette histoire-là, il l'avait entendue mille fois.

— Elle avait une liaison avec Philip Markham. J'étais d'accord, à condition que nous ne divorcions pas. Et savez-vous ce que cette ordure de Markham a fait hier ?

— Non, évidemment.

— Il a approché un revolver de la tête de mon fils ! Quand je suis rentré de mon bureau, je l'ai vu dans mon salon, froid comme la mort. Il a pointé son arme sur John en disant que, si je ne rendais pas sa liberté à Hillary, il tuerait mon fils.

En prononçant ces mots, Nick était devenu livide.

— Le revolver était-il chargé ? s'enquit l'avocat.

— Non. Mais je l'ignorais. Alors, j'ai accepté de divorcer. Et il a baissé son arme...

A ce souvenir, il serra les poings.

— Ensuite, qu'avez-vous fait ?

— Je lui suis tombé dessus. Il s'en est tiré avec trois côtes cassées et deux dents fêlées. Hillary est partie hier soir en essayant d'emmener Johnny. Je lui ai dit que, si elle se permettait de le toucher, je la tuerais, elle, et aussi Markham. Et, bon sang, je ne plaisantais pas !

— Bon. Ça vous donne des bases juridiques pour le divorce. Pensez-vous que vous pourrez faire la preuve de l'adultère ?

— Sans problème.

— Et quel argument comptez-vous avancer pour obtenir la garde de l'enfant ?

— Quoi ? Ça ne suffit pas ? Bon sang, il a menacé mon fils avec un revolver !

— Le revolver n'était pas chargé. Et c'est Markham qui a fait ça. Pas votre femme.

— Mais elle était complice ! Elle était là, assise tranquillement, à assister aux événements !

— Sans doute savait-elle que l'arme n'était pas chargée. Je vous accorde que c'était ignoble, mais cela ne constitue malheureusement pas un argument suffisant pour obtenir la garde.

— Mais tout plaide contre elle ! C'est une mère indigne, elle ne s'occupe pas de lui, elle ne s'en est jamais occupée, elle l'a abandonné durant dix mois, et d'ailleurs elle ne l'a jamais accepté, elle voulait avorter...

Nick se leva et fit les cent pas dans le bureau. Il n'aurait pas dû écouter Liane : il fallait divorcer de Hillary dès son retour aux Etats-Unis et se battre pour avoir la garde de Johnny. Il avait perdu Liane pour rien.

— Pensez-vous qu'elle renoncera à demander la garde ? interrogea Greer.

— Non. Elle a trop peur que les gens la prennent pour une alcoolique ou pour une pute. Ce qu'elle est, du reste.

— Le combat ne va pas être facile, Nick. Pas du tout. Avec des bases pareilles, ce ne sera pas une partie de plaisir, croyez-moi. Les tribunaux sont presque toujours favorables à la mère, sauf si c'est une malade mentale internée quelque part. Même si c'est une alcoolique, ou une pute, comme vous dites, la plupart du temps ça ne suffit pas... Alors, on va sombrer dans le sordide. Il faudra prendre en compte tout ce qu'on pourra retenir contre elle, même le plus moche... Voulez-vous que votre fils se retrouve mêlé à toute cette boue ?

— Bien sûr que non. Mais si nous y sommes obligés... Et puisque vous me dites que je n'ai pas le choix... De toute façon, elle m'a immunisé, au fil des ans. C'est pour le bien de Johnny, à long terme.

Greer approuva. Il se passionnait pour les procès épineux.

— Si elle n'aime pas vraiment son fils, peut-être renoncera-t-elle, observa l'avocat.

— C'est possible, émit Nick, dubitatif. Et, dans l'intervalle, je veux qu'on empêche Markham d'approcher de mon fils.

— Où est-il en ce moment, votre fils ?

— A l'appartement, avec moi. J'ai dit à la bonne de ne pas laisser rentrer Hillary, même si elle veut ses affaires. Je les enverrai moi-même chez Markham.

— Elle a le droit de voir son fils.

— Surtout pas ! Pas tant qu'elle est avec un homme qui l'a menacé avec un revolver !

— Nick, c'était à seule fin de vous intimider.

La voix de Greer était triste et calme, mais Nick était encore trop sous le choc pour l'entendre.

— Eh bien, ils ont réussi ! Bon. Vous acceptez de me défendre ?

— Oui, mais je tiens à être clair : Nick, je ne peux pas vous garantir le résultat.

— Ça m'est égal. Allez-y au maximum.

— Vous suivrez mes conseils ?

— S'ils me conviennent, sourit Nick. A votre avis, ça va prendre combien de temps ?

— Vous pouvez lui permettre d'aller divorcer à Reno. Ça exigera seulement six semaines. Mais la question de la garde de l'enfant demandera beaucoup plus de temps. Un an, peut-être.

— Mon Dieu... Mais, si je gagne, elle disparaîtra pour de bon de la vie de mon fils ?

— Peut-être... Dites-moi, si vous tentiez de lui proposer de l'argent ?

— Ça ne marchera pas. Elle doit hériter d'une fortune de six millions de dollars. Et Markham n'est pas à plaindre, lui non plus...

— Bien. Je vous fais préparer une « ordonnance portant injonction » pour que Markham ne puisse plus voir votre fils. Je dois être au Palais dans une demi-heure. Et il faut que je vous revoie pour mettre au point le plan d'attaque. Que diriez-vous de la semaine prochaine ?

— Pas avant ? s'écria Nick, déçu.

— Nous ne passerons pas devant le juge avant au moins six mois.

— Ah bon... Mais, Ben, ajouta-t-il en fixant intensément l'avocat, n'oubliez pas une chose : je veux gagner, à tout prix.

XXIX

Nick ne revit pas sa femme durant plusieurs jours. Quand elle revint, elle entra à l'aide de sa propre clef, à un moment où il aurait dû se trouver à son travail, et gravit l'escalier sur la pointe des pieds. Mais Nick, qui prévoyait la chose, avait pris ses précautions : il avait demandé qu'on transmette chez lui toutes ses communications téléphoniques et il avait ramené son fils de l'école.

— Sors d'ici !

La voix venait de derrière elle : Hillary fit volte-face. Nick l'avait guettée. Il était blême et elle eut peur qu'il la frappe.

— Je suis venue voir mon fils, répondit-elle d'un air qu'elle voulait désinvolte, mais elle tremblait.

Elle se tourna vers le petit garçon, qui venait d'apparaître dans le vestibule.

— Fais tes bagages. Tu pars avec moi.

Johnny leva aussitôt les yeux vers son père, qui lui enjoignit :

— Va m'attendre dans mon bureau. J'ai à parler à ta mère.

— Va faire tes bagages, répéta la jeune femme d'une voix suraiguë.

— Papa, est-ce qu'elle va m'emmener ? s'alarma l'enfant.

— Non, Johnny. Elle ne sait pas ce qu'elle dit.

Maintenant, va m'attendre en bas. Va, mon petit garçon.

Il regarda son fils se précipiter vers le bureau, puis se rendit dans la chambre d'enfant, où il retrouva Hillary, qui mettait les affaires de Johnny dans une valise.

— Ne perds pas ton temps, Hillary. Je vais appeler la police, et ils vont te faire sortir d'ici. A moins que tu ne t'en ailles tout de suite, pour m'épargner cette corvée ?

— Tu n'as pas le droit de retenir mon fils dans cette maison. Je l'emmène avec moi !

Ses yeux jetaient des éclairs.

— Tu n'es qu'une pute. Tu ne mérites pas d'être sa mère.

Elle le gifla, mais il lui empoigna le bras :

— Ça suffit. Va-t'en. Va retrouver ce fumier qui veut vivre avec toi. Moi, je ne le veux plus.

Elle le foudroya du regard, malade de rage et d'impuissance :

— La place de mon fils est avec moi.

— Pas avec un homme qui a braqué un revolver contre lui. Je te signale que j'ai pris des mesures d'injonction pour l'éloigner de Johnny.

La veille, un huissier avait signifié l'ordonnance à Markham.

— Maintenant, file, avant que j'appelle les flics !

Il ouvrit la porte en grand et attendit qu'elle sorte de la chambre.

— Si je n'emmène pas mon fils, on me traînera dans la boue...

La jeune femme se mit à pleurer. Philip était déjà presque entièrement ruiné, à cause de ses quatre ex-épouses, et il comptait sur sa mère pour éponger ses dettes, jusqu'au jour où elle lui léguerait sa fortune. Il avait convaincu Hillary qu'elle devait emmener son fils, sans quoi Mme Markham eût pensé d'elle le plus grand mal.

— Va-t'en !

— Quand pourrai-je le voir ?

— Après le jugement !

— C'est-à-dire... ?

— L'été prochain, peut-être.

— Tu es fou ? Je ne peux pas voir mon fils avant ?

Ce n'était pas ce que Greer avait dit, mais tant pis. Nick refusait que cette femme puisse approcher Johnny. Lorsque Markham avait menacé l'enfant, elle n'avait manifesté aucune émotion. Sans doute savait-elle que l'arme n'était pas chargée. Mais le petit garçon, lui, l'ignorait. Repensant à la terreur de Johnny, Nick eut envie de la tuer.

— Tu ne mérites même pas de le revoir, après ce que tu lui as fait !

— Je n'ai rien fait ! Philip essayait seulement de t'intimider !

— Félicitations. Je vous souhaite beaucoup de bonheur. C'est l'homme idéal pour toi. Dommage que tu ne l'aies pas rencontré plus tôt.

Il lui agrippa le bras, l'extirpa hors de la chambre d'enfant et la traîna dans le vestibule.

— Fiche-moi le camp avant que je te jette à la rue !

Elle le fixa bizarrement. Cette menace ne la dérangeait pas outre mesure, car elle était enceinte et désirait avorter par tous les moyens. Philip avait promis de lui trouver une faiseuse d'anges dans le New Jersey. S'ils échouaient, il leur faudrait se marier avant que la mère de Philip soit au courant. D'où la tentative désespérée avec le revolver.

— Si tu me menaces, Philip te tuera.

— Qu'il essaie, pour voir !

La jeune femme descendit lentement les marches. Dire qu'elle avait vécu dans cette maison... Incroyable. Elle ne ressentait rien, ici. En partant, Hillary adressa un dernier regard de défi à son mari :

— Tu ne gagneras jamais devant un juge. On me confiera Johnny.

— J'aimerais mieux mourir.

— Cela, dit-elle avec un sourire fielleux, ne serait pas pour me déplaire.

Quand elle eut disparu, Nick se rendit dans la bibliothèque, où il trouva son fils en larmes. Il s'approcha pour lui caresser les cheveux.

— Rassure-toi, mon petit garçon, c'est fini.

— Je ne veux pas aller avec elle, sanglota l'enfant en levant la tête vers lui. Ni avec elle ni avec cet homme.

— Ça prendra du temps, mais nous gagnerons. Je vais aller devant un tribunal et nous nous battrons.

Il se pencha pour embrasser son fils dans les cheveux :

— Et, après les vacances de Noël, tu retourneras à l'école, et tout sera comme avant. Mais il n'y aura que toi et moi ici, sans ta mère.

— J'ai cru que cet homme allait me tuer...

— Je l'aurais tué s'il t'avait fait du mal.

Nick se força à sourire : il fallait offrir à son fils une existence normale.

— Ça ne se reproduira pas, affirma-t-il.

— Mais s'ils reviennent ?

— Impossible. C'est un peu dur à expliquer, mais le tribunal m'a accordé des papiers grâce auxquels il ne peut plus s'approcher de toi.

Dans l'après-midi, pendant que Johnny jouait dans sa chambre, Nick engagea trois gardes du corps de la police de New York, afin qu'ils veillent sur l'enfant vingt-quatre heures sur vingt-quatre, dans l'appartement, à l'école, en promenade. Ils le suivraient comme son ombre.

Le lendemain, Nick et son fils lurent avec soulagement la rubrique des commérages dans un journal : Hillary et Philip Markham étaient partis pour Reno. Greer avait notifié à la jeune femme que Nick ne s'opposait plus à cette procédure et elle n'avait pas perdu de temps.

C'était le soir de Noël. Nick et Johnny dînèrent seuls dans l'appartement, puis, le lendemain, ils sortirent jouer dans le parc. Nick avait offert à son fils une bicyclette, un équipement de footballeur et une paire de skis. Johnny étrenna les skis sur une colline couverte de neige, sous l'œil du garde du corps.

XXX

— Joyeux Noël, oncle George !

Liane lui tendit un énorme paquet. Ils étaient installés en cercle autour du sapin, dans la bibliothèque. Il y avait des années que cette maison n'avait vu de sapin de Noël ; le vieil homme avait voulu gâter ses petites-nièces.

— Mais il ne fallait rien m'offrir ! protesta-t-il, embarrassé, tout en ouvrant ses cadeaux.

Liane lui avait acheté un peignoir de soie bleu foncé et bordeaux, ainsi que des pantoufles de daim bleu marine ; elle s'était assez moquée de sa vieille robe de chambre fatiguée, qu'il portait depuis quarante ans et dont il était très fier. Les deux enfants lui donnèrent une montre à gousset ; Liane les avait aidées à choisir ce modèle chez Shreve's. Elles lui avaient aussi apporté des cadeaux en provenance de l'école : des plateaux, des guirlandes pour le sapin, des dessins, plus un moulage d'argile de la main d'Elisabeth. Le vieil homme en eut les larmes aux yeux.

Ils dînèrent ensemble à la maison, puis ils prirent la voiture pour aller faire un tour en ville, voir la décoration des rues. Liane ne cessait de se tourmenter pour son mari : quel Noël sinistre passait-il à Paris ? En onze ans, c'était la première fois qu'ils étaient séparés à cette période de l'année.

George surprit la tristesse de son regard lorsqu'ils descendirent de voiture pour aller prendre un thé au *St. Francis.* Il aurait voulu qu'elle oublie Armand, mais, à Noël, il lui paraissait inévitable qu'elle songe à lui.

— Oncle George, regardez ! s'écrièrent les enfants, les arrachant tous deux à leurs pensées.

Elles venaient de découvrir, à l'entrée du salon de thé, une gigantesque maison de pain d'épice, tellement vaste que les enfants auraient pu y entrer, et recouverte de myriades de minuscules confiseries et de tonnes de sucre glacé. Liane vint contempler le chef-d'œuvre. Souriante, elle était pourtant à mille lieues de là. Depuis des jours, elle avait un mauvais pressentiment au sujet d'Armand.

— Monsieur de Villiers ?

Armand leva les yeux de ses dossiers. En ce soir de Noël, aucune raison particulière ne l'empêchait de travailler, tout comme les quelques personnes qui étaient restées au bureau. Depuis plusieurs semaines, on observait un regain de tension, à cause de la Résistance, qui, de plus en plus, donnait du fil à retordre à la police de Vichy. A titre de leçon, les Allemands avaient commencé les exécutions publiques deux jours plus tôt. On avait fusillé Jacques Bonsergent pour « acte de violence contre la personne d'un officier de l'armée allemande ». Une atmosphère de deuil s'était abattue sur Paris. Même l'assouplissement du couvre-feu de minuit, prolongé le soir de Noël jusqu'à deux heures trente, n'avait pu ramener un semblant de gaieté.

Cette année-là, l'hiver était glacial. A son bureau, Armand sentait ses mains s'engourdir.

— Monsieur, avez-vous lu ceci ?

Son dévoué secrétaire lui tendait un papier avec une expression de dégoût. La feuille s'intitulait *la Résistance* et datait du 15 décembre 1940. Elle se voulait la première publication de ce genre et émanait du Comité national de salut public ; elle affirmait présenter les événements « comme ils arrivaient vraiment », par opposition à la propagande effrénée des forces d'occupation. On y parlait des manifestations d'étudiants du début de novembre, à la suite desquelles les autorités avaient fermé la faculté le 12 novembre. La Résistance se flattait également de gagner du terrain chaque jour. « Soyez courageux, les amis, nous vaincrons les salauds et les Boches. La France survivra malgré tout... Vive de Gaulle ! »

Armand regretta de ne pouvoir montrer ce tract à sa femme ; il eût été trop imprudent de le joindre à l'une de ses lettres, car on aurait pu remonter jusqu'à lui. Il le rendit au jeune homme tout en pensant subitement à Jacques Perrier. Celui-ci était parti pour

Mers el-Kébir durant l'été retrouver les compagnons de De Gaulle. La flotte française y avait perdu nombre de bateaux et plus de mille vies humaines, mais Armand avait appris que Perrier s'en était sorti.

Son nouvel assistant guettait sa réaction.

— Ça ne vaut pas grand-chose, émit finalement le diplomate. Inutile de se tracasser.

— Ces ordures... Ils se baptisent eux-mêmes la « vraie presse » !

Armand se demanda pourquoi le jeune homme admirait tellement les nazis. Il était en outre enchanté de travailler sous les ordres d'Armand, puisque celui-ci servait de liaison entre l'état-major de Pétain et les forces d'occupation à Paris. Ils étaient censés répertorier les œuvres d'art destinées à l'Allemagne, recenser les juifs et débusquer d'éventuels réseaux de résistants. Cette tâche harassante donnait à Armand l'occasion de falsifier les faits dans ses rapports, de dissimuler des œuvres d'art aux autorités et d'aider quelques personnes à se rendre en zone libre, le plus souvent en faisant traîner les choses. Le secrétaire représentait son principal obstacle : le jeune homme montrait trop de zèle, comme en ce moment, alors qu'il aurait si bien pu rentrer chez lui passer Noël en famille ou avec sa fiancée...

— Vous ne souhaitez pas retourner chez vous, Marchand ? Il se fait tard.

— Je partirai en même temps que vous, monsieur.

Il aimait bien Armand : un grand homme, rien à voir avec les traîtres qui avaient suivi de Gaulle. Sa longue carrière diplomatique permettait à Armand de jouer double jeu plus facilement qu'un autre : souriant, calme, efficace, intelligent.

— Il se peut que je ne m'absente pas longtemps, André.

— Parfait, monsieur.

— Ne voulez-vous pas profiter un peu de Noël chez vous ?

Ils n'avaient pas quitté le bureau de la journée. Le jeune homme le rendait fou.

— Noël est beaucoup moins important que le travail.

Et qu'avaient-ils fait ? Ils avaient contrôlé des listes de Français qu'on soupçonnait d'être juifs, quelques-uns seulement par un grand-parent, et qui se cachaient dans les environs de Paris. Armand en avait la nausée, mais son secrétaire s'épanouissait dans ce labeur. Armand avait fait disparaître des listes chaque fois qu'il le pouvait, en les brûlant dans la cheminée de son bureau.

En désespoir de cause, le diplomate décida de rentrer. Il n'avait plus rien à faire pour ce soir et il ne pouvait se dissimuler plus longtemps que la maison qui l'attendait était vide, silencieuse. Il déposa André Marchand dans le VIIe arrondissement, avant de regagner son appartement de la place du Palais-Bourbon, obsédé par l'image de Liane et de ses filles.

— Bonne nuit, mes chéries. Joyeux Noël, dit Liane en embrassant ses enfants dans leur lit.

— Maman ! appela Marie-Ange après l'extinction des feux.

La jeune femme se retourna sur le pas de la porte.

— Maman, il y a combien de temps que vous avez reçu des nouvelles de papa ?

— Il y a un moment.

— Il va bien ?

— Oui. Et vous lui manquez beaucoup.

— Est-ce que je pourrai voir ses lettres un jour ?

Liane hésita, puis fit un signe d'assentiment. Les lettres contenaient des informations qui n'étaient destinées qu'à elle, mais sa fille avait le droit d'en lire une partie. Marie-Ange lui parut satisfaite, dans le rai de lumière qui provenait du couloir.

— Vous savez, plus personne à l'école ne dit que c'est un nazi.

— Votre père n'est pas un nazi, répondit tristement la jeune femme.

— Je sais... Bonne nuit, maman. Et joyeux Noël.

Liane revint sur ses pas pour embrasser sa fille

encore une fois. Marie-Ange avait près de onze ans, maintenant, elle grandissait vite.

— Je t'aime très fort, dit Liane en refoulant ses larmes. Et ton père aussi.

— J'ai hâte que la guerre s'arrête, dit la petite fille, les yeux humides. Il me manque tellement ! Et je déteste que... qu'on le... traite de... nazi.

— Chut, ma chérie... chut... Nous, nous savons. Le reste n'a pas d'importance.

Marie-Ange se blottit dans les bras de sa mère, puis se renversa sur son oreiller en soupirant :

— J'ai hâte qu'il revienne.

— Il sera bientôt ici. Il faut prier pour que nous soyons tous réunis le plus vite possible. Maintenant, essaie de dormir.

— Bonne nuit, maman.

— Bonne nuit, mon amour.

Elle referma doucement la porte derrière elle et se rendit dans sa chambre. Il était vingt heures ; déjà cinq heures du matin à Paris.

Armand s'étendit sur son lit, place du Palais-Bourbon, et sombra dans un sommeil profond, agité, où il rêva de Liane et de ses filles.

XXXI

En décembre, Roosevelt prit quinze jours de vacances pour aller pêcher aux Antilles, d'où il revint avec une idée révolutionnaire : le prêt-bail au profit de l'Angleterre. Grâce à ce système, les Etats-Unis pouvaient fournir gratuitement des quantités de munitions aux Anglais, en échange de quoi ils bénéficiaient de concessions sur leurs bases navales, de Terre-Neuve à l'Amérique du Sud. Ce plan permettait aux Etats-Unis de rester dans la neutralité tout en aidant l'Angleterre.

En 1940, l'état d'esprit des Américains avait changé : ils avaient compris qui était Hitler et admiraient l'héroïsme des Britanniques. Les appels de Churchill n'étaient pas tombés dans l'oreille d'un sourd : « Donnez-nous les outils, et nous finirons le travail... » Avec le prêt-bail, Roosevelt entendait les approvisionner en « outils », comme il l'expliqua au Congrès le 6 janvier. S'ensuivit un débat passionné qui dura deux mois. Les discussions se poursuivaient toujours lorsque Hillary Burnham rentra de Reno le 8 février, libre.

Elle était descendue avec Philip Markham à l'hôtel *Riverside*, où ils étaient restés plus de six semaines. Suivant la tradition, le jour où elle obtint son divorce, la jeune femme alla jeter son alliance dans le fleuve Truckee. En revanche, elle ne se dessaisit pas du diamant que Nick lui avait offert, car elle souhaitait le vendre en revenant à New York.

D'autres urgences la préoccupaient dans l'immédiat. Elle avait tenté de voir Johnny à la sortie de son école. Comme le garde du corps l'en avait empêchée, elle fit irruption dans le bureau de Nick, sans rendez-vous, en dépit des efforts de la secrétaire pour lui barrer la voie. Vêtue d'un manteau de zibeline flambant neuf, arborant à son doigt un nouveau diamant, taillé en poire, elle se campa sur le seuil en s'écriant :

— Eh bien, pour t'approcher, ce n'est pas une mince affaire ! Autant solliciter une audience du pape !

Hillary débordait de confiance en elle et, comme d'habitude, elle était ravissante. Pourtant, Nick leva les yeux de son bureau, imperturbable, comme si sa présence ne le troublait nullement.

— Bonjour, Hillary. Que veux-tu ?

— Mon fils.

— Essaie autre chose, je te prie.

— Qui est le crétin qui est accroché à ses basques ? On dirait une mère poule couvant son petit.

— J'en déduis que tu as voulu voir mon fils.

— C'est exact. Tu ne peux pas te débarrasser de moi comme ça, Nick. Je suis sa mère.

— Tu t'en soucies comme d'une guigne.

Il se trompait : Hillary avait besoin de Johnny, car elle allait épouser Philip le 12 mars et Mme Markham commençait à faire des remarques. Le scandale créé par Hillary et Nick lui déplaisait souverainement. Il était temps que tout rentre dans l'ordre.

— Je me marie dans cinq semaines et j'entends que Johnny soit là.

— Pourquoi ? Pour faire bon effet ? Va au diable, Hillary !

— Sa place est chez nous. Philip et moi, nous l'aimons. Si tu refuses que je le voie, je vais te faire concocter une bonne ordonnance pénale.

Philip l'avait emmenée consulter ses propres avocats.

— Ah oui ? Eh bien, tu n'as qu'à dire à ton avocat d'entrer en contact avec le mien. Ça t'économisera un taxi, la prochaine fois.

— Je peux me l'offrir, tu sais !

— C'est vrai, sourit-il. Mais ce n'est pas le cas de ton fiancé. J'ai entendu dire qu'il était à court d'argent et que sa maman l'entretenait...

— Espèce de salaud...

Nick avait touché un point sensible. Hillary se dirigea vers la porte et s'arrêta sur le seuil :

— Tu auras des nouvelles de mes avocats.

— Tous mes vœux de bonheur.

La porte claqua derrière la jeune femme. Sans perdre un instant, Nick saisit son téléphone et composa le numéro de Ben Greer.

— Je sais que vous n'allez pas aimer, Nick, mais il faut l'autoriser à le voir. Vous avez des gardes du corps, il n'y a rien à craindre.

— Il ne veut pas la voir.

— Il n'est pas en âge de prendre ce type de décision.

— Qui a dit ça ?

— La loi de l'Etat de New York.

— Et zut !

— Je me demande s'il ne serait pas judicieux de lui permettre de voir son fils, car il se pourrait qu'elle en ait assez au bout d'une ou deux fois. Ce serait bon pour nous, ça, devant la cour. Nick, réfléchissez-y.

Nick demeurait réticent quand il se rendit chez Greer, quelques jours plus tard.

— Nick, si vous persistez à refuser, elle va obtenir une ordonnance contre vous, et vous serez bien obligé de céder. Au fait, par qui est-elle conseillée ?

— Par les avocats de Markham, sans doute. Fulton et Matthews.

Greer fronça les sourcils :

— Ils sont redoutables, Nick. Redoutables.

— Plus que vous ? sourit Nick, un peu contrarié, pourtant.

— J'espère que non.

— Vous « espérez » que non ? Quelle réponse ! Vous êtes capable de les battre, oui ou non ?

— Bien sûr, puisque je les ai déjà battus. Mais ils m'ont eu aussi, deux fois. Le fait est qu'elle est allée dénicher les deux plus fins renards de New York... Nick, je vous le répète, il faut que vous la laissiez voir Johnny.

— Ça me rend malade.

— Ça vous rendra encore plus malade s'ils vous y forcent.

— Très bien, très bien.

Dans l'après-midi, Nick fit téléphoner par sa secrétaire : il suggérait que Hillary vienne le week-end suivant. A vrai dire, il espérait qu'elle serait à la campagne, mais elle se présenta chez lui à l'heure convenue. Nick avait prévenu le garde du corps qu'il faudrait appeler la police et faire arrêter Markham si jamais il accompagnait Hillary. Mais la jeune femme arriva seule, discrètement vêtue, dans un ensemble bleu marine et un manteau de vison offert par Nick.

Il s'enferma dans son bureau pendant la visite. Le garde du corps resta en faction à la porte de la chambre d'enfant, qu'on avait laissée ouverte. Au moment de partir, Hillary embrassa son fils en se tamponnant les yeux.

— A très bientôt, mon chéri.

Quand elle partit, le petit garçon parut troublé par ces larmes.

— Papa, alla-t-il dire à Nick, elle pleure toutes les nuits. Elle a vraiment l'air triste, tu sais...

Il montra à son père les cadeaux qu'elle lui avait apportés : une batte de base-ball, des revolvers de cow-boy, un ours, alors qu'il avait passé l'âge, et un train électrique. Hillary ignorait totalement les goûts de son fils. Nick s'abstint de tout commentaire. Elle jouait un jeu étrange avec le petit garçon et Nick jugea inutile de le perturber davantage.

La situation ne fit qu'empirer. Elle se présenta tous les dimanches, chargée de cadeaux, en allant sangloter dans la chambre d'enfant. Johnny commençait à perdre du poids et se montrait de plus en plus nerveux. Nick en parla à son avocat.

— Ecoutez, elle s'amuse à le rendre fou. Il ne sait plus que penser. Elle s'installe et elle fond en larmes, elle lui raconte qu'elle pleure tous les soirs.

Nick se passa une main dans les cheveux. Le matin même, il s'était disputé avec Johnny parce qu'il avait traité Hillary de traînée : le petit garçon avait alors pris la défense de sa mère.

— Je vous avais prévenu que ce serait difficile, et ça ne va pas s'améliorer. Fulton et Matthews lui disent exactement tout ce qu'il faut faire. Ils ont écrit le scénario, et elle le joue à la perfection.

Hillary continua ses visites jusqu'au jour de son mariage, après quoi elle partit avec Philip passer une lune de miel de trois semaines aux Antilles. Elle avait besoin de repos, car elle se sentait mal depuis son avortement à Reno, et ses visites à Johnny l'épuisaient. La jeune femme en avait assez de se ruiner en cadeaux et de brandir un mouchoir trempé.

— Franchement, dit-elle à Philip sur la plage de Sainte-Croix, c'est un enfant compliqué, et en plus il adore son père. Que suis-je censée faire, maintenant ?

— Il faudrait trouver une solution. Ma mère dit que, si le scandale ne s'est pas tassé à notre retour, elle me coupera les vivres.

— Mais tu es adulte, non ? Dis-lui de se calmer un peu.

La chaleur des Antilles la rendait irritable.

— Et ton héritage ? s'enquit-il. Ce serait plus pratique que d'obliger Burnham à renoncer à son fils.

— Je ne peux pas le toucher avant mes trente-cinq ans. Encore six ans à tirer...

Les revenus de ce capital les avaient aidés, mais c'était insuffisant par rapport à leur train de vie.

— Alors, il faut que nous obtenions la garde de l'enfant. Nick est un idiot : devant les tribunaux, il ne peut pas gagner.

— C'est à lui qu'il faut dire ça ! fit-elle. Il est têtu comme une mule.

— Il est vraiment stupide. Parce qu'il va perdre et qu'en même temps ma mère me mène une vie impossible.

Philip contempla la mer pendant que Hillary allait se promener sur la plage, contrariée de voir Philip sous la coupe de sa mère. Lorsqu'elle revint s'étendre auprès de lui, elle ferma les yeux en soupirant sous le soleil brillant. Et la question de son fils disparut rapidement de ses préoccupations : son mari se roulait sur elle en entreprenant de défaire le haut de son maillot de bain.

— Philip, arrête ! protesta-t-elle en riant.

— Pourquoi ? Il n'y a pas un chat.

— Mais si quelqu'un arrivait ?

Les lèvres de Philip vinrent lui clore la bouche. Quelques secondes plus tard, le maillot d bain vola sur le sable. Tandis qu'ils faisaient l'amour, le reste du monde disparut de leur esprit.

XXXII

Le 1er avril, Hillary et Markham regagnèrent New York. Une semaine plus tard, Hillary fit savoir à Nick qu'elle désirait emmener Johnny au zoo, pour profiter du climat exceptionnellement clément. Nick avait espéré qu'elle ne renouerait pas avec ses habitudes, mais elle était revenue. Assis à son bureau, il parla dans le téléphone, agacé :

— Pourquoi au zoo ?

— Et pourquoi pas ? Il aimait cela, avant.

Nick aurait préféré qu'elle voie son fils à la maison, mais il devina que, s'il refusait, elle le répéterait à l'enfant, ce qui lui donnerait, à elle, le beau rôle.

— Bon. Entendu.

Il envoya chercher le garde du corps, même s'il se doutait qu'on n'avait rien à craindre. Hillary attendait son heure, jusqu'au jugement.

Elle se présenta à deux heures de l'après-midi, le samedi, dans une robe rouge vif, avec un chapeau assorti et gants blancs, élégante et innocente.

— Mon chéri, comment vas-tu ? gazouilla-t-elle à l'adresse de son fils.

Elle avait même eu l'intelligence de mettre des chaussures à talons plats : très mère modèle.

Après leur départ, Nick retourna dans son bureau. Il avait maintenant d'importants contrats de Washington, grâce au prêt-bail, entré en vigueur au mois de mars. Nick s'était rendu deux fois à Washington pour assister aux négociations. Le prêt-bail lui causait un énorme surcroît de travail, ce qui, du même coup, triplait ses bénéfices. Grâce à la guerre, les aciéries Burnham se portaient bien.

Il avait presque terminé son travail lorsque la porte s'ouvrit soudain ; le garde du corps fit son entrée, hors d'haleine, son revolver encore au poing.

— Monsieur Burnham... Johnny est parti.

L'homme était livide, mais moins que Nick, qui bondit sur ses pieds.

— Quoi ?

— Je ne sais pas comment c'est arrivé... Je ne comprends pas. Ils étaient là, à côté de moi, elle voulait lui montrer quelque chose près de la cage au lion, et puis, brusquement, ils ont couru... et il y avait trois hommes. Ils avaient une voiture, garée sur la pelouse. J'ai couru comme un fou, mais je n'ai pas osé tirer, pour ne pas blesser l'enfant... Mon Dieu... Je ne sais pas quoi dire...

De ses mains puissantes, Nick le secoua par les épaules :

— Vous l'avez laissée enlever mon fils ? Vous l'avez laissée...

La rage le faisait bafouiller. Il dut prendre sur lui-même pour se dominer. Repoussant l'homme contre le bureau, il se précipita sur le téléphone et appela la police, puis Greer. Le pire était arrivé.

Moins d'une demi-heure plus tard, les policiers sonnèrent à sa porte, bientôt suivis de l'avocat.

— Elle a kidnappé mon fils, leur dit-il d'une voix tremblante avant de se tourner vers Greer. Je veux qu'on le retrouve et qu'on la jette en prison.

— Ce n'est pas possible, Nick.

— Oh, mais si ! Et l'amendement Lindbergh ?

— C'est sa mère, vous ne pouvez pas comparer.

— Markham, lui, n'est pas son père. C'est lui qui est derrière tout ça. Bon sang...

L'avocat lui tapota l'épaule :

— La police va retrouver votre fils, tranquillisez-vous.

— Et ensuite ?

Nick s'était mis à pleurer et ses joues tremblaient comme celles d'un enfant. Il reprit :

— Et après, je le perds devant les tribunaux ? Bon Dieu, il n'y a donc pas un moyen pour que je puisse garder mon fils ?

Il gravit l'escalier, claqua la porte de sa chambre et enfouit son visage dans ses mains. Il pleurait sans bruit.

XXXIII

Le lendemain, Liane lut les journaux de San Francisco. « Johnny Burnham a disparu ! » titraient les quotidiens, et, juste en dessous : « L'enlèvement de l'héritier des aciéries Burnham. » Son cœur cessa de battre. Ce fut seulement lorsqu'elle prit connaissance de l'article qu'elle comprit que le coupable était Hillary. Nick devait être dans tous ses états. Une fois de plus, elle voulut l'appeler. Mais à quoi bon ? Pour lui présenter ses condoléances, ses regrets ? Inutile de lui demander comment il allait.

Elle suivit les nouvelles au jour le jour pendant deux mois. On n'avait toujours pas retrouvé le petit garçon. De toute part, les nouvelles étaient catastrophiques.

A la même époque, dans un mouvement de folie, Rudolf Hess, le dauphin de Hitler, s'était envolé seul pour l'Angleterre afin de convaincre les Britanniques de signer une paix séparée avec le Reich. Son avion s'écrasa et on l'arrêta sur-le-champ ; Hitler déclara qu'il était fou. Mais moins qu'il n'y semblait. Car, vers la fin du mois de juin, on comprit ce que Hess avait tenté : si les Britanniques concluaient une paix séparée, Hitler dégageait ainsi ce que les Allemands appelaient le front Ouest. Le 22 juin, Hitler envahit l'Union soviétique, au mépris du pacte de non-agression qu'il avait signé avec Staline. En moins de onze jours, l'armée allemande occupait en URSS un territoire plus vaste que la France.

Le 25 juin, le bras droit de Roosevelt, Harry Hopkins, se rendit à Moscou pour proposer un prêt-bail aux Soviétiques, qui refusèrent. Le principal mérite de la mission de Hopkins fut d'organiser une conférence entre Churchill et Roosevelt le 14 août, à Terre-Neuve : la Charte de l'Atlantique était née. C'était la première fois que les deux hommes se rencontraient. Ils étaient arrivés à bord de deux bateaux, le *Prince of Wales* pour Churchill et l'*Augusta* pour Roosevelt. Ils firent la navette entre les deux navires, camouflés comme tout bateau en temps de guerre. Les résultats se révélèrent très positifs pour les deux hommes : l'aide américaine allait augmenter.

Pendant ce temps, Johnny demeurait introuvable. La date du jugement avait été différée. Depuis quatre mois que son fils avait disparu, Nick avait perdu quinze kilos. Toute une armée de détectives et de gardes privés avait passé le pays au peigne fin, s'aventurant au Canada, sillonnant toutes les pistes. Pour une fois, Hillary s'était jouée de Nick. Son seul espoir était que son fils se porte bien.

Puis, miraculeusement, surgi de nulle part, un appel téléphonique lui parvint le 18 août. Un enfant dont la description correspondait à Johnny avait été aperçu dans une ancienne station balnéaire de Caroline du Sud. Il se trouvait en compagnie de ses parents ; sa mère était blonde. Nick loua un avion et se précipita sur place avec trois gardes du corps, et une douzaine d'autres les rejoignirent.

Ils étaient bien là : Johnny, Philip Markham et Hillary, qui pour la circonstance s'était teint les cheveux en blond. Ils occupaient une petite maison d'avant la guerre de Sécession et vivaient avec deux bonnes noires et un ancien maître d'hôtel.

Markham avait juré à sa mère que le scandale s'éteindrait de lui-même, mais le kidnapping avait aggravé les choses. La vieille dame redoutait que son fils aille en prison. C'était elle qui avait financé leur retraite en Caroline, en espérant que les remous se calmeraient. Mais elle souhaitait aussi qu'on rende l'enfant à son père. Finalement, en désespoir de cause, et par égard pour Nick, elle lui avait fait téléphoner.

Lorsque Markham entendit le mégaphone et que les gardes encerclèrent la maison, son premier réflexe fut de s'enfuir. Mais trop tard : deux hommes surgirent devant lui, armés de revolvers.

— Oh, bon Dieu...

Il tenta de négocier son évasion en disant :

— Prenez donc le gosse !

Les deux hommes obtempérèrent, mais, au même instant, Nick s'avança vers lui avec, dans les yeux, une lueur meurtrière :

— Si jamais vous revenez rôder dans les parages, espèce d'ordure, je vous tuerai de mes propres mains. Vous entendez ?

Il le saisit à la gorge, sous l'œil des gardes, tandis

que Hillary se jetait sur les deux hommes en s'accrochant au bras de Nick :

— Pour l'amour de Dieu, laisse partir Philip...

— Dieu n'a rien à voir avec ça.

Nick fit volte-face vers Hillary et, d'un revers de la main, il lui assena une claque magistrale. Philip bondit, le frappant à la mâchoire. Nick sentit un craquement dans sa tête, tandis qu'il chancelait, mais il reprit son équilibre et décocha un direct à Philip Markham. Hillary se mit à hurler :

— Arrête... Arrête !

Nick ne se maîtrisait plus : agrippant son adversaire à la tête, il le jeta à terre, où il l'abandonna enfin, saignant abondamment d'une coupure à l'arcade sourcilière et gémissant dans la poussière. Hillary vola vers Nick, le griffant au visage, mais il la repoussa et marcha d'un pas assuré vers son fils.

— Viens, petit fauve... Nous rentrons à la maison.

Sa mâchoire le faisait cruellement souffrir, mais il oublia sa douleur sitôt qu'il saisit la main de son fils pour le conduire à la voiture qui les attendait. Hillary s'était penchée sur Markham, toujours étendu, sous l'œil des deux servantes noires qui les observaient depuis le porche de la petite maison.

Nick attira son fils contre lui dans la voiture ; sans honte, il embrassa le visage de l'enfant en laissant libre cours à ses larmes. Il venait de vivre un enfer de quatre mois.

— Oh, papa...

Johnny se blottit contre lui. Il avait tout juste dix ans et il semblait avoir grandi de plusieurs centimètres.

— Papa, je voulais te téléphoner que j'allais bien, mais ils m'ont empêché...

— Ils t'ont fait du mal ?

— Non. Ils ont été gentils. Maman disait que M. Markham voulait être mon père. Mais, quand sa mère est venue nous voir, elle a dit qu'il fallait que je rentre chez toi ou qu'au moins ils te disent que j'allais bien.

Nick se jura d'aller la remercier lui-même dès son retour.

— Elle a dit qu'elle ne leur donnerait plus jamais d'argent et qu'il finirait sans doute en prison... Elle a toujours été très gentille avec moi, elle me demandait comment j'allais. Mais maman disait que c'était une vieille garce.

Nick et les gardes sourirent. Johnny avait beaucoup à raconter, sur le chemin du retour ; Nick crut deviner que les deux coupables s'étaient sentis dépassés par leur propre complot et qu'ils ne savaient plus que faire du petit garçon.

— On ira toujours au tribunal plaider contre maman ?

— Dès que possible.

Johnny parut consterné. Pourtant, le soir, en sécurité dans son lit, il serra très fort la main de son père, tout souriant. Nick resta à son chevet jusqu'à ce qu'il s'endorme, puis regagna sa propre chambre.

Le lendemain, à San Francisco, Liane lut le gros titre : « On a retrouvé Johnny Burnham. » Une semaine plus tard, on fixa la date du procès, qui devait commencer le 1er octobre. La nouvelle fut éclipsée par l'annonce de la conférence de Moscou, entre Averell Harriman, lord Beaverbrook et Molotov, le vice-président du Comité de défense nationale. Il en résulta un protocole aux termes duquel les Etats-Unis et la Grande-Bretagne fourniraient des munitions à l'URSS. Harriman avait conclu un accord de prêt-bail avec les Soviétiques pour un montant d'un milliard de dollars. Staline souhaitait l'entrée en guerre des Etats-Unis, mais, suivant les instructions de Roosevelt, Harriman refusa.

Lorsque cette nouvelle s'estompa un peu dans l'esprit du public, Liane lut dans le journal que le procès Burnham-Markham, à New York, prenait toute son ampleur.

Au tribunal, Hillary fit son entrée en tailleur gris sombre et chapeau blanc ; ses cheveux bruns avaient recouvré leur teinte naturelle. Elle était accompagnée par les deux principaux associés du cabinet d'avocats qui la représentait. Assise sur sa chaise entre les deux hommes, elle adopta une attitude extrêmement réservée. De l'autre côté de la travée, Nick se tenait près de Ben Greer, qui dut lui répéter d'adopter un air neutre en regardant dans la direction de son ex-femme.

On exposa le motif – la question de la garde de leur fils de dix ans, John, – et chaque partie fut autorisée à s'exprimer. Ben Greer dépeignit Hillary sous les traits d'une femme qui n'avait jamais désiré d'enfant, ne s'était que rarement occupée de son fils, partait pour de longs voyages sans l'emmener et s'était montrée d'une fidélité toute relative durant ses années de mariage avec Nick Burnham.

Fulton et Matthews expliquèrent alors qu'elle éprouvait une véritable passion pour son fils et que le refus de son ex-mari, lorsqu'elle avait voulu emmener l'enfant avec elle, l'avait conduite à la panique. Ils décrivirent M. Markham comme un homme qui adorait les enfants et souhaitait, avec sa femme, fournir un foyer à John. Mais, ajoutèrent-ils, Nick Burnham était tellement aveuglé par la jalousie et d'un caractère si violent qu'il avait proféré des menaces contre Hillary, en tentant par tous les moyens de saboter sa bonne entente avec son fils, parce qu'il ne pouvait se résoudre à ce divorce. Le récit continua. Les deux avocats abordèrent l'épisode du kidnapping avec la plus grande prudence. Totalement déprimée par la perte de son enfant, sans défense devant les menaces de Nick, Hillary avait enlevé John en attendant le procès. Puis elle s'était laissé déborder par les événements. Elle avait trop peur de Nick pour rentrer... et elle redoutait que Nick ne fasse du mal à l'enfant.

Le procès devait se poursuivre pendant deux ou trois semaines. Johnny en personne serait un témoin clef vers la fin des audiences. Mais, la troisième semaine, il attrapa les oreillons et les débats ne purent reprendre que le 14 novembre. Nick et son avocat estimèrent que cette interruption leur donnait le temps de citer des témoins supplémentaires, bien qu'on en trouvât peu. Les gens ne voulaient pas être mêlés à cette affaire. Même Mme Markham refusa de témoigner en sa faveur. Elle avait déjà fait ce qu'elle pouvait en lui révélant la cachette de l'enfant ; le reste lui appartenait. A ses yeux, le drame avait déjà eu lieu. Son nom et celui des Burnham avaient paru dans la presse depuis trop longtemps. Elle lui en tenait rigueur, ainsi qu'à son propre fils. La question de la garde de l'enfant ne lui importait plus. Nick ne put obtenir que le témoignage de quelques bonnes qui détestaient Hillary, mais qui, d'autre part, ne l'avaient pas particulièrement vu négliger son fils. A la fin du deuxième jour de la reprise, quand les Markham s'en allèrent, Nick et son avocat eurent une discussion.

— Bon sang, à quoi joue-t-elle, Ben ? Elle ne veut pas la garde de Johnny...

— Elle ne peut plus faire machine arrière. Elle est allée trop loin. La plupart des procès sont comme ça. Le mécanisme de la justice est irréversible.

Le lendemain, en désespoir de cause, Nick essaya de proposer de l'argent à la jeune femme. Il saisit une lueur d'intérêt dans les yeux de Markham, tandis qu'ils parlaient dans les corridors du Palais, mais non pas dans les yeux de Hillary. Lorsque Nick s'éloigna, Philip agrippa le bras de la jeune femme.

— Pourquoi as-tu refusé ? Comment crois-tu que nous allons vivre, désormais ? Tu ne peux pas toucher à ton héritage, et tu sais ce que ma mère a dit.

— Ça m'est égal. Je ne veux pas un centime de la part de Nick.

— Espèce d'idiote !

Il lui empoigna encore le bras et elle l'écarta d'une secousse :

— Vous m'emmerdez, tous les deux. Je veux mon fils.

— Pourquoi ? Tu ne peux pas supporter les enfants.

— C'est mon fils.

Comme un manteau de fourrure, un bijou ou un trophée de guerre qu'elle n'eût pas désiré, mais réclamé quand même.

— Accepte ce fric, bon Dieu !

— Je n'en ai pas besoin.

— Oh, mais si ! Tous les deux, nous en avons bien besoin.

Perspective alarmante, Philip serait peut-être obligé de travailler. Hillary refuserait également cette solution. Mais elle avait une idée :

— Et la pension alimentaire, tu connais ? Nick entend s'assurer que Johnny ne manque de rien. Eh bien, nous aussi. Voilà.

Il esquissa un sourire.

— Tu es très intelligente pour une jolie femme, dit-il en l'embrassant sur la joue, tandis qu'ils retournaient dans la salle.

Le juge avait escompté que les débats s'achèveraient vers Thanksgiving. Nick s'inquiétait à cette pensée. Il ne pouvait envisager de vivre sans son fils.

Soudain, la fin arriva. Johnny était venu témoigner, troublé, déchiré entre ses parents, un père qu'il adorait et une mère qui sanglotait en pleine audience, ce qui le touchait visiblement.

Le juge leur avait expliqué que normalement il lui fallait une ou deux semaines pour prononcer une sentence, mais que, étant donné que le drame durait depuis près d'un an, que la presse s'en était emparée et que l'enfant en souffrait, il allait se hâter. On leur adresserait une convocation ; dans l'intervalle, ils n'avaient qu'à rentrer chez eux et attendre.

Lorsque Nick quitta le Palais, les flashes des reporters lui balayèrent le visage et, comme d'habitude, les journalistes l'interrogèrent : « Qu'est-ce qu'ils ont dit, Nick ?... Où est l'enfant ?... Qui a gagné ?... Pensez-vous qu'elle va encore le kidnapper ? »

En sortant, Hillary se tint sur les marches, avec Philip, et leur adressa un sourire charmeur. Nick monta dans sa limousine et se renversa contre le dossier en fermant les yeux. Il avait repris un peu de poids depuis le retour de Johnny, mais, à quarante ans, il se sentait plus vieux que son âge.

Il se tourna vers Greer, qui s'absorbait dans la lecture de ses notes.

— Vous savez, il y a des moments où je me dis que ce procès n'en finira jamais.

— Oh ! si, répondit l'avocat en levant les yeux vers lui.

— Mais comment ?

— Cela, nous l'ignorons. Il faut attendre la décision du juge.

— Ben, soupira Nick, vous imaginez ce que c'est, de savoir dans des mains étrangères ce qu'on a de plus cher au monde ?

Greer secoua lentement la tête :

— Non. Mais j'imagine ce que vous ressentez, et je trouve ça abominable. J'espère de toutes mes forces que vous allez gagner.

Il s'était exprimé moins comme un avocat que comme un ami.

— Et si je perds ? Je pourrai faire appel ?

— Oui. Mais ça prendra du temps. Si vous voulez un conseil, attendez. Laissez-lui six mois avec son fils, et elle vous le ramènera en courant. Je l'ai observée, toute cette semaine : elle est exactement comme vous l'avez décrite. Intelligente, froide, calculatrice. Elle ne s'intéresse pas à lui. Vous avez commencé, elle va vous rendre la pareille, là où ça blesse le plus... Tout ce qu'elle souhaite, c'est de gagner. Publiquement. Pour avoir l'air d'une mère. L'Amérique, la maternité, la tarte aux pommes, vous connaissez la chanson.

Nick sourit pour la première fois depuis longtemps :

— Elle s'intéresse davantage à ses zibelines et à Van Cleef.

— Oui, mais pas au tribunal. Elle est rusée et ses avocats sont très forts.

— Vous aussi, Ben. Qu'on gagne ou qu'on perde, vous avez été formidable. Vous avez fait le maximum, je le sais.

— Ça ne veut pas dire grand-chose si on ne gagne pas.

Les deux hommes gardèrent le silence en regardant le ciel d'hiver pendant que la limousine glissait dans les rues.

La semaine suivante fut interminable, dans l'attente du verdict. Nick arpentait sa chambre nuit et jour, se rendait à son bureau, se précipitait chez lui, essayait de passer tous ses moments de liberté avec son fils, et Greer se sentait comme un futur père dans le couloir d'une clinique. Il avait rarement pris une affaire autant à cœur. Chez les Markham, Hillary était nerveuse comme un chat. Elle aurait voulu sortir au casino mais pour une fois Philip exerça une certaine influence sur elle :

— Tu auras l'air de quoi si les journalistes t'aperçoivent à l'*El Morocco* ?

— Et qu'est-ce qu'il faut que je fasse ? Que je reste ici à fabriquer un cheval à bascule pour mon fils ?

— Du calme. C'est presque fini.

Philip ne souhaitait pas irriter encore plus sa mère. Pour sauvegarder le moral de Hillary, il jouait avec elle au backgammon des heures durant et la pourvoyait en bouteilles de champagne. Il espérait de plus en plus que sa mère se laisserait attendrir. Hillary lui coûtait cher, et lui-même avait des goûts de luxe. Il leur fallait la fortune Markham ou la pension alimentaire. Philip jouait la prudence, comme il l'expliqua à sa femme tout en la portant sur leur gigantesque lit. Il venait de lui ôter ses vêtements et de les jeter à terre quand retentit la sonnerie du téléphone.

C'était le cabinet Fulton et Matthews. Ils étaient convoqués à deux heures. Le juge allait enfin rendre sa sentence.

— Alléluia ! s'écria Hillary, assise nue sur le lit. Ce soir, je suis libre !

Pas un mot au sujet de Johnny. Philip la renversa brutalement sur le lit et leurs jambes se mêlèrent.

XXXV

Le juge pénétra dans la salle d'un air sombre, la robe flottante, le visage fermé. L'huissier annonça la cour. Tous se levèrent, puis se rassirent. Nick attendait, le souffle court. Johnny était resté à la maison, car Nick avait souhaité lui épargner ce moment d'angoisse. Dehors, les couloirs étaient envahis par les journalistes. Les parties en présence avaient eu du mal à se frayer un chemin.

— Monsieur Burnham, commença le juge, voudriez-vous avoir la gentillesse d'approcher ?

Nick interrogea du regard son avocat, surpris par cette entorse aux usages. Puis le juge se tourna vers Hillary pour lui demander la même chose.

Tous deux se levèrent et obéirent. Le juge les considéra tour à tour. C'était un vieil homme aux yeux intelligents. La décision avait été difficile à prendre.

— Je voudrais vous dire à tous les deux, commença le magistrat, que je vous plains autant l'un que l'autre. Et l'on m'a dévolu le rôle ingrat du roi Salomon. A qui donner un enfant ? Peut-on le couper en deux ? En vérité, dans une situation de ce genre, toute décision ne peut que faire du mal à l'enfant. Je déplore que vous n'ayez su résoudre vos problèmes, pour le bien de votre fils.

Nick avait les paumes moites ; son dos était trempé de sueur. Hillary montrait également une grande nervosité.

— Vous êtes déjà divorcés. Remariée, quant à vous, madame. Et pour cette raison, ajouta le juge en se tournant brièvement vers Nick, l'enfant aura un foyer plus stable avec vous, madame Markham. C'est à vous que je confie la garde de l'enfant.

Il considéra Hillary avec un sourire paternel ; elle l'avait envoûté. Brusquement, Nick comprit ce qui venait d'être dit. Il fit volte-face vers le juge, hurlant presque.

— Mais il est allé fourrer un revolver contre le crâne de mon fils ! Et c'est ça, l'homme à qui vous le confiez ?

— Je confie l'enfant à votre femme. Et le revolver n'était pas chargé, monsieur Burnham, je tiens à vous le rappeler. Votre femme le savait. Et...

La voix continua dans un bourdonnement. Nick se sentit défaillir. Il se demanda s'il allait avoir un infarctus.

— ... vous serez autorisé à lui rendre visite. Vous pouvez proposer à la cour un projet en ce sens, ou bien vous arranger entre vous, à votre convenance. Vous rendrez l'enfant à Mme Markham vers six heures, ce soir. Et, étant donné vos revenus, la cour a fixé à deux mille dollars par mois le montant de la pension alimentaire que vous lui verserez.

Hillary avait gagné sur toute la ligne. Rayonnante, elle retourna à sa place et étreignit Philip, puis ses deux avocats. Nick secoua sombrement la tête, tandis que le juge quittait son fauteuil et que l'huissier annonçait :

— La séance est levée.

Nick se précipita hors de la salle, la tête basse, Ben Greer à son côté. Ils fendirent la foule qui encombrait les corridors, en se refusant à toute déclaration, puis s'affalèrent sur le siège de la limousine pendant qu'un photographe lançait un dernier flash sur la voiture.

— Je n'arrive pas à y croire, murmura Nick.

— Moi non plus.

Nick garda un visage de marbre durant le trajet, torturé à l'idée d'apprendre la nouvelle à son fils. A six heures, il faudrait avoir préparé les bagages de Johnny, pour l'envoyer vers un destin que Nick devinait catastrophique. Un instant, il pensa imiter Hillary et kidnapper l'enfant. Mais il ne pourrait se cacher indéfiniment, et puis Johnny aurait trop souffert.

Alors que Nick entrait dans l'immeuble, Ben le suivit sans savoir s'il valait mieux rester ou s'en aller ; quand il vit le visage de Johnny, il se dit qu'il aurait mieux fait de partir.

— On a gagné ?

— Non, petit fauve. Nous avons perdu.

Johnny fondit en larmes et Nick le prit dans ses bras. Ben se détourna, se haïssant de n'avoir pu réussir.

— Je ne veux pas aller chez elle, papa ! Je ne veux pas ! Je me sauverai.

— Non, Johnny. Tu montreras que tu es un grand garçon et tu feras ce que dit le tribunal, et nous nous verrons tous les week-ends.

— Je ne veux pas te voir le week-end. Je veux te voir tous les jours.

— Nous allons essayer de nous en sortir. Et Ben dit qu'on peut faire appel. Ça prendra du temps, mais on peut gagner.

— On ne gagnera pas, répliqua l'enfant. Et je ne veux pas vivre avec eux.

— Nous ne pouvons rien faire pour le moment. Il faut attendre. Ecoute, je te téléphonerai tous les jours. Et tu pourras m'appeler chaque fois que tu voudras...

Sa voix s'était mise à trembler. Il tint son fils serré contre lui, simplement ; dans l'immédiat, il fallait l'aider.

— Allons, petit fauve. On va préparer tes affaires.

— Maintenant ? Mais je dois partir quand ?

Nick avala péniblement sa salive :

— A six heures. Le juge a pensé que c'était mieux comme ça. Alors, il faut obéir, mon petit garçon.

Nick ouvrit la porte. Johnny le considéra avec de grands yeux. Ce jour-là était le plus abominable que Nick eût jamais vécu ; et c'était aussi le plus abominable pour son fils.

Enfin, les joues ruisselantes de larmes, Johnny se dirigea vers la porte, lentement, d'un pas traînant.

— Tu m'appelleras tous les soirs ?

Nick acquiesça, refoulant ses sanglots.

282

— Oui.

— Tu promets ?

— Je promets.

Il leva la main pour jurer, et Johnny se rua une fois encore dans ses bras.

Ils montèrent l'escalier, sous le regard des domestiques, et remplirent de jouets et de vêtements trois vastes sacs de voyage. Nick tenait à s'en charger lui-même. Quand il en eut fini, il jeta un coup d'œil circulaire sur la chambre de son fils :

— Ça devrait suffire. Tu peux laisser le reste ici, pour quand tu viendras.

— Tu crois qu'elle me le permettra ?

— Bien sûr.

A six heures exactement, la sonnette de la porte d'entrée retentit. Hillary arborait un doux, un pâle sourire, et Nick la haït plus que jamais.

— Ses affaires sont prêtes ?

Décidément, elle remuait le fer dans la plaie. Nick la fixa droit dans les yeux. De beaux yeux noirs, mais où ne vivait aucune émotion humaine.

— Tu dois être très fière de toi.

— Ce juge était très bien.

— C'est un vieil imbécile.

Son seul espoir était que Ben eût raison : si elle pouvait se fatiguer de Johnny... L'enfant arriva dans le vestibule et se tint près de son père, scrutant sa mère à travers ses larmes.

— Tu es prêt, mon chéri ?

Johnny secoua la tête, cramponné à son père, qui désigna les sacs de voyage.

— Hillary, je veux discuter du droit de visite avec toi.

— Naturellement.

La jeune femme avait résolu de se montrer magnanime. Nick pourrait voir son fils aussi souvent qu'il le souhaiterait. Elle avait démontré ce qu'elle voulait démontrer : Johnny lui appartenait.

— De mon côté, poursuivit-elle, j'ai quelque chose à te demander.

— Quoi donc ?

— On peut aller à l'intérieur ?

— Pourquoi ?

— Je voudrais te parler seule à seul.

— Je n'en vois pas l'utilité.

— Moi, si.

Ses yeux plongèrent dans ceux de Nick, qui écarta doucement son fils et fit entrer Hillary dans la bibliothèque, où elle le suivit sans perdre de temps.

— Je veux qu'il vienne ce week-end, commença-t-il, si ça ne te dérange pas.

— Je vais voir, je te dirai. Je ne sais pas encore ce qu'on va faire.

L'envie le dévora de la gifler.

— Appelle-moi ce soir, Hillary. Johnny a besoin de temps pour s'habituer. Ça lui fera du bien de revenir très vite.

— Comment puis-je être sûre que tu ne t'enfuiras pas avec lui ?

— Je ne lui ferai pas ça...Bon, de quoi voulais-tu me parler ?

— De mon chèque.

— Quel chèque ?

— La pension alimentaire. Puisque Johnny vient avec moi dès maintenant, il me semble que la pension doit prendre effet dès aujourd'hui.

Il la dévisagea, incrédule. Puis, sans un mot, il ouvrit un tiroir, jeta un carnet de chèques sur le bureau, se pencha pour inscrire les noms et les chiffres, et enfin lui tendit le chèque d'une main tremblante.

— Tu m'écœures.

— Merci.

Lui adressant un dernier sourire, elle quitta la pièce. Il la suivit dans le vestibule, où Johnny attendait à côté de ses bagages. C'était la fin. Nick avait perdu la guerre. Il prit son fils dans ses bras en le serrant de toutes ses forces ; puis il appuya sur le bouton de l'ascenseur.

Johnny sanglotait, Nick mit un à un les sacs de voyage dans l'ascenseur, après quoi Hillary saisit fermement la main du petit garçon. Ils entrèrent dans la cabine, les portes se fermèrent, puis ils disparurent. Nick demeura sur le palier, seul, la tête contre le mur.

XXXVI

Johnny s'installa chez sa mère le soir du 3 décembre. Trois jours plus tard, Liane lut les résultats du procès dans le journal ; elle avait redouté ce dénouement. Elle replia le journal avec une expression si attristée que son oncle le remarqua.

— Que se passe-t-il ?

— Il vient d'arriver quelque chose d'affreux à l'un de mes amis.

— Je le connais ?

La jeune femme lui fit signe que non. Sans doute avait-il suivi le procès dans la presse, mais il ignorait que sa nièce connaissait Nick Burnham. Le cœur lourd, Liane imagina la détresse de Nick.

Elle se leva de la table du petit déjeuner ; son travail l'attendait. Mais, durant toute la journée, elle ne cessa de songer à Nick. Cette fois, quand elle s'empara du téléphone, elle ne le reposa pas, mais se renseigna sur les aciéries Burnham ; quand l'opératrice forma le numéro à New York et qu'on décrocha à l'autre bout du fil, Liane demanda Nick. On lui répondit qu'il était sorti. La jeune femme ne laissa pas son nom. Elle s'interrogeait : où était-il allé panser ses blessures ? Elle pensa qu'il l'appellerait peut-être, dans son accablement. Mais comment aurait-il su qu'elle se trouvait sur la côte Ouest ? Il y avait longtemps qu'ils avaient coupé les ponts, et c'était aussi bien.

Liane mesura en même temps l'incongruité de ses rêveries, car ils ne s'étaient pas revus depuis dix-sept mois et Nick avait divorcé depuis près d'un an. Autant dire qu'il avait dû rencontrer une autre jeune femme ;

peut-être était-ce pour elle qu'il avait divorcé. Tout ce qu'on pouvait espérer, c'était qu'elle sache adoucir son chagrin. Si c'était possible.

— Tu fais une mine d'enterrement, observa George dans la soirée. Tu travailles trop, avec ces trucs idiots à la Croix-Rouge.

— Ce ne sont pas des trucs idiots, mon oncle.

— Alors, pourquoi as-tu l'air tellement abattue ? Tu devrais sortir, t'amuser un peu.

Elle s'efforça de sourire. Au moins, il avait renoncé à lui présenter les fils de ses amis. La jeune femme ne vivait que pour les lettres de son mari, qui lui arrivaient maculées, froissées, toujours passées en fraude par des réseaux du Midi. Il s'écoulait parfois des semaines avant que quelqu'un se rende en Angleterre ou en Espagne, et, chaque fois qu'une lettre lui parvenait enfin, la jeune femme, rassurée, pouvait donner à ses filles de bonnes nouvelles d'Armand. George demeurait confondu par cette détermination, car peu de femmes auraient fait preuve d'une telle fidélité. Lui-même en avait connu plus d'une pendant la Grande Guerre... Liane ressemblait à son père, beaucoup plus qu'à lui. Bien qu'il jugeât ces sentiments assez naïfs, il ne les admirait pas moins.

— Tu aurais fait une sublime bonne sœur, tu sais, la taquina-t-il.

— J'ai dû rater ma vocation.

— Il n'est jamais trop tard.

— Je m'entraîne, je m'entraîne...

Ils bavardèrent gaiement pendant leur habituelle partie de dominos. Liane avait peine à croire qu'un nouveau Noël approchait et qu'elle avait regagné San Francisco depuis un an déjà. La guerre lui semblait vieille de plusieurs siècles. Armand évoquait parfois ses activités dans ses lettres et lui parlait d'André Marchand. Les bombardements de Londres n'avaient pas cessé et, bien que l'armée allemande perdît des milliers d'hommes sur le front russe, rien ne laissait présager la fin des hostilités.

Le 6 décembre, incapable de trouver le sommeil, la jeune femme finit par se lever de son lit et faire quelques pas dans la maison silencieuse, pour échouer enfin dans la bibliothèque, où elle s'installa au bureau. Elle aimait bien écrire à son mari tard dans la nuit ; cela lui donnait le temps de rassembler ses pensées. Depuis des mois, elle souffrait d'insomnies. Cette nuit-là, elle lui écrivit longuement, sachant que la majeure partie de sa lettre serait censurée par les Allemands, puisque sa correspondance ne pouvait suivre que les canaux les plus officiels. Enfin, elle inscrivit l'adresse en bâillant, puis regarda au-dehors la nuit de décembre. Rassérénée, elle retourna se coucher.

Le lendemain, elle éprouva à son réveil un sentiment étrange. Songeant à Armand, elle parcourut avidement le journal, comme de coutume, en guettant les nouvelles de la guerre.

— Liane, est-ce toi que j'ai entendue rôder, cette nuit ? Ou bien un cambrioleur ?

George lui sourit par-dessus sa tasse de thé, en ce dimanche matin. Il savait à quoi s'en tenir. La première fois qu'il l'avait entendue, il avait bondi hors de sa chambre, revolver au poing, et, aussi terrorisés l'un que l'autre, ils avaient pris la fuite.

— C'était certainement un voleur, oncle George, plaisanta-t-elle.

Elisabeth fit irruption dans la pièce :

— Il a emporté les cadeaux de Noël ?

La petite fille craignait par-dessus tout qu'on puisse dérober l'énorme quantité de cadeaux en réserve dans un placard.

— Je vérifierai, promit joyeusement la jeune femme.

Elisabeth alla rejoindre sa sœur au jardin. Les deux enfants se plaisaient à San Francisco, bien que leur père leur manquât, et s'habituaient bien à ce nouveau mode d'existence. Les épreuves qu'elles avaient traversées à Washington n'avaient plus cours ici, grâce à George, qui ne mentionnait pas la prétendue appartenance politique d'Armand.

Liane se rendit d'un pas plus léger à la Croix-Rouge, où elle travaillait également le week-end, au grand désespoir de son oncle, d'ailleurs. Elle s'inquiétait pour Nick, tout en sachant d'expérience que le temps apaise les blessures. Elle avait beau s'étonner souvent de la vivacité de ses souvenirs, de l'image omniprésente de Nick et de leur bonheur à bord du *Deauville*, il lui apparaissait en même temps comme un rêve lointain. Quelquefois, la nuit, le visage de Nick se confondait avec celui d'Armand et, lorsqu'elle se réveillait, elle ne se rappelait plus où elle était, ni avec qui, et ne reprenait conscience qu'en apercevant le pont du Golden Gate ou en entendant les cornes de brume.

Nick représentait une part de son passé, une part qu'elle chérissait. La jeune femme avait besoin de cette force dont il lui avait parlé, lors de leurs adieux, elle en avait besoin chaque fois qu'il lui fallait attendre trois, quatre, cinq semaines une lettre de son mari, chaque fois qu'elle lisait des articles sur la guerre, chaque fois qu'elle imaginait Armand au milieu des nazis, elle en avait besoin chaque jour, à chaque heure, pour elle-même, pour ses filles, même pour George. Et elle en eut besoin lorsqu'elle alluma la radio, dans sa chambre, en rentrant de l'église.

Liane s'immobilisa au centre de la pièce, sans pouvoir y croire. Six vaisseaux de guerre venaient d'être coulés ou gravement endommagés à Pearl Harbor et l'armée de l'air ne conservait plus que seize bombardiers en état de fonctionner. Tôt dans la matinée, les Japonais avaient lancé une attaque surprise contre la base américaine, en causant un nombre incalculable de morts.

Livide, le cœur battant la chamade, elle se précipita dans l'escalier pour descendre avertir son oncle. Celui-ci se tenait dans son bureau, écoutant les informations. Il pleurait ; sa patrie, le pays qu'il aimait tant, venait d'être directement agressée. Sans un mot, la jeune femme vint l'embrasser, pendant que la radio diffusait le message de Roosevelt. L'Amérique allait entrer en guerre. La nouvelle fut confirmée le lendemain matin par le Sénat. Trois jours plus tard, le 11 décembre, l'Allemagne et l'Italie déclaraient la guerre aux Etats-Unis. Le Congrès vota une résolution commune pour entériner l'entrée en guerre du pays. Pour les Américains, une aube nouvelle s'était levée ; une aube sinistre. Après Pearl Harbor, tous se demandaient si les Japonais n'allaient pas pousser l'audace jusqu'à s'en prendre à des villes du continent américain. La sécurité, les certitudes, tout avait volé en éclats.

XXXVII

Dès le matin du 7 décembre, la panique saisit les New-Yorkais, moins toutefois que les habitants de la côte Ouest, en raison de leur situation géographique. L'annonce de l'entrée en guerre des Etats-Unis en soulagea beaucoup, car les Américains pourraient enfin retrousser leurs manches et rendre coup pour coup.

Nick n'apprit pas la nouvelle sur le moment, mais environ une heure plus tard. Quand Hillary était venue chercher Johnny, il avait pris sa voiture pour rouler sans but toute la nuit. Au matin, il se réveilla sur le bas-côté de la route, en plein Massachusetts.

Il appela Hillary afin de parler à son fils, mais, quand il évoqua le week-end, Hillary lui rétorqua qu'ils se rendaient tous les trois à Palm Beach, chez Mme Markham. Il devina sans peine que Philip et Hillary comptaient faire les yeux doux à la vieille dame pour lui soutirer de l'argent, encore que la pension alimentaire leur ôtât ce souci, en principe. Cela signifiait surtout qu'il ne pourrait voir son fils.

Il téléphona à son bureau pour dire qu'il s'accordait une semaine de congé. Ses collaborateurs étant au courant du procès, il ne donna aucune explication. Il n'aurait pu se concentrer sur son travail. Malgré sa souffrance, ces quelques jours de vagabondage lui firent du bien. Nick appelait Johnny tous les soirs et allait d'une bourgade à l'autre, descendant dans des hôtels pittoresques, prenant des repas simples et sans prétention, se promenant dans les bois, au bord de lacs gelés.

Le jour de Pearl Harbor, il rentra déjeuner dans son modeste hôtel, commanda un bol de soupe et du *cheese-cake*, but de la bière, tout en tendant une oreille distraite vers la radio que quelqu'un avait allumée à l'autre bout de la salle à manger. Au début, il eut du mal à saisir de quoi on parlait, puis, comme des millions de gens à travers le pays, il frissonna. Sans un mot, il rentra dans sa chambre faire ses bagages : il fallait regagner New York sur-le-champ. Finie, l'escapade en Nouvelle-Angleterre. Il téléphona chez Hillary pour laisser un message destiné à Johnny : Nick annonçait son arrivée pour le soir même, au mépris de la réglementation du droit de visite.

Il lui fallut quatre heures et demie pour retourner à New York, où il se dirigea aussitôt vers son bureau de Wall Street, sans passer à l'appartement pour se changer. Dans la paix du dimanche, il prit place à son bureau, toujours en vêtements de week-end. Il fallait qu'il revienne ici, pour décider de ce qu'il fallait faire.

Durant le trajet de retour, il avait écouté la radio. L'armée de l'air avait surveillé l'ensemble de la côte Ouest et l'on n'avait signalé aucun avion ennemi.

Il composa le numéro privé, après avoir pris quelques notes ; on le laissa en attente un certain temps, puis le Président arriva plus vite que Nick ne l'espérait. Roosevelt devait être assailli d'appels émanant de toute personne de quelque importance. Le président des aciéries Burnham appartenait à ces privilégiés auxquels il répondait en priorité.

Le téléphone calé contre son oreille, Nick continua de griffonner sur un papier. Il se sentait en mission. Pour la première fois de sa vie, il avait essuyé une défaite et il comptait bien remporter la prochaine bataille. Un jour, on lui rendrait son fils. Peut-être la situation actuelle était-elle préférable, après tout.

Pendant longtemps, Nick n'allait plus avoir une minute à lui. Son entretien avec le Président fut bref mais positif.

Il ne lui restait plus qu'à aller voir John. Mais, auparavant, Nick appela Brett Williams.

Ce dernier était l'homme de confiance qui avait dirigé son entreprise durant son séjour en Europe. Brett avait attendu son coup de téléphone tout l'après-midi.

— Alors, Nick, qu'est-ce que tu penses de tout ça ?

Il n'y eut ni politesses, ni amabilités, ni condoléances au sujet du procès contre Hillary. Les deux hommes se connaissaient trop bien pour cela. Brett avait démarré sous les ordres du père de Nick et son aide avait toujours été inestimable.

— J'en pense qu'on va devoir travailler comme des fous. Et puis, aussi, je viens d'appeler Roosevelt.

— Tu n'as sans doute pas été le seul. Toutes les vieilles dames du Kansas...

Nick esquissa un sourire. Williams était un homme surprenant. Né dans une ferme du Nebraska, il avait obtenu une bourse pour Harvard, avant d'achever brillamment ses études.

— J'ai préparé quelques notes. Peggy les tapera pour toi demain. Mais j'ai une ou deux questions pertinentes à te poser.

— Vas-y, j'écoute.

Nick hésita à se lancer, car c'était beaucoup demander, mais Brett Williams n'avait pas coutume de le laisser tomber. Ce fut néanmoins un soulagement d'entendre sa réponse.

Williams ne s'étonna guère de la requête de Nick, tout comme Roosevelt quelques minutes plus tôt. C'était la seule chose que pût faire Nick, étant donné ce qu'il était. Cependant, Nick se demandait si Johnny comprendrait aussi facilement.

XXXVIII

Le vendredi, Nick alla chercher son fils. Il avait tout réglé à son bureau, de sorte que le week-end était à lui. Les lèvres pincées, Hillary leur dit adieu sur le pas de la porte.

— A dimanche, Hillary. Je le ramènerai à sept heures.

— Je préférerais à cinq heures.

Nick décida de ne pas discuter en présence de Johnny ; l'enfant en avait déjà trop vu.

— Entendu.

— Où serez-vous ?

— A l'appartement.

— Que Johnny m'appelle demain. Je veux être sûre qu'il va bien.

Exaspéré, Nick fit néanmoins un signe d'assentiment. Dans la voiture, il posa quantité de questions à son fils. Bien qu'il eût souhaité vivre avec son père, Johnny dut admettre que sa mère le traitait décemment. Et, à Palm Beach, la vieille Mme Markham l'avait comblé de cadeaux et emmené en promenade ; il l'aimait bien. En revanche, il ne voyait guère sa mère et Philip, qui sortaient beaucoup. Philip ne lui semblait pas s'intéresser aux enfants.

— Ils sont gentils, mais ce n'est pas comme d'être avec toi, papa, dit-il en se laissant tomber sur son lit, dans son ancienne chambre.

— Bienvenue à la maison, mon petit garçon.

La douleur des neuf jours précédents commençait à s'estomper.

— C'est chouette de revenir...

Ils passèrent le samedi à faire du patinage à Central Park, avant d'aller au cinéma et de se régaler d'un hamburger. Mais il leur manquait le sentiment de l'habitude, de la vie quotidienne.

Le dimanche, Nick lui annonça ce qu'il redoutait de lui dire depuis le début du week-end, bien qu'ils eussent déjà évoqué Pearl Harbor : Nick comptait se rengager.

— Comment ça ? Tu vas te battre contre les Japs ?

Johnny avait entendu l'expression à l'école. Quoique Nick ne l'appréciât guère, il acquiesça.

— Je ne sais pas où on va m'envoyer, John. Ça peut être n'importe où.

L'enfant avait écouté attentivement. Il leva des yeux tristes vers son père :

— Et ça veut dire que tu t'en iras, comme quand tu étais à Paris.

Il ne rappela pas à Nick sa promesse de ne plus le quitter, mais Nick lut des reproches dans son regard. En tant que magnat d'une industrie de premier plan, il aurait pu obtenir facilement un sursis. Mais, comme on lui avait arraché son fils, il éprouvait le besoin de se changer les idées, de partir loin de Hillary, du tribunal, de l'attente du jugement en appel, et même des reproches muets de son fils. C'étaient ses promenades dans les bois du Massachusetts qui avaient opéré cette transformation. Il avait téléphoné à Roosevelt pour lui demander d'accélérer les formalités de rengagement. Et il avait appelé Brett Williams pour lui proposer de diriger les aciéries Burnham durant son absence.

— Tu t'en vas quand, papa ?

En quelques mois, Johnny avait grandi, mûri.

— Je l'ignore. Sans doute assez vite, mais ça dépend de ma destination.

La nouvelle gâcha le reste de leur après-midi. Même Hillary remarqua l'air abattu de l'enfant quand Nick le lui ramena.

— Qu'est-ce qui s'est passé ?

— Je lui ai dit que je reprenais du service.

— Dans les Marines ? s'étonna-t-elle.

— Nous sommes en guerre. Tu es au courant ?

— Mais tu es exempt...

— J'ai une responsabilité envers mon pays.

— Tu veux que je chante l'hymne national ?

Nick ignora le sarcasme et se pencha pour embrasser le petit garçon, en promettant de l'appeler le lendemain. Il devait se présenter à la base de Quantico, en Virginie, dans la journée du mardi, après quoi il aurait du travail pendant une ou deux semaines. Ayant été longtemps réserviste, il retrouvait son ancien grade : celui de commandant.

Il s'interrogea sur ce que Hillary pourrait bien raconter à Johnny ; qu'il n'était pas obligé de partir, qu'il était stupide... Que penserait son fils ? Il se sentirait abandonné. A bout de forces, Nick regagna son appartement afin de classer quelques papiers. Il avait beaucoup à faire avant mardi.

XXXIX

Quand Nick se présenta à la base de Quantico, le mardi matin, il fut surpris par le nombre d'hommes qui rejoignaient les rangs. Il croisa un ou deux réservistes de sa connaissance, ainsi qu'une foule de jeunes gens qui s'engageaient comme volontaires. Et il s'étonna également de se sentir aussi à l'aise dans son uniforme. Tandis qu'il traversait rapidement le hall, un jeune homme nerveux le salua militairement en l'appelant « mon colonel ».

— Général, s'il vous plaît ! rugit Nick.

Le soldat trembla de tout son corps, pendant que Nick refrénait son fou rire.

— Oui, mon général !

Le « bleu » disparu, Nick tourna dans un couloir et se heurta à un vieil ami, qui avait assisté à l'incident.

— Nick, tu devrais avoir honte ! Ces gamins sont aussi patriotes que toi. Probablement plus. Qu'est-ce que tu fabriques ici ? Tu prends le frais ?

C'était un avocat avec qui il avait fait ses études à Yale et qu'il avait retrouvé plus tard dans l'armée de réserve.

— Et toi, Jack, qu'est-ce qui t'est arrivé ? Tu t'es fait radier par le Conseil de l'Ordre ?

— Bien sûr, sinon qu'est-ce que je ferais ici ?

Riant gaiement, les deux hommes se dirigèrent vers un bureau pour chercher leur feuille de route.

— Remarque, reprit Jack, la nuit dernière je me suis dit que je devais être cinglé.

— Ça, je le savais depuis Yale... Tu as une idée de notre destination ?

— Tokyo. L'hôtel *Impérial*.

— Epatant !

Nick ne détestait pas ce retour sous les armes. La veille, il avait parlé à Johnny ; le petit garçon avait fini par comprendre son point de vue. En fait, il paraissait fier de son père.

Une femme officier leur tendit leurs papiers en leur souriant aimablement ; car c'étaient les deux hommes les plus séduisants qu'elle eût aperçus cette semaine ; si Jack Ames portait une alliance, elle nota que ce n'était pas le cas de Nick Burnham.

— Faut-il les décacheter maintenant, lieutenant ? lui demandèrent-ils. Ou faut-il attendre ?

— Comme vous voudrez, du moment que vous atteignez à temps votre centre de ralliement.

Jack ouvrit son enveloppe le premier, d'une main agitée.

— Et le gagnant est... merde. San Diego. Et toi, Nick ?

Nick suivit son exemple et lut :

— San Francisco.

Jack alla pincer la joue de la jeune femme :

— Et ensuite, Tokyo, hein, mon petit chat ?

— Lieutenant, s'il vous plaît.

De retour dans le hall, Nick s'absorba dans ses pensées.

— Tu as un problème ? Tu n'aimes pas San Francisco ?

— Si, mais la feuille indique que je dois y être mardi prochain.

— Et alors ? Tu avais des projets ? Tu peux encore changer d'avis, tu sais.

— Non, ce n'est pas la question. Mais ça m'oblige à partir après-demain. J'avais dit à mon fils...

Jack comprenait : lui-même avait une femme et

trois enfants. D'un geste amical, il tapota l'épaule de Nick.

Le soir même, Nick téléphona chez Hillary. Il s'en irait par le train du jeudi soir, ce qui lui laisserait vingt-quatre heures pour faire ses adieux à Johnny ; peu de temps...

Il expliqua d'abord la situation à Hillary, qui pour une fois fit preuve de générosité et lui permit de voir son fils le lendemain soir, ainsi que le jeudi, aussi longtemps qu'il le pourrait. Puis elle appela Johnny pour qu'il vienne au téléphone.

— Salut, papa.

— Salut, mon commandant, s'il te plaît. Comment vas-tu, petit fauve ?

Nick s'efforçait de garder un ton léger, mais le cœur n'y était pas.

— Ça va bien.

L'enfant aussi semblait triste. Il ne s'était pas encore remis de ce que son père lui avait annoncé le week-end précédent.

— Tu aimerais qu'on soit ensemble, demain soir ?

— C'est possible ? Tu crois que maman sera d'accord ?

— Oui, elle est déjà d'accord.

— Youpi C'est super !

— Je passe te prendre à cinq heures. Tu pourras dormir chez moi, et tu décideras du restaurant.

— Tu veux dire que tu es déjà en permission ?

— Evidemment. Je suis un homme très important.

Le petit garçon se mit à rire :

— Ça doit être génial d'être un Marine.

— Pas vraiment... Bon, à demain soir. A cinq heures.

Nick raccrocha et s'éloigna du téléphone à pas lents. Les adieux allaient être pénibles, mais ni plus ni moins que le résultat du procès.

Au dîner, le lendemain, Johnny se contenta de le dévisager. Il ne pleura pas, il ne protesta pas, il ne dit pas un mot. Il regarda son père d'une manière qui lui brisa le cœur.

— Allons, petit fauve. Ce n'est pas si terrible.

— Tu avais promis que tu ne t'en irais plus. Tu avais promis, papa.

Ce n'était pas un reproche, mais simplement une petite voix déçue.

— Mais, Johnny, nous sommes en guerre.

— Maman dit que tu n'es pas forcé de partir.

Nick prit une profonde inspiration :

— C'est vrai. Si je voulais, je pourrais rester derrière mon bureau, mais ce ne serait pas bien. Tu serais fier de moi si je faisais une chose pareille ? Dans quelques mois, les pères de tes amis s'en iront à la guerre. Alors, que penserais-tu ?

— Je serais content que tu sois resté avec moi.

— Oui, mais à la fin tu aurais honte de moi. C'est donc ce que tu désires ?

— Je ne sais pas.

L'enfant plongea le nez dans son assiette, puis releva les yeux vers son père :

— Je ne veux pas que tu partes, c'est tout.

— Moi, j'aurais bien voulu que les Japonais n'attaquent pas Pearl Harbor, Johnny. Mais maintenant, notre tour est venu.

— Mais tu disais toujours qu'il n'y aurait pas la guerre !

— Je me suis trompé, mon petit garçon. Lourdement trompé. Et maintenant j'accomplis mon devoir. Tu vas me manquer horriblement, chaque jour, chaque nuit, mais il faut nous dire que c'est la meilleure chose à faire.

Des larmes perlèrent aux paupières du petit garçon :

— Et si tu ne reviens pas ?

— Je reviendrai, assura Nick d'une voix rauque.

Il faillit ajouter : « Je le jure », mais il se souvint que ses précédents serments n'avaient pas été respectés. Aussi se borna-t-il à conclure :

— Il faut que tu le saches, Johnny. Que tu saches que je reviendrai. Car je reviendrai.

Il lui parla un peu de San Francisco, après quoi ils se levèrent de table. Depuis quelques jours, les uniformes militaires avaient refleuri dans les rues.

Quand ils quittèrent le restaurant, bras dessus bras dessous, Nick se demanda si un jour son fils serait fier de lui ou s'il se moquerait de ses raisons, lui qu'on avait trahi une fois de plus, entre une mère qui ne s'occupait pas de lui, un juge qui ne le comprenait pas et un père qui partait sous les drapeaux.

Le lendemain se révéla encore plus pénible. Ils se promenèrent longuement dans le parc, à regarder distraitement les patineurs. Le temps s'écoula trop vite. Nick ramena son fils à quatre heures chez Hillary. Elle ouvrit elle-même la porte et remarqua l'air désespéré du petit garçon.

— Prends soin de toi, Johnny, dit Nick. Je t'appelle de San Francisco dès que possible, promit-il en s'agenouillant près de son fils. Prends grand soin de toi... Je reviendrai. Tu sais que je reviendrai.

Johnny l'entoura de ses bras en sanglotant :

— Ne pars pas... ne pars pas... ils vont te tuer.

— Mais non.

Nick luttait contre ses propres larmes ; Hillary se détourna, touchée par leur chagrin, pour une fois. Nick étreignit son fils, puis il se releva.

— Maintenant, il faut que tu rentres, mon petit garçon.

Mais l'enfant demeura immobile tandis que Nick s'éloignait, il le regarda comme il se retournait pour lui adresser un signe de la main ; puis Nick disparut. Il courut sur la chaussée, pour héler un taxi, longue silhouette en uniforme, regard vert profond noyé de larmes.

Il passa chercher ses bagages à l'appartement, fit ses adieux à la bonne, elle aussi très émue, serra la main de Mike, le portier de l'immeuble, puis alla attraper son train. En s'asseyant parmi les autres soldats, il se souvint du dernier train qu'il avait vu, celui qui emmenait Liane à Washington. Il fit le vœu que rien n'ait changé pour la jeune femme, qu'Armand soit toujours vivant. Maintenant, il connaissait ce qu'ils avaient dû éprouver à Toulon, la déchirure des adieux...

Durant le trajet vers la côte Ouest, Nick n'eut de

pensées que pour son fils, pour son visage, pour son expression au moment de la séparation.

Il l'appela à mi-parcours, mais l'enfant était sorti ; il voulut encore essayer, dès son arrivée à San Francisco, mais il ne put téléphoner à une heure décente, submergé qu'il était par les tâches à effectuer, les horaires, en un mot par la réadaptation à la vie militaire.

Il se réjouit de pouvoir enfin se rendre dans sa chambre. Les Marines avaient établi leurs quartiers dans quelques petits hôtels de Market Street, faute de mieux. Lorsque Nick ferma la porte derrière lui, il eut un certain mal à se rappeler que son retour sous les drapeaux ne datait que d'une semaine : il lui semblait que plusieurs années s'étaient écoulées et il en arrivait déjà à saturation.

Il espérait qu'on l'embarquerait bientôt, car il n'avait rien à faire dans cette ville où l'on croisait partout des uniformes. Dans l'immédiat, Nick n'avait besoin que d'une bonne nuit de repos. Etendu dans l'obscurité, sur son lit étroit, il commençait à peine de glisser dans le sommeil lorsqu'on frappa à la porte. En grommelant un juron, il se traîna hors du lit, ouvrit et se retrouva face à un soldat de deuxième classe muni d'un carton d'emploi du temps.

— Commandant Burnham ?

— Oui ?

— Pardonnez-moi de vous déranger, mais on m'a dit de prévenir tout le monde... Il y a une réunion, ce soir, organisée par la Croix-Rouge. C'est pour les officiers de réserve qui viennent d'arriver. Et à cause de Noël...

— Et c'est pour ça que vous me réveillez ? Ecoutez, je viens de faire quatre mille cinq cents kilomètres et je n'ai pas pu dormir à peu près correctement depuis cinq jours, et vous venez tambouriner chez moi pour m'inviter à une tasse de thé généreusement offerte par la Croix-Rouge ?

Nick tenta d'adopter un ton menaçant, mais il ne put que rire en ajoutant :

— C'est une plaisanterie, ou quoi ?

— Excusez-moi, mon commandant... L'officier pensait que...

— Il va à ce machin de thé ?

— Il ne s'agit pas de thé, mon commandant, mais de cocktails.

— Ça change tout ! Quel genre de cocktails ? Gin-tonic, Bloody Mary ?

— Non, mon commandant, je veux dire... je ne sais pas, mon commandant. C'est simplement que les gens d'ici ont été très gentils avec nous, je veux dire : les Marines. Et alors, l'officier de commandement veut que tout le monde soit là, je veux dire, pour que... pour connaître votre avis sur...

— Mon avis sur quoi ?

— Je ne sais pas, mon commandant.

— Parfait. Eh bien, vous n'avez qu'à prendre mon uniforme et y aller à ma place.

— Oh, mon commandant, je passerais en cour martiale si je me déguisais en officier.

— Dites-moi, soldat, ce truc, c'est un ordre ou une invitation ?

— Les deux, je pense, je veux dire... Une invitation de la Croix-Rouge, et... euh...

Nick le coupa :

— Et un ordre de l'officier. Bon. A quelle heure est cette petite sauterie ?

— A dix-huit heures, mon commandant.

Nick consulta sa montre ; l'heure approchait dangereusement.

— Et merde. Adieu ma sieste. Enfin, merci quand même.

Sur le point de refermer la porte, Nick se ravisa :

— Au fait, ce machin a lieu où ?

— C'est inscrit au tableau d'en bas.

— ... mon commandant.

Le soldat rougit, à la grande joie de Nick.

— Excusez-moi, mon commandant.

— D'où êtes-vous ?

— De La Nouvelle-Orléans.

— Vous vous plaisez ici ?

— Je ne sais pas, mon commandant. Je veux dire : je ne suis pas encore sorti.

— Il y a longtemps que vous êtes arrivé ?

— Quinze jours. Avant, j'étais dans un camp d'entraînement dans le Mississippi.

— Vous avez dû rigoler comme un petit fou...

Ils échangèrent un regard complice. Nick reprit :

— Puisque vous refusez d'endosser mon uniforme, soldat, il va falloir que je m'habille.

Nick faisait partie des *happy few* dont la chambre comportait une douche. Il se prépara et, vingt minutes plus tard, il descendit voir l'adresse sur le panneau d'affichage. Mme Fordham MacKenzie, Jackson Street. Comme il connaissait peu San Francisco, n'étant pas venu depuis nombre d'années, il résolut de prendre un taxi. Trois autres officiers, qui avaient reçu la même « invitation », partagèrent son taxi ; tous quatre parvinrent devant une imposante demeure que précédaient une grille de fer forgé et des jardins à la française. L'un des officiers siffla doucement à cette vue pendant que Nick réglait la course, puis les quatre hommes s'approchèrent de la grille pour actionner la sonnette.

Un maître d'hôtel leur montra le chemin, tandis que Nick se demandait combien de soirées de ce genre pouvait donner Mme MacKenzie. La guerre avait amené ici une foule d'étrangers. Et Noël n'était que dans deux jours.

Avant de partir, il avait donné ses cadeaux à Johnny, ce qui n'empêcherait pas ce Noël d'être sinistre pour eux, songea-t-il en pénétrant dans un salon où bavardaient des officiers et des femmes en tenue de cocktail, parmi les plateaux de champagne que passaient les serveurs. Nick se mouvait comme dans un rêve en regardant le Golden Gate par une fenêtre. Puis, lorsqu'il reporta son attention sur ce qui l'entourait, il la vit brusquement, dans un angle de la pièce, parlant avec une femme en robe rouge.

Sous le poids de son regard, elle fit volte-face, leurs yeux se rencontrèrent et le temps s'arrêta. Lentement, il se dirigea vers elle et elle entendit la voix qui avait peuplé ses rêves durant un an et demi... Cette voix glissa comme une caresse et la foule disparut autour d'eux pendant qu'il ne prononçait qu'un seul mot :

— Liane...

Elle leva les yeux vers lui, incrédule, cependant qu'il lui souriait.

XL

— C'est vraiment vous ?

A l'expression de Nick, la femme qui bavardait avec Liane s'éclipsa discrètement.

— Je n'en suis pas sûre, sourit Liane.

— Mon Dieu, je rêve...

— C'est possible, commandant... Comment allez-vous ? Cela fait si longtemps...

Ses mots ne contenaient aucune invite.

— Que faites-vous ici, Liane ?

Il ne pouvait détacher les yeux de son visage.

— J'habite ici, à présent. Nous sommes arrivées l'an dernier.

Il chercha dans son regard ce qu'il brûlait de savoir, mais il n'y lut rien. La jeune femme avait subi des épreuves, cela, il le voyait, et il s'interrogea sur Armand ; mais, à l'annulaire, l'alliance était toujours en place.

— Je vous croyais à Washington.

— Ça n'a pas bien marché.

Elle n'en dit pas plus et, soudain, Nick aperçut le sourire familier, ce sourire dont il avait rêvé durant près de deux ans, ce sourire qu'elle avait lorsqu'elle reposait entre ses bras.

— Je suis si heureuse de vous revoir...

— C'est vrai ?

La jeune femme paraissait indécise, presque inquiète.

— Evidemment. Il y a longtemps que vous êtes à San Francisco ?

— Je suis arrivé aujourd'hui. Et vous, Liane, qu'est-ce que vous fabriquez ici ?

Cela ne lui correspondait pas, un cocktail pour l'armée.

— Je travaille à la Croix-Rouge. Nous sommes ici en service commandé.

Il se pencha pour lui murmurer à l'oreille :

— Moi aussi.

Liane éclata de rire, puis osa enfin lui demander :

— Et John ?

— Il va bien. Je ne sais pas si vous avez entendu parler du procès, mais j'ai divorcé l'an dernier et j'ai perdu la garde de Johnny il y a quelques semaines. Ça a été très dur pour lui. Et ça aussi, ajouta-t-il en désignant son uniforme.

— Pour vous aussi, ça a dû être dur, répondit-elle sans pouvoir le quitter du regard.

Il fallait qu'elle maintienne les distances, qu'elle garde cette porte fermée à tout jamais...

— Oui, j'ai eu des nouvelles du procès, enchaîna-t-elle. J'ai eu mal pour vous.

Nick acquiesça tout en buvant son champagne.

— J'étais sur le point de poursuivre en appel, mais il y a eu Pearl Harbor. Je réessaierai à mon retour. Mon avocat pense que Hillary tenait simplement à se venger de moi.

— Se venger de quoi, mon Dieu ?

— Se venger de ne m'avoir jamais aimé, si absurde que cela paraisse. Elle se considérait comme ma prisonnière.

Liane se rappela alors leur querelle à bord du *Normandie*.

— C'était vous le prisonnier, bien plus qu'elle.

— Grâce au ciel, c'est de l'histoire ancienne, maintenant. Johnny s'en est sorti, je ne peux pas me plaindre. A présent, il ne me reste plus qu'à le reprendre.

— Vous réussirez, dit-elle en se souvenant de ses mots : « Les âmes fortes ignorent la défaite. »

— Espérons que l'avenir vous donnera raison.

Il termina son champagne et la regarda encore. Liane était encore plus jolie qu'autrefois, mais on décelait en elle quelque chose de plus paisible, de plus réservé. Les épreuves avaient laissé des traces, et pourtant ses yeux semblaient encore plus bleus. Ses cheveux étaient ramassés en chignon. Nick se réjouit de la voir si belle, si élégante...

— Où habitez-vous, à San Francisco ?

— Chez mon oncle George.

— Et vos filles ?

— Elles vont bien. Elles se souviennent très bien de vous.

A cet instant, deux militaires se joignirent à eux, suivis d'une employée de la Croix-Rouge ; Liane s'éloigna peu après. Elle n'alla pas dire au revoir à Nick, et c'était aussi bien.

La jeune femme mit en marche la voiture qu'elle avait empruntée à son oncle. Revoir Nick avait rouvert des plaies qu'elle croyait guéries ; mais elle n'y pouvait rien. Tout avait changé pour lui, mais pas pour elle. Armand risquait sa vie en France et elle l'attendait à San Francisco.

— Bonne soirée ? questionna George, qui guettait son retour.

— Excellente, merci, assura-t-elle tout en ôtant son manteau.

— Ah bon ? Ça n'en a pas l'air.

— J'ai rencontré un vieil ami. De New York.

— Qui donc ?

— Nick Burnham.

Elle se demanda pourquoi elle lui en avait parlé, mais, après tout, il le fallait bien.

— Il a un rapport avec les aciéries Burnham ?

— Certes. En fait, les aciéries, c'est lui.

— C'est drôle : figure-toi que j'ai bien connu son père, il y a trente ans. Un type bien. Un peu fou, de temps en temps, mais nous étions tous fous, à l'époque. Il est comment ?

— Très bien. Et un peu fou, lui aussi. Il vient de se rengager chez les Marines, avec le grade de commandant.

— Il faudra l'inviter avant son départ... Tiens, que dirais-tu de demain ?

— Mon oncle, je ne crois pas que...

— C'est Noël, Liane. Il doit être très seul. Tu sais ce que c'est, d'être dans une ville étrangère ? Sois gentille, voyons.

— Je ne connais pas son numéro de téléphone.

— Tu n'as qu'à appeler chez les Marines. Ils sauront forcément.

— Je ne crois vraiment pas...

— Très bien, je n'insiste pas. Si ce n'est pas un idiot, il te téléphonera, grommela George.

Et Nick n'était pas un idiot. De retour à son hôtel, il resta longtemps à regarder Market Street, par la fenêtre, en songeant à Liane et à l'étrange coup du destin qui les remettait en présence. Si le petit soldat de La Nouvelle-Orléans n'était pas venu frapper à sa porte... Il s'empara d'un annuaire, à la recherche de George Crockett, et trouva l'adresse à Broadway. Elle vivait là, à ce numéro, dans cette maison. Nick nota le numéro sur un bout de papier et, le lendemain, il appela. Liane était déjà partie pour la Croix-Rouge, dont une bonne lui indiqua le numéro. Il téléphona aussitôt. Liane lui répondit.

— Vous êtes déjà au bureau, Liane ? Vous travaillez trop.

— C'est ce que dit mon oncle.

La jeune femme tremblait au seul son de sa voix. Elle aurait voulu qu'il ne l'appelle pas. Mais peut-être George avait-il raison, peut-être était-il plus gentil de l'inviter à dîner. Et peut-être, si elle se présentait à lui en amie, les vieux rêves seraient-ils enfin exorcisés.

— Vous êtes libre à déjeuner ? questionna-t-il.

— J'ai une course à faire pour mon oncle, mentit-elle par peur de se retrouver en tête à tête avec lui.

— Ça ne peut pas attendre ?

— Non.

Le ton de la jeune femme le troubla ; mais sans doute n'était-elle pas seule à son bureau.

— Et si nous déjeunions vendredi ?

— Vraiment, Nick, je ne peux pas.

Liane prit alors une longue aspiration et se lança :

— Et ce soir ? Si vous veniez dîner chez mon oncle ? C'est Noël, et nous avons pensé que... Pas question de lui laisser le temps de changer d'avis :

— C'est très délicat. J'en serais ravi.

Elle lui communiqua l'adresse et il ne lui dit pas qu'il la savait déjà.

— A quelle heure ? s'enquit-il.

— Sept heures, cela vous convient ?

— Parfait. Je viendrai.

Avec un sourire triomphant, il raccrocha, puis il poussa un cri de victoire. Nick avait oublié ses quarante ans. Il avait quinze ans. Et il était plus heureux qu'au cours de ces dix-sept mois de séparation. Peut-être plus heureux qu'il ne l'avait jamais été.

XLI

Nick arriva ponctuellement à sept heures, très élégant dans son uniforme, les bras chargés de cadeaux. Il n'avait pas mis longtemps à comprendre ce que signifiait sa vie à San Francisco : il n'avait virtuellement rien à faire. On l'avait affecté à un bureau où il s'occupait de fournitures militaires, mais, pour l'essentiel, comme les autres, il passait le temps en attendant qu'un bateau l'emporte.

Le maître d'hôtel le conduisit à travers le long hall majestueux jusqu'à la bibliothèque où toute la famille se tenait déjà rassemblée autour du sapin. C'était leur second Noël chez George, et les souliers s'alignaient déjà devant la cheminée. Les deux enfants oublièrent momentanément les souliers pour ouvrir fébrilement les paquets que leur apportait Nick ; elles le remercièrent joyeusement, après quoi Nick tendit un cadeau, un livre, à George ; puis il se tourna vers Liane et lui présenta une petite boîte en songeant que c'était la première fois qu'il lui offrait quelque chose. Il avait souvent regretté de n'avoir pu lui donner quoi que ce soit, sinon son cœur, car il aurait voulu lui laisser au moins un souvenir.

— Vous n'auriez pas dû, sourit-elle en s'emparant de la petite boîte sans ôter le papier.

— J'en avais envie. Vous pouvez ouvrir, ça ne mord pas.

George les observa, intéressé, avec le sentiment qu'ils se connaissaient plus qu'il n'y paraissait. Il guetta la réaction de Liane, tout comme Nick, tandis qu'elle défaisait l'emballage. Un bracelet d'or se trouvait dans l'écrin, sans fermoir, un simple jonc en or, assez large. Comme la jeune femme allait le passer à son poignet, Nick s'approcha et lui chuchota en aparté :

— Lisez à l'intérieur.

Elle le retira et lut un unique mot : « Deauville ». Alors elle remit l'anneau à son bras et scruta Nick, hésitant à accepter ; mais elle n'eut pas le cœur de refuser.

— Il est magnifique. Vraiment, Nick, vous n'auriez pas dû...

— Pourquoi ? répondit-il d'un ton léger... Il y a longtemps que je voulais le faire, ajouta-t-il à voix basse ; considérez-le comme un cadeau rétroactif.

George leur raconta une foule d'anecdotes sur le père de Nick : leur rencontre, leur course folle dans un cabriolet, un jour, qui leur avait presque valu une arrestation à New York.

— Grâce au ciel, il était à tu et à toi avec les flics.

Ils avaient descendu Park Avenue sur les chapeaux de roues, en buvant du champagne avec deux dames de très petite vertu, souvenir qui égayait encore George, subitement rajeuni. Liane buvait son verre à petites gorgées en regardant Nick répondre au vieil homme ; elle sentait le bracelet à son poignet, elle sentait le poids de l'or et le poids du nom inscrit sur la face cachée du bijou. « Deauville. » Luttant contre les souvenirs, elle reporta son attention sur la conversation.

— Vous avez traversé l'Atlantique ensemble, une fois, il me semble ? demandait George.

— Deux fois, en réalité.

La jeune femme adressa un coup d'œil à Nick : elle n'avait pas mentionné devant George sa présence à bord du *Deauville.* Trop tard pour se reprendre, d'ailleurs. Et puis, ils n'avaient plus rien à dissimuler. Plus rien.

— Une fois à bord du *Normandie,* expliqua Nick, en 39. Et l'an dernier sur le *Deauville,* quand nous sommes rentrés. J'avais envoyé mon fils sur l'*Aquitania* à la déclaration de guerre, mais je n'ai quitté Paris qu'après l'armistice.

Ses propos sonnaient innocents. Quand George se tourna vers sa nièce, il ne lut rien de particulier sur son visage.

— Cette histoire de sauvetage, quelle aventure ça a dû être !

— En effet. Nous nous sommes acharnés à les sauver. Liane a été absolument extraordinaire. La nuit, elle travaillait en salle d'opération ; le jour, elle effectuait des tours de garde.

— Tout le monde y a mis du sien, se hâta de rétorquer la jeune femme.

— Ce n'est pas vrai, dit Nick. Vous en avez fait plus que les autres, et beaucoup de ces hommes vous doivent la vie.

George sourit :

— Elle a du caractère, ma nièce. Pas toujours dans le sens que je voudrais. Mais plus de caractère que bien des hommes.

Tous deux la regardèrent, et elle rougit :

— Assez, assez... Et vous, Nick ? Quand pourrez-vous embarquer ?

On aurait pu croire qu'elle souhaitait son départ. Et elle le souhaitait, en quelque sorte, afin que s'éloigne le danger qu'il représentait pour elle.

— Dieu seul le sait. Dans six mois, six semaines, six

308

jours. Les ordres viennent de Washington. Nous, nous n'avons qu'à rester assis en attendant.

— Ça pourrait être pire, jeune homme ! C'est une belle ville.

— Plus que cela, rétorqua Nick en souriant à son hôte avant de se retourner vers la jeune femme.

Les deux petites filles n'avaient rien dit depuis qu'elles avaient découvert leurs cadeaux. Nick aurait aimé que Johnny fût avec elles.

Enfin, le maître d'hôtel vint annoncer que le dîner était servi et ils se rendirent dans la vaste salle à manger. En chemin, George commenta pour son invité les divers portraits accrochés aux murs.

— Liane a passé son enfance dans cette maison, vous savez. C'était la maison de son père.

Nick se remémora l'une de leurs premières conversations sur le *Normandie*, lorsque la jeune femme avait évoqué son père, Armand, Odile et son oncle.

— C'est une demeure ravissante.

— J'aime bien voir mes bateaux, avoua George en désignant la baie. Maintenant, je suis assez vieux pour le reconnaître. Autrefois, j'aurais prétendu à la modestie...

Il lança un coup d'œil entendu à Nick, puis la conversation dévia sur la sidérurgie. George connaissait bien le domaine de l'acier, et notamment le rôle de Nick, et il l'admirait d'avoir su reprendre si jeune l'empire de son père.

— En partant, à qui avez-vous confié le travail ?

— A Brett Williams, l'un des hommes de mon père. C'est lui qui a dirigé la compagnie pendant que j'étais en France... Mon Dieu, c'était il y a des siècles. Qui aurait cru que nous aurions la guerre ?

— Moi, je le pensais. Et Roosevelt également. Il nous y préparait depuis des années, même s'il ne l'admettait pas en public.

Liane et Nick échangèrent un sourire au souvenir de leur voyage sur le *Normandie*, à l'époque où peu de gens croyaient à l'imminence du conflit.

— Hélas, répondit Nick, je n'ai pas été aussi clairvoyant que vous.

— Vous n'étiez pas le seul. Mais je ne m'attendais pas à ce que les Japonais viennent nous sauter à la gorge.

On avait organisé une surveillance continue sur la côte Ouest, ainsi que le black-out, la nuit. La Californie entière était aux aguets.

— Vous avez de la chance d'être assez jeune pour vous battre, enchaîna George. J'étais déjà trop âgé pour la Grande Guerre. Mais vous, vous saurez sauver la situation.

Jamais le vieil homme ne s'était montré aussi aimable envers Armand. Liane souffrait de ne pouvoir prendre la défense de son mari. Nick ignorait encore ses liens avec Pétain et elle voyait venir avec appréhension le moment où il l'apprendrait. Peut-être après la guerre... Alors, cela n'importerait plus.

Après un repas agréable, Nick se leva relativement tôt pour prendre congé, par égard pour son hôte : un homme âgé, en dépit de son dynamisme. Et puis, Liane lui paraissait fatiguée.

Elle le remercia pour le bracelet et les enfants l'embrassèrent. A l'instant de partir, il regarda la jeune femme au fond des yeux.

— J'espère que l'an prochain nous apportera un Noël plus joyeux.

— Je l'espère aussi. Et... merci, Nick.

— Je vous rappelle, et nous pourrons déjeuner ensemble, peut-être.

— J'en serais ravie.

Son enthousiasme sonnait faux.

Après avoir accompagné ses filles à leur chambre, elle redescendit quelques minutes. George lui fit de grands compliments de Nick, d'autant qu'elle ne lui avait jamais parlé de lui.

— Je le connais assez mal. Nous nous sommes rencontrés une ou deux fois, sur des bateaux, et à deux soirées en France.

— Il connaît Armand ?

— Bien sûr. Il voyageait avec sa femme quand nous l'avons rencontré.

— Il est divorcé, maintenant, n'est-ce pas ?

A cet instant, George se souvint du scandale qui avait défrayé la presse durant un an. D'ordinaire, il lisait peu ce genre de littérature, mais l'affaire avait attiré son attention.

— Une histoire affreuse, reprit-il. Elle s'est enfuie avec un autre... Où est leur fils, à présent ?

— Sa mère en a obtenu la garde le mois dernier. C'est sans doute pour cette raison qu'il s'est rengagé.

Il acquiesça tout en allumant un cigare :

— Un type bien.

Lui ayant souhaité bonne nuit, la jeune femme retourna à sa chambre, où elle retira soigneusement son bracelet. Longtemps, elle le contempla, puis elle le reposa résolument en essayant d'oublier sa présence. Mais, étendue dans l'obscurité, elle savait que le bijou était là. Et elle savait aussi quelle inscription il renfermait. Deauville. Ce simple nom peuplait son esprit de milliers d'images interdites.

XLII

Nick rappela le lendemain pour la remercier et souhaiter joyeux Noël à toute la famille. Liane voulait maintenir la conversation dans les limites de la stricte politesse, mais en même temps la voix de Nick lui chavirait le cœur. Devinant sa solitude, sa détresse loin de son fils, elle ne put s'empêcher de lui parler un peu plus.

— Avez-vous téléphoné à Johnny aujourd'hui ?

— Oui, répondit-il, et sa voix se brisa. Il a pleuré comme un tout petit garçon... Sa mère s'en va demain sans lui, pour quinze jours à Palm Beach. Rien n'a changé. Et je n'y peux rien.

— Mais quand vous reviendrez...

— Bien sûr, je m'en occuperai. Il faudra attendre longtemps pour un jugement en appel. Enfin, Markham est un imbécile, mais il ne fera pas de mal à mon fils... Et Brett Williams se chargera des affaires à ma place.

— Est-ce à cause du procès que vous vous êtes rengagé ?

— Plus ou moins. J'avais besoin de changer d'air. Et il y avait une guerre. C'est presque un soulagement, après l'année que je viens de passer.

Nick s'appuya contre le mur, dans le hall de son hôtel, et tenta le tout pour le tout :

— J'imagine que je ne peux pas vous revoir aujourd'hui, Liane ?

La jeune femme ne répondit pas tout de suite.

— Il faudrait que je reste avec les filles, objecta-t-elle enfin, et...

Sa voix faiblit. Elle ne savait que lui dire ; elle aurait voulu lui avouer que rien n'avait changé pour elle. Et que sa décision de rompre était irrévocable.

— Je comprends, acquiesça-t-il.

Une fois de plus, elle aperçut sa solitude. Un signal d'alarme s'alluma dans sa tête, mais elle refusa d'en tenir compte. Quel mal y aurait-il à cela ? C'était Noël, après tout.

— Peut-être, si vous veniez cet après-midi...

— Oui, j'aimerais beaucoup.

— Vers quatre heures ?

Nick crispa la main sur le combiné :

— Merci, Liane. Je suis très touché.

— Ne dites pas cela. Vous êtes un vieil ami.

— Uniquement un vieil ami ?

— Oui, répliqua-t-elle doucement mais fermement.

— C'est bon à savoir.

Il arriva à quatre heures, à la stupéfaction de George et à la grande joie des deux petites filles.

— Votre nièce a eu pitié de moi, expliqua-t-il au vieil homme : un pauvre marin perdu dans une ville étrangère...

George éclata d'un rire sonore et Nick alla jouer avec les enfants. Puis Liane proposa une promenade au Presidio. George décida de les attendre à la maison, en lisant le livre que Nick lui avait offert. Liane et ses filles mirent leur manteau et sortirent avec lui, les deux enfants gambadant devant eux, Marie-Ange sur de longues jambes trop maigres, résultat d'une croissance récente, et Elisabeth galopant derrière sa sœur.

— Elles vont devenir des jeunes filles ravissantes. Quel âge ont-elles ?

— Elisabeth a neuf ans, et Marie-Ange, onze. Et John ? Onze ans, bientôt ?

— Oui. Le temps file vite, vous ne trouvez pas ?

— Oui, quelquefois.

La jeune femme songeait à Armand, ce qu'il comprit aussitôt.

— Comment va votre mari ? Il est toujours en France ?

— Oui.

— Je pensais qu'il irait en Afrique du Nord.

Elle s'arrêta net pour le dévisager. Inutile de jouer la comédie.

— Armand est avec Pétain, expliqua-t-elle.

Il ne marqua aucun étonnement devant cette nouvelle.

— Vous savez, observa-t-il, j'en avais le pressentiment sur le bateau, j'ignore pourquoi. Mais vous, qu'en pensez-vous ?

— C'est difficile à exprimer. Mais ça a été dur pour les filles.

Liane lui parla alors de Washington et des croix gammées.

— Quelle humiliation pour elles... et pour vous...

Nick chercha son regard et y lut une tristesse qu'il ne connaissait pas.

— C'est pourquoi nous sommes venues sur la côte Ouest. Nous y sommes mieux, grâce à oncle George.

— Il sait, pour Armand ?

— Oui, et depuis longtemps.

Ils se remirent en marche pour rejoindre les enfants. Cette confidence avait allégé le cœur de la jeune femme. Ils s'étaient toujours parlé avec une grande sincérité.

— Il le désapprouve, bien sûr, ajouta-t-elle. Et il me prend pour une folle.

Gaiement, elle évoqua les essais infructueux de George en vue de lui trouver un mari, et leurs rires se mêlèrent. Liane conclut :

— Il est vraiment très gentil. Je ne l'aimais pas beaucoup, avant, mais il a mis de l'eau dans son vin.

— Tant mieux. Je m'inquiétais pour vous. Et je vous croyais à Washington. Quand êtes-vous partie ?

— L'année dernière, juste après Thanksgiving.

— Mais il y a plus, n'est-ce pas ?

— Plus par rapport à quoi ? s'étonna-t-elle.

— Par rapport à la loyauté d'Armand envers Pétain.

Elle stoppa net, une fois de plus, en le considérant avec stupeur. Comment était-il au courant ? Liane sentit qu'il ne trahirait pas son secret.

— Oui, dit-elle.

— Alors, ce doit être encore pire pour vous. Il vous envoie de ses nouvelles ?

— Chaque fois qu'il le peut. Il risque beaucoup, s'il en dit trop... Nick, merci de m'avoir permis de parler. Il y a des moments où je deviens folle. Tout le monde croit... A Washington, les gens croyaient que...

— Armand n'est pas comme ça.

La jeune femme eut le sentiment de lui devoir d'autres explications.

— C'est pour cela que... Je ne pouvais pas, Nick. Avec ce qu'il fait en France, c'était trop. Il n'aurait pas mérité ça.

— Je sais. Je comprends, Liane. Vous avez eu raison. Et je sais combien vous avez souffert.

— Non, vous ne le savez pas.

Il remarqua à cet instant qu'elle portait le bracelet qu'il lui avait offert, anneau d'or scintillant dans le soleil d'hiver.

— J'ai souffert, moi aussi, reprit-il. Cent fois, j'ai pris le téléphone pour vous appeler.

— Moi aussi.

Elle sourit, avant de regarder ses filles, devant eux.

— C'est si loin, n'est-ce pas ? poursuivit-elle en se retournant vers lui.

— Non. C'était hier.

Pour elle également. Nick n'avait pas changé, et elle non plus. Seul le monde autour d'eux avait changé.

Il alla jouer à chat avec les enfants, suivi de Liane, et ils coururent allègrement, pour rentrer à la maison les joues rouges et les yeux brillants. George se réjouit de les voir remplir de vie sa vieille maison ; c'était vraiment Noël, grâce à eux.

Ils invitèrent Nick à dîner. Lorsqu'il prit congé, dans la bonne humeur générale, Liane le raccompagna à la porte, où il s'attarda pour la contempler.

— Sans doute avez-vous raison. Sans doute les choses sont-elles différentes. Je vous aime encore plus qu'avant. En somme, nous avons grandi.

Elle éclata de rire :

— Vous peut-être, Nick. Moi, j'ai seulement vieilli.

— A d'autres !

Il lui adressa un signe de la main et se dirigea vers son taxi.

— Bonne nuit, Liane, et merci. Joyeux Noël !

Le taxi démarra et Liane regagna la maison, un sourire heureux sur les lèvres. Trop heureux, décidat-elle en apercevant son propre visage dans un miroir. Mais elle ne pouvait diminuer l'éclat de ses yeux, elle ne pouvait échapper à ce sentiment de délivrance en allant se coucher. Elle s'était libérée grâce à Nick du fardeau qui l'accablait.

XLIII

Quelques jours après Noël, Nick se rendit à la Croix-Rouge. Après avoir effectué plusieurs achats en ville, il avait quartier libre l'après-midi. Il entra à grands pas dans le bureau de Liane, ce qui attira l'attention d'une douzaine de femmes qui travaillaient là. Dans son uniforme, il était plus élégant que jamais.

— Vous allez créer une émeute, plaisanta Liane, si vous ne vous méfiez pas.

— On peut déjeuner ensemble ? Ne me dites pas que vous êtes prise ni que vous avez des courses à faire pour votre pauvre vieil oncle George, parce que je n'en croirais pas un mot. Si on allait au *Mark Hopkins* ?

Comme elle hésitait, il s'empara de son manteau et de son chapeau et lui tendit le tout.

— N'avez-vous rien de mieux à faire ? protesta-t-elle faiblement. Vous battre contre les Japonais, par exemple ?

— Pas encore. Nous avons le temps de déjeuner avant, Dieu merci, et George se plaint que vous ne sortiez jamais. Votre réputation ne sera pas entamée par un déjeuner au grand jour. Nous pouvons nous installer à des tables séparées, si vous préférez.

— Très bien, très bien, je ne dis plus rien, rétorqua-t-elle gaiement.

Il partageait sa bonne humeur ; ces instants leur rappelaient le *Normandie* et le match de tennis.

Ils s'assirent à une bonne table d'où ils purent admirer la vue. Nick raconta des histoires amusantes sur sa base militaire et sur son hôtel, et, pour la première fois depuis longtemps, la jeune femme se sentit revivre. Il la prit par surprise en lui demandant ses projets pour le 31 décembre.

— Attendez, ajouta-t-il, ne dites rien. Laissez-moi deviner. Vous restez à la maison avec oncle George et les enfants.

— Vous avez gagné le premier prix.

— Et vous le lot de consolation. Pourquoi ne pas venir avec moi ? Je suis entouré de l'estime générale. Et, si je me conduis mal, vous n'aurez qu'à appeler la police militaire.

— Qu'avez-vous donc en tête ?

— Vous voulez dire que j'ai mes chances ?

— Absolument pas. Je veux juste savoir ce que je vais rater.

— Allons, Liane, ça vous ferait du bien. Vous ne pouvez pas vous barricader tout le temps.

— Mais si. Je suis très heureuse.

— Non, ce n'est pas sain. Quel âge avez-vous ? Trente-trois ans ?

— Trente-quatre.

— Ah, dans ce cas... Je ne vous croyais pas si vieille. Moi, j'en ai quarante, maintenant. Et je suis assez vieux pour savoir où est votre bien. Vous devriez sortir.

— On jurerait entendre oncle George.

— J'ai quarante ans, d'accord, mais tout de même...

— Il n'est pas si vieux, lui non plus, du moins moralement. Vous savez, il s'est bien amusé dans sa jeunesse.

— Ça se voit encore dans ses yeux, sourit Nick. Bon. Ne détournez pas la conversation. Alors, pour la Saint-Sylvestre ?

— Aujourd'hui, nous déjeunons, c'est une chose. La Saint-Sylvestre en est une autre. Vous aussi, vous auriez une âme de noceur, si vous vouliez. Et même si vous ne vouliez pas.

— Ce n'est pas mon genre, répondit-il plus sérieusement. J'ai envie d'un dîner en tête à tête, entre deux vieux amis qui en ont vu de dures et qui connaissent les règles. Nous le méritons, vous ne trouvez pas ? Sinon, qu'est-ce que je ferais ? Je resterais dans mon hôtel miteux pendant que vous seriez chez vous ? Nous pourrions aller au *Fairmont*, entre autres.

— Sans doute... Mais puis-je vous faire confiance ?

— Je vais être honnête : je vous aime toujours, je vous aime depuis notre première rencontre, et je vous aimerai probablement toute ma vie. Mais je ne vous brusquerai jamais. Je comprends vos sentiments pour Armand et j'ai le sens des limites à ne pas franchir. Ce n'est pas le *Deauville* ni même le *Normandie*. C'est la réalité de la vie.

— Cela aussi était réel, objecta-t-elle doucement.

Il lui prit la main :

— Je le sais. Mais je pressentais la suite. Liane,

maintenant je suis libre, mais pas vous, et c'est très bien ainsi. Pour nous, c'était bien plus que...

Nick ne sut achever, mais elle comprit.

— Je sais, soupira-t-elle en se calant contre son dossier. Et il est drôle que nos chemins se soient encore croisés...

— J'en suis heureux. Je n'espérais pas vous revoir, sauf si j'étais allé à Washington et que je vous aie aperçue dans la rue. Ou bien à Paris, dans dix ans, avec Armand...

Aussitôt, il regretta d'avoir prononcé ce nom, car la jeune femme eut une expression mélancolique.

— Liane, il a fait un choix très difficile, et vous avez tenu. Vous ne pouvez pas plus. Que vous meniez une existence de recluse ne lui servira à rien. Il faut vivre.

— J'essaie. Et c'est pourquoi j'ai pris un emploi à la Croix-Rouge.

— Bien sûr. Mais cela ne suffit pas.

— C'est probable... Bon, vous avez gagné. Je serais très flattée d'inaugurer l'année 1942 avec vous...

— Merci, madame...

Il la raccompagna à son bureau, où l'après-midi s'envola vite. A son retour, le soir, George nota l'expression de son visage mais s'abstint de tout commentaire. Un peu plus tard, elle mentionna fortuitement Nick Burnham et lui annonça qu'elle passerait le réveillon avec lui.

— Excellente idée, se réjouit-il avant de se replonger dans son livre.

La jeune femme ne reparla pas de Nick avant le soir du réveillon, quand elle descendit l'escalier, dans une robe qu'elle avait achetée en France quatre ans plus tôt. George émit un sifflement admiratif qui amusa Liane.

— Pas mal... pas mal du tout !

— Merci infiniment.

La robe de lainage noir avait des manches longues et un col montant ; elle tombait jusqu'à terre. Des perles de jais ornaient le haut, tandis qu'une toque assortie tranchait sur les cheveux blonds simplement noués. Aux oreilles, Liane portait des clips de diamant.

Quand il arriva, Nick s'arrêta sur le seuil pour la contempler, et cette admiration lui fit chaud au cœur. Puis il salua George, et Liane embrassa le vieil homme, qui s'exclama :

— Ne rentre pas trop tôt, ce serait une honte de gâcher cette robe : montre-la !

— Je m'efforcerai de boucler Liane dehors, plaisanta Nick.

La nuit répandait une atmosphère de fête pendant qu'ils montaient dans la voiture que Nick avait empruntée.

— Dans mon uniforme, je crains de ne pas être aussi élégant que vous, Liane.

— Echangeons !

Ils arrivèrent au *Fairmont*, où Nick avait retenu une table dans le salon vénitien. Il commanda du champagne et ils se portèrent mutuellement un toast en se souhaitant une année plus agréable que celle qui se terminait, puis Nick choisit des steaks précédés par des crevettes et du caviar. On était loin des délices exotiques du *Normandie*.

— Vous êtes facile à vivre, remarqua-t-il. Vous l'avez toujours été.

C'était l'une des premières choses qui l'avaient frappé, à l'époque de ses déboires avec Hillary. Il fit allusion à cette dernière, ce qui fit sourire la jeune femme :

— C'est fini, tout ça.

— Oh, oui ! C'est du passé, et une année nouvelle va commencer, ajouta-t-il en consultant sa montre. Vous avez pris des résolutions pour cette année, Liane ?

— Pas une seule ! Et vous ?

— Oui, en quelque sorte.

— Laquelle, par exemple ?

— Celle de ne pas me faire tuer.

Il la scruta dans les yeux et elle lui rendit son regard. Cette réponse la fit réfléchir à ce qui l'attendait, à Armand, à tous ces hommes qui partaient pour la guerre. Le restaurant était envahi d'uniformes. San Francisco était devenu une ville de garnison.

— Nick...

Liane ne sut que dire.

— Pardonnez-moi, c'était idiot de ma part, plaida-t-il.

— Non, pas du tout. Il faudra survivre à cette guerre.

— Je survivrai. J'ai à m'occuper de Johnny... Et, dans l'intervalle, voulez-vous danser ?

Ils se rendirent sur la piste, au son de *The Lady 's In Love With You*, et, quelques minutes plus tard, quand jaillirent les confettis dans le tintamarre des trompettes, les lumières s'éteignirent, les gens s'embrassèrent, et ils se retrouvèrent au milieu de la salle, face à face, noués l'un à l'autre. Nick attira la jeune femme contre lui et leurs lèvres se rencontrèrent. Lorsqu'ils s'embrassèrent, le reste de la pièce cessa d'exister. Ils étaient revenus sur le *Deauville*... perdus dans les bras l'un de l'autre...

— Bonne année, Nick.

— Bonne année, Liane.

Ils échangèrent un autre baiser. Ce n'était pas le champagne, ils n'avaient pas assez bu pour cela... Longtemps, ils dansèrent, jusqu'à ce que Nick ramène la jeune femme chez elle.

Ils demeurèrent quelques instants sur le pas de la porte.

— Liane, je vous dois des excuses. Ce soir, je n'ai pas respecté la règle du jeu.

Depuis deux ans, il aurait tout donné pour vivre des moments comme ceux-là.

— Excusez-moi, répéta-t-il, je ne voulais pas...

Du bout des doigts, elle lui effleura les lèvres pour lui imposer silence.

— Nick, ne vous excusez pas...

Lorsqu'il avait fait vœu de ne pas mourir à la guerre, elle s'était sentie bouleversée. Depuis longtemps, ils avaient appris que de tels moments ne reviendraient peut-être plus. Et cette seconde chance leur était offerte comme un cadeau. Liane ne pouvait la refuser. Elle ne le voulait plus. Elle ne voulait que Nick.

Il lui embrassa les doigts, puis les paupières, les lèvres.

— Je t'aime.

— Je t'aime, moi aussi, dit-elle en s'écartant doucement de lui. Nous n'avons pas le droit de gâcher cela. Nous avons accompli notre devoir, déjà, et nous recommencerons... Mais maintenant...

Nick la serra contre lui avec une violence qui la surprit.

— Je t'aimerai toute ma vie, Liane. Tu le sais ?

Elle acquiesça.

— Et quand tu m'ordonneras de partir, reprit-il, je t'obéirai. Je sais ce qui doit être et ce qui ne doit pas être.

— Et je sais que tu le sais, répondit-elle en lui caressant le visage. Alors, il ne faut plus en parler.

La jeune femme se dégagea et ouvrit la porte avec sa clef. Il l'embrassa en lui souhaitant bonne nuit et elle le regarda s'en aller dans sa voiture. Ils étaient revenus deux ans en arrière et ils ne pouvaient plus... ne pouvaient plus... et elle ne regrettait rien. Cette nuit-là, elle ne rêva de personne. Son sommeil fut envahi d'un étrange sentiment de paix, de grâce et de lumière.

XLIV

Le Jour de l'An, Nick vint rendre visite à la jeune femme. Ils s'installèrent dans la bibliothèque, devant l'âtre, sans faire la moindre allusion à la soirée de la veille. C'était comme s'ils avaient toujours été ensemble. Liane s'était attendue à voir Nick, et ses filles ne parurent pas s'étonner davantage de le rencontrer lorsqu'elles rentrèrent du jardin.

— Bonjour, oncle Nick, lança Elisabeth en se jetant

à son cou. Ou bien, il faut toujours dire monsieur Burnham ? demanda-t-elle à sa mère avec un air coupable.

— Ce n'est pas à moi d'en décider.

— Alors, oncle Nick ? insista la petite fille. On peut ?

— Je n'y vois aucune objection ! répondit l'intéressé en fourrageant dans ses cheveux blonds, qui rappelaient tellement sa mère... Je suis très flatté.

Marie-Ange imita l'exemple de sa sœur en l'embrassant, puis les deux enfants ressortirent dans le jardin, pendant que George entrait dans la pièce.

— Je viens de finir le livre. Il est excellent. Si vous avez le temps de lire, je vous le prêterai.

— Merci beaucoup.

Comme d'habitude, les deux hommes ne tardèrent pas à évoquer la guerre. On était encore sous le choc du naufrage de deux vaisseaux britanniques, le *Prince of Wales* et le *Repulse*, coulés au large de la Malaisie par les Japonais. Les pertes étaient considérables ; le *Prince of Wales* avait sombré avec son amiral. C'était ce vaisseau qui avait emmené Churchill lorsqu'il avait signé la Charte de l'Atlantique avec Roosevelt.

— Vous ne savez pas encore sur quel bateau vous partirez ?

— Non, mais je pense le savoir bientôt.

George se tourna alors vers sa nièce :

— Tu étais ravissante hier soir, ma chérie. J'espère que vous avez passé une très bonne soirée.

— Très bonne.

Ils lui parlèrent des innombrables militaires qu'ils avaient croisés au restaurant. Depuis trois semaines que Pearl Harbor avait été attaqué, on aurait cru que le pays tout entier s'engageait sous le drapeau ; tous les jeunes gens de leur connaissance avaient été mobilisés.

— En fait, je suis surpris qu'on m'ait envoyé ici. D'après la rumeur, les Etats-Unis entendent se débarrasser des Allemands avant de s'en prendre aux Japonais.

Aussitôt après Pearl Harbor, les Allemands avaient

lancé une offensive de grande envergure dans l'Atlantique et torpillaient les bateaux à une distance dangereusement proche de la côte Est. On protégeait, à l'aide de mines et de filets, ainsi que d'escorteurs, les ports de New York, Boston et Norfolk. Toutes les nuits, on observait le black-out sur les côtes Est et Ouest.

— On dirait qu'ils viennent des deux côtés, observa George, le regard perdu dans le feu de la cheminée. Je voudrais avoir votre âge, pour me battre.

— Pas d'accord, répondit Liane. Il faut bien que quelqu'un reste ici avec nous, tu n'y as pas pensé ?

Souriant, le vieil homme lui tapota affectueusement la main.

— C'est mon seul réconfort, ma chérie.

Il monta ensuite lire le journal dans son bureau. Seul avec Liane, Nick la regarda longuement, puis il lui saisit la main.

— Hier soir, c'était merveilleux, Liane.

— Pour moi également.

Elle plongea résolument les yeux dans ceux de Nick. Même en plein jour, elle n'éprouvait aucun regret. Il était revenu dans sa vie comme un navire à la course incertaine, et peut-être, un moment, feraient-ils route ensemble. Pas longtemps, songeait-elle, puisque à la fin il s'en irait. Sans doute était-ce leur destin de se retrouver de temps à autre, en se donnant mutuellement la force de continuer. Nick l'avait aidée la veille, comme autrefois, et un climat de paix s'étendait autour d'eux.

— Pas de regrets ?

— Pas encore, dit-elle, et elle lui expliqua à quoi elle venait de penser.

— C'est drôle : hier soir, en rentrant, j'ai pensé la même chose. Nous n'aurons peut-être pas plus, mais n'est-ce pas suffisant ?

Dans la matinée, une idée lui était venue, qu'il lui soumit :

— Pourrais-tu partir d'ici quelque temps, Liane ?

— Pourquoi ?

— Je songeais à quelques jours à Carmel.

La jeune femme lui sourit tranquillement, stupé-
faite de sa propre réaction. Elle savait profondément qu'elle ne voulait pas recommencer. Mais juste
une fois... juste cette fois...

— Oui, j'aimerais beaucoup, acquiesça-t-elle. Et
pour toi ce serait possible ?

Liane s'interdit de penser à Armand. Cela viendrait
plus tard.

— Oui, du moment que je laisse un numéro où me
joindre. Le week-end prochain, j'aurai une permission de trois jours. Tu as une préférence, pour
l'endroit ?

— Il y a des années que je ne suis pas allée à
Carmel... Si nous descendions à l'*Hôtel des Pins* ?

— Parfait. On part vendredi matin ? Et, au fait, les
enfants : comment leur annoncer ?

La jeune femme réfléchit, puis se décida :

— Je prétendrai que c'est pour la Croix-Rouge.

Nick eut un sourire, avec le sentiment de devenir un
voyou kidnappant une jeune fille chez ses parents.

— Très plausible, approuva-t-il. Tu verras, quand
elles te raconteront le même genre de mensonge,
dans quelques années...

— J'en ferai une maladie !

Ils se rendirent ensuite au jardin, où se trouvaient
les deux petites filles. Nick se retira avant le dîner,
malgré leurs protestations, car il devait dîner avec
son supérieur. Liane le reconduisit à la porte et, seul
avec elle dans le hall de marbre, il l'embrassa doucement en murmurant :

— Souviens-toi que je t'aime.

Durant toute la semaine, il eut du mal à se libérer,
mais il put appeler le jeudi soir pour confirmer. La
jeune femme avait parlé à sa famille d'un séminaire
de la Croix-Rouge à Carmel ; et tous avaient semblé la
croire.

— Je me sens nerveux comme un gamin, plaisanta
Nick.

— Moi aussi.

— Nous sommes peut-être fous. Ce n'était peut-
être qu'une aventure sur un bateau, après tout, nous

sommes peut-être stupides de vouloir recommencer...

Ils étaient toujours à l'aise l'un envers l'autre, même maintenant, après une longue séparation, en se contentant de quelques baisers pour tout rappel du passé.

— On pourrait inonder la chambre et s'imaginer que le bateau coule.

— Ce n'est pas drôle.

— Pardon. C'était franchement nul.

Ce qui ne les empêcha pas d'éclater de rire, comme souvent, eux qui avaient perdu l'habitude de cette gaieté.

Le lendemain matin, Liane quitta la maison d'un pas léger, avec un sourire qu'elle dissimulait à grand-peine. Elle était contente que ses filles soient en classe, et son oncle à son bureau. Un taxi l'amena à l'hôtel de Nick, qui l'attendait anxieusement en faisant les cent pas sur le trottoir.

— Tu as l'air d'un homme dont la femme va accoucher ! observa-t-elle tandis qu'il réglait la course.

— Brusquement, j'ai eu peur que tu ne viennes pas.

— Tu aurais préféré que je renonce ?

Pour toute réponse, il la prit dans ses bras et l'embrassa à pleine bouche. Deux Marines les dépassèrent avec un long sifflement éloquent.

Dans le taxi, elle s'était inquiétée, comme Nick, et elle avait failli rebrousser chemin. Qu'adviendrait-il s'ils avaient un accident et que sa famille découvre la vérité ? Qu'adviendrait-il si... Mais elle se réjouissait d'avoir tenu bon.

Nick mit son sac de voyage dans le coffre de la voiture et ils partirent pour Carmel, riant comme deux enfants.

Leur voyage se déroula agréablement le long de la côte, par un temps froid mais ensoleillé. Après un déjeuner sur la route, ils arrivèrent à Carmel vers quatre heures de l'après-midi, juste à temps pour se promener sur la plage avant la tombée de la nuit. Fourrant leurs chaussures dans leurs poches, ils coururent sur le sable, lui, pieds nus, elle, en bas de soie, recevant la caresse de l'air marin sur le visage. Quand ils s'arrêtèrent enfin, hors d'haleine, ils riaient encore.

— C'est fou de penser que le monde est en guerre, remarqua Nick en contemplant la mer.

Il songeait aux vaisseaux qui, au même instant, défendaient les pays sur l'océan. Carmel se trouvait à l'écart, loin du remue-ménage de San Francisco. C'était une petite ville assoupie, dont Liane espérait qu'elle ne s'éveillerait jamais. La jeune femme essayait de fixer dans son esprit tous ces instants dont elle se souviendrait plus tard.

— Comme c'est bon de prendre le large ! s'écria-t-elle. Mon travail à la Croix-Rouge commence à me déprimer.

— Comment cela ?

— J'ai l'impression que je n'en fais pas assez. Organiser des thés pour les officiers et dresser des listes, ce n'est pas mon style.

Nick sourit en se rappelant son inlassable activité lors du sauvetage sur le *Deauville*.

— Alors, que comptes-tu faire ?

— Je l'ignore. Peut-être quelque chose dans un hôpital.

Il s'empara de sa main et l'embrassa. Ils demeurèrent étendus côte à côte, sur le sable, jusqu'à ce que les ténèbres envahissent la plage, puis ils se rendirent lentement à leur hôtel. Pour la première fois, ils allaient passer ensemble un vrai week-end, comme des gens normaux.

Liane éprouva une timidité subite en pénétrant dans la chambre avec Nick, et tous deux considérèrent en même temps la porte de la salle de bain. On aurait cru deux jeunes mariés. La jeune femme émit un rire nerveux.

— Tu veux te doucher en premier, ou j'y vais ? proposa-t-elle.

— Après toi... De toute façon, tu seras sans doute plus longue que moi.

Elle prit ses affaires et s'enferma dans la salle de bain durant une demi-heure. Lorsqu'elle réapparut, entièrement rhabillée, les cheveux noués impeccablement, Nick siffla d'admiration :

— C'est carrément un exploit, dans un cabinet de toilette aussi exigu !

La jeune femme avait dû jongler avec ses habits et sa robe avait failli effectuer un plongeon forcé.

— Au suivant !

Quand Nick revint dans la chambre, il ne portait qu'une serviette autour de la taille, car il avait oublié d'emporter un uniforme de rechange.

— Bizarre, n'est-ce pas ? C'était bien plus facile sur le bateau...

Il la regardait depuis la porte de la salle de bain. Enfin, il se dirigea lentement vers elle.

— Cela fait si longtemps, Liane... trop longtemps...

La jeune femme noua les bras autour de son cou et l'embrassa. Doucement, il l'attira à lui. Leurs sentiments se passaient de mots. L'endroit où ils se trouvaient, leur vie pendant les mois qui venaient de s'écouler, plus rien n'existait. Leurs corps glissèrent ensemble dans une houle, les vêtements de Liane parurent fondre sous les mains de Nick, la serviette tomba à terre... Nick la souleva dans ses bras et la porta jusqu'au lit, il la dévora de ses lèvres, de ses doigts, et elle crut étouffer de plaisir. Des heures plus tard, ils gisaient côte à côte, engourdis de bonheur.

Nick roula sur lui-même et s'appuya sur un coude pour la regarder, plus resplendissante que jamais.

— Bonjour, mon amour.

Elle lui sourit, les paupières lourdes.

— Nick, tu m'as manqué... plus encore que je ne l'imaginais.

Elle lui embrassa l'épaule, le torse, et laissa courir un doigt alangui le long de son bras. En plus de la passion, ils étaient unis par quelque chose de chaleureux, de simple, de familier.

Enfin, ils se levèrent à dix heures du soir. Pendant que Nick se déplaçait dans la chambre, dépouillé de ses vêtements, ils ressentirent l'impression d'avoir toujours vécu ensemble. Avec un sourire heureux, il alla chercher un paquet de Camel dans la poche de sa veste et remarqua :

— Il me semble que nous avons raté le dîner. Tu as faim ?

Gaiement, elle lui adressa un signe de dénégation.

— On pourrait aller fouiner aux cuisines.

A leur grande surprise, quand ils descendirent, la salle à manger était encore ouverte. Ils choisirent une table à l'écart et dînèrent aux chandelles : champagne et saumon fumé. Au dessert, Nick commanda une tarte aux pommes « à la mode », en totale dissonance avec le reste, ce qui lui valut les taquineries de Liane.

— L'armée me donne de mauvaises habitudes, plaida-t-il.

Elle partagea néanmoins son dessert.

De retour dans leur chambre, par un éblouissant clair de lune, Nick porta Liane sur le lit, où ils s'aimèrent encore, puis la jeune femme s'endormit enfin dans ses bras avec un sourire de bonheur. Nick resta longtemps éveillé pour la contempler.

XLV

Au matin, ils commandèrent le petit déjeuner dans leur chambre. Nus sur les oreillers, ils grignotèrent des croissants et des pâtisseries danoises en échangeant leurs plateaux ; Liane but du thé anglais, et Nick, du café noir.

— Formidable, n'est-ce pas, Liane ?

— Formidable n'est pas le mot.

Ces instants ne ressemblaient pas à sa vie avec Armand, ils ne ressemblaient à rien de ce qu'elle connaissait, et en même temps elle éprouvait la sensation de les avoir toujours connus. D'instinct, elle avait prévu ce que Nick mangerait au petit déjeuner, elle devinait qu'il boirait du café noir, elle savait d'avance à quelle température il ferait couler sa douche.

Assise dans son bain pendant qu'il se rasait, elle l'entendit siffloter et chanta le même air ; bientôt, ils chantèrent en duo.

Il se retourna vers elle, drapé dans sa serviette de bain :

— Pas mal, hein ? On devrait auditionner pour la radio.

— Pourquoi pas ?

Ils allèrent se promener sur la plage, pour ensuite visiter les boutiques et les galeries d'art. Nick offrit à la jeune femme un petit phoque taillé dans du bois, et elle lui fit cadeau d'une petite mouette d'or accrochée à une chaîne d'or.

— Ils te laisseront porter ça sur ton uniforme, pour que tu te rappelles Carmel ?

— Qu'ils essaient un peu de m'en empêcher !

Ce n'étaient que des babioles, mais ils avaient besoin de souvenirs concrets pour les mois à venir... Puis la jeune femme acheta des cadeaux pour ses filles et pour son oncle, après quoi ils regagnèrent leur chambre. Ils se blottirent paresseusement dans le lit, d'où ils ne sortirent que pour un dîner tardif.

Le dimanche, ils ne quittèrent pas le lit avant midi. Liane ne se leva qu'à regret, car elle savait qu'il faudrait bientôt rentrer à San Francisco. Pensive, elle demeura dans son bain en fixant le savon qu'elle tenait à la main. D'un geste tendre, Nick lui toucha les cheveux :

— Ne sois pas triste, mon amour. Nous reviendrons.

— Tu crois ?

— Je te le promets.

Une heure plus tard, ils franchirent la porte de l'hôtel, après s'être aimés « juste encore une fois ».

— Tu sais, dit gaiement Liane, tu me donnes de mauvaises habitudes, et ceci est une habitude... La nuit, je rêvais de toi, ajouta-t-elle plus gravement. Le soir où je t'ai retrouvé chez Mme MacKenzie, j'ai cru que j'avais fini par perdre la raison.

— C'est ce que j'ai ressenti lorsque je t'ai aperçue. Ça m'arrivait sans cesse à New York : je regardais les passants et tu étais là, tu marchais devant moi, avec tes cheveux blonds, je dévalais la rue et ce n'était pas toi. Plus d'une femme a dû me prendre pour un fou. Et j'étais fou... Fou depuis très, très longtemps, Liane.

— Mais nous sommes toujours aussi fous.

Ils avaient dérobé trois jours à la vie quotidienne, et ils ne pouvaient conserver ce trésor. Ce n'était qu'un trésor d'emprunt.

— Hier, je pensais à Armand... à son existence, à Paris... et pourtant, je me disais que ce que nous faisions ne changeait rien pour lui. Je serai là pour l'attendre à la fin de la guerre.

Ils reprirent la route côtière et atteignirent San Francisco à huit heures du soir, après avoir dîné rapidement à l'entrée de la ville. Liane n'avait pas téléphoné chez elle de tout le week-end, et Nick non plus. Ces trois jours n'appartenaient qu'à eux, dans un autre monde.

Durant les dernières minutes du trajet, ils parlèrent de leurs enfants.

— Je n'ai pas à m'inquiéter pour Johnny, soupira Nick, mais quand même... Je voudrais te demander quelque chose... quelque chose de particulier...

Liane sentit son cœur cesser de battre ; elle pressentait que c'était important.

— Bien sûr. Qu'est-ce que c'est ?

— S'il m'arrive quelque chose... après mon départ... tu me promets de veiller sur lui ?

Sous le choc, la jeune femme observa un moment de silence. Puis elle questionna :

— Tu penses que Hillary me laissera ?

— Elle n'est pas au courant, pour nous. Il n'y a aucune raison pour qu'elle refuse. Et puis, elle est remariée... Si je le pouvais, je te confierais Johnny, je serais rassuré de le savoir en de bonnes mains.

Lentement, elle acquiesça :

— Oui, je veillerai sur lui. Je garderai le contact avec lui, au fil des années. Comme un ange gardien.

Elle posa la main sur son bras.

— Mais, reprit-elle, il ne t'arrivera rien, Nick.

— Qui sait...

Dans la pénombre du dehors, tandis qu'ils descendaient de voiture devant la maison de George, il la scruta :

— C'est sérieux, ce que je te demande.

— Et je t'ai répondu sérieusement. S'il arrivait un malheur, je m'occuperais de lui.

Cette éventualité lui était intolérable.

Nick porta son sac de voyage dans le hall désert. Les enfants étaient déjà couchées. Liane avait craint qu'on ne voie Nick, mais il n'avait pas voulu prendre un taxi, insistant pour la raccompagner. Sur le seuil, elle se tourna vers lui et ils s'embrassèrent longuement.

— Je t'appelle demain matin.

— Je t'aime, Nick.

— Je t'aime, Liane.

Il l'embrassa une dernière fois, puis il la quitta et elle monta à sa chambre.

XLVI

A son bureau, Armand souffla sur ses mains pour tenter de les réchauffer. Les dernières semaines avaient vu le gel et un peu de neige à Paris et les maisons retenaient le froid. Il ne parvenait plus à se rappeler le dernier jour où il avait eu chaud, et il avait les mains tellement glacées qu'il pouvait à peine écrire, même en les frottant l'une contre l'autre. En tant que relais entre Pétain et les Allemands, il avait déménagé un mois plus tôt. Ses bureaux se trouvaient maintenant à l'hôtel *Majestic* avec le *Verwaltungstab*, section administrative du haut commandement allemand. La branche militaire correspondante était le *Kommandostab*, dirigé par le colonel Speidel. Armand avait dû emmener André Marchand avec lui, ce qui plongeait le jeune secrétaire dans le ravissement. Zélé, obséquieux, il inspirait au diplomate une haine de plus en plus difficilement maîtrisable.

Les responsabilités d'Armand s'étaient encore accrues, car les Allemands lui accordaient maintenant leur pleine confiance. Il passait des heures aux bureaux de la Propagande, chargée de présenter l'invasion allemande comme une bénédiction pour la France. Souvent, il rencontrait le colonel Speidel et le général Barkhausen pour discuter de ce qu'on désignait sous le nom de « Services du butin de guerre ». C'était là que le diplomate s'occupait secrètement des trésors destinés à Berlin. Ils disparaissaient, tout simplement, et l'on mettait cela sur le compte de la Résistance. Armand voyait aussi le Dr Michel, du ministère allemand de l'Economie, pour examiner l'état de l'économie nationale, le contrôle des prix, l'industrie chimique, les manufactures de papier, les problèmes ouvriers, le crédit, les assurances, le charbon, l'électricité et divers secteurs de moindre importance.

Le haut commandement allemand avait accaparé la plupart des grands hôtels. Le général von Stutnitz, commandant militaire de la place de Paris, était au *Crillon* ; Speidel et les autres, au *Majestic*. Le *Verwaltungstab* était situé près de l'appartement d'Armand, place du Palais-Bourbon, et l'*Oberkriegverwaltungsrat* Kruger, chargé du budget de la municipalité, se trouvait à l'Hôtel de Ville. Le général von Briesen, gouverneur de la place de Paris, s'était installé au *Meurice*, avant d'être remplacé par le général Schaumburg, et il y demeura parce qu'il s'y plaisait.

Partout dans les rues, des affiches adressaient en français des avertissements à la population ; les informations qu'on transmettait, les actes de sabotage, la violence, les grèves, l'incitation à l'émeute, voire le simple fait de stocker des denrées, tout cela était passible de « la plus grande sévérité » et relevait de juridictions d'exception.

Les résistants, à en croire les Allemands, étaient

tous des « étudiants communistes », que l'on fusillait publiquement à titre d'exemple. En 1942, les exécutions publiques étaient devenues monnaie courante à Paris. L'atmosphère était irrespirable. Et les éléments s'en mêlaient. Durant l'hiver, le froid et le rationnement firent des ravages.

Autour de lui, Armand assistait à l'agonie d'une nation. Les Allemands avaient cessé de parler de « zone libre » ; ils l'avaient également envahie. « Mais pas pour longtemps », promettait de Gaulle sur la BBC. De son côté, un homme seul, Jean Moulin, s'efforçait de ranimer la Résistance. Nul ne savait comment il effectuait de constants aller et retour avec Londres, afin d'infiltrer le territoire français à l'aide de réseaux londoniens.

Armand ne l'avait rencontré qu'à une ou deux reprises, car le jeu était trop risqué. Le plus souvent, il le contactait indirectement, notamment après le décret du 15 juillet 1941 exigeant que tous les objets d'une valeur supérieure à cent mille francs soient immédiatement déclarés par leurs propriétaires ou leurs détenteurs. C'étaient ces registres qu'Armand détruisit durant l'hiver 1941 et les premiers mois de 1942. A lui seul, il avait sauvé des trésors inestimables pour son pays. Il s'employait également à sauver des vies, ce qui présentait de plus en plus de danger pour lui.

Les dernières semaines, le froid l'avait terrassé. Toutefois, il n'y fit pas allusion dans sa lettre à Liane, qu'elle reçut le lendemain de son retour de Carmel. Tout ce qu'elle put en retirer, c'était que son travail le satisfaisait. Pourtant, elle perçut quelque chose d'autre, quelque chose de nouveau. Une tristesse qui avoisinait le désespoir. De ce qu'il lui taisait, elle devinait que la France se trouvait dans une situation précaire. Après avoir lu la lettre, elle se tint longtemps à la fenêtre, à regarder le pont du Golden Gate.

— Liane ? Que se passe-t-il ?

Son oncle l'observait depuis le seuil de la pièce ; il n'était pas encore parti pour ses bureaux. La jeune femme s'était affaissée, tête basse.

— Non. Rien. Une lettre d'Armand.

La lettre avait transité par Jean Moulin, lors de son dernier voyage à Londres, mais elle ne pouvait en parler à son oncle.

— Il a l'air si triste ! reprit-elle. C'est tellement affreux...

— La guerre n'est pas une partie de plaisir.

— On dirait presque qu'il est malade.

— Allons, ne t'inquiète pas. Sans doute est-il malheureux de ne pas t'avoir auprès de lui, avec les enfants.

Elle acquiesça et brusquement se sentit coupable.

— Et ton séminaire à Carmel ? C'était bien ?

Malgré elle, son regard s'éclaira.

— Oui, c'était très intéressant.

L'après-midi, quand Nick vint la chercher à son bureau, la jeune femme évoqua la lettre de son mari, mais Nick était obsédé par autre chose.

— As-tu changé d'avis, pour nous deux ? questionna-t-il, anxieux.

Elle le considéra longuement.

— Non, répondit-elle enfin. J'ai deux vies bien séparées, maintenant. Mon ancienne vie avec Armand, ma vie aujourd'hui avec toi... Mais j'ai peur pour lui.

— Il semble en danger ?

— Pas plus que d'habitude. Mais il est très soucieux, surtout en ce qui concerne la France. Il s'occupe plus de son pays que de lui-même ou de nous. Sa patrie, c'est tout pour lui.

— Je l'admire beaucoup, murmura Nick.

Il la ramena chez elle et dîna avec la famille, puis il joua aux dominos avec Liane et George, après quoi il regagna son hôtel.

Liane se demandait à quel moment elle pourrait le retrouver seul, comme à Carmel. Les femmes ne pouvaient entrer dans l'hôtel de Nick et, d'ailleurs, elle n'y eût pas songé. Le week-end suivant, il résolut le problème en suggérant de réserver une chambre au *Fairmont*.

Durant le week-end, elle l'entendit parler avec son

fils au téléphone et le vit jouer avec ses propres filles ;
il faisait merveille auprès des enfants. Après avoir
raccompagné les deux petites filles, ils dînèrent
ensemble, puis se rendirent au *Fairmont*. Les enfants
passaient la nuit chez une amie et George ne posa
aucune question.

— Tu crois qu'il se doute de quelque chose ?
demanda-t-elle, étendue sur le lit près de Nick, tout en
buvant du champagne.

Ils ne souhaitaient pas descendre au salon vénitien,
afin de rester seuls.

— C'est probable, répondit-il, amusé. Il n'est pas
idiot. Et il a dû en faire autant dans sa jeunesse.

— Tu penses qu'il désapprouve ?

— Et toi ?

— Non. A mon avis, il voudrait que je divorce pour
t'épouser.

— Moi aussi... Je veux dire : je suis de ton avis.

Il s'était corrigé rapidement en voyant l'expression
de la jeune femme. Car Liane redoutait de lui donner
trop peu ; en tant que femme mariée, elle ne pouvait
lui offrir aucun avenir.

— Ne t'inquiète pas trop. Tant que les ligues de
vertu et la presse ne montrent pas le bout du nez, nous
sommes tranquilles !

Ils s'étaient inscrits à l'hôtel sous le nom de M. et
Mme Nicholas Burnham.

Les jours s'écoulèrent en dîners, en longues promenades l'après-midi, en week-ends secrets au
Fairmont... Ils s'arrangèrent pour retourner à Carmel
au bout de quelques semaines, mais en février la
situation de Nick devint tendue. Singapour tomba
aux mains des Japonais, dont les forces terrestres
s'étaient emparées de Java, de Bornéo, des Indes
hollandaises et de plusieurs archipels du Pacifique
Sud. Tel était le triomphalisme des Japonais que le
général Nagumo s'était retiré dans le nord du Japon.
Nick s'attendait à embarquer d'un instant à l'autre.
Des porte-avions américains effectuaient des raids,
notamment sur les îles Gilbert et Marshall, en se

rendant maîtres des positions de l'ennemi, mais sans pouvoir prendre leurs principales forces.

Un jour de mars, Nick dévisagea Liane d'un air morose et, après son second scotch, il la fit sursauter en abattant son poing sur la table. Sa nervosité allait croissant depuis des semaines.

— Nom d'un chien, je devrais être loin, maintenant ! Qu'est-ce que je fous ici ?

La jeune femme ne se formalisa pas de cet éclat ; elle comprenait. Aussi lui répondit-elle d'un ton apaisant :

— Sois patient, Nick. Ils attendent le moment favorable.

— Et moi, je passe la guerre dans des chambres d'hôtel !

Cette fois, la remarque la blessa.

— C'est toi qui l'as choisi, Nick. Tu n'es pas obligé de...

— Pardonne-moi. Je sais... Mais je n'en peux plus. Ça fait trois mois que je me suis rengagé. Et Johnny est à New York chez Hillary. Ça me rend malade quand il me dit que je lui manque. Je lui ai tenu de grands discours sur mon départ pour la guerre et je suis toujours ici, à faire la fête...

Liane ne pouvait quitter Nick et elle ne le voulait pas. Ils resteraient ensemble jusqu'à ce qu'il embarque. Alors, et alors seulement, tout serait fini.

A plusieurs reprises, elle dut faire preuve d'énergie, en particulier un jour qu'elle reçut une lettre d'Armand, qui se plaignait du froid ; ses jambes souffraient d'arthrite. Comme Nick expliquait qu'il avait mal au dos à force d'avoir dansé toute la nuit, elle lui répliqua vertement :

— Eh bien, tu n'as qu'à danser un peu moins !

— Toi-même, rétorqua-t-il, surpris, tu es restée sur la piste jusqu'à deux heures du matin !

A ces mots, elle fondit en larmes et il la prit aussitôt dans ses bras.

— Nick, je crois qu'il ne va pas bien... Il a presque cinquante-neuf ans.. et il fait si froid, là-bas...

— Ma chérie...

— Et je me sens tellement coupable...

— Moi aussi. Mais nous le savions depuis le début. Ça ne change rien pour lui.

Liane lui écrivait régulièrement, mais elle se savait impuissante à l'aider.

— Et si les Allemands le tuent ?

Nick soupira. Les mots lui manquaient pour la rassurer.

— C'est un risque qu'il a pris en décidant de rester en France, répondit-il enfin. Il doit penser que ça en vaut la peine... Liane, il faut que tu gardes espoir. Tu ne peux rien faire d'autre.

— Je sais.

La jeune femme se remémora alors la nuit précédente, où ils avaient dansé jusqu'à l'aube.

— Mais c'est comme si notre existence n'était qu'une longue fête, poursuivit-elle, reprenant la même image que lui.

Ils se considérèrent longuement, gravement.

— Désires-tu y mettre un terme ? questionna-t-il, le souffle court.

— Non.

— Moi non plus.

En avril, un jour qu'il vint la chercher à la Croix-Rouge, il arbora une expression étrangement figée. L'enthousiasme qu'il s'était attendu à éprouver lui faisait défaut. Il ne ressentait que de l'amertume.

— La fête est finie, dit-il sombrement.

La jeune femme sentit un frisson glacé lui parcourir le dos.

— Je pars demain, ajouta-t-il.

Brusquement, elle se jeta dans ses bras en pleurant. Bien qu'ils se fussent préparés à ce dénouement, ils n'étaient pas prêts.

— Oh, Nick... Et où iras-tu ?

— A San Diego. J'y resterai deux jours. Ensuite, j'ignore pour quelle destination. Je serai sur un porte-avions, le *Lady Lex*. En fait, il s'appelle le *Lexington*. Nous allons quelque part dans le Pacifique.

Le bateau venait de subir quelques réparations ; Liane l'avait lu dans les journaux.

Sur le trajet de retour, ils demeurèrent silencieux. Dès qu'ils arrivèrent à la maison, George devina :

— Vous allez embarquer ?

— Oui, je dois me rendre demain à San Diego.

Au dîner, même les deux enfants n'osèrent rompre le silence. Lorsque Nick leur fit ses adieux, elles pleurèrent presque autant qu'à Toulon, en quittant leur père. Depuis quatre mois qu'il venait constamment, Nick était devenu plus réel qu'Armand, qu'elles n'avaient pas revu depuis deux ans. Tous ressentaient cruellement son départ.

Sur le seuil de la maison, Liane l'embrassa tendrement. Elle avait promis de prendre le train pour San Diego, le lendemain, afin de profiter avec lui de ses dernières heures à terre. Nick devait se présenter à bord la veille de l'embarquement.

— Demain soir, lui dit-il, je te téléphonerai à l'hôtel de San Diego, si je le peux. Sinon, après-demain matin.

— Tu me manques déjà.

— Toi aussi... Je t'aime.

La jeune femme lui adressa un signe de la main tandis qu'il mettait sa voiture en marche. Puis elle regagna la maison. Elle monta à sa chambre, où elle s'écroula sur son lit en sanglotant.

Liane n'était pas prête à renoncer à lui... pas encore... pas maintenant... jamais...

XLVII

Le train entra en gare de San Diego à vingt-trois heures, le lendemain, mais Liane n'arriva pas à l'hôtel avant minuit. Il était trop tard pour que Nick puisse appeler.

Durant toute la matinée, elle resta près du téléphone, jusqu'à ce que la sonnerie retentisse, un peu avant midi. La jeune femme attendait depuis sept heures du matin.

— Pardonne-moi, mon amour. Impossible d'appeler avant. J'ai eu toutes sortes de réunions.

— Pourrai-je te voir ?

Par la fenêtre, elle aperçut le Pacifique et essaya d'imaginer où Nick se trouvait. Sa chambre avait vue sur la base navale, avec le port en arrière-plan.

— Je ne peux pas avant ce soir. Et, Liane...

Nick s'interrompit, butant sur les mots. Enfin, il reprit :

— Et ce sera la fin. Il faut que je me présente à la base dès six heures du matin, demain.

— Quand dois-tu embarquer ? demanda-t-elle, le cœur battant.

— Je ne sais pas. Tout ce que je sais, c'est qu'il faut que j'y sois à six heures. Je pense qu'on partira après-demain. Mais ils ne nous le diront pas, c'est le règlement... Ecoute, il faut que j'y aille, maintenant. A ce soir. Le plus tôt possible.

— Je serai ici.

Liane passa la journée entière dans sa chambre, de peur de le manquer s'il arrivait en avance. A six heures moins dix, on frappa à la porte. Elle se précipita dans ses bras, riant et pleurant, désespérément heureuse... Durant ces quelques instants, ils pouvaient oublier l'imminence de cette séparation.

L'angoisse des deux jours précédents les avait épuisés. La jeune femme n'oublierait pas ces moments-là. C'était encore pire que son départ de Paris.

Pendant une demi-heure, ils parlèrent à bâtons rompus, puis il la prit dans ses bras et ils s'aimèrent. Alors, tout sembla ralentir. Ils ne sortirent pas de la chambre pour aller dîner et ne voulurent pas dormir. Ils demeurèrent ensemble, à parler, à s'aimer...

Liane s'affola quand le soleil se leva. Leur dernière nuit s'achevait.

A cinq heures et demie, Nick s'assit sur le lit.

— Ma chérie... il faut que je parte...

— Je sais.

Liane s'assit à son tour. Elle aurait voulu l'attirer à elle, elle aurait voulu arrêter le temps.

Il lui posa alors une question qui le tourmentait depuis ces deux jours :

— Est-ce que tu m'écriras ?

Quatre mois plus tôt, ils avaient décidé que le départ de Nick marquerait la fin de toute relation entre eux.

— Oui, répondit-elle, je t'écrirai.

A présent, elle écrirait à deux hommes qui risquaient leur vie... Liane se demanda quel parti adopter lors du retour d'Armand. Les choses avaient changé. Sur le *Deauville*, elle n'avait vu Nick que durant treize jours ; maintenant, ils étaient liés par quatre mois de vie commune. Elle avait songé à quitter son mari à la fin de la guerre, mais elle s'en savait incapable. De même qu'elle ne pouvait quitter Nick Burnham.

— Moi aussi, je t'écrirai. Mais il se peut que mes lettres mettent du temps à te parvenir.

— J'attendrai.

Nick ne prit pas de douche avant de s'habiller, pour ne pas perdre une seule de ces dernières minutes avec Liane. Il pourrait se doucher à bord du bateau ; il avait la vie entière pour cela.

— Tu n'oublieras pas, pour Johnny ?

Il lui avait donné l'adresse de Hillary, mais elle avait rétorqué qu'elle n'en avait pas besoin, puisqu'il reviendrait. Nick avait insisté : « Au cas où... » Vaincue, la jeune femme avait fini par accepter pour le tranquilliser.

Les dernières secondes s'égrenèrent comme un compte à rebours. Nick la tint dans ses bras, au centre de la chambre, en disant :

— C'est ici que je vais te quitter.

— Je ne peux pas t'accompagner à la base ? s'affola-t-elle.

— Les adieux n'en seraient que plus pénibles.

Liane approuva d'un signe de tête. Il l'embrassa encore, en la regardant droit dans les yeux.

— Je reviendrai.

— Je sais.

Ni l'un ni l'autre ne demanda ce qu'il adviendrait alors. Il était trop tard pour s'en préoccuper. Seul le présent leur appartenait encore.

— Nick... sois prudent...

Elle l'étreignit de toutes ses forces tandis qu'il se dirigeait vers la porte, et il la serra une dernière fois dans ses bras. Puis, en se retournant pour un dernier adieu, il descendit l'escalier.

La jeune femme regagna la chambre, ferma la porte derrière elle et s'assit sur le lit, avec la sensation qu'on lui avait arraché ce qui lui restait de vie.

Elle n'avait pas bougé de place lorsque, deux heures plus tard, elle aperçut par la fenêtre un spectacle insolite : le Pacifique avait disparu de l'horizon, au profit d'un gigantesque bateau qui tournait lentement son étrave vers la haute mer. Son cœur cessa de battre. Le *Lexington*. Et Nick se trouvait à bord. Elle ouvrit la fenêtre en grand, comme si ce geste pouvait la rapprocher de lui, et regarda jusqu'à ce que le porte-avions ait quitté le port. Puis elle prépara ses bagages et, deux heures plus tard, elle montait dans son train. Elle se tint immobile, absente, pendant tout le trajet jusqu'à San Francisco.

XLVIII

Liane gravit d'un pas lourd l'escalier jusqu'à sa chambre. Il était tard ; elle ne rencontra personne dans la maison. Aussi sursauta-t-elle violemment lorsqu'une voix se fit entendre dans son dos. George l'attendait dans la chambre, toutes lumières éteintes.

— Que se passe-t-il ? Les enfants... ? s'inquiéta-t-elle.

— Non, rien, répondit-il en la scrutant pensivement alors qu'elle allumait dans la pièce. Liane, tu vas bien ?

La jeune femme paraissait ravagée par le chagrin.

— Oui, très bien.

Tout en prononçant ces mots, elle se détourna pour lui cacher ses larmes.

— Si... très bien..., balbutia-t-elle.

— Mais non. Et tu n'as pas à avoir honte. Je ne veux pas que tu aies honte. C'est pourquoi je suis ici.

— Oh, oncle George...

— Je sais... je sais... Il reviendra...

Il lui servit un verre de cognac ; il avait apporté une bouteille et deux verres. La jeune femme lui sourit à travers ses larmes.

— Je ne mérite pas un oncle aussi gentil.

— Liane, tu es une femme que j'admire. Et tu mérites un homme bien. Et, grâce à Dieu, tu en as trouvé un.

Elle but une gorgée de cognac et s'assit avec un sourire sans joie.

— L'ennui, oncle George, c'est que j'en ai deux.

Il ne répondit pas.

Le lendemain matin, elle se sentit un peu mieux. Elle venait de recevoir une lettre d'Armand, qui semblait satisfait des « récents événements », écrivait-il sans préciser davantage. Le temps s'était amélioré et ses jambes le faisaient moins souffrir.

Les nouvelles de Londres étaient également réconfortantes, car la première cargaison de ravitaillement en provenance des Etats-Unis était enfin parvenue aux Britanniques, ce qui compensait le rationnement auquel ils étaient soumis.

Le 18 avril, toute la presse américaine titra sur le raid du lieutenant-colonel James H. Doolittle, pilote et expert en aéronautique. Doolittle avait modifié seize bombardiers B-25, qui s'étaient dirigés vers le Japon sans espoir de retour, dans l'intention d'atterrir en Chine après avoir bombardé Tokyo. Et tous les avions avaient réussi, sauf un, ce qui remonta considérablement le moral de l'armée. On avait vengé Pearl Harbor.

Mais l'euphorie fut de courte durée, car, le soir du 4 mai, la bataille de la mer de Corail faisait rage. Liane ne put fermer l'œil de la nuit, malade d'inquiétude en pensant à Nick. La bataille ne cessa qu'au bout de deux jours, sous le commandement du général MacArthur, qui était resté à l'arrière, en Nouvelle-Guinée, à Port Moresby. Le 6 mai, arriva le pire : le *Lexington* coula. Par miracle, on ne compta que deux cent seize morts. Les deux mille sept cent trente-cinq rescapés furent sauvés par le porte-avions jumeau du *Lexington,* le *Yorktown.*

Liane ignorait si Nick faisait partie des deux cent seize victimes.

Jour après jour, la jeune femme s'enfermait dans sa chambre, écoutant la radio qu'elle y avait fait installer. Elle se souvenait trop bien du naufrage du *Queen Victoria*. On lui apportait ses repas dans sa chambre ; les plateaux repartaient presque intacts vers la cuisine. George se tenait dans la bibliothèque, à écouter lui aussi les informations. Il faudrait des semaines, voire plus, pour qu'ils reçoivent des nouvelles de Nick. A l'insu de sa nièce, George fit téléphoner chez Brett Williams, à New York, mais Brett ne put rien lui apprendre.

En même temps que sombrait le *Lexington*, le général Jonathan Wainwright dut capituler à Corregidor, dans les Philippines, devant les Japonais, qui le firent prisonnier, ainsi que ses hommes. Rien n'allait plus dans le Pacifique.

— Liane ! dit George, immobile sur le seuil de la chambre, dans la matinée du 8 mai. Je veux que tu descendes pour le petit déjeuner.

Allongée dans son lit, elle lui lança un regard vide :

— Je n'ai pas faim.

— Ça m'est égal. Les enfants ont peur que tu ne sois malade.

Elle le fixa longtemps, puis fit un signe de tête. Lorsqu'elle descendit enfin, affaiblie par ces deux jours au lit, à écouter la radio, stores baissés, les deux petites filles la considérèrent avec inquiétude.

Liane se força à les préparer pour l'école, après quoi elle regagna sa chambre et ralluma aussitôt la radio.

Mais en vain. La bataille de la mer de Corail était terminée.

George, qui l'avait suivie, la sermonna :

— Liane, tu ne peux pas continuer comme ça. Ça ne lui est d'aucune utilité, tu sais.

Il s'assit sur le bord du lit et enchaîna :

— On n'a pas de nouvelles à New York. S'il était mort, ils auraient reçu un télégramme. Je suis certain qu'il est vivant.

Le jour même, elle eut une autre lettre de son mari. A Paris, trente mille juifs avaient été enlevés dans une rafle. La lettre lui parvenait par l'intermédiaire de Jean Moulin, et, comme beaucoup d'autres, elle avait traversé l'Atlantique sur le *Gripsholm*.

On avait enfermé ces trente mille personnes au Vel d'Hiv durant huit jours entiers, sans eau, sans nourriture, sans toilettes. Beaucoup n'avaient pas survécu, notamment des femmes et des enfants. Le monde devenait fou.

Soudain, Liane sut ce qu'elle avait à faire. Elle décrocha une robe dans sa penderie et la jeta sur le lit.

— Où comptes-tu te rendre ? demanda George.

— A mon bureau.

Elle prit un bain, s'habilla, démissionna de son bureau et s'engagea à l'hôpital naval d'Oakland. On l'affecta aux services chirurgicaux. Lorsqu'elle rentra, à huit heures, elle se sentit mieux. Elle aurait dû prendre cette décision depuis longtemps, songea-t-elle. Après le dîner, elle en parla à son oncle.

— C'est une tâche très éprouvante, Liane. Es-tu sûre de toi ?

— Absolument.

Sa voix n'exprimait pas le moindre doute. George lut sur son visage qu'elle avait retrouvé son équilibre. Ils évoquèrent la rafle du Vel d'Hiv : rien n'était plus pareil. Plus rien. Et plus rien n'était sacré. Les sous-marins allemands longeaient les côtes américaines, les juifs étaient persécutés dans toute l'Europe, les Japonais tuaient les Marines dans le Pacifique Sud. Même le somptueux *Normandie* n'avait pas résisté : il avait brûlé trois mois plus tôt, quand on avait voulu le transformer trop précipitamment en bateau de guerre. Et, à Londres, les bombes tombaient jour et nuit.

Pendant un mois, Liane travailla avec acharnement à l'hôpital naval d'Oakland trois fois par semaine. Elle partait le matin à huit heures et ne revenait qu'à six ou sept heures du soir, épuisée, sentant le désinfectant et les solutions chirurgicales, l'uniforme maculé de sang séché, le visage blême, mais les yeux brillants.

Un mois après la catastrophe de la mer de Corail, elle reçut une lettre de Nick. Il était vivant... Elle s'assit sur les marches du perron et fondit en larmes.

XLIX

Le 4 juin, commença la bataille des îles Midway, qui s'acheva dès le lendemain. Les Japonais y perdirent quatre de leurs cinq porte-avions, ce qui marqua une victoire décisive pour les Etats-Unis. Nick se trouvait maintenant à bord de l'*Enterprise,* à l'écart de la bataille. Et, bien que Liane tremblât chaque fois qu'elle entendait les informations, la régularité des lettres de Nick la rassurait. Elle lui écrivait chaque jour, tout en écrivant à Armand autant de fois qu'elle le pouvait.

Les dernières lettres de son mari évoquaient une atmosphère d'angoisse à Paris. On fusillait davantage de jeunes communistes, on arrêtait davantage de juifs. Lors de ses fréquentes réunions avec le *Kommandostab*, Armand sentait que les Allemands se concentraient sur la capitale. Dans les campagnes, la Résistance gagnait du terrain, d'où la nécessité de donner Paris en exemple. Les Allemands comptaient de plus en plus sur le diplomate pour recenser les œuvres d'art non répertoriées et les suspects en fuite, ainsi que les partisans de Pétain qui entretenaient des liens avec les communistes. Il était chargé de tous les problèmes qui ne concernaient pas directement l'Allemagne, ce qui lui faisait jouer le rôle de tampon avec Pétain.

Par une chaude journée de juin, à l'hôtel *Majestic*, André Marchand déposa sur son bureau une pile de papiers.

— Qu'est-ce que c'est ? questionna le diplomate.

— Des rapports sur les arrestations de cette nuit. Le haut commandement désire savoir si des gens importants se cachent parmi les coupables. Des gens qui se faisaient passer pour des paysans...

Marchand était plus que favorable aux dénonciations et le seul regret d'Armand était que les Allemands ne l'aient pas expédié sur le front russe.

— Merci. Je les consulterai quand j'aurai le temps.

— Le haut commandement les veut pour ce soir, répondit le secrétaire en le regardant droit dans les yeux.

— Très bien. Je vais les lire.

Il se demanda un peu plus tard si on n'avait pas placé Marchand auprès de lui pour s'assurer de sa loyauté. Absurde. Marchand n'était qu'un sous-fifre. Pas un chien de garde. Armand sourit intérieurement : il était si fatigué qu'il voyait le danger partout. La veille au soir, il s'était cru suivi dans la rue.

Il s'absorba dans la lecture des rapports, en ajustant les lunettes qu'il utilisait désormais. Mieux valait le faire dès maintenant, de toute façon, car il devait rencontrer Jean Moulin le soir même.

A six heures, il quitta le *Majestic* et rentra chez lui. Il pénétra dans la cuisine. La pièce se ressentait de plusieurs mois de négligence ; les cuivres avaient noirci, le four ne fonctionnait plus, le réfrigérateur était quasiment vide et une épaisse couche de poussière recouvrait les meubles. Armand ne revenait dans l'appartement que pour y dormir. Ce soir-là, néanmoins, il dîna d'une tranche de charcuterie et d'une pomme. Ensuite, il griffonna quelques notes avant de se rendre à Neuilly. Prudemment, il regarda autour de lui en montant dans sa voiture. Il ne vit personne.

Le court trajet s'effectua sans encombre. Sa voiture portait un emblème indiquant qu'il travaillait pour le gouvernement. Il gara la voiture à deux pâtés de maisons de distance, puis alla frapper deux coups avant d'actionner la sonnette.

Une vieille femme lui ouvrit, hocha la tête et referma silencieusement la porte. Elle le conduisit dans la cuisine, d'où il descendit à la cave. Là, tous deux déblayèrent un amas de vieux cartons pour révéler une porte dérobée. Un souterrain en partait, qu'Armand emprunta, comme d'habitude, pour se rendre dans la maison voisine. Parvenu à destination, il se retrouva face à trois hommes. L'un d'eux, un homme aux cheveux grisonnants, coupés court, était vêtu d'un bleu de travail, avec une casquette et un tricot noir. C'était Jean Moulin. Il serra la main que lui tendait le diplomate. Les deux autres étaient des nouveaux venus qui arrivaient de Toulon avec lui.

— Bonjour, mon cher ami.

Armand aurait aimé connaître mieux cet homme qui était déjà un héros de la Résistance.

— Je suis heureux de vous revoir, répondit Jean Moulin tout en consultant sa montre.

Il n'avait pas de temps à perdre : dans une demi-heure, il devait repartir pour Toulon, car sa mission à Paris était terminée. Dans la nuit, il regagnerait Londres.

— Villiers, poursuivit-il, j'ai une proposition à vous faire. Voulez-vous venir à Londres ?

— Mais pourquoi ? Dans quel but ?

— Pour sauver votre peau. Nous avons des raisons de croire qu'ils vous soupçonnent. Nous avons intercepté des rapports de police.

Deux gardes du haut commandement avaient trouvé la mort une semaine plus tôt ; ils transportaient le porte-documents de l'officier de commandement. Speidel avait fort mal pris la disparition de ces papiers.

— C'était vous, la semaine dernière ? s'enquit Armand.

— Oui. Et ce sont ces papiers qui nous ont amenés à penser... Nous n'en sommes pas certains... mais il ne faut pas attendre, ce serait trop tard, ensuite... Il faut que vous partiez maintenant.

— Quand ?

— Cette nuit. Avec moi.

— Je ne peux pas...

Armand devait régler plusieurs affaires importantes. Un Rodin à faire transporter en Provence, une femme juive et son fils cachés dans un sous-sol, un Renoir inestimable dissimulé sous un bâtiment.

— C'est trop tôt, reprit Armand. Il me faut du temps.

— Rien n'est très bien défini, mais votre nom figure dans deux des rapports. Ils vous surveillent.

— Mais c'est vous qui détenez ces rapports. Pas Speidel.

— On ne sait pas qui les a lus. Là réside le danger.

Armand acquiesça, puis demanda :

— Et si je reste ?

— Cela en vaut-il la peine ?

— Pour le moment, oui, répondit Armand.

— Pouvez-vous finir rapidement ce que vous avez commencé ?

— Je peux essayer.

— Alors, faites-le. Je reviens dans quinze jours. Vous viendrez ?

Le diplomate fit un signe d'assentiment, mais Jean Moulin lut sur son visage une expression qu'il reconnut aussitôt. Il en avait vu, des gens comme Armand : ceux qui ne savent pas renoncer au combat, contre toute raison.

— Ne faites pas l'idiot, Villiers. Vous servirez mieux la France si vous restez en vie. De Londres, vous pourrez beaucoup.

— Je ne veux pas quitter la France.

— Mais vous reviendrez ! Nous vous fabriquerons une nouvelle identité et vous rejoindrez les maquisards.

— Oui, je suis d'accord.

— Parfait.

Jean Moulin se leva et serra la main du diplomate, puis traversa la pièce et sortit par la porte qu'avait franchie Armand en arrivant. Quelques minutes plus tard, celui-ci suivit son exemple. Jean Moulin avait le don de disparaître dans un courant d'air.

Mais pas ce soir-là. Au moment où le diplomate allait atteindre sa voiture, il perçut un mouvement furtif près de lui. Brusquement, des soldats armés surgirent sans le voir ; il distingua trois hommes courant au loin. Il se plaqua contre un mur pendant que les soldats le dépassaient. Des coups de feu retentirent dans la nuit. Armand se réfugia dans un jardin et sentit un élancement dans sa jambe. Il vérifia : le sang coulait. Une balle l'avait touché.

Il attendit que tout fût retombé dans le silence, puis retourna dans la maison où il avait vu Jean Moulin ; on lui fit un pansement de fortune.

A minuit, il rentra chez lui, tremblant de tout son corps, regrettant amèrement de ne pas avoir de cognac dans l'appartement. En s'asseyant, il considéra le bandage de sa jambe et songea soudain qu'il ne pourrait se présenter en boitant à son bureau, le lendemain. Difficile de prétexter une crise d'arthrite. Il essaya de marcher dans le salon sans boiter, en grimaçant de douleur à chaque pas. C'était infaisable, et pourtant il fallait qu'il le fasse. Il recommença encore et encore, le visage ruisselant de sueur, jusqu'à ce qu'il réussisse enfin. Avec un gémissement, il s'installa dans son lit, trop éreinté pour dormir.

Il alluma alors une petite lampe et se saisit d'un bloc de papier. Ce soir plus que jamais, Liane lui manquait. Il ne lui avait pas écrit depuis plus d'une semaine. Rompant avec ses habitudes, il osa enfin lui ouvrir son cœur et lui confier son inquiétude pour la France, sa tristesse ; il osa même évoquer sa blessure.

C'est sans gravité, ma chérie. Et ce n'est qu'un faible prix à payer dans cette effroyable bataille. D'autres ont souffert tellement plus ! J'enrage de ne donner que si peu... Qu'est-ce que ce petit morceau de chair ?

Il lui parla de la proposition de Jean Moulin et de l'éventualité de son arrivée à Londres, avant de retourner en France muni de faux papiers.

Il a dit quelque chose à propos des maquisards. Peut-être irai-je me joindre à ces hommes qui accomplissent une tâche admirable, qui harcèlent l'occupant jour après jour... Cela me changerait divinement des murs humides de mon bureau !

Il plia la lettre en quatre avant de la glisser sous la semelle intérieure de sa chaussure, en cas de malheur, puis, le lendemain, il la déposa dans un square de la rue du Bac. Il utilisait souvent cette boîte aux lettres secrète, bien qu'il préférât remettre ses lettres à Jean Moulin.

Quand Liane lut ces lignes, quinze jours plus tard, l'histoire de la blessure la rendit malade d'angoisse. Si le danger se rapprochait autant et si Jean Moulin suggérait qu'il vienne à Londres, c'est qu'il était presque trop tard. Le désespoir monta en elle comme un flot. Elle aurait voulu secouer Armand, lui montrer ce qu'il refusait de voir. Etait-il donc si aveugle qu'un portrait, une statue, une famille d'inconnus comptaient plus pour lui que sa femme et ses filles ?

La jeune femme fit une chose dont elle avait perdu l'habitude : elle se rendit à l'église pour prier. Et elle songea qu'elle s'était détournée de son mari, qu'elle avait trahi son serment. De retour chez elle, en regardant le Golden Gate par la fenêtre, elle se dit aussi que, si elle écrivait chaque jour à Nick, elle n'écrivait à son mari qu'une ou deux fois par semaine. Il devait sentir cette distance entre eux. Elle sut alors ce qui lui restait à faire.

Il lui fallut des heures pour écrire cette unique page. Elle fixait la feuille de papier avec le sentiment qu'elle n'y parviendrait pas. C'était plus douloureux que de quitter Nick dans la gare de New York ou dans la chambre de San Diego. C'était plus atroce que tout ce qu'elle avait fait jusque-là. La jeune femme avait l'impression de s'arracher le bras.

Elle expliqua à Nick qu'ils avaient eu tort et qu'elle lui avait fait des promesses d'avenir, alors qu'il n'y avait pas d'avenir pour eux. Armand avait besoin d'elle ; besoin de toute sa tendresse, de toutes ses attentions, de toute sa confiance. Il avait besoin de tout ce qu'elle avait à donner. Elle dit aussi à Nick qu'elle l'aimait et que cet amour n'avait pas le droit d'exister ; elle prierait pour lui tous les jours, jusqu'à la fin de la guerre, mais elle ne lui écrirait plus. Elle lui dit enfin que, en cas de malheur, elle tiendrait sa promesse de veiller sur Johnny.

Mais cela n'arrivera pas, mon amour... Je sais que tu reviendras sain et sauf. Et je désire seulement...

La jeune femme ne put continuer.

Tu sais ce que je désire. Mais nos rêves n'étaient pas des rêves d'emprunt : ils étaient volés. Je dois maintenant retourner là où est ma place, dans mon cœur, dans mon esprit, dans mon âme : auprès de mon mari. Et n'oublie jamais, mon chéri, combien je t'ai aimé. Que Dieu te garde.

Elle signa, puis sortit pour poster la lettre. Longtemps, elle demeura immobile devant la boîte aux lettres, la main tremblante, mais, avec une volonté qu'elle ne se connaissait pas, elle finit par jeter sa lettre. Et elle savait que Nick la recevrait.

L

Lorsque Armand retourna à son bureau, le lendemain de l'incident de Neuilly, ses mains étaient moites, il était livide, mais il ne boitait pas. Il s'assit comme de coutume et Marchand lui donna une pile de rapports à lire, de formulaires à remplir et de messages divers de la part des officiers allemands.

— Avez-vous besoin d'autre chose ?

— Non, merci, Marchand, répondit-il d'un ton assuré.

Durant toute la semaine, il s'acharna au travail, sur un rythme forcené ; le Renoir disparut de sa cachette ; le Rodin fut mis en lieu sûr ; la femme juive et son fils trouvèrent refuge dans une ferme près de Lyon ; et Armand régla tout aussi vite un certain nombre d'autres problèmes. Le temps lui était compté. Sa blessure s'infectait jour après jour et il s'efforçait de marcher comme si de rien n'était, ce qui exigeait de lui plus de forces qu'il n'en avait jamais dépensé auparavant.

Il demeurait à son bureau bien après le couvre-feu, si pressé d'achever sa tâche qu'il passait de plus en plus de temps à brûler ses notes, de sorte qu'il devint nécessaire d'inventer une raison à tous ces feux. En se frottant ostensiblement les mains, il répétait souvent à Marchand que les vieillards étaient frileux. Le jeune secrétaire se contentait de hausser les épaules et retournait à son propre travail.

Quatre jours avant son rendez-vous avec Jean Moulin, il quitta son bureau à dix heures du soir. Quand il rentra chez lui, il eut l'impression qu'on avait fouillé l'appartement. La chaise n'était pas si loin du bureau, en temps ordinaire... Mais, trop fatigué pour s'en inquiéter outre mesure, trop épuisé par sa douleur à la jambe, il jeta simplement un coup d'œil autour de lui, puis à l'extérieur, place du Palais-Bourbon, après avoir éteint les lampes. Abandonner Paris lui était un sacrifice trop difficile. Le diplomate se consola en songeant à son retour, lorsque son pays aurait recouvré la liberté.

— Bonsoir, ma belle...

Il souriait à la ville et pensait à sa femme. Le lendemain matin, il écrirait à Liane... ou peut-être le surlendemain... Le temps lui manquait.

Sa jambe le faisait tellement souffrir qu'il finit par se réveiller avant l'aube. Alors il décida de se lever pour lui écrire. Le frisson familier de la fièvre vint l'assaillir pendant qu'il posait une feuille de papier devant lui.

J'ai peu de choses à te raconter depuis ma dernière lettre. Mon existence est entièrement absorbée par le travail, ma chérie.

Soudain, il prit conscience d'une chose qui le fit sourire.

Je crains d'être devenu un mari indigne. Voici deux semaines, j'ai oublié notre treizième anniversaire de mariage. Mais peut-être, en raison des circonstances, me pardonneras-tu. Que nos treize années à venir nous soient plus douces, plus paisibles. Et puissions-nous être réunis le plus tôt possible.

Ensuite, il évoqua son travail.

Ma jambe ne va pas très bien et j'ai eu tort de t'en parler, car tu vas te faire du souci. Cela n'a rien de grave, j'en suis certain, mais, comme il faut bien que je marche tous les jours, ça n'aide pas. Je suis sans doute devenu un vieillard, mais un vieillard qui aime encore son pays... à la vie, à la mort... La France est terrassée, pillée, violée, mais bientôt elle se relèvera de ses ruines. Et tu seras à mon côté, Liane. Dans l'intervalle, je me réjouis que tu sois en sécurité chez ton oncle, avec les enfants, cela vaut bien mieux. Je n'ai jamais regretté de t'avoir envoyée là-bas. Tu ne sauras jamais ce que j'ai éprouvé en voyant la France livrée pieds et poings liés aux nazis... Il m'est très pénible de m'en aller si vite, grâce à Jean Moulin, et ma seule consolation, c'est que je reviendrai bientôt, afin de reprendre la lutte avec encore plus d'énergie.

Le diplomate n'avait pas envisagé une seconde de rester en Angleterre ou de rejoindre sa femme. Il ne songeait qu'à sa patrie.

Tu diras tout mon amour à nos enfants... cet amour que j'ai pour toi. Je t'aime passionnément, ma chérie... presque autant que la France...

Ces mots lui arrachèrent un sourire.

... peut-être plus encore, mais je m'interdis en ce moment d'y penser, sans quoi j'oublierais que je suis vieux et j'accourrais auprès de toi. Que Dieu te garde, ainsi que Marie-Ange et Elisabeth. Transmets toute ma gratitude et toute mon affection à ton oncle. Ton mari qui t'aime. Armand.

Il signa d'un paraphe, selon son habitude, et posta la lettre à l'endroit convenu, sur le chemin de son bureau. Un instant, Armand avait voulu garder cette lettre jusqu'à ce qu'il revoie Jean Moulin, mais, d'un autre côté, il savait Liane impatiente de recevoir son courrier. Il devinait ses questions, perceptibles en dépit de la censure.

Tout en considérant le calendrier suspendu au-dessus de son bureau, face aux portraits de Hitler et de Pétain, il songea que cette rencontre aurait lieu dans trois jours. A ce moment, André Marchand entra dans le bureau, souriant, encadré par deux officiers du Reich. Aucun de ces deux derniers ne souriait.

— Monsieur de Villiers ?

— Oui, Marchand ?

Il ne se souvenait pas du moindre rendez-vous avec les Allemands dans la matinée. Cependant, il arrivait qu'on le convoque sans prévenir à l'Hôtel de Ville, au *Meurice* ou au *Crillon*.

— On m'attend quelque part ?

Le sourire de Marchand s'élargit :

— Oh oui, monsieur. Ces messieurs du haut commandement souhaitent vous voir ce matin.

— Fort bien.

Le diplomate se leva et prit son chapeau. Même en ces temps troublés, il portait toujours un trois-pièces rayé et un hombourg, comme à l'époque de ses années au Quai d'Orsay. Il les suivit pour monter dans leur voiture. Armand souffrait encore de sentir que les gens, sur le passage de ce véhicule, murmuraient : « Traître ! »

On ne l'introduisit pas dans le bureau habituel, mais dans un département du commandement militaire, et il se demanda à quelle tâche abjecte on allait encore l'atteler. Mais aucune importance. Dans trois jours, il s'envolerait.

— Villiers ?

L'accent allemand continuait de l'irriter. Il se concentra néanmoins pour garder une démarche naturelle, sans boiter. Rien ne le préparait à ce qui allait suivre. Trois officiers SS l'attendaient : Armand était découvert.

On lui montra les preuves réunies contre lui, y compris des papiers à demi calcinés qu'il avait brûlés la veille. Dans les yeux de l'officier supérieur, il lut qu'André Marchand l'avait trahi.

— Je ne comprends pas... Ce ne sont pas...

— Silence ! rugit l'officier. Je parle, et vous écoutez ! Vous êtes un Français, une ordure, comme tous les autres, et, quand on en aura fini avec vous, aujourd'hui même, vous pousserez des hurlements comme tous ces autres salauds...

Mais ils ne désiraient rien apprendre de lui, ils voulaient seulement lui dire qu'ils savaient, pour lui prouver la supériorité intellectuelle de la race germanique. Et, lorsque l'officier eut terminé son récital, pathétiquement incomplet, car ils ne savaient presque rien, les SS le firent sortir de la pièce.

Alors seulement, un frisson lui parcourut l'échine, sa jambe blessée se mit à traîner et il pensa à Liane, à Jean Moulin, désespérément. Son esprit fonctionna à

toute vitesse. Il se souvint, se souvint encore... Oui,
cela valait la peine de donner sa vie pour la France...
Il se le répéta inlassablement pendant qu'on l'emmenait dans une cour. Quand la salve retentit, il ne cria
qu'un mot :

— Liane !

Et le mot résonna en écho dans la cour tandis qu'il
s'affaissait, mort pour son pays.

LI

Le 28 juin 1942, le FBI captura huit agents nazis à
Long Island. Des sous-marins allemands les avaient
amenés, rappelant leur présence à proximité des
côtes américaines. Déjà, depuis le début de l'année,
l'ennemi avait coulé six cent quatre-vingt-un bateaux
dans l'Atlantique, quasiment sans pertes du côté allemand.

— Et c'est pourquoi nous avons mis les Japonais
dans des camps, expliqua George pendant le petit
déjeuner.

Liane lui avait objecté qu'elle jugeait cette solution
inutilement cruelle. Leur propre jardinier ainsi que
sa famille venaient d'être ainsi emprisonnés. On leur
réservait un traitement inhumain : rationnement de
nourriture, peu ou pas de médicaments, des conditions de vie indignes d'un animal.

— Peu importe, dit George. Si nous ne faisions pas
cela, les Japonais nous enverraient des agents secrets,
comme les Allemands, et ils se noieraient dans la
foule comme ces huit nazis.

— Je ne suis pas d'accord avec toi, oncle George.

— Comment peux-tu me désapprouver, alors que
Nick se bat contre les Japs ?

— Ces gens, dans les camps, sont des Américains.

— Nul ne sait s'ils sont loyaux envers nous, et on ne
peut pas prendre de risque.

Vivement, il changea de sujet :

— Tu vas à l'hôpital aujourd'hui ?

La jeune femme était devenue aide-soignante et elle s'y rendait maintenant cinq jours par semaine.

— Oui.

— Tu en fais trop.

Depuis la lettre de Nick, elle travaillait d'arrache-pied. Il l'obsédait, comme après leurs treize jours à bord du *Deauville*, mais, outre la douleur de la séparation, elle redoutait que sa récente décision ne le pousse à commettre des imprudences. Son seul espoir était qu'il pense à son fils. Elle-même n'avait pas eu le choix. Elle se devait à son mari.

— Et toi, oncle George, que comptes-tu faire aujourd'hui ?

— Je déjeune au club avec Lou Lawson. Son fils, Lyman, a été tué aux Midway, ajouta-t-il d'une voix rauque.

— C'est affreux...

— Lou est effondré. C'était son seul enfant.

La jeune femme s'efforça de ne pas songer à Nick.

— Il faut que j'aille à l'hôpital.

Seul son travail lui permettait d'échapper à son déchirement entre Nick et Armand, même si la guerre était omniprésente. Chaque jour amenait des blessés, transportés par bateau, avec leurs effrayants récits de la guerre du Pacifique. Du moins pouvait-elle les aider, passer la main sur leur front, poser des compresses, leur apporter à manger, leur tenir la main.

Comme elle s'apprêtait à partir, George déplora qu'elle ressemble si peu aux autres femmes, dont la plupart se préoccupaient surtout d'organiser des dîners d'officiers. Liane, elle, vidait des seaux hygiéniques, récurait des carrelages, voyait les hommes vomir en sortant de la salle d'opération.

Deux semaines plus tard, elle trouva la lettre d'Armand. L'aggravation de sa blessure à la jambe l'attrista. Il évoquait son départ pour Londres... *Ma seule consolation, c'est que je reviendrai bientôt, afin de reprendre la lutte avec encore plus d'énergie...* Etait-ce donc son unique obsession ? Liane faillit s'énerver. Il avait cinquante-neuf ans. Pourquoi ne pas renoncer au combat et venir auprès d'elle ? Pourquoi ? *A la vie, à la mort...*, lut-elle.

Epuisée, elle avait passé sa journée à soigner un garçon qui avait perdu les deux bras dans la bataille de la mer de Corail. Il se trouvait sur le *Lexington*, mais, simple soldat, il ne connaissait pas Nick.

Quand elle descendit au dîner, son oncle la trouva particulièrement abattue. C'était le cas depuis des semaines.

— Tu as des nouvelles de Nick ? questionna-t-il.

Auparavant, la jeune femme l'avertissait lorsqu'elle recevait un mot.

— Une lettre d'Armand, ce matin. Il a l'air à bout et sa jambe le fait encore souffrir.

— Et Nick ?

— C'est Armand mon mari. Pas Nick.

— Le printemps dernier, rétorqua George, tu semblais l'avoir oublié.

Il se mordit la langue quand il vit sa détresse.

— Pardonne-moi, Liane... Je ne voulais pas....

— Tu as raison. J'ai mal agi. J'ai trompé Armand et Nick... J'ai écrit à Nick, il y a quelques semaines. Nous ne nous écrirons plus.

— Mais pourquoi ? Le pauvre garçon...

— Je n'ai pas le droit, oncle George, voilà pourquoi. Je suis mariée.

— Mais il le savait.

— Je suis la seule qui l'ait oublié. Maintenant, j'ai réparé les dégâts du mieux que j'ai pu.

— Mais lui ? Comment crois-tu qu'il va réagir, alors qu'il est à la guerre ?

Liane sentit les larmes monter à ses yeux.

— Je n'y peux rien, répondit-elle. J'ai des devoirs envers mon mari.

George avait envie de frapper du poing sur la table, mais la tristesse de sa nièce l'en dissuada.

— Liane...

Il ne sut qu'ajouter.

Chaque jour, la jeune femme paraissait travailler un peu plus tard. Au bout d'une semaine, elle reçut une lettre de Londres dont l'écriture lui était inconnue. Elle décacheta l'enveloppe et lut tout en montant les marches du perron. Sa fatigue était immense. Elle avait consacré toute sa journée au blessé amputé des deux bras, en proie à une fièvre si violente qu'on craignait pour sa vie.

Soudain, elle s'arrêta net et fixa les mots. *Chère Madame...* La lettre commençait sur un ton banal, mais la suite la fit frissonner.

J'ai le regret de vous annoncer que votre mari est mort hier, peu après midi, au service de sa patrie. Il est mort noblement, en héros, lui qui a sauvé des centaines de vies, ainsi que d'innombrables œuvres d'art. Son nom demeurera gravé dans nos cœurs et dans le cœur de la France. Que vos enfants soient fières de leur père... Nous compatissons à votre douleur. Votre douleur est la nôtre. Mais c'est par-dessus tout notre pays qui est en deuil.

La lettre était signée Jean Moulin. Liane s'écroula sur la marche du haut et relut la lettre, encore et encore, mais les mots ne changeaient pas. *Chère Madame... J'ai le regret de vous annoncer... J'ai le regret de vous annoncer...*

Mensonge : ce n'était pas le pays qui était le plus en deuil. Liane roula le papier en boule et le jeta dans le hall, hurlant, tapant du pied. Il était mort... mort... et il avait voulu rester là-bas... pour se battre contre les Allemands... pour... Elle n'entendit pas George l'appeler par son nom. Elle n'entendait rien, étendue sur le sol, à sangloter.

Armand était mort. Et Nick mourrait aussi. Ils mourraient tous. Et pourquoi ? Pour qui ? Elle regarda son oncle sans le voir et s'écria :

— Je les hais ! Je les hais... Je les hais !

LII

Liane mit ses filles au courant le soir même. Elles éclatèrent en sanglots à cette nouvelle. La jeune femme avait recouvré son calme, bien qu'elle restât mortellement pâle. Les deux enfants sursautèrent en apprenant que leur père était un agent double.

— Il était sûrement très courageux, observa tristement Elisabeth.

— Oh oui ! s'écria Liane.

— Pourquoi ne pas nous l'avoir dit plus tôt ? questionna Marie-Ange.

— Cela aurait été trop dangereux pour lui.

— Personne ne savait ?

— Uniquement ceux qui travaillaient pour la Résistance.

Marie-Ange demanda prudemment :

— Est-ce que nous retournerons en France, un jour ?

— Un jour...

Liane s'était posé la question, sans y répondre. Elles n'avaient plus de foyer, elles n'avaient aucun endroit où se rendre après la guerre. Personne ne les attendait.

— Je n'aimais pas tellement la France, avoua Elisabeth.

— C'était une période difficile. Surtout pour votre père.

Liane les mit enfin au lit. La nuit avait été longue pour elles. La jeune femme savait qu'elle n'arriverait pas à trouver le sommeil. Elle se rendait compte que son mari était mort depuis trois semaines et qu'elle l'avait ignoré tout ce temps. Quand elle avait lu sa dernière lettre, il était déjà mort. Et il n'avait évoqué que son amour pour la France... et pour elles trois... pour la France par-dessus tout. Elle ressentait un mélange de colère et de chagrin tout en descendant l'escalier en direction de la bibliothèque. George n'était pas allé se coucher.

— Tu veux boire quelque chose ?

— Non, merci, répondit-elle en fermant les yeux.

— Liane, c'est tellement affreux...

George se sentait impuissant à l'aider, comme elle l'avait été face au soldat qui avait perdu les deux bras.

— Y a-t-il quoi que ce soit que je puisse faire pour toi ? proposa-t-il.

Elle rouvrit lentement les yeux. Elle était paralysée, anesthésiée.

— Non, merci. C'est fini, maintenant. Il va falloir que nous apprenions à vivre avec cela...

Malgré lui, il se demanda si elle écrirait à Nick.

— Comment est-ce arrivé ? questionna-t-il.

La jeune femme lui raconta alors ce qui s'était réellement passé, en lui expliquant le rôle qu'avait joué Armand auprès de la Résistance. Tout ce qu'il avait pu dire sur le diplomate revint à la mémoire de George.

— Oh, Liane... Pourquoi ne pas m'avoir parlé ?

— Je ne pouvais me confier à personne. Même moi, j'étais censée tout ignorer. Il me l'a dit juste avant mon départ.

Elle alla s'appuyer à la fenêtre, contemplant le pont.

— Mais quelqu'un était forcément au courant, ajouta-t-elle en se retournant vers lui. Les Allemands l'ont fusillé trois jours avant qu'il puisse s'enfuir en Angleterre.

George s'approcha pour la prendre dans ses bras.

— Je suis tellement, tellement triste pour toi...

— Pourquoi ? Parce que maintenant tu sais qu'il était dans notre camp ? Aurais-tu autant de peine s'il avait vraiment été un collaborateur ?

Le regard de Liane était vide, désemparé.

— Je ne sais pas... Dis-moi, Nick était-il au courant ?

— Oui.

— Que vas-tu faire à présent, Liane ?

La jeune femme comprit à quoi il pensait.

— Rien, rétorqua-t-elle.

— Mais sûrement...

— Non, ce serait malhonnête. C'est un être

humain, pas un yo-yo. Je lui ai dit que tout était fini, voici quelques semaines, et, maintenant qu'Armand est mort, nous ne pouvons tout de même pas aller danser sur sa tombe... C'était mon mari, oncle George. Et je l'aimais.

Elle se détourna et ses épaules se mirent à trembler. Brusquement, elle se jeta dans ses bras en sanglotant presque aussi violemment que lorsqu'elle avait lu la lettre de Jean Moulin sur le perron.

— Oh, oncle George... C'est moi qui l'ai tué... il savait, il savait certainement... pour Nick...

— Liane, ça suffit ! répliqua-t-il en la maintenant fermement par les épaules. Ce n'est pas toi. En voilà, une absurdité ! Il y avait longtemps qu'Armand avait choisi. Il avait mesuré le danger. Un homme qui prend ce genre de décision le fait lui-même, seul, pour lui-même, sans tenir compte des autres, ni même de la femme qu'il aime. Que tu sois ou non tombée amoureuse de Nick, il a agi comme il l'entendait. Tu n'aurais pas pu l'en empêcher. Tu n'es pour rien dans sa mort...

— Mais s'il avait des soupçons ? S'il a perçu un changement de ton dans mes lettres ?...

— Il n'aurait sans doute rien remarqué si tu avais totalement cessé de lui écrire. Ce genre de décision, Liane, engage le cœur, l'esprit, l'âme, la personne entière. C'est un drame pour toi et les enfants, c'est aussi un drame pour son pays, mais tu n'as rien à voir avec ça, et Nick non plus. Il te reste à accepter...

La jeune femme lui parla alors de la dernière lettre d'Armand et reconnut qu'elle s'était parfois demandé ce qu'il aimait le plus tendrement, elle ou son pays. George l'écouta jusqu'à une heure avancée. Enfin, Liane marqua les premiers signes du sommeil, puis s'allongea sur le divan, assoupie. Il alla lui chercher une couverture dans sa chambre.

Le lendemain matin, à son réveil, elle s'étonna de se retrouver dans la bibliothèque ; la couverture la toucha. Elle avait vu en rêve des images de Nick et d'Armand qui marchaient en se tenant par le bras et s'arrêtaient pour parler à un homme qu'elle ne connaissait pas. Il lui sembla que cet homme n'était autre que Jean Moulin.

Elle se dirigea vers la fenêtre pour regarder la baie.

— Et nous ? demanda-t-elle au fantôme d'Armand. Et les enfants ?

Liane ne détenait pas de réponse.

LIII

En juillet, au moment où Liane recevait la lettre de Jean Moulin, Nick partit pour les îles Fidji avec le corps expéditionnaire 61 afin de mettre au point l'assaut sur Guadalcanal, dans l'archipel des Salomon, où les Japonais avaient construit un terrain d'aviation. Le contre-amiral Fletcher disposait de trois porte-avions pour réussir. L'*Enterprise*, le *Wasp* et le *Saratoga* se préparaient à la bataille. Nick devait aider à coordonner l'action des Marines et des bateaux. Il était l'un des rares Marines de son grade à ne pas être pilote. Après la mer de Corail, on l'avait promu lieutenant-colonel.

Le 6 août, l'*Enterprise* pénétra dans les eaux des îles Salomon et, le lendemain, les Marines atteignirent les plages. En quelques jours, la base japonaise fut prise et rebaptisée Henderson Field. La bataille faisait rage autour de Guadalcanal ; les Japonais conservaient farouchement tout le secteur, excepté le terrain d'aviation. Les Marines payèrent un lourd tribut, les semaines suivantes, mais l'*Enterprise* tint bon, bien que l'ennemi l'eût durement touché. Nick se trouvait à bord quand le porte-avions fut endommagé. On lui ordonna d'y rester lorsqu'on l'envoya à Hawaii, au début de septembre, pour qu'on le répare.

Intérieurement, Nick enrageait de ne pouvoir demeurer à Guadalcanal avec l'armée. A Hawaii, il rongea son frein à la base de Hickam, impatient de retourner au combat. Guadalcanal prenait des proportions alarmantes ; les Marines mouraient sur les plages. En cinq mois, il avait participé à la lutte, sans relâche : la mer de Corail, les Midway, enfin Guadalcanal. Cela l'empêchait de trop songer à Liane.

La lettre de la jeune femme l'avait frappé de stupeur. Ce remords semblait dater d'après son départ. Il lui avait écrit une douzaine de lettres qu'il avait toutes déchirées. Une fois de plus, Liane avait choisi et il n'avait plus qu'à respecter ce choix. Chaque nuit, il restait éveillé pendant des heures sur sa couchette, à se remémorer leur bonheur à San Francisco.

A Hawaii, il n'avait d'autre occupation que de rester sur la plage en attendant que l'*Enterprise* puisse repartir pour le combat. Il écrivait de longues lettres à son fils et se sentait aussi inutile qu'à San Francisco, ici, dans le climat paradisiaque d'Hawaii. Pour passer le temps, il s'inscrivit comme volontaire à l'hôpital ; au moins, il parlerait avec les hommes. Toujours de bonne humeur, aimable, il plaisait aux infirmières, mais n'avait essayé d'en séduire aucune.

— Peut-être n'aime-t-il pas les femmes, suggéra l'une d'elles.

Les autres protestèrent en riant. Ce n'était pas le style de Nick.

— Peut-être est-il marié, indiqua une autre.

Après avoir longuement bavardé avec lui, elle avait l'impression qu'il pensait à une femme en particulier, bien qu'il ne lui eût pas fait ses confidences. C'était à cause de sa façon de dire « nous »... Sans doute souffrait-il d'une blessure que personne ne pouvait toucher, encore moins guérir. Parce qu'il ne se laissait pas approcher.

A la base, les femmes parlaient beaucoup de lui. Il était exceptionnellement séduisant, et puis étrangement ouvert, quelquefois. Il mentionnait souvent son fils, un petit garçon nommé John, qui avait onze ans. Tout le monde connaissait l'existence de Johnny.

— Vous savez qui c'est ? demanda un jour une aide-soignante à une infirmière. Je veux dire : dans le civil. C'est Burnham, les aciéries Burnham.

Bien que née dans le Kentucky, elle en avait entendu parler. L'infirmière se montra sceptique, puis haussa les épaules :

— Et alors ? Il est à la guerre, comme les autres, et son bateau a pratiquement sombré sous lui.

L'aide-soignante espérait un rendez-vous, contre tout espoir. Elle lui faisait des avances quand il venait dans les salles, mais en vain.

A l'hôpital d'Oakland, Liane éveillait les mêmes réactions.

— Vous avez un fiancé ? questionna un jour l'un de ses malades.

Le jeune soldat avait reçu des éclats d'obus dans l'intestin. On l'avait opéré trois fois sans pouvoir retirer tous les éclats.

— Un mari, corrigea-t-elle.

— Celui qui a fait la mer de Corail ?

Elle avait évoqué cette bataille la première fois qu'il l'avait vue.

— Non. Il était en France.

— Qu'est-ce qu'il fait là-bas ?

— Il se battait contre les Allemands. Il était français. Ils l'ont fusillé.

La jeune femme replia une couverture sur les jambes du blessé. Il aimait sa douceur.

— Vous avez des enfants ? interrogea-t-il.

— Deux petites filles.

— Aussi jolies que leur maman ?

— Beaucoup plus jolies ! rétorqua-t-elle gaiement, avant d'aller soigner un autre soldat.

Liane travaillait des heures dans les salles sans trop parler d'elle-même. Il n'y avait rien à raconter. Sa vie était finie.

En septembre, son oncle l'invita à dîner dehors en estimant que la période de deuil avait assez duré.

— Je ne crois pas, oncle George... Je dois me lever tôt pour mon travail et...

Elle n'avait pas à présenter d'excuses : elle ne voulait pas sortir, c'était tout.

— Un changement de décor te ferait du bien. Tu ne

peux pas faire tous les jours la navette entre la maison et l'hôpital.

— Pourquoi ?

— Parce que tu n'es pas une vieille dame, Liane, même si tu en as adopté le mode de vie.

— Je suis veuve. C'est la même chose.

— Pas du tout !

Il se souvint de son propre frère à l'époque où la mère de Liane était morte. C'était idiot. Liane n'avait que trente-cinq ans.

— Tu sais de quoi tu as l'air ? Tu es maigre comme un clou, tes yeux te mangent la figure et tu flottes dans tes robes !

La description fit rire la jeune femme :

— Quel charmant tableau !

— Tu devrais te regarder dans un miroir, de temps en temps.

— J'essaie d'éviter.

— Réfléchis quand même... Bon sang, cesse donc d'agiter le drapeau noir ! Tu es vivante. La mort d'Armand est atroce, mais beaucoup de femmes sont dans ton cas ; seulement, elles ne montrent pas pour autant une face de carême, elles ne vivent pas comme des mortes.

— Vraiment ? répliqua Liane, glaciale. Et qu'est-ce qu'elles font, oncle George ? La fête ?

Elle se souvenait trop bien de l'existence qu'elle avait menée juste avant la mort de son mari. Cela, c'était terminé.

— Tu pourrais sortir, au moins. Où est le mal ?

— Je n'en ai pas envie.

George s'attaqua alors au sujet tabou :

— Tu as reçu des nouvelles de Nick ?

Aussitôt, les murailles s'élevèrent :

— Non.

— Tu lui as écrit ?

— Non. Et je n'en ai pas l'intention. Tu m'as déjà posé la question. Inutile d'insister.

— Mais pourquoi ? Tu pourrais au moins lui annoncer la mort d'Armand.

— Pourquoi ? rétorqua-t-elle, furieuse. Tu crois

que ça lui ferait plaisir ? Je l'ai repoussé par deux fois. Je ne vais pas le torturer une fois de plus.

— Deux fois ? s'étonna George.

— Il s'est produit la même chose, expliqua-t-elle, quand nous étions sur le *Deauville*. Nous sommes tombés amoureux et j'ai rompu à cause d'Armand.

— Je l'ignorais.. Ça a dû être encore plus dur, pour vous deux, quand il a quitté San Francisco.

— En effet. Et je ne veux pas revivre ça, oncle George, ni le lui infliger encore...

— Mais qui parle de revivre la même chose ?

— Je ne sais pas si je pourrais supporter un tel remords... Je pense qu'Armand était au courant. Et, même s'il l'ignorait, nous avons eu tort. On ne peut pas bâtir une existence sur deux erreurs... Nick disait toujours qu'il jouerait selon ma règle. Et ma règle, c'était de revenir à mon mari. Quelquefois.

Liane se dégoûtait elle-même, elle se tourmentait depuis des mois.

— Je ne veux plus en parler, conclut-elle.

— Liane, je pense que tu te trompes. Nick te connaît bien mieux que tu ne te connais toi-même. Il peut t'aider à surmonter cela.

— Il trouvera quelqu'un d'autre. Et il a Johnny.

— Et toi ?

Il songea qu'elle allait s'effondrer sous le fardeau qu'elle s'imposait.

— Je n'ai besoin de rien d'autre, oncle George.

— Quand te décideras-tu à laisser tomber cette croix ?

— Lorsque j'aurai payé mes dettes.

— Tu ne crois pas que c'est déjà fait ? Tu as perdu un mari que tu t'imagines avoir trahi, mais tu t'accroches à lui jusqu'au bout. Tu as renoncé à un homme que tu aimais, tu as gardé le secret d'Armand pendant tout ce temps, malgré mes réflexions, tu t'es quasiment enfuie de Washington... C'est suffisant, tu ne penses pas ? Que veux-tu de plus ? Le cilice de crin ? Le sac et la cendre ?

— Je me sentirai peut-être plus en paix avec le monde quand la guerre sera finie.

— Comme nous tous, Liane. C'est affreux pour nous tous... Mais ton devoir, c'est de te réveiller de bonne humeur, le matin, de regarder dehors en remerciant le ciel d'être encore en vie, et de tendre la main aux gens que tu aimes.

Il lui tendit alors une main, qu'elle saisit pour l'embrasser.

— Je t'aime, oncle George.

Il caressa les cheveux blonds ; elle avait l'air d'une petite fille.

— Et je t'aime, Liane. Et, pour tout avouer, j'aime beaucoup ce garçon. J'aimerais vous voir ensemble, un jour... Ce serait bien pour toi et pour les enfants. Je ne suis pas éternel.

— Mais si, rétorqua-t-elle. Tu as intérêt !

— Non, Liane. Pense à ce que je t'ai dit. Tu as des devoirs envers toi-même. Et envers lui.

Cependant, la jeune femme se contenta de retourner à l'hôpital d'Oakland, tous les jours, en se tuant à la tâche.

Le 15 octobre, l'*Enterprise* mit enfin le cap sur Guadalcanal. Ces deux mois à Hawaii avaient rendu Nick à moitié fou.

Le porte-avions atteignit Guadalcanal le 23 octobre et rejoignit le *Hornet*, désormais sous le commandement du contre-amiral Thomas Kinkaid. Quatre porte-avions japonais se trouvaient dans les parages, afin de reprendre Henderson Field. Les Américains ne lâchaient pas le terrain.

Le 26 octobre, l'amiral Halsey, commandant en chef du Pacifique Sud, leur donna l'ordre d'attaquer les Japonais. La bataille fut meurtrière, l'ennemi montrant une résistance acharnée. Les Japonais incendièrent le *Hornet*, où périrent des milliers d'hommes. De son côté, en dépit de nombreuses avaries, l'*Enterprise* poursuivit la lutte.

Aux Etats-Unis, tous étaient suspendus à la radio. George trouva sa nièce assise devant le poste, écoutant les informations avec angoisse.

— Tu penses qu'il est là-bas ? interrogea-t-il.

— Je l'ignore.

Pourtant, les yeux de la jeune femme disaient assez qu'elle le savait.

Il acquiesça gravement :

— Moi aussi, je le pense.

LIV

Le matin du 27 octobre, le *Hornet*, toujours en flammes, sombrait lentement, tandis que l'*Enterprise*, bien que durement touché, continuait au cœur de la mêlée. Le lieutenant-colonel Burnham se tenait sur la passerelle de commandement, à regarder l'équipage armer les canons, lorsque les Japonais les frappèrent de plein fouet. Une bombe de deux cent trente kilos s'abattit sur le pont d'envol et perça le sabord, dans une gerbe de métal en fusion. Des flammes s'élevèrent de toute part. Les hommes gisaient sur le pont, morts ou blessés.

— Bon Dieu, vous avez vu cette bombe ! s'écria un homme près de Nick.

Celui-ci bondit vers les échelles :

— Le feu ! Vite, les manches à eau !

Des soldats accoururent pour tenter de combattre l'incendie, pendant que d'autres armaient les canons et continuaient de tirer sur les Japonais. Au même moment, des bombardiers fondirent sur eux en piqué. L'un des pilotes japonais s'écrasa sur le pont dans une explosion assourdissante. Nick, un tuyau à la main, vit deux hommes ramper vers lui, transformés en torches vivantes ; il les éloigna du feu l'un après l'autre et les arrosa avec son tuyau. Alors qu'il se penchait sur le second homme, une explosion retentit derrière lui. Il éprouva une sensation de lumière et d'apesanteur dans ses membres, tandis qu'il s'envolait. Etrangement, il lui sembla devenir infiniment léger... et, songeant à Liane, il sut qu'il souriait.

LV

Les blessés continuèrent d'arriver massivement de Guadalcanal durant tout le mois de novembre. Beaucoup avaient d'abord transité par la base de Hickam, d'autres venaient directement à Oakland. On ne trouvait plus d'autres hôpitaux où les accueillir. On les gardait sur les bateaux jusqu'à leur retour aux Etats-Unis, et nombreux étaient ceux qui mouraient pendant le voyage. Jour après jour, Liane les voyait, avec leurs plaies affreuses, leurs brûlures, leurs membres arrachés. Et elle entendit cent fois l'histoire de la bombe de deux cent trente kilos.

Pendant qu'elle aidait les brancardiers, elle se souvenait du *Deauville*. Mais ici, c'était bien pis : les hommes étaient déchiquetés.

Quelqu'un parlait de Nick. Dans son demi-délire, un homme évoquait son camarade, mort à côté de lui sur le pont, mais, quand elle l'interrogea, il s'agissait d'un certain Nick Freed... Le blessé mourut dans ses bras deux jours plus tard.

Le soir de Thanksgiving, son oncle se tourna vers elle :

— Et si nous appelions le ministère de la Guerre ?

— S'il lui arrivait quelque chose, nous l'apprendrions par les journaux, objecta-t-elle.

Liane préférait ignorer où il se trouvait, pour ne pas avoir la tentation de lui écrire.

— Il s'en sortira, oncle George.

— Tu n'en sais rien.

— Non, en effet.

La jeune femme voyait déjà trop d'agonisants. Elle effectuait à présent des journées de douze heures, aux côtés des infirmières, constamment.

— Ils te donneront une médaille, j'espère, quand cette foutue guerre sera finie.

Elle se pencha pour lui embrasser la joue, souriante, puis elle consulta sa montre :

— Il faut que j'y aille, oncle George.

— Maintenant ? Et où ça ?

Ils venaient de terminer le dîner de Thanksgiving et les enfants étaient montées se coucher. Il était neuf heures.

— On manque de personnel à la base, j'ai dit que je revenais.

— Il n'est pas question que tu y ailles seule.

— Je suis une grande fille, mon oncle, répondit-elle en lui tapotant amicalement le bras.

— Tu es complètement folle.

Plus folle encore qu'il ne le croyait, folle d'angoisse et de chagrin. Folle à force de se demander si Nick était mort.

Le lundi matin, George prit les choses en main et, pour la seconde fois en un an, téléphona à Brett Williams.

— Ecoutez, il faut que je sache.

— Nous aussi, rétorqua Brett, perplexe.

Pourquoi diable ce vieil homme le questionnait-il ? Etait-ce un ami du père de Nick ?

— Nous n'avons reçu aucune nouvelle, reprit-il.

— Mais il faut trouver, bon sang ! Appelez la Maison-Blanche, le département d'Etat, le Pentagone, quelqu'un, quoi !

— C'est déjà fait. Mais il règne une telle pagaille que les informations manquent totalement de précision. Des hommes ont coulé dans le naufrage du *Hornet*, ils sont disséminés dans divers hôpitaux. On dit qu'il faudra encore un mois ou deux pour en savoir davantage.

— Je ne peux pas attendre aussi longtemps.

— Pourquoi ?

Brett Williams s'impatientait. Depuis un mois, il était à bout de nerfs. Johnny l'avait appelé pour avoir des nouvelles, quasiment tous les jours. Il n'avait rien à apprendre au petit garçon, ni à cet inconnu de la côte Ouest. Même Hillary avait téléphoné, inquiète à l'idée que Johnny puisse perdre son père. Elle était prête à lui rendre la garde de l'enfant.

— Puisque nous restons ici, à nous ronger les

ongles, reprit Williams, vous pouvez bien faire comme nous !

— Ma nièce, elle, ne le peut pas.

— Votre nièce ?

— Oui, Liane Crockett.

— Mais...

Brett Williams comprit. Après un moment, il poursuivit :

— J'ignorais... Avant son départ... Nick ne m'a rien dit.

— Et pourquoi vous en aurait-il parlé ? De toute façon, elle était mariée, à l'époque. Mais maintenant, elle est veuve... Écoutez, il faut le retrouver à tout prix... Qui avez-vous appelé, de votre côté ? questionna George en se saisissant d'un bloc et d'un stylo.

Williams lui communiqua une liste de noms, tout en réfléchissant à d'autres personnes susceptibles de lui fournir des renseignements. Pour sa part, George lui fit quelques suggestions intéressantes.

— Qui s'en charge ? Vous ou moi ?

Peu importait la réponse, car la compagnie Crockett et les aciéries Burnham étaient également influentes.

— J'essaie encore une fois et je vous téléphone.

Deux jours plus tard, Williams tint parole. Il n'avait pas pu récolter grand-chose. Mais c'était mieux que rien.

— Nick se trouvait à bord de l'*Enterprise* quand la bombe a explosé. Apparemment, il a été très grièvement blessé. Nous ne savons rien d'autre, sinon qu'on l'a transporté à Hawaii. Et, ce matin, on a repéré sa trace à Hickam.

— Est-il encore là-bas ?

La main de George tremblait sur le téléphone. On l'avait retrouvé... mais était-il toujours en vie ? Et sa blessure ?

— On l'a embarqué la semaine dernière sur le *Solace*, qui est devenu un navire-hôpital et se dirige vers San Francisco. Mais, monsieur Crockett...

Bien que Williams s'en voulût d'anéantir ses espoirs, il fallait se montrer réaliste.

— Nous ne possédons aucune information sur son état, enchaîna-t-il. Quand il est arrivé à Hickam, il était dans un état critique, mais ensuite... Vous savez, sur ces bateaux-là, beaucoup ne survivent pas...

George ferma les yeux.

— Je sais, répondit-il. Il ne nous reste plus qu'à prier... Dites-moi, comment avez-vous fait ?

Brett Williams sourit :

— J'ai rappelé le Président et je lui ai dit que vous vouliez savoir.

— C'est un homme bien. J'ai voté pour lui aux dernières élections.

— Moi aussi...

— Savez-vous quand le bateau doit atteindre San Francisco ?

— Ils n'en sont pas sûrs. Demain ou après-demain.

— Je le guetterai d'ici. Dès que j'apprends quelque chose, je vous rappelle.

George téléphona ensuite au ministère de la Marine. Le *Solace* serait à quai le lendemain vers six heures du matin.

Lorsque Liane rentra, à dix heures du soir, elle lui sembla pâle et fatiguée. Il la regarda manger un sandwich et boire une tasse de thé, en se demandant s'il fallait la mettre au courant. Et si Nick était mort pendant le voyage ? Oui, mais s'il était vivant ?

Une heure plus tard, quand il frappa à sa porte, elle ne dormait toujours pas. Il lui fit signe de s'asseoir sur une chaise, tout en prenant place sur le lit.

— J'ai quelque chose à te dire, Liane. Je ne sais pas si tu vas m'en vouloir... J'ai appelé Brett Williams voici quelques jours.

— Qui est-ce ? questionna-t-elle, avant de s'en souvenir. Oui... ?

Elle avait l'impression de tomber dans un gouffre noir.

— Nick était à Guadalcanal, dit-il très vite. Il a été blessé... très grièvement, sans doute. Mais, aux dernières nouvelles, il était toujours en vie.

— De quand datent les renseignements ? murmura-t-elle dans un souffle.

— D'une semaine.

— Où est-il ?

— Sur un bateau qui fait cap sur San Francisco.

Sans bruit, elle fondit en larmes et il s'approcha pour lui caresser l'épaule.

— Liane... Il se peut qu'il meure au cours du voyage. Tu as vu ce genre de situation...

Elle acquiesça et leva les yeux vers lui :

— Sais-tu de quel bateau il s'agit ?

— Du *Solace*. Ils arrivent demain matin, à six heures. A Oakland.

Immobile, la jeune femme ferma les yeux. A six heures... six heures... Dans sept heures, tout serait fini... Elle saurait...

— Ils le trouveront tout de suite, assura le vieil homme.

— Non, répliqua-t-elle résolument. Non. Je veux y aller moi-même.

— Tu ne pourras pas le retrouver.

— S'il est là, je le retrouverai.

— Mais, Liane...

Et si Nick était mort ? George ne voulait pas qu'elle affronte seule un tel choc.

— Je viens avec toi, décida-t-il.

La jeune femme l'embrassa sur la joue.

— Je veux y aller seule. Il le faut.

Elle se souvint alors des paroles de Nick, jadis :

— Je suis forte, oncle George.

— Je le sais... Mais ce sera peut-être trop dur pour toi.

Toute la nuit, assise dans l'obscurité, elle fixa l'horloge. A quatre heures trente, elle prit une douche, s'habilla et mit un manteau. Quand elle quitta la maison, à cinq heures, un épais brouillard stagnait sur la ville.

LVI

A cinq heures quinze, Liane marchait sur le Bay Bridge. Aucune voiture, devant ou derrière elle, mais seulement deux camions au loin. Le brouillard s'était abattu sur la baie et sur le pont. Lorsqu'elle parvint à la base navale, il s'épaississait au-dessus de l'eau. Des ambulances s'alignaient, prêtes à recueillir les passagers du bateau ; les médecins étaient là, en équipes, soufflant sur leurs mains pour les réchauffer. Le bateau arrivait déjà sous le pont du Golden Gate. A cet instant, la jeune femme aperçut le visage familier d'un jeune médecin militaire d'Oakland.

— Ils vous font travailler à une heure pareille, Liane ? Vous me surpassez, alors !

— Non. Je voudrais voir... retrouver...

Il comprit aussitôt pourquoi elle était venue se geler dans ce matin glacial.

— Savez-vous où il était ?

— A Guadalcanal.

— Il est grièvement blessé ?

Liane secoua la tête.

— Nous le raccommoderons, promit-il.

Elle acquiesça, incapable d'en dire plus, puis s'éloigna pour guetter le navire, bien qu'il fût impossible de le voir dans ce brouillard. Enfin, peu à peu, une lumière apparut au loin, une corne de brume résonna... Liane remarqua un groupe de femmes sur le quai, qui attendaient anxieusement. Lentement, les lumières se rapprochèrent, puis, d'un seul coup, le *Solace* émergea de la brume comme une vision surnaturelle. Sur tout le flanc, il était peint en blanc, avec une croix rouge. Liane se tint immobile dans le froid, le souffle court. Les équipes médicales étaient déjà à pied d'œuvre. Des hommes s'avançaient avec des civières. Enfin, le bateau accosta le quai.

L'on fit sortir en premier les blessés les plus touchés ; les sirènes des ambulances se mirent à mugir. Ce spectacle avait quelque chose d'absurde : les blessés avaient navigué des jours durant dans le Pacifique, et voilà qu'on les expédiait en toute hâte dans un hôpital. Mais, pour certains, une seule minute perdue pouvait représenter une question de vie ou de mort.

Comme elle n'avait pas le choix, Liane s'avança à son tour en essayant de distinguer les visages, mais beaucoup étaient trop loin d'elle, ou bien méconnaissables à force d'être brûlés. Elle se sentit en proie à la nausée tout en longeant le quai. Devant chaque blessé, elle se préparait au pire.

Enfin, le jeune médecin la héla.

— Son nom ? demanda-t-il.

— Burnham, cria-t-elle en retour. Nick Burnham !

— On va vous le dénicher !

Elle lui adressa un signe de remerciement, pendant qu'il se dirigeait vers d'autres blessés. Nick n'était nulle part.

Ceux qui pouvaient marcher commencèrent alors à sortir du bateau et les femmes, sur le quai, se mirent à pousser des cris devant ces hommes qui boitaient. Soudain, elle entendit une clameur dans le brouillard et, en levant la tête vers le pont, elle aperçut des milliers d'hommes, couverts de bandages, blessés, mutilés, estropiés, mais saluant leur pays d'une puissante acclamation. Une acclamation monta du quai, en réponse, et Liane pleura pour eux et pour Nick... pour elle-même... et pour Armand... Tant d'hommes ne rentreraient jamais chez eux...

Peut-être les renseignements de son oncle étaient-ils erronés. Peut-être Nick était-il mort, après tout... n'était pas sur le bateau... était mort pendant le trajet...

Il était plus de sept heures et demie, les blessés continuaient de descendre et elle n'avait toujours pas trouvé trace de Nick. La plupart des femmes étaient parties. Le jeune médecin se déplaçait le plus rapidement possible parmi les blessés allongés sur des brancards ; les ambulances faisaient la navette entre le quai et l'hôpital. Les salles d'opération n'allaient pas désemplir.

— Toujours rien ? interrogea le jeune médecin en

s'arrêtant brièvement auprès d'elle. C'est peut-être bon signe. Cela voudrait dire qu'il peut marcher.

Oui. Ou qu'il était mort, songea-t-elle, glacée jusqu'aux os, l'esprit anesthésié.

C'est alors qu'elle le vit. Il avançait lentement parmi un groupe de blessés, d'autres le précédaient. Il gardait la tête baissée, il avait les cheveux plus longs que d'habitude, mais elle le reconnut sur-le-champ dans cet océan humain. Et elle s'aperçut qu'il se tenait sur des béquilles.

Elle se figea en se demandant soudain si elle avait bien fait de venir. S'il souhaitait la voir maintenant. A cet instant, il se tourna pour s'adresser à un homme, sur sa droite, et il vit la jeune femme. Il s'immobilisa. Elle ne bougea pas. Ils restèrent là, au milieu de cette foule qui allait et venait sans cesse autour d'eux. Enfin, comme si elle ne pouvait plus reculer, Liane se dirigea lentement vers lui, au milieu des hommes qui la bousculaient pour rentrer plus vite chez eux.

Ils allaient plus vite, maintenant, on entendait des cris, des appels, des exclamations, un moment Liane le perdit de vue, puis, quand la foule se fendit devant elle, elle s'élança, riant au milieu de ses pleurs, mais il secoua la tête, comme pour dire non, comme s'il ne voulait pas la voir. Elle ralentit le pas et comprit : il avait perdu la jambe gauche.

Liane reprit sa course folle en criant son nom :

— Nick ! Nick !

Elle se précipita et il la regarda longuement, puis, d'un mouvement brusque, il empoigna ses béquilles et vint à sa rencontre. Ils se jetèrent dans les bras l'un de l'autre. Des siècles avaient passé, des hommes étaient morts autour d'eux... Peu à peu, le brouillard se dissipa au-dessus de leur tête. Nick était enfin de retour et Liane lui appartenait.

Longtemps auparavant, il avait dit vrai. Les âmes fortes ignorent la défaite.

Imprimé en France sur Presse Offset par

BRODARD & TAUPIN

GROUPE CPI

La Flèche (Sarthe).
Nº d'imprimeur : 5376 – Dépôt légal Édit. 8567-03/2001
LIBRAIRIE GÉNÉRALE FRANÇAISE - 43, quai de Grenelle - 75015 Paris.

ISBN : 2 - 253 - 05126 - 8 ♦ 30/6681/8